LISBETH PAHNKE

Britta

SAMMELBAND 3

Schneider-Buch

INHALT

Britta rettet ein Pferd

Ein lustiger Ritt im Schnee

„Britta! Hilfe! Ich stürze . . .“

Typisch, dachte ich. Immer wieder müssen wir wegen Pia den schönsten Galopp unterbrechen. „Halte wenigstens die Zügel fest“, warnte ich sie und brachte mein Pony widerwillig zum Stehen. Ich drehte mich im Sattel um. Im Gestrüpp entdeckte ich Pia, die mit ihrer Nase mitten im weichen Schnee steckte.

Wie jeden Sonntag ritt ich als Reitlehrerin mit meiner

Gruppe aus. Es war Dezember. Die Luft war mild und feucht. Sie schien in uns hineinzukriechen. Ich hatte einen viel zu warmen Pullover angezogen. Es tropfte von den Tannen, und halbgeschmolzene Schneebrocken fielen sanft auf uns und unsere Pferde.

„Was für ein ekelhaftes Wetter", schimpfte Pia, als sie endlich wieder auf den Weg stapfte. Wütend befreite sie ihr sommersprossiges Gesicht von dem weißen Schnee. „Ein riesiger Schneeklumpen traf mein Pferd mitten im Galopp genau auf sein Hinterteil. Klatsch! Kein Wunder, daß es sich furchtbar erschreckt hatte."

Pia schüttelte sich wie eine nasse Katze und krabbelte dann wieder auf ihr kleines, braunes Pony hinauf, das sie wie immer ohne Sattel ritt.

„Du lieber Himmel, bin ich naß geworden", jammerte sie. „Na, macht nichts. Oder wißt ihr etwas Schöneres, als wenn einem eiskaltes, nasses Wasser langsam den Rücken hinunterrinnt . . .?"

Wir ritten weiter. Mein Pferd holte weit und schnell aus. Ich mußte es immer wieder zügeln, damit die anderen folgen konnten.

„Wie fühlst du dich auf Rauhbein?" fragte ich Ann, die auf dem kräftigen Fjordpferd neben mir ritt.

„Ein bißchen ungewohnt", antwortete sie. „Schließlich habe ich fast immer nur Silber geritten. Hoffentlich geht es ihm bald wieder besser!"

„Das hoffe ich auch", erwiderte ich besorgt. „Es ist eine Qual, Billy zu reiten, wenn ich gleichzeitig auf euch aufpassen muß. Du siehst ja, wie er sich aufführt, wenn er auch nur einen Augenblick auf die anderen Pferde warten muß. Er beißt auf die Trense, schüttelt ungeduldig den Kopf und stampft verdrossen auf der Stelle."

„Das stimmt. Ich möchte nicht mit dir tauschen", erklärte Ann.

Sie klopfte liebevoll den Pferdehals mit ihren weichen Handschuhen. Ihr Pferd spielte mit den Ohren und trottete zufrieden weiter.

Billy blieb plötzlich wie angewurzelt stehen. Er mußte irgend etwas Merkwürdiges gesehen oder gehört haben. Ein leichtes Zittern lief über seinen Körper. Er hob den Kopf und spitzte die Ohren. Dann machte er ein paar schnelle Schritte vorwärts und wollte lostraben. Aber weil ich ihn zurückhielt, schüttelte er mißmutig seine dichte, unbändige Mähne. Billy war ein ausgesprochen kräftiges Pony. Ich konnte ihn kaum halten.

„Hallo!" Kicki kam uns überraschend im Schrittempo entgegen.

„Donnerwetter! Sie reitet ja auf Lord Peter", staunte Pia.

Kicki ritt den schwarzen Vollbluthengst am langen Zügel. Als sie uns sah, straffte sie die Zügel und hielt an.

„Hoffentlich habe ich euch nicht zu sehr erschreckt", begrüßte sie uns und sah besorgt auf Billy, der versuchte, mit mir einen wahren Affentanz aufzuführen. Lord Peter neigte vornehm seinen Kopf ein wenig und wirkte natürlich im Vergleich zu den Ponys zierlich und elegant.

„Nein, nein", beruhigte ich Kicki. „Aber ich bin dir doch dankbar, daß du nicht im Galopp auf uns zukamst ..."

„Thomas hat mir für heute das Galoppieren verboten", antwortete Kicki und spielte vielsagend mit ihrem rechten Zopf. „Er meint, daß Lord Peter Rückenschmerzen hat. Ich habe also strengste Anweisung, nur im Schritt zu reiten. Von wegen Rückenschmerzen. Lord Peter tänzelt und wünscht sich nichts sehnlicher, als endlich in einen befreienden Galopp zu fallen. Stimmt's nicht, alter Junge?" flüsterte sie dem Pferd sanft schmeichelnd ins Ohr.

Dann blickte Kicki verwundert auf Billy und mich. „Das sind doch nicht Billys Zügel, oder?"

„Nein, ich habe die von Silber ausgeliehen", antwortete ich. „Billys Zügel können jeden Augenblick reißen. Ich muß sie heute abend flicken."

„Ja, ich möchte Billy auch nicht mit abgerissenen Zügeln reiten", lachte Kicki. „Aber warum reitest du eigentlich nicht Silber?"

„Er hustet", sagte ich bekümmert. „Dabei ist Silber sonst nie krank. Siboney geht es noch viel schlechter. Ich mache mir ernste Sorgen um sie. Sie hat Nasenausfluß und ist völlig teilnahmslos. Wahrscheinlich hat sie Silber angesteckt."

„Du mußt unbedingt den Tierarzt anrufen", mahnte Kicki.

„Das werde ich auch tun", beteuerte ich. „Es ist nur . . . na ja, du weißt doch, Siboney, sie . . ."

Ich schwieg und sah meine Freundin hilfesuchend an. „Ich glaube", fuhr ich leise fort und wich Kickis Blicken aus, „ich glaube, es geht jetzt nicht mehr länger. Siboney . . ."

Nein. Ich konnte nicht darüber sprechen. Auch nicht mit meiner besten Freundin. Das war einzig und allein mein Problem. Und ich mußte es lösen. Ich mußte die Entscheidung fällen. Ich ganz allein.

„Du, Kicki, sei mir nicht bös, aber ich muß jetzt mit den Kleinen weiterreiten", sagte ich schnell. „Sonst gerät Billy noch außer Rand und Band. Außerdem müssen wir in einer Viertelstunde wieder zurück zur Reitschule."

Kicki sah mich mit großen Augen an und schüttelte

verwundert den Kopf. „Nun, wir sehen uns nachher“, sagte sie nur und ritt auf dem schwarzen Hengst davon.

Ich wandte mich meinen jungen Schülern zu und fragte: „Habt ihr Lust auf einen kleinen Galopp?“

„Jaa!“ riefen Cilla, Pia, Lillan und Ann begeistert.

Die Ponys freuten sich genauso wie wir und stürmten mit ausgelassenen Sprüngen davon. Ich mußte mich andauernd umdrehen um zu prüfen, ob auch noch alle im Sattel saßen. Pia war schon wieder fast neben die Ohren von Lillebror gerutscht und kreischte um Hilfe. Zugegeben, das sah wahnsinnig komisch aus. Die anderen konnten sich vor Lachen kaum noch auf ihren Pferden halten. Ich mußte das Tempo drosseln und wir ritten im Schritt weiter.

Die Kinder lachten und kicherten und schienen sich herrlich zu amüsieren.

Ich hörte ihnen nur mit halbem Ohr zu. Meine Gedanken kreisten um Silber und Siboney . . . Aber ich mußte mich zusammenreißen. Ich durfte Billy nicht eine Sekunde unbeobachtet lassen. Er würde das sofort ausnutzen, und dann konnte es mir passieren, daß ich zu Fuß nach Hause gehen mußte.

In den letzten Tagen hatte ich so oft an die beiden Ponys gedacht, daß ich auch nachts wach lag und grübelte. Am nächsten Morgen war ich dann wie gerädert. Obgleich ich blaß und traurig war, schien niemand zu bemerken, daß mit mir irgend etwas nicht in Ordnung war.

Ich gab mir alle Mühe, mich auf Billy zu konzentrieren. Aber der Kloß in meinem Hals wuchs, und meine Augen brannten. Ich wollte nicht weinen. Nicht jetzt. Ich mußte immer wieder an heute morgen denken, als ich die Stalltür öffnete: Silber, mein fröhliches, graues Waliser Pony hustete und krächzte. Ihn schien das weniger zu stören als mich, denn er machte sich mit ungemindertem Appetit über den Hafer her. Aber Siboney. Rundlich war sie nie gewesen. Im Gegenteil. Ich kannte kein knochigeres Fohlen als Siboney. Aber sie gehörte mir. Ich liebte sie. Ich hoffte immer . . . Und nun stand sie da mit hängendem Kopf. Sie sah erbärmlich aus. Der Husten erschütterte ihren abgemagerten Körper. Nahrung verweigerte sie. Ich durfte die Entscheidung nicht länger hinausschieben . . .

Wir waren gleich zu Hause. Zu Hause auf der Reitschule. Billy überquerte gerade einen kleinen Graben.

„Hilfe, mein Sattel!" schrie Cilla plötzlich. Ich wandte mich blitzschnell um und sah gerade noch, wie sie mit dem Kopf voran im Graben landete. Sessan drehte sich mit dem Sattel, der ihm um die Ohren schlackerte, aufgeregt im Kreis. Das passierte leider nicht zum erstenmal . . . Sessans Sattelgurt konnte man so fest wie möglich schnallen, und nach einer Weile war er auf unerklärliche Weise wieder locker. „Ist das gemütlich im Schnee", lachte Cilla und kletterte als Schneemann aus dem Graben.

„Kannst du den Sattel selber wieder in Ordnung bringen?" fragte ich.

„Klar", erwiderte Cilla seelenruhig wie immer.

„Pia", rief ich erschrocken. Lillebror streckte die Vorderbeine in die Luft und ließ sich genüßlich in den Schnee fallen. Pia lachte aus vollem Hals. Es sah ulkig aus, aber mir war heute nicht zum Lachen zumute. Ich schüttelte den Kopf und sagte: „Ihr mit euren Streichen habt mir gerade noch gefehlt. Falls du Lillebror höflich bittest, sich zu erheben, können wir vielleicht weiterreiten."

„Bist du heute komisch", kicherte Lillan.

Pia kletterte immer noch lachend auf ihr Pony, und wir schritten über die Wiesen heimwärts. Man konnte die

Reitschule jetzt sehen: den Stall, das Wohngebäude, das uns als Klubhaus diente, und das kleine Häuschen, in dem ich wohnte.

Auf einer der Koppeln galoppierte Lord Peter mit wehender Mähne und begrüßte uns wiehernd. Auf dem Übungsplatz ritt Hasse Organdie in kurzem Galopp. Vor dem Stall standen wie immer viele Neugierige herum. Es waren immer dieselben. Kicki schleppte einen Sack Sägespäne, und Thomas bastelte an seinem Auto herum.

All das spielte sich vor meinen Augen ab. Aber ich sah es nicht. Jeder war mit irgend etwas beschäftigt – genau wie immer. Aber zum erstenmal, seit ich vor ungefähr fünf Monaten als Reitlehrerin nach Dalen gekommen war, schien es mich nichts anzugehen, schien ich nicht dazuzugehören. Wie einsam ist man doch, wenn niemand die Sorgen kennt, die einen erdrücken.

Ich ritt auf den Hof. Ich hatte einen Entschluß gefaßt. Einen sehr schweren Entschluß.

Was soll aus Siboney werden?

Wir hielten vor der Stalltür und stiegen von unseren Ponys. Automatisch schnallte ich die Steigbügel hoch und brachte Billy zu seinem Platz.

Der Stall besaß nur vier Boxen, ansonsten Verschläge. Aber er war sehr originell und gemütlich. Wir hatten in dem ehemaligen Kuhstall alles selber gemacht.

Sonst kam ich gern in den Stall und redete lange mit den Pferden. Aber heute sattelte ich Billy so schnell wie möglich ab, überprüfte routinemäßig seine Hufe und wusch mit einem Schwamm die Sattellage aus. Billy versuchte nach mir zu schnappen, aber ich merkte es kaum. Er sah sehr lustig aus: außer einem braunen Kopf mit einer weißen Blesse und einem großen braunen Fleck auf der einen Seite war er schneeweiß.

„Kommst du in die Sattelkammer, wenn du fertig bist?" fragte mich Kicki, während sie Lord Peter in seine Box führte. „Wir wollen über das Luciafest reden."

„Kann ich, ja", antwortete ich ohne große Begeisterung. Ach ja, das traditionelle Vorweihnachtsfest kam immer näher. Und ich hatte gar keine Lust für den Trubel, den Festumzug mit Lichterkranz und Schellengeläut.

In der Sattelkammer roch es nach Pferden und Leder. Heute duftete es zusätzlich verlockend nach warmem Kakao, den eines der Mädchen in einer Thermosflasche mitgebracht hatte. Kicki und ich platzten mitten in eine lebhafte Diskussion hinein.

„Natürlich muß sie reiten", behauptete Martin, der Besitzer von Billy. „Lucia hoch zu Pferd. Etwas anderes kommt gar nicht in Frage."

„Ich finde, sie sollte im Schlitten sitzen", mischte sich Cilla vorsichtig ein. „Dann können einige von uns als Heinzelmännchen mitfahren und Fackeln tragen."

„Nein, sie soll reiten", widersprach Martin energisch. „Ich überlasse ihr sogar Billy . . ."

„Dann scheide ich als Lucia aus", rief Agneta. „Du glaubst doch nicht im Ernst, daß ich mich auf deinen verrückten Billy setze? Wenn ich Lucia werde, reite ich nur Kurre."

Darüber mußten alle furchtbar lachen und Thomas sagte: „Als ob das weniger verrückt wäre. Wir wollen doch keine Lucia haben, die auf einem Pferd sitzt, das mit ihr durchgeht. Das Vernünftigste ist wirklich, Lucia fährt mit dem Schlitten. Zwei reiten mit Fackeln voran und . . .“

„Wer?“ riefen alle gleichzeitig.

Kicki und ich fragten: „Und wer zieht den Schlitten?“

„Welche Ponys dürfen denn überhaupt dabeisein?“ wollte Cilla wissen.

„Wir nehmen doch keine Ponys für den Luciazug“, antwortete Thomas entrüstet. Aber sein Gesicht sah so verschmitzt aus, daß wir nicht wußten, ob er das ernst meinte.

„Was? Überhaupt keine Ponys?“ Cilla war beleidigt. „Das ist wohl das Dümmste, was ich je gehört habe. Ein Luciazug nur mit vier Pferden!“

Ich muß zugeben, daß mich die Sache jetzt doch interessierte.

„Silber und Billy sollten nebeneinander hinter dem Schlitten laufen“, schlug ich vor. „Anschließend Lillebror und Sessan. Als letzter Scheck. Jemand sollte, als Heinzelmännchen verkleidet, ihn führen und eine Fackel in der Hand halten . . .“

„Ich will das Heinzelmännchen sein“, meldete sich Lillan.

„Du bist doch viel zu klein, um Scheck zu führen“, wandte ihre älteste Schwester Mia sofort überlegen ein. „Ich brauche dich wohl nicht daran zu erinnern, was passierte, als du im Sommer Lillebror von der Weide holen solltest und . . .“

„Das war doch Lillebror, und das war im Sommer, und der Sommer ist schon furchtbar lange vorbei. Jetzt bin ich viel größer.“

„Du bist aber immer noch nicht groß genug“, behauptete ihre große Schwester.

„Das bin ich doch“, rief Lillan wütend. „Vielleicht erinnerst du dich mal, wer beim Sprungwettbewerb am besten war.“

„Hier geht es nicht um einen Sprungwettbewerb, sondern um einen Luciazug, du Dummerchen.“ Mia war ziemlich sauer.

An dieses Springturnier wollte sie nicht gern erinnert werden. Alle zogen sie damit auf. Als ob sie etwas dafür konnte, daß Lillebror ausgerechnet an diesem wichtigen Tag nur zu Streichen aufgelegt war und so lange an ihrem Hosenbein zerrte, bis sie auf den Boden plumpste. Lillan und Scheck dagegen waren ohne einen einzigen Fehler über den Parcours gekommen.

„In welcher Reihenfolge sollen wir reiten?“ wollte Kicki wissen.

„Wieso wir?“ neckte Thomas sie. „Worauf gedenkst du denn zu reiten?“

„Auf Rauhbein natürlich. Wie immer.“

Thomas schüttelte den Kopf.

„Entschuldige, aber Rauhbein ist der einzige, der den Schlitten ziehen kann.“

Kicki machte ein langes Gesicht.

„Wieder mal typisch“, sagte sie und zuckte mit den Schultern.

Thomas fuhr fort: „Ich denke mir das so: Zwei reiten mit Fackeln vorweg. Hinter dem Schlitten mit Lucia folgen zwei große Pferde und daran anschließend alle Ponys. Britta, du als Reitlehrerin kannst am besten beurteilen, welche Kinder auf den Ponys reiten dürfen. Ich kümmere mich um die großen Pferde.“

Die Vorfreude auf das Luciafest und auf Weihnachten hatte uns gepackt. Einige fingen an, „Kling, Glöckchen" zu singen. Und so kamen wir auf die Idee, daß es wunderbar wäre, wenn wir einen Schellenkranz hätten.

Einige der Mädchen, die auf alten Bauernhöfen lebten, versprachen, in jeder Scheune und in jedem Winkel unter den Dächern danach zu suchen.

In der warmen Sattelkammer hatte ich für kurze Zeit vergessen, was mich bedrückte und welch schweren Entschluß ich heute gefaßt hatte. Als ich wieder auf den Hof hinaustrat, war die vorweihnachtliche Stimmung wie weggewischt, wurden die Pläne für das Luciafest belanglos. Es goß in Strömen. Ich zitterte vor Kälte und wagte kaum an morgen zu denken. Es war Abend geworden und schon ganz dunkel. Ich mußte meine Pferde noch füttern. Ich selbst hatte auch noch nichts gegessen. Und dann schlafen – falls ich es konnte.

Früh am nächsten Morgen klingelte ich an Kickis Tür. Sie wohnte nicht weit entfernt von der Reitschule. In Hausschuhen und einem knallroten Morgenrock öffnete sie verschlafen die Tür.

„Hei! Entschuldige bitte, daß ich dich so früh störe", begann ich leise, „aber ich muß sofort den Tierarzt anrufen."

„Macht nichts", antwortete Kicki. „Ich mußte sowieso aus den Federn. Du weißt ja, wo das Telefon steht. Auf dem Notizblock daneben findest du die Nummer vom Tierarzt."

Ich wählte, ohne genau zu wissen, was ich sagen wollte. Kicki bürstete unterdessen ihre kastanienbraunen Haare.

„Bitte rufen Sie die Auskunft unter der Nummer 90120 an. – Bitte rufen Sie die Auskunft unter der Nummer 90120 an. – Bitte rufen Sie . . ."

Eine teilnahmslose Stimme wiederholte diesen stupiden Satz immer wieder.

„So was Dummes“, murmelte ich und legte den Hörer auf. „Was hat das denn zu bedeuten?“

Irritiert wählte ich die neue Nummer.

„Der Tierarzt Dr. Andersson ist verzogen. Den neuen Tierarzt Dr. Södergren erreichen Sie unter der Nummer ...“

„So ist das meistens“, seufzte Kicki. „Das reinste Versteckspiel, wenn man mal einen Tierarzt braucht.“

Unsicher wählte ich die Nummer von Dr. Södergren. Was sollte ich ihm sagen? Es ging ja nicht nur darum, daß meine beiden Pferde Husten und Schnupfen hatten ...

Guten Tag. Ich habe ein kleines Fohlen, das nicht wachsen will. Jetzt hat es auch noch einen furchtbaren Husten, und ich glaube, es gibt keine Hoffnung mehr ...

Konnte ich das so kalt sagen, als ginge es mich nichts an? Wieder spürte ich einen großen Kloß in meinem Hals. Ich schluckte und schluckte und versuchte verzweifelt, die Tränen zu unterdrücken, die über meine Wangen rannen.

„Bitte, Kicki“, schluchzte ich und reichte ihr den Telefonhörer. Dann sank ich auf einen Stuhl und verbarg mein Gesicht in den Händen. Ich hatte mich noch nie so elend gefühlt.

„Guten Morgen. Hier spricht Kicki Berggren von der Reitschule in Dalen. Zwei unserer Pferde husten. Eins davon ist noch ein Fohlen, und wir glauben, daß ihm noch etwas anderes fehlt. Es wächst nicht und entwickelt sich nicht wie ein normales Pferd. Vielleicht könnten Sie vorbeikommen und sich die Pferde ansehen ... Gut. Vielen Dank. Bis dann.“

Kicki legte den Hörer auf und wandte sich zu mir: „Er kommt heute nachmittag. Er muß erst noch einige andere Krankenbesuche machen. Kopf hoch! Ich koche uns jetzt erst einmal eine Kanne heißen Tee.“

Der Vormittag zog sich in die Länge. Ich ging in den Stall. Silber begrüßte mich wie immer freudig wiehernd. Ich nahm Striegel und Kardätsche vom Regal und ging in seine Box. Ich redete leise mit ihm, während ich sein dichtes, graues Fell striegelte, das jetzt im Winter matter glänzte.

„Was hast du nur für einen dicken Pelz bekommen, alter Junge. Du siehst ja aus wie ein Eisbär. Ob ich wohl deinen Bauch bürsten darf, ohne daß du protestierst? Oder bist du heute kitzlig?"

Silber spielte mit den Ohren. Das bedeutete, daß er gern gebürstet werden wollte. Ich kämmte seinen strähnigen Schopf, bis er in weichen Wellen über die Stirn fiel und bürstete vorsichtig Mähne und Schweif, die fast weiß waren. In diesem Winter war Silber nicht so dunkel geworden wie im vorigen Jahr. Im Sommer wird er sicher wieder ganz weiß werden. Ich dachte daran, wie edel sein Kopf aussah ohne diesen „Winterbart" und ohne diese ulkigen Büschel in den Ohren.

Silber hustete kaum noch. Aber was ich von Siboney hörte, klang so furchtbar, daß ich es einfach nicht länger aushielt. Ich zäumte Silber und ritt mit ihm in den Wald. Ich nahm mir gar nicht erst die Zeit, ihn zu satteln. Ich wollte nur im Schritt reiten. Sicherlich machte ich keine gute Reiterfigur. Aber das war mir im Augenblick egal. Ich saß traurig und zusammengesunken, mit Tränen in den Augen, auf meinem Pony.

Eine unerwartete Hilfe

„Aber Silber, was hast du denn?"

Ich wäre beinahe heruntergepurzelt, weil mein Pony völlig überraschend stutzte und sich quer stellte. Silber war bisher ruhig und an langen Zügeln durch den Wald getrottet und hatte nur hier und da, ohne seine sonstige Begeisterung, nach ein paar Tannenzweigen geschnappt. Meine Stimmung hatte sich wohl auf ihn übertragen. Aber jetzt blähte er die Nüstern und schnaubte aufgeregt. Ich wußte nicht warum, bis ich den Hund sah.

Ein ungewöhnlich großer und kräftiger Schäferhund mit schwarzer und goldbrauner Zeichnung blinzelte uns an und wedelte freundlich mit dem Schwanz. Er war so urplötzlich vor uns aufgetaucht, daß mein armes Pony völlig überrumpelt wurde.

Im gleichen Augenblick hörten wir das Stampfen eines galoppierenden Pferdes, und wenige Sekunden später kam uns ein Reiter auf einem stolzen Fuchs entgegen.

„Goldie, komm sofort her!"

Der Schäferhund wedelte noch einmal kurz mit seinem Schwanz und lief dann gehorsam zu seinem Herrn zurück.

Ich traute meinen Ohren nicht. Die Stimme kannte ich gut, aber die Stute hatte ich noch nie gesehen.

Der Reiter schaute mich genauso verblüfft an wie ich ihn.

„Lasse!“, rief ich erstaunt. „Was machst du denn hier?“
„Reiten“, antwortete Lasse und lachte.
„Typisch. Du mußt einen immer auf den Arm nehmen. Ich meine: wieso bist du hier?“
„Lernen. In der Stadt. Ich wohne bei meinem Onkel. Er hat einen Hof hier in Dalen gekauft.“
Silber tänzelte und wollte das fremde Pferd begrüßen. Ich warnte Lasse: „Komm lieber nicht näher. Silber ist erkältet und hustet.“
Lasse schaute belustigt von seinem hohen Fuchs auf mein kleines Pony hinunter: „Du hältst dich immer noch an das kleinere Format, wie ich sehe.“

„Hallo, Lasse, was suchst du denn hier?“ rief Britta erstaunt

Ich mußte lachen. Nein, Lasse hatte sich nicht verändert. Und dabei hatte ich ihn eine Ewigkeit nicht gesehen.

„Was ist eigentlich aus dieser Schimmelstute geworden, die du zusammen mit Madeleine gekauft hast?"

Das Lachen blieb mir im Hals stecken. Ich hatte mich riesig gefreut, Lasse so unerwartet im Wald zu treffen, und ich hatte für einen Augenblick alles andere vergessen. Aber nun wurde ich wieder an Siboney erinnert, denn sie war das Fohlen „dieser Schimmelstute". Ich brachte kein Wort heraus.

„Hier in der Gegend scheinen noch andere Pferde erkältet zu sein", meinte Lasse. „Heute morgen rief jemand meinen Onkel an und sagte, sie hätten zwei kranke Pferde auf dem Hof . . ."

Ich konnte Lasse nicht ansehen, weil ich dann sofort wie ein kleines Kind losgeheult hätte. Aber ich war ihm eine Erklärung schuldig: „Wir haben heute morgen angerufen. Kicki und ich. Oh, Lasse, wenn du wüßtest, wie furchtbar alles ist."

Wir ritten Seite an Seite durch den Wald. Lasse kannte ich fast mein ganzes Leben lang. Wir besuchten als Kinder dieselbe Reitschule. Mein Onkel Magnus war dort Reitlehrer.

Eines Tages wurde die Reitschule geschlossen. Alle, die ich gern hatte – Menschen und Pferde –, wurden in alle Winde zerstreut.

Lasse hatte sich kaum verändert. Nur seine dunklen Haare waren etwas länger und seine Augen hatten etwas von ihrem schelmischen Glanz verloren, waren ein wenig ernster geworden.

Merkwürdig! Plötzlich konnte ich über alles sprechen. Ich erzählte von Siboney, und wie alles angefangen hatte, damals vor zwei Jahren, als Lasse mir einen Job auf dem Hof seines Bruders verschafft hatte . . .

Ich berichtete über Gazelle, die Schimmelstute, und wie Madeleine und ich uns nach dem Fohlen gesehnt hatten.

„Dieses Fohlen ist Siboney. Du hättest sie sehen müssen, als sie auf die Welt kam. Das knochigste Häufchen Elend, das man sich vorstellen kann. Sie war dunkelbraun, fast schwarz. Sie hatte übergroße, lange Ohren und sah furchtbar mürrisch aus. Wahrscheinlich war sie das häßlichste Fohlen der Welt. Aber ich war überglücklich. Ich liebte sie vom ersten Augenblick an."

Lasse schwieg, und ich fuhr fort: „Du kannst dir meine Träume, meine Hoffnungen und Pläne vorstellen. Ich dachte immer daran, daß sie groß wird und ich sie eines Tages reite . . ."

„Und was passierte dann?" fragte Lasse.

„Das ist es ja gerade. Es passierte *nichts.* Ich gab ihr Heu und Kraftfutter und Vitamine. Ich tat alles für sie. Aber sie wuchs nicht. Ich wollte es zuerst nicht wahrhaben, daß mit ihr etwas nicht in Ordnung sei. Jetzt muß ich es wohl einsehen . . . Und seit sie diesen Husten hat, frißt sie gar nichts mehr. Sie steht nur da und läßt den Kopf hängen."

Ich schwieg. Ich hatte alles gesagt. Lasse schwieg auch. Aber ich spürte, daß er mich verstand und fühlte mich ein bißchen erleichtert.

Dann fiel mir etwas ein: „Sagtest du nicht, daß wir heute morgen mit deinem Onkel telefoniert haben?"

„Hmhm", antwortete Lasse lächelnd. „Der neue Tierarzt ist mein Onkel."

. Wir näherten uns jetzt der Reitschule.

„Hast du etwas dagegen, wenn ich mit dir komme und auf meinen Onkel warte?" fragte Lasse.

„Glaubst du vielleicht, es ist schöner allein zu warten?“

Lasse brachte seinen Fuchs auf eine der Koppeln und folgte mir in den Stall. Siboney lag in ihrer Box. Als wir mit Silber hereinkamen, raffte sie sich mühsam hoch. Den Hafer hatte sie nicht angerührt.

Eine Stunde später kam der Tierarzt. Er machte einen ruhigen, sympathischen Eindruck und war noch nicht so schrecklich alt. Zuerst untersuchte er Silber.

„Das Pony ist in guter Verfassung“, meinte er und schrieb nur eine Flasche Hustensaft auf.

Dann gingen wir zu Siboney.

„Ist das Pferd versichert?“ lautete die erste Frage des Tierarztes, nachdem er sich das Fohlen eine Weile angeschaut hatte. Das wirkte so kalt und nüchtern auf mich, daß ich mit Mühe und Not ein schwaches „Ja“ stammeln konnte.

„Ist sie schon immer so mager gewesen?“

Ich erklärte ihm, daß das gerade das Problem sei. Der Tierarzt murmelte irgend etwas Unverständliches und untersuchte Siboneys Zähne gründlich. Daß sie einen Unterbiß hatte, wußte ich. Aber der andere Tierarzt hatte gesagt, das sei nicht von Bedeutung.

„Lasse, sei so nett und hole mir aus meiner Tasche im Auto eine Mundklammer und eine Taschenlampe.“

„Wollen Sie Siboneys Zähne feilen?“ fragte ich vorsichtig.

Dr. Södergren machte ein besorgtes Gesicht. „Ich fürchte, das würde in diesem Fall nichts nützen. Aber ich will mir ihr Gebiß doch noch genauer ansehen.“

Die Klammer hielt Siboneys Kiefer auseinander. Der Tierarzt leuchtete lange mit seiner Taschenlampe in das Maul meines Fohlens.

„Tja! Das habe ich befürchtet. Ein Unterbiß bedeutet, daß die Kaufläche verschoben ist. Das allein ist schon schlimm genug. Aber hier kommt noch ein anderer Fehler hinzu, den man Scherenbiß nennt. Ihr könnt selbst sehen, daß Ober- und Unterkiefer sich kaum berühren. Die Kaumöglichkeit ist minimal. Dieses Pferd kann sein Fressen nicht verdauungsgerecht zerkleinern. Die Zähne beißen nicht aufeinander . . ."

Ich wollte nichts mehr hören. In meinem Kopf schien sich alles zu drehen.

„Kann man denn nichts machen?" stammelte ich verzweifelt.

Doktor Södergren schaute mich teilnahmsvoll an und sagte: „Man soll ein Tier nicht unnötigen Qualen aussetzen. Die Antwort auf deine Frage – und ich weiß, daß das sehr hart klingt – ist, daß dieses Pferd verhungern muß. Es leidet schon lange. Das siehst du ja selbst. Es gibt keinen Grund, das arme Tier noch länger zu quälen."

Am nächsten Tag sollte ein Auto kommen und Siboney abholen.

Ich wußte nicht mehr ein noch aus. Ich führte mein Fohlen ein letztes Mal über den Hof. Ich stolperte, und fiel hin. Meine Knie bluteten. Aber das merkte ich erst später.

Das Auto kam. Der Fahrer tauschte Siboneys weiches Lederhalfter mit geübter Hand gegen eine Kette aus. Eine kalte Eisenkette, wie Kühe sie haben. Dann zerrte er mein kleines Fohlen über die Ladebrücke in das Dunkel seines Wagens.

Eine Kette als Halfter. Ich glaube, das war das Schlimmste. Ich stand noch lange auf dem Hof. Endlich ging ich mit schweren Schritten zu meiner Wohnung.

Mit Lasse und Goldie auf vier Rädern

Am nächsten Nachmittag kurz nach vier Uhr klopfte es an meiner Tür.

„He", sagte Kicki und steckte vorsichtig ihren Kopf herein. „Wie geht es dir?"

Meine Wohnung bestand aus einem gemütlichen Zimmer, einer riesengroßen Küche und einem winzigen Bad. Nebenan befand sich der Stall für meine Pferde – das heißt, jetzt besaß ich nur noch ein Pferd.

„Wie soll es mir schon gehen", antwortete ich. Ich lag auf meinem Bett und starrte an die Decke.

„Hast du etwas gegessen?" wollte Kicki wissen.

„Ich habe keinen Hunger."

Kicki setzte sich auf einen Stuhl neben mich: „Soll ich deinen Reitunterricht heute abend übernehmen?"

„Wieso? Ach ja, Reitunterricht . . ." Daran hatte ich überhaupt nicht gedacht. Ich hatte auch nichts vorbereitet. „Willst du das? Das ist sehr lieb von dir", sagte ich dankbar. „Das Reitbuch mit den Namen liegt auf dem Küchentisch."

Kicki schloß die Tür hinter sich. Ich war wieder allein.

Ich hörte Autos, die ankamen und wieder wegfuhren: Eltern brachten ihre Kinder. Abends wimmelte es immer von Menschen in der Reitschule. Ich dachte an meine kleinen Schüler, deren Reitunterricht jetzt begann. Ich stellte mir vor, wie sie anschließend sorglos und glücklich ihre Lieblingspferde verwöhnten ...

Wieder knarrte meine Tür. Ehe ich aufstehen konnte, sprang Lasses Schäferhündin herein und leckte mir vor Freude das Gesicht.

„Hör auf! Das kitzelt."

Lasse stiefelte in die Küche.

„Aufstehen! Wir wollen etwas Eßbares für dich machen!"

„Sieh mich bitte nicht an", murmelte ich verlegen und flüchtete ins Badezimmer. Meine Haare waren zerzaust und meine Augen rotgeweint.

„Ich kann nichts essen", rief ich und bürstete meine Haare.

„Unsinn", widersprach Lasse. „Ich brate jetzt Eier, Wurst und Kartoffeln mit Kümmel. Dazu trinken wir Hagebuttentee."

„Ist das meine oder deine Küche?" brummte ich.

„Jemand muß sich schließlich um dich kümmern", meinte Lasse und stellte die Bratpfanne auf den Herd.

Es schmeckte herrlich. Erstaunlicherweise fühlte ich mich viel besser, nachdem ich etwas gegessen hatte.

„Du kannst richtig gut kochen", gab ich neidvoll zu.

„Ich habe eine Idee", antwortete Lasse. „Wir fahren jetzt zu mir. Dann kannst du Cayenne näher kennenlernen."

„Meinetwegen", sagte ich. Es war wunderbar, daß Lasse sich so um mich kümmerte. Aber das könnte ich ihm nie sagen. „Heißt dein Fuchs Cayenne? Hatte dein Bruder nicht vor ein paar Jahren ein braunes Vollblut, das so hieß?"

„Ja", nickte Lasse. „Das wird jetzt auf Jägersruh trainiert. Mir gefiel der Name so gut."

Draußen war es kalt und stürmisch.

„Ist das dein Auto?" fragte ich.

„Nein“, Lasse schüttelte entrüstet den Kopf. „Glaubst du vielleicht, ich bin über Nacht Millionär geworden? Ich verbrauche fast mein ganzes Geld für Cayenne. Das Auto gehört meinem Onkel. Er wollte es mir eigentlich nicht geben. Ich mußte ihm versprechen, so schnell wie möglich zurückzukommen. Hoffentlich hat inzwischen niemand angerufen, daß ein Schwein niest, eine Kuh kalbt oder ein Schaf sich nicht scheren lassen will. Komm, wir müssen uns beeilen. Ich habe nur einen uralten Volkswagen. Aber der hatte heute keine Lust anzuspringen.“

Goldie kletterte auf den Rücksitz, und ich setzte mich neben Lasse.

„Warum heißt sie Goldie?“ wollte ich wissen. „Das klingt so sanft für einen Schäferhund.“

„Schäferhunde *sind* sanft“, wandte Lasse ein. „Natürlich gibt es Ausnahmen. Aber leider glauben viele Menschen, alle Schäferhunde seien unzuverlässig und bissig.“

„Ich mag Schäferhunde sehr“, antwortete ich und kraulte Goldie hinter den Ohren.

Wir bogen in eine Allee mit alten knorrigen Bäumen ein. Ich konnte nicht erkennen, was es für Bäume waren. Es war dunkel und die Äste waren laublos.

Rechts vor uns tauchte im Scheinwerferlicht ein Warnschild auf: „Vorsicht Wildwechsel!“

Lasse fuhr langsamer. Die mächtigen Baumstämme zogen wie stumme, geisterhafte Zeugen einer längst vergangenen Zeit an uns vorüber.

„Im Sommer muß die Allee wunderschön aussehen“, sagte ich verträumt zu Lasse.

Ehe Lasse antworten konnte, versuchte plötzlich etwas Dunkles unmittelbar vor uns über die Straße zu laufen. Lasse trat voll auf die Bremse. Aber der Asphalt bot den

Reifen keinen Widerstand: Der beißende Wind mußte die nasse Straße in eine spiegelglatte, verhängnisvolle Eisbahn verwandelt haben. Der rechte Straßengraben schien drohend auf uns zuzukommen. Plötzlich traf ein dumpfer Schlag den rechten, vorderen Kotflügel, und der Wagen wurde in die andere Richtung geschleudert. Ich klammerte mich verzweifelt an das Armaturenbrett, um mich irgendwo festzuhalten. Im gleichen Augenblick stieß ich mit dem Kopf gegen eine kalte und harte Kante.

Das Auto wurde zu einem Karussell, das sich in wahnsinniger Geschwindigkeit um die eigene Achse drehte. Es drehte sich immer schneller, bis es vom Boden abhob und sich den Baumkronen näherte, über sie hinausstieg und schließlich – langsamer werdend – über den Wald schwebte.

„Britta! Britta! Ist dir etwas passiert?"

Was war das für eine Stimme? Befand sich noch jemand in meinem Karussell?

„Bitte, liebe Britta, mach doch endlich die Augen auf!"

So ein Unsinn. Meine Augen waren doch offen: Ich sah ganz deutlich den dunklen Wald tief unter mir. Warum klang die Stimme eigentlich so aufgeregt?

„Nicht doch! Was soll denn das?" schimpfte ich. Etwas Nasses und Kaltes bedeckte plötzlich mein Gesicht. Dieses nasse und kalte Etwas hüllte auch mein Karussell ein, so daß es die Balance verlor und zur Erde stürzte.

Ich schrie und – schlug die Augen auf. Lasse beugte sich über mich und rieb mein Gesicht mit einem Stückchen Eis ab . . .

„Lasse", flüsterte ich.

„Britta! Gott sei Dank! Du lebst!"

„Ich friere. Warum hast du mich denn mit Eis eingerieben?" fragte ich verwundert.

„Weil du ohnmächtig warst", erklärte Lasse. „Oder wäre es dir lieber gewesen, ich hätte dir ein paar Ohrfeigen verabreicht, um dich wieder zur Besinnung zu bringen?"

Wir mußten beide lachen.

„Was ist denn eigentlich passiert?" wollte ich wissen und richtete mich auf.

„Ich mußte plötzlich scharf bremsen", berichtete Lasse. „Ich hatte keine Ahnung, daß die Straße hier vereist war, und kam ins Schleudern. Ich habe natürlich durch Gegenlenken versucht, das Schlimmste zu verhüten. Aber viel konnte ich nicht ausrichten. Es war spiegelglatt. Der Wagen drehte sich im Kreis und rutschte schließlich auf einen dicken Baumstamm zu, der ihn zum Stehen brachte. Du bist offenbar mit dem Kopf aufgeschlagen. Hast du Kopfschmerzen?"

Ich schüttelte den Kopf. „Ich glaube nicht. Aber mir ist schrecklich kalt."

Während Lasse auf dem Rücksitz nach einer Decke suchte, hörte ich plötzlich ein leises Winseln und eine warme, feuchte Zunge leckte mein kaltes Gesicht.

„Goldie", rief ich glücklich und kraulte sie hinter den Ohren. „Wie geht es dir?"

„Sie scheint den Unfall gut überstanden zu haben", antwortete Lasse und hüllte mich in eine warme Wolldecke ein. „Ist es so besser?"

„Wunderbar", nickte ich dankbar. Ich kuschelte mich in die Decke und versuchte, meine Gedanken und die vielen Eindrücke der letzten Minuten zu ordnen. Lasse, Goldie und ich schienen wohlauf zu sein. Das war das Wichtigste.

„Was ist mit dem Wagen?" fragte ich erschrocken. „Er gehört doch deinem Onkel und ..."

„Du darfst dich jetzt nicht aufregen", unterbrach mich

Lasse. „Ich hoffe, das Auto ist noch fahrtauglich. Ich sehe gleich einmal nach."

Nachdem Lasse den Wagen mit Hilfe einer Taschenlampe gründlich untersucht hatte, kam er wieder herein und setzte sich neben mich auf den Fahrersitz.

„Sieht schlimmer aus, als ich dachte", berichtete er und runzelte die Stirn. „Hinten ist alles in Ordnung. Aber die beiden vorderen Kotflügel . . . Der linke ist so eingedrückt, daß er das Rad blockiert. Wir können nicht fahren."

Ich stellte mir das Auto als total verbeultes Wrack vor, und vor meinen Augen erschien Lasses Onkel überlebensgroß: er schimpfte wild und drohte wütend mit dem Zeigefinger.

Ich mußte ein ziemlich entsetztes Gesicht machen, denn Lasse fragte: „Siehst du Gespenster?"

„Nein, nur deinen Onkel", antwortete ich wahrheitsgemäß.

„Tja, erfreut wird er nicht gerade sein", seufzte Lasse. „Ich muß eben versuchen, die Reparaturkosten von meinem Taschengeld abzustottern."

„Dabei helfe ich dir", erklärte ich sofort. „Reich bin ich nicht, aber . . ."

„Kommt gar nicht in Frage", protestierte Lasse. „Schließlich habe ich den Unfall verursacht. Du kleines Küken besitzt ja noch nicht einmal den Führerschein", hänselte er mich.

„Aber du hast den Unfall doch gar nicht verschuldet." Ich erinnerte mich wieder ganz genau an die Minuten vor dem Unfall. „Du hast das Warnschild beachtet und fuhrst langsam, als überraschend irgend etwas Dunkles über die Straße wollte . . ."

„Natürlich", rief Lasse erschrocken. „Daran habe ich gar

nicht mehr gedacht. Wir müssen sofort nachsehen, ob jemand verletzt ist. Komm, Goldie."

Wir kletterten alle drei aus dem Auto, und während Lasse und ich mit der Taschenlampe die Straße ableuchteten, rannte Goldie schnüffelnd und zielstrebig zum Straßenrand. Plötzlich blieb sie stehen und bellte ganz aufgeregt. Wir eilten zu ihr. Im Licht der Taschenlampe erblickten wir ein Rehkitz, das verzweifelt darum kämpfte, sich auf seine kleinen Läufe zu erheben. Nach kurzer Anstrengung sank es erschöpft zu Boden und sah uns aus großen, ängstlichen Augen hilfesuchend an.

„Ruhig, Goldie", sagte Lasse und beugte sich über das Reh. „Die Hinterläufe sind blutig. Und wahrscheinlich auch gebrochen", stellte er fest. „Es muß mit ihnen unter die Räder gekommen sein."

Das Reh unternahm einen weiteren hoffnungslosen Versuch aufzustehen.

„Na, na, schon gut", sagte Lasse mit sanfter Stimme und strich dem armen Tier beruhigend über das Fell. „Wir müssen es so schnell wie möglich zu meinem Onkel bringen. Aber wie? Mit bloßen Händen schaffe ich es unmöglich, den verbeulten linken Kotflügel so weit zurechtzubiegen, daß er das Rad nicht mehr behindert."

„Liegt nicht vielleicht irgendein Stock oder eine Zange im Kofferraum?" überlegte ich.

„Britta, du bist ein Genie", lobte Lasse. „Warum bin ich darauf nicht selbst gekommen? Mit dem Wagenheber müßte es gehen."

„Halt", rief ich Lasse nach, der schon zum Auto zurücklaufen wollte. „Erst müssen wir uns um das Kitz kümmern. Oder hast du alles vergessen, was du im Erste-Hilfe-Kurs gelernt hast?"

„Britta, du hast schon wieder recht“, staunte Lasse. „Ich hole schnell den Verbandskasten und versuche, das Auto etwas näher heranzuschieben, damit wir im Scheinwerferlicht besser sehen können.“

Ich kniete mich neben das Reh und streichelte den kleinen, hilflosen Körper. Dabei spürte ich, wie sein Herz unter meinen Händen noch aufgeregter klopfte.

„Du brauchst doch keine Angst zu haben“, flüsterte ich. „Ich bin nicht dein Feind. Ich tue dir nichts.“

Goldie schlich näher.

Zuerst beschnupperte sie das fremde Wesen neugierig, dann winselte sie leise und stupste es ganz vorsichtig. Als das Kitz daraufhin vor Schreck wieder zu entkommen versuchte, leckte Goldie es zart und sanft mit ihrer Zunge, um es zu beruhigen. Das kleine Reh hatte Goldies Mutterinstinkte geweckt.

Lasse traute seinen Augen nicht, als er im Scheinwerferlicht des Autos, das er auf der glatten Straße ohne allzugroße Mühe näherschieben konnte, diese zärtliche Hilfsbereitschaft erblickte.

„Ist Goldie nicht wunderbar?“ strahlte ich. „Sie hat das Kleine in wenigen Minuten so beruhigt, daß es nicht mehr zittert und beinahe eingeschlafen ist.“

„Dann wird es dir ja nicht mehr schwerfallen, deine Erste-Hilfe-Kenntnisse sachkundig und perfekt wie eine richtige Krankenschwester anzuwenden“, neckte Lasse mich und überreichte mir den Verbandskasten.

„Spotte nicht, sondern bring mir lieber vier kräftige Zweige, damit ich die Läufe schienen kann“, erwiderte ich.

Während Lasse gehorsam mit seiner Taschenlampe in den Wald stapfte, zerschnitt ich zwei Mullbinden in mehrere gleichlange Stücke.

„Nun beweise deine Erste-Hilfe-Kenntnisse!" rief Lasse und stapfte mit dem Verbandskasten heran

Dank Goldie hatte sich das Kitz so weit entspannt, daß es sich kaum noch wehrte, als wir seine Läufe notdürftig schienten. Ich bildete mir ein, fast so etwas wie Zutrauen und Dankbarkeit in seinen immer noch ängstlichen Augen zu sehen.

„Ich messe jetzt meine Kräfte mit dem verbeulten Kotflügel", meinte Lasse. „Gehe ich als Sieger hervor, betten wir das Reh in den Kofferraum und transportieren es so schnell wie möglich zu meinem Onkel."

„Ich setze auf Sieg", sagte ich zuversichtlich. Ich ging ebenfalls zum Wagen und richtete im Kofferraum ein behelfsmäßiges, aber weiches Lager ein. Goldie bewachte unterdessen unseren kleinen Patienten.

Lasse wurde rasch mit dem Kotflügel fertig. Aber als wir das Reh gemeinsam hochhoben, erwartete uns eine böse Überraschung: Das Tier blutete heftig aus einer offenbar tiefen Wunde am Oberlauf. Bisher hatte das Reh nur auf einer Seite gelegen und deshalb hatte ich diese Verletzung nicht gesehen. Vielleicht blutete die Wunde auch nur durch die Bewegung stärker.

„Desinfizieren und abbinden", schlug Lasse vor. „So können wir nicht fahren."

„Desinfizieren?" rief ich entrüstet. „Man sollte nicht glauben, daß du der Neffe eines Tierarztes bist. Falls die Wunde so tief ist, daß sie genäht werden muß, kann der Arzt das nach Verwendung eines Desinfektionsmittels unter Umständen nicht mehr tun. Aber bring bitte schnell noch eine Mullbinde, und laß uns sicherheitshalber den Lauf oberhalb der Wunde abbinden."

Endlich hatten wir es geschafft: Das Rehkitz lag in eine alte Decke gehüllt im Kofferraum. Neben ihm saß Goldie, die das Kleine nicht aus den Augen lassen wollte.

„Und nun?“ fragte ich ratlos. „Wir können den Kofferraum nicht offen lassen. Aber wir können ihn auch nicht schließen, weil die beiden Tiere dann keine Luft mehr bekommen.“

„Daran habe ich längst gedacht“, antwortete Lasse. „Wir ziehen das Abschleppseil einfach durch die beiden halb geöffneten Seitenfenster und schlingen es um den Kofferraumdeckel, damit er beim Fahren nicht zuklappen kann.“

„Diesmal bist du das Genie“, lobte ich ihn anerkennend.

Lasse und ich kletterten auf unsere Sitze.

„Wie viele Stunden sind eigentlich seit dem Unfall vergangen?“ fragte ich und merkte erst jetzt, wie erschöpft ich war.

Lasse sah auf die Uhr und grinste: „Genau zwanzig Minuten. Mit deinem Zeitgefühl scheint es nicht weit her zu sein.“

Ich schüttelte verwundert den Kopf. Mir kam es wie eine Ewigkeit vor, aber ich war zu müde, um noch weiter darüber nachzudenken.

Der Wagen rollte langsam und vorsichtig durch die Dunkelheit. Das leise, gleichmäßige Surren des Motors schläferte mich ein. Aber immer wieder zogen die Aufregungen der letzten Minuten an mir vorüber.

Wie hoch würde der Schaden am Auto wohl sein ...? Wenigstens kein Totalschaden, es fuhr ja wieder. Und Lasses Onkel ...? Wie würde er reagieren ...? Mußte Lasse die Reparaturen von seinem Taschengeld bezahlen ...? Wovon sollte er dann noch Cayenne ernähren ...?

Ich habe Freunde gefunden

Der Wagen holperte über das Kopfsteinpflaster und hielt vor dem Haupteingang.

Doktor Södergren hatte den Hof erst vor kurzem gekauft. Die Nacht verschluckte das Haus, nur hinter den Fenstern leuchtete es hell und einladend. In der Diele roch es nach Kerzen und gebratenen Äpfeln. Lasses Onkel und Tante saßen in der Küche. Es war eine große, altmodische, urgemütliche Küche. Tisch und Stühle standen in der Mitte. An der Wand lud eine lange, weißgestrichene Bank mit rot-weiß-karierten Baumwollkissen zum Sitzen ein. Kaffeeduft stieg in unsere Nasen.

„Euch treibt wohl der Hunger endlich nach Hause“, begrüßte uns Lasses Tante freundlich. „Setzt euch. Der Kaffee ist gerade fertig. Und Bratäpfel gibt es auch.“

„Ich wußte nicht, daß es so weit zur Reitschule ist“, sagte Doktor Södergren mit gespielter Überraschung und schaute von seiner Zeitung auf. „Gestern nachmittag kam mir der Weg ziemlich kurz vor.“

Lasse und ich blickten uns verstohlen an. Wie konnten wir ihm möglichst schonend von dem Unfall berichten?

„Ja . . .“, begann Lasse vorsichtig, „die Sache ist nämlich so . . . Wir wurden aufgehalten . . . Aber wir haben etwas mitgebracht . . .“

„Es liegt im Kofferraum und braucht dringend Hilfe.“

In meiner Stimme lag die Aufregung der letzten Stunde, und vor allem die Angst um das verletzte Reh.

Lasses Onkel legte sofort seine Zeitung zur Seite, stand auf und sah mich mit ernsten Augen an.

„Mir ist ein Reh ins Auto gelaufen", erklärte Lasse. „Es lebt, aber . . ."

„Lasse konnte nichts dafür", unterbrach ich ihn schnell. „Er drosselte nach dem Warnschild das Tempo und fuhr wirklich ganz langsam . . ."

„Und das soll ich euch glauben?" fragte Doktor Södergren und schaute uns über den Rand seiner Brille mißtrauisch an. „Warum ist das Reh dann verletzt? Ihr hättet doch bremsen oder ausweichen können."

„Das habe ich ja auch versucht", erwiderte Lasse. „Aber der Wagen kam ins Rutschen, als ich auf die Bremse trat. Spiegelndes Glatteis."

„Also doch zu schnell gefahren", entschied der Tierarzt.

Er hatte natürlich recht.

Weitere Erklärungen waren zwecklos. Wir machten ein zerknirschtes Gesicht und gingen gemeinsam hinaus. Lasse und sein Onkel trugen das arme Reh behutsam in die Praxis.

„Die Wunde muß ich gleich nähen", stellte Doktor Södergren fest, während er das Reh untersuchte. „Ihr habt die Arterie gut abgebunden. Auch die gebrochenen Läufe sind fast perfekt geschient. Unter den gegebenen Umständen hätte ich es nicht besser machen können. Wer von euch beiden war denn der Wunderdoktor?"

Ich errötete, als Lasse mich lobte, und murmelte etwas wie: . . . doch ganz einfach . . . selbstverständlich . . .

„Wird das Rehlein wieder laufen können?" fragte ich dann und streichelte den kleinen, zitternden Körper.

„Das hoffe ich. Die beiden Brüche sind unkompliziert. Das Tier ist nur durch den Blutverlust ziemlich geschwächt. Aber wenn es Nahrung annimmt, kann es in zwei bis drei Monaten wieder durch die Wälder springen."

Lasses Onkel zog zwei Spritzen auf. „Die eine ist gegen Wundstarrkrampf und die andere ist eine Betäubungsspritze", erklärte er. „Und nun macht, daß ihr verschwindet. Ich kann euch hier nicht gebrauchen. Und nehmt vor allem Goldie mit."

Goldie protestierte heftig, als Lasse sie am Halsband auf den Hof hinauszog.

„Komm, Goldie. Komm mit in den Stall", sagte Lasse. „Ich muß Cayenne füttern."

„Was für ein riesiger, alter Stall", staunte ich. Ich erwartete mindestens zwanzig Pferde darin zu finden. Aber nur eine einzige Box war bewohnt. Cayenne wieherte zur Begrüßung. Ich sprach mit ihm und klopfte ihn freundlich, während Lasse Futter holte.

„Onkel Jonas hat sein ganzes Leben davon geträumt, auf dem Land zu leben", erzählte Lasse und öffnete einen Ballen Heu. „Jetzt möchte er sich gern Pferde anschaffen. Er findet es jammerschade, daß der Stall so leer steht. Wer weiß, vielleicht kauft er im Frühjahr ein paar Stuten."

Ich setzte mich auf einen alten Hocker und dachte wieder an Siboney, meine kleine Stute. Würde ich je ein eigenes großes Pferd besitzen?

„Was hast du, Britta?" fragte Lasse besorgt und legte eine Hand auf meine Schulter. „Geht es dir nicht gut?"

„Doch, doch", antwortete ich ausweichend. „Ich bin nur ein bißchen müde."

„Wir gehen gleich zu meiner Tante und stärken uns mit Kaffee", schlug Lasse vor.

„Wie alt ist eigentlich das Rehlein?“ fragte ich, um mich abzulenken und nicht mehr an Siboney zu denken.

„Soviel ich weiß, werden Rehe Anfang Juni geboren“, überlegte Lasse. „Es muß also ungefähr ein halbes Jahr alt sein.“

Britta dachte an ihre kleine Stute Siboney und wurde immer trauriger

„Es sah noch so klein und hilflos aus", seufzte ich. „Ich möchte oft kommen und euch bei der Pflege helfen."

„Darüber wird sich mein Onkel bestimmt freuen. Ich natürlich auch", lachte Lasse. „Und das Rehlein hat sich sowieso schon an dich gewöhnt."

„Sicher gibt es eine Unmenge alter, aufregender Dinge auf diesem Hof", überlegte ich.

„Und ob", versicherte Lasse und brachte Cayenne frisches Wasser. „Du solltest nur den Wagenschuppen sehen. Er quillt über von abenteuerlichem Gerümpel. Ich zeige ihn dir mal bei Tageslicht."

Das brachte mich auf eine Idee.

„Habt ihr vielleicht auch irgendwo einen alten Schellenkranz? So einen, wie man ihn früher den Pferden umhängte? Wir hätten so gern einen für unseren Luciazug."

„Schon möglich", meinte Lasse. „Ich werde morgen ein bißchen kramen. Vielleicht haben wir Glück . . ."

Der dampfende Kaffee erweckte uns zu neuem Leben, und die Bratäpfel schmeckten köstlich. Für einen Augenblick vergaßen wir sogar die Frage, die die ganze Zeit in unseren Köpfen spukte: Was würde Dr. Södergren zu seinem zerbeulten Auto sagen? Selbst im Stall hatten wir es vermieden, über dieses Thema zu sprechen.

In diesem Augenblick trat Lasses Onkel in die Küche. Er sah abgespannt aus und bat um eine Tasse Kaffee. Wir versuchten, in seinem Gesicht zu lesen, aber er verzog keine Miene. Er setzte sich zu uns an den Tisch und schwieg. Erst nachdem er einen kräftigen Schluck Kaffee getrunken hatte, begann er seinen Bericht.

„Das Reh schläft noch. Es geht ihm den Umständen entsprechend gut. Die Wunde war nicht so schlimm, wie sie aussah."

Ich atmete erleichtert auf.

„Und nun zu dir, Lasse", fuhr Dr. Södergren fort. „Ich habe mir gerade mein Auto angesehen. Der linke Kotflügel läßt sich vielleicht ausbeulen. Aber der rechte muß ausgewechselt werden. Und eine neue Stoßstange ist auch fällig. Ich kann nur hoffen, daß sich bei der Vermessung kein Achsenbruch herausstellt. Dann kann ich mir für die Reparaturkosten schon fast ein neues Auto kaufen." Er machte eine kurze Pause und sah Lasse in die Augen. „Wie willst du für den Schaden aufkommen?"

„Ich würde dir jeden Monat mein ganzes Taschengeld geben", murmelte Lasse. „Aber dann müßte Cayenne verhungern . . ."

„Typisch Mann", mischte sich jetzt Lasses Tante energisch dazwischen. „Statt dankbar zu sein, daß die beiden noch leben und sie nach dem schweren Schock in die Arme zu nehmen und zu trösten, denkst du nur an dein Auto. Dabei fährt es sogar noch. Auf ein paar lächerliche Beulen mehr oder weniger kommt es doch wirklich nicht an."

Lasses Onkel schmunzelte. „Kennst du mich nach so vielen Ehejahren immer noch nicht? Ich bin völlig deiner Meinung. Ich wollte dem Jungen nur eine Lehre erteilen."

Lasse und ich schauten uns fassungslos an. Wir trauten unseren Ohren nicht.

„Bilde dir nur nicht ein, daß du völlig ungeschoren davonkommst", warnte Dr. Södergren. Er versuchte, sehr streng zu wirken, aber in seinen Augen lauerte ein vielsagendes Lächeln. „Du wirst morgen hinter dem Stall ein kleines Gehege für das Reh bauen. Maschendraht mußt du kaufen und von deinem Taschengeld bezahlen, aber alte Bretter findest du sicher genug im Schuppen. Das Reh braucht eine Futterkrippe und vor allem eine Hütte, in der es warm und sicher liegt. Außerdem wirst du für seine Verpflegung aufkommen. Ich glaube nicht, daß Cayenne deshalb verhungern muß", meinte Lasses Onkel, der ein verschmitztes Lächeln jetzt nicht mehr verbergen konnte.

Nach diesem unerwartet glücklichen Ausgang schmeckte der Kaffee noch mal so gut. Wir saßen noch lange um den Tisch und plauderten über alles mögliche.

„Meinen Wagen kann ich dir vorläufig wohl nicht mehr anvertrauen", bemerkte Dr. Södergren und sah Lasse leicht strafend an. „Also werde ich die junge Dame nach Hause fahren."

„Was meinst du?" fragte Lasse seine Tante augenzwinkernd. „Können wir ihm Britta mit ruhigem Gewissen überlassen?"

Ich verabschiedete mich und bedankte mich herzlich bei Lasse und seiner Tante. Als Dr. Södergren mich nach Hause fuhr, kam mir die Welt nicht mehr so schwarz und traurig vor: Ich hatte Freunde gefunden. Ich war mit meinen Problemen nicht mehr allein.

Silber stand nun schon zwei Tage allein im Stall. Seit Siboney weg war, hatte er keinen Hafer mehr angerührt. Dabei war er sonst das verfressenste Pferd, das ich kannte. Er schlang den Hafer in sich hinein und hob den Kopf erst wieder, wenn auch das letzte, kleinste Haferkorn in seinem großen Bauch verschwunden war. Jetzt zertrampelte er den Hafer und verstreute ihn wütend über den ganzen Boden. Er sprang ungeduldig in der Box vor und zurück, wieherte laut und bäumte sich gegen die Boxtür auf. Er ließ sich durch nichts besänftigen.

Ich verstand sehr gut, wie Silber zumute war. Er vermißte Siboney genauso wie ich. Schließlich wußte ich mir keinen

Rat mehr. Ich bat Hasse und Thomas um Hilfe. Die beiden trugen die Verantwortung für den Reitstall und bestimmten alles. Sie schlugen mir vor, Billy aus dem großen Stall zu holen und in Siboneys Box zu stellen, damit Silber nicht so allein sei. Tatsächlich. Silber beruhigte sich und begann wieder zu fressen. Ich freute mich auch darüber, daß Billy jetzt in meinem Stall stand. Es war nicht gerade angenehm gewesen, jeden Morgen zum Ausmisten und Füttern in den Stall zu kommen und immer wieder auf die leere Box neben Silber zu starren . . .

Am Tag vor dem Luciafest kam Lasse. Er erzählte vom Rehlein, dem es mit jedem Tag besser ging. Es entwickelte schon einen recht beachtlichen Appetit.

„Goldie ist immer noch verrückt nach ihm", berichtete Lasse. „Die beiden sind unzertrennlich. Goldie gab keine Ruhe, bis ich ihre Hundehütte ins Gehege stellte, damit sie auch nachts auf ihren neuen Freund aufpassen konnte."

„Und das Auto?" fragte ich.

„Zum Glück kein Achsenbruch", antwortete Lasse erleichtert.

„Zwei gute Nachrichten auf einmal", freute ich mich. „Ein Glück kommt selten allein."

„Oder: Alle guten Dinge sind drei", lachte Lasse. „Ich habe euch nämlich noch etwas mitgebracht: Einen Schellenkranz!"

„Du hast tatsächlich einen richtigen Schellenkranz gefunden", rief ich begeistert. Am liebsten hätte ich ihn vor Freude umarmt. „Thomas! Sieh mal! Diesen wunderbaren Schellenkranz können wir morgen Rauhbein umhängen."

Alle liefen herbei, um den Schellenkranz zu schütteln und den Klang seiner Glocken zu bewundern.

„Was hast du dir da für einen netten Jungen geangelt", hänselte mich Kicki später.

„Wieso geangelt", murmelte ich mit hochrotem Kopf. „Lasse kenne ich schon seit vielen Jahren."

„Verdammt", sagte Thomas. „Jetzt hätte ich beinahe etwas Wichtiges vergessen."

„Was denn?" wollten Kicki und ich gleichzeitig wissen.

„Ich muß Lasse noch fragen, ob er morgen mitreitet. Dann hätten wir zwei Füchse an der Spitze des Zuges und Kicki kann auf Lord Peter neben Patrik hinter dem Schlitten reiten . . ."

„*Ich* soll Lord Peter reiten? Und wen willst *du* reiten?"

Kicki sah aus wie ein lebendes Fragezeichen.

„Ich wollte mir die große Ehre zuteil werden lassen, den Schlitten mit Lucia zu lenken", grinste Thomas. „Du kannst natürlich auch Agnetas Pferd reiten . . ."

„Niemals", protestierte Kicki.

„Also abgemacht", entschied Thomas. „Dann brauche ich nur noch Lasses Zustimmung."

„Hoffentlich fällt bis morgen noch etwas Schnee", meinte ich besorgt. „Sonst wird es für Rauhbein schwer, den Schlitten zu ziehen."

„Dafür muß Thomas sorgen." Kicki war immer noch ziemlich sauer. „Er kann doch sonst alles so vorzüglich organisieren."

In diesem Augenblick kam Hasse zu uns in den Stall.

„Ich habe die Fackeln für morgen", berichtete er. „Und für diejenigen, die auf den großen Pferden reiten, weiße Zottelpelze."

„Ich als Kutscher kann meinen grauen Pelz anziehen", schlug Thomas vor. „Britta und die Ponyreiter sollten nach Möglichkeit rote Jacken tragen."

„Damit wir wie Heinzelmännchen aussehen“, lachte ich. „Aber das läßt sich machen. Die meisten haben rote Jacken und die anderen können sich welche ausleihen.“

„Apropos Heinzelmännchen. Wir brauchen einen starken Heinzelmann, der Billy am Zügel führt.“

„Pah“, widersprach Martin bockig. „Wieso darf ich plötzlich nicht allein reiten?“

Hasse und Thomas hielten an ihrer Meinung fest. Ich stimmte ihnen auch zu.

„Wenn du nicht einverstanden bist, bleibt Billy im Stall“, bestimmte Hasse. „Wir wissen alle nur zu gut, wie unberechenbar Billy ist. Wenn er Lust hat, brennt er plötzlich in Richtung Stall durch und reißt die anderen Pferde mit sich. Den Luciazug können wir dann streichen.“

Martin murrte zwar, aber er mußte sich fügen.

„Ich fahre schnell zu Dr. Södergren und spreche mit Lasse“, erklärte Thomas. „Kommst du mit, Kicki?“

Ein nächtlicher Festzug hoch zu Roß

„Hat jemand ein Paar alte braune Fingerhandschuhe gesehen?“ rief ein aufgeregtes Heinzelmännchen und suchte in allen Ecken.

„Dort liegen welche.“ Ich zeigte auf den Fußboden vor Organdies Box.

„Nein, die sind viel zu schön“, lachte das Heinzelmännchen. „Die Handschuhe, die ich suche, habe ich für meinen

Vater gestrickt, aber er wollte sie nicht haben. Sie waren ihm zu häßlich ..."

Der Stall wimmelte von erwartungsvollen Kindern, die Pferde striegelten und Hufe auskratzten. Noch hatte niemand mit dem Satteln angefangen.

Ich ging schnell zurück in meinen kleinen Stall, um Silber weiterzubürsten. In der anderen Box kümmerte sich Martin um Billy. Um ihn herum lungerten seine schlaksigen Mopedfreunde. Sie folgten ihm immer auf Schritt und Tritt, wie ein zweiter Schatten.

Ich holte Silbers alten, abgenutzten Passiersattel. Ich liebte diesen Sattel. Ich würde ihn nicht gegen einen neuen eintauschen, denn es dauert lange, bis ein Sattel richtig eingeritten ist.

Es machte immer wieder Spaß, Silber zu zäumen. Er sperrte sein Maul bereitwillig auf, sobald er das Klirren der Trense hörte. Er konnte es kaum erwarten, hinausgeführt zu werden, so neugierig war er. Er ging mit mir durch dick und dünn – wie ein richtiger Freund.

Allmählich versammelten sich alle auf dem Hof. Es war schon dunkel draußen. Im Schein der Lampe über der Stalltür sah alles ein bißchen unwirklich, beinahe geisterhaft aus. Hasse und Thomas spannten Rauhbein vor den Schlitten. Das war nicht schwierig, denn das Fjordpferd war daran gewöhnt. Es zog den Schlitten sogar gern. Und heute – mit dem Schellenkranz um den Hals – war es besonders stolz.

Zum Schluß kam Agneta. Es war ein feierlicher Anblick, als sie in ihrem langen weißen Pelz und mit einem Lichterkranz auf dem Kopf neben Thomas Platz nahm. Den Schlitten hatten wir mit Tannenzweigen und Lametta geschmückt. Das sah nicht nur hübsch aus, sondern roch auch gut.

„Kommt Patrik nicht zu nah. Er könnte ausschlagen“, warnte Lotta. Sie war nervös, weil die Kleinen mit ihren Ponys überall umherwirbelten. Patrik war Hasses junger Halbblutwallach, und Lotta war sein Stallknecht. Sie war überglücklich, daß sie im Luciazug mitreiten durfte.

Martin hatte schon einen kräftigen Heinzelmann zugeteilt bekommen, der den unruhigen Billy am Halfter führte. Die blaßgelbe Sessan mit ihren verspielten Ohren wollte nicht stillstehen, als Susanne in den Sattel kletterte. Der Russe Lillebror, ein richtiger kleiner Strolch, sauste mit Pia von einem Pferd zum anderen und neckte sie, bis alle böse auf ihn wurden. Der alte Scheck sprang erschrocken zur Seite, wenn die großen Pferde ihm zu nahe kamen.

Der Hof wimmelte von Pferden und Menschen, als Lasse in raschem Trab auf uns zukam. Die Pferde hoben ihre Köpfe und spitzten neugierig die Ohren.

„He, willst du auch noch zur allgemeinen Kopflosigkeit beitragen?“ rief ich fröhlich. Lasse lachte. Seine Augen strahlten. Das taten sie oft. Wahrscheinlich fühlte ich mich deshalb in seiner Nähe so geborgen.

„Kannst du eine Fackel in der Hand halten, oder scheut dein Pferd dann?“ fragte Hasse, der mit einer brennenden Fackel auf Organdie saß. Die nervöse Stute vertraute Hasse und kümmerte sich nicht um das knisternde, funkensprühende Feuer.

„Cayenne hat keine Angst“, antwortete Lasse und klopfte anerkennend den Hals seines Pferdes. „Er läßt sich durch nichts aus der Ruhe bringen.“

„Gut“, meinte Hasse. „Dann versuche ich jetzt, aus diesem Tohuwabohu einen Luciazug zu bilden . . .“

Er dirigierte seine heiße Vollblutstute lässig durch das Gewühl aufgeregt schnatternder Kinder. Organdie verhielt sich völlig ruhig. Das lag nur an Hasse. Ich bewunderte ihn. Er war der beste Reiter, den ich kannte. Es war egal, was für ein Pferd er ritt, er verstand sie alle. Und die Pferde taten für ihn immer ihr Bestes.

„Es schneit“, erzählte Lasse. „Den ganzen Weg hierher fielen winzige Schneeflocken auf mein Gesicht.“

Tatsächlich. Es schneite. Kleine, eisige Flocken.

Lasse nahm eine Fackel und ritt mit Hasse an die Spitze des Zuges. Dahinter kam Thomas im Schlitten mit Lucia – Agneta war eine wunderschöne Lucia, mit der Lichterkrone auf ihren langen blonden Haaren.

Als der Zug sich in Gang setzte, und die Glöckchen des Schellenkranzes fröhlich läuteten, verstummte das Schnattern der Kleinen. Kicki und Lotta ritten auf ihren dunklen Pferden hinter der strahlendhellen Lucia. Auf den Kufen des Schlittens standen kleine, rote Heinzelmännchen – alle mit Fackeln in den Händen. Sie bildeten auch den Schluß hinter Sessan, Lillebror und Scheck.

Ich wünschte, ich könnte den Luciazug in seiner vollen Länge sehen. Es mußte herrlich sein, aus der Ferne den näher kommenden Klang der Glocken zu hören, und dann die vielen Fackeln und Pferde, die Heinzelmännchen und schließlich die leuchtende Lucia zu sehen.

Wir ritten auf der großen, breiten Straße, die durch die Vororte führte. In einigen Geschäften hatten wir Plakate ausgehängt. Deshalb standen auf den Treppen überall Menschen und erwarteten uns. Aus beinahe allen Fenstern grüßten uns freundlich lächelnde Gesichter. Agneta lächelte nicht weniger freundlich zurück und winkte den Zuschauern wie eine Königin aus ihrer Kutsche zu.

Billy beunruhigten die vielen Menschen, und der Heinzelmann, der ihn führte, hatte viel Mühe mit ihm.

Der Wind ließ nach und die Luft schien milder zu werden. Der Schnee fiel jetzt wohlwollend in großen, weichen Flocken auf uns herab. Die Straße wurde zu einer ausgezeichneten Bahn für unseren Schlitten.

„Wir sollten ein Lied singen", schlug jemand vor.

Einige der kleinen, roten Wichte kletterten vom Ende des Zuges in den Schlitten. Anfangs drohte ihr Gesang in albernem Kichern unterzugehen. Aber dann wurden sie von der ernsten Feierlichkeit gepackt und nahmen ihren ganzen Mut zusammen. Ihre hellen, reinen Kinderstimmen drangen durch die Nacht: „Kling Glöckchen, kling" und „Stille Nacht, heilige Nacht".

Das war so stimmungsvoll und ergreifend, daß es mir vorkam, als schwebten wir. Der Alltag war vergessen, die Wirklichkeit unwirklich. Dieses Idyll einer schönen Weihnachtspostkarte verflog schnell.

Hinter mir schimpfte Pia laut auf Lillebror: „Hör auf, verrückt zu spielen! Bleib hier! Benimm dich!"

„Schscht! Du machst ja die ganze Stimmung kaputt." Ich flüsterte wie eine Souffleuse im Theater.

In diesem Augenblick passierte es. Ein Heinzelmännchen verlor seine halbabgebrannte Fackel genau vor Billys Nase. Billy schnaubte empört und stellte sich auf die Hinterbeine. Armer Martin. Die anderen Pferde wurden ebenfalls unruhig und wollten am liebsten davongaloppieren. Nur Lucia blieb gelassen. Sie lächelte und winkte und lächelte.

Überall am Straßenrand standen Menschen und schauten uns zu. Kinder liefen über die Straße und wollten die Ponys streicheln. Allen schien unser Luciazug zu gefallen. Zum Glück wissen sie nicht, daß einige von uns ihre Pferde kaum noch halten können, dachte ich.

Als wir wieder nach Hause ritten, hatte es aufgehört zu

schneien. Der Himmel war sternenklar. Eine wunderbare Nacht. Alle waren still. Vielleicht schläferte sie auch der langsame Schritt ein.

Im Klubhaus brannte hinter allen Fenstern Licht. Eine freundliche Mutter überraschte uns mit Zimtsternen und Pfefferkuchen, die sie extra für uns gebacken hatte. Einige Mädchen, die nicht am Luciazug teilgenommen hatten, kochten in großen Töpfen duftenden Kakao.

Kuchen und Kakao verschwanden in Windeseile. Wir waren alle ein bißchen durchgefroren und sehnten uns danach, etwas Warmes in unsere Bäuche zu bekommen.

Ich neckte Agneta und fragte sie, wie das denn sei: immer nur lächeln und winken.

„Danke", antwortete sie. „Ich weiß nicht, ob ich überhaupt noch einen rechten Arm besitze . . ."

Alle lachten, stopften die letzten Pfefferkuchen in sich hinein und tranken die letzten Tropfen Kakao. Das Luciafest ging seinem Ende entgegen.

„Das müssen wir nächstes Jahr unbedingt wieder machen", rief Thomas. Wir stimmten alle begeistert zu.

Festschmuck für die Pferdebox

Es fiel bald noch mehr Schnee. Kalten, glitzernden Neuschnee wirbelten die Pferdehufe auf, wenn sie trabten oder galoppierten. Die Pferde schnaubten, wenn sie die reine und klare Luft einatmeten.

Wenn meine Schüler vom Pferd purzelten, lachten sie nur und kletterten als kleine Schneemänner wieder auf ihre Ponys. Der Winter war eine herrliche Zeit zum Reiten. Man mußte sich nur warm genug anziehen. Aber natürlich gab es auch viele Probleme . . .

Heute war der erste Sonntag nach dem Luciafest. Wir hatten die Pferde nach einem Ritt durch den Wald gerade in den Stall gebracht. Ich bürstete immer wieder Silbers Brust, denn wenn er schwitzte, kräuselte sich sein Fell besonders stark.

„Britta, komm schnell! Draußen auf dem Hof steht ein fremder Mann und schimpft fürchterlich."

Martin war mit hängender Zunge aufgeregt in den Stall gestürzt.

Ich war neugierig und folgte ihm sofort auf den Hof. Dort standen Kicki und einige meiner kleinen Reitschülerinnen um einen wild gestikulierenden Skifahrer herum. Er gehörte schon zum älteren Eisen. Auf seinem Kopf wippte eine ulkige, rote Zipfelmütze hin und her. Er war so aufgeregt, daß er mitsamt seinen riesigen, altmodischen Langlaufskiern auf- und niederhüpfte. Dabei schwenkte er seine spitzen Skistöcke drohend vor den Gesichtern der Kinder. Das sah gefährlich aus.

„Schließlich ist das nicht Ihr Wald", protestierte Kicki. Sie schien nicht weniger wütend zu sein. Der Skifahrer hatte vor Zorn einen knallroten Kopf und seine Augen blitzten. Er hüpfte auf Kicki zu, als wollte er sie mit seinen Skistöcken erschlagen.

„Seit zwanzig Jahren laufe ich in diesem Wald Ski", schnaubte er. „Seit zwanzig Jahren hinterlasse ich meine akuraten Skispuren im Schnee. Zwanzig Jahre lang konnte ich ungestört trainieren. Aber jetzt . . . Ich habe gewußt, was es bedeutete, als diese verdammte Reitschule hierherkam. Eine Brutstätte für Herumtreiber. Jawohl!"

Wieder fuchtelte er grimmig mit seinen Skistöcken vor Kickis Augen. Aber Kicki ließ sich nicht einschüchtern.

„Zwanzig Jahre lang konnte ich ungestört trainieren, aber jetzt . . .", schimpfte der komische alte Skifahrer

„Und wir sind den ganzen Sommer und den ganzen Herbst durch den Wald geritten", widersprach sie energisch. „Warum sollten wir aufhören zu reiten, nur weil es ein bißchen geschneit hat? Es ist ebensogut unser Wald. Und wir können auch unsere Wege markieren. Merken Sie sich das!"

Der Skifahrer sah aus, als würde er jeden Augenblick in die Luft gehen.

„Was ist denn passiert?" fragte ich ruhig.

„Wir sind wahrscheinlich in seinen ‚heiligen' Skispuren geritten", empörte sich Kicki.

„Jawohl, das seid ihr", schrie der Fremde und zielte jetzt mit seinen Skistöcken auf mich. „Ich sage es zum letztenmal: Niemand hat das Recht, meine Skispuren zu zertrampeln. Wenn ihr das noch einmal tut, dann ... dann gnade euch Gott! Unerzogene Herumtreiber! Angeber! Streunt herum und macht alles kaputt. Jawohl!"

„Aber nein", widersprach ich. „Niemand hat absichtlich Ihre Skispuren zerstört ..."

Der Skifahrer regte sich nur noch mehr auf. Es war unmöglich, mit ihm vernünftig zu reden. In seiner Wut stieß er immer neue Beschimpfungen aus. Plötzlich drehte er sich um und hastete über die Felder. Wir atmeten erleichtert auf, als seine rote Zipfelmütze schließlich im Wald verschwand.

„So ein Spinner", meinte Martin verächtlich.

„Ein lebensgefährlicher Kerl", kicherte eines der Mädchen. „Ich hatte Angst, er würde uns alle mit seinen ekelhaften Skistöcken aufspießen."

Kicki machte kein glückliches Gesicht.

„Zu dumm", sagte sie ärgerlich. „Ich hätte mich beherrschen müssen. Wenn ich wütend bin, sage ich oft etwas, was ich hinterher bereue. Aber er brauchte sich auch nicht aufzuspielen, als gehöre ihm der ganze Wald."

„Du kannst nichts dafür", tröstete ich sie. „Er hat sich unmöglich benommen. Er hätte uns doch ruhig bitten können, nicht mehr in seinen Skispuren zu reiten. Dann hätten wir wie erwachsene Menschen vernünftig darüber geredet. Der Wald ist groß genug für Skifahrer und Reiter."

Kicki regte sich immer noch auf.

„Jeder weiß doch, wie wichtig eine Reitschule für Kinder ist. Sollen sie sich vielleicht lieber auf der Straße herumtreiben? Aber das kann so ein Kinder- und Pferdehasser wohl nicht verstehen."

„Hoffentlich kommt er nie mehr zurück", wünschte Martin. Das hoffte ich auch.

„Wir werden seinen Skispuren in Zukunft einfach ausweichen", schlug ich vor.

Ich hatte noch andere Sorgen. So kurz vor Weihnachten hatten plötzlich viele Kinder keine Zeit mehr zum Reiten. Dadurch bekamen die Pferde weniger Bewegung. Sie wurden unruhig und streitsüchtig. Organdie benahm sich besonders merkwürdig. Sie wurde immer schwieriger beim Reiten. Eines Abends ging sie während des Unterrichts mit einem Kind durch und raste mehrere Minuten über den Übungsplatz. Als sie endlich stehenblieb, rutschte das Mädchen mit kreidebleichem Gesicht verstört aus dem Sattel.

In solchen Augenblicken war es nicht leicht, Reitlehrerin zu sein. Ich nahm Organdies Zügel und schwang mich in den Sattel.

„Sieh mal genau zu. Ich fange ganz ruhig mit einem kurzen Trab an. Ich lasse das Pferd schneller werden. Dann achte ich darauf, daß das Gebiß im Maul beweglich bleibt. Sonst sind die Zügelhilfen zu hart, und das Pferd versucht auszubrechen. Jetzt verfalle ich in einen verhaltenen Galopp. Ich sitze ruhig im Sattel und achte immer wieder auf die

Beweglichkeit des Gebisses.“ Organdie beruhigte sich allmählich. Wir galoppierten noch einige Runden.

„Hast du alles verstanden?“ fragte ich.

Das Mädchen nickte. „Ja. Aber ich kann es trotzdem nicht.“

„Das weiß ich“, antwortete ich. „Es genügt nicht, daß jemand einem erklärt, wie man es macht. Reiten kann man nur auf eine Art lernen: Man muß reiten und nochmals reiten. Bis man schmiegsam im Sattel sitzt, bis man die Hilfen richtig anwendet, bis man weiß, wie das Pferd, das man reitet, behandelt werden will ... Verstehst du, was ich meine?“

„Schon. Aber es dauert tausend Jahre, bis ich das kann“, seufzte die Kleine niedergeschlagen.

„Es ist noch kein Meister vom Himmel gefallen“, tröstete ich sie.

Billy bereitete mir noch mehr Kummer als Organdie. Ich mußte ihn oft reiten und ihm eine Lektion erteilen, wenn er wieder ein armes Kind abgeworfen hatte. Billy hatte sich in den Kopf gesetzt, alle seine Reiter auf ihr Können zu prüfen. Wenn er seinen Reiter nicht gleich beim ersten Versuch loswurde, gab er manchmal auf und verhielt sich lieb und brav bis zum Ende der Reitstunde. Aber meistens gab er sich die größte Mühe, meinen Unterricht zu sabotieren.

Patrik und Rauhbein waren geduldig. Mit Kurre hatte ich auch keine großen Schwierigkeiten. Allerdings war er ein launischer Nordschwede. Er konnte furchtbar dickköpfig und ungehorsam sein.

Während ich mich täglich mit dem Unterricht abmühte, näherte sich Weihnachten mit Siebenmeilenstiefeln. Die Mädchen, die uns als Stallknechte halfen, schmückten den Stall. Sie wetteiferten miteinander. Jede wollte, daß ihr Pferd die schönste und festlichste Box hatte. Sie hängten Glöckchen auf und befestigten Tannenzweige mit Lametta. Auf die Namensschilder klebten sie rote Heinzelmännchen.

Ann half mir, Silbers Box zu schmücken. Sie hängte zwei große, runde Brotkuchen an rote Seidenbänder über die Tür. *Frohe Weihnachten, Silber!* hatte sie mit roter Glasur darauf gemalt.

„Am Weihnachtsabend schenke ich sie ihm", erzählte sie stolz.

Der Gedanke an den Weihnachtsabend stimmte mich ein bißchen traurig. Ich würde nicht hier sein. Ann mußte sich allein um Silber kümmern. Ich feierte Weihnachten zu Hause bei meinen Eltern, meiner Schwester Nirre und meinem kleinen Bruder Lasse. Eigentlich war die Reitschule mein Zuhause. Ich hatte mich schon so daran gewöhnt, mein eigenes Leben zu leben.

Es fiel mir schwer, Weihnachtsgeschenke auszusuchen. Ich war so lange von meiner Familie weg, daß ich keine Ahnung hatte, was sie sich wünschten.

Wenige Tage vor Weihnachten fuhr ich in die Stadt. Die Straßen und die Geschäfte waren voller Menschen. Wie sollte ich in diesem Gewühl Geschenke finden? Plötzlich entdeckte ich eine herrliche, cremefarbene Jacke mit einem großen Polokragen. Sie mußte Lasse – ich meine natürlich nicht meinen kleinen Bruder, sondern *dem Lasse* – zu seinen dunklen Haaren wunderbar stehen. Es wäre verrückt, die Jacke zu kaufen. Sie war viel zu teuer. Und außerdem würde ich nie den Mut aufbringen, sie ihm zu schenken . . .

Lasse fuhr Weihnachten auch zu seinen Eltern. Er hatte versprochen, mich in seinem Auto mitzunehmen. So mußte ich nicht viele Stunden in einem überfüllten Zug verbringen. War das nicht Grund genug, ihm die Jacke zu schenken? Schnell entschlossen wandte ich mich an einen Verkäufer. So entstand ein tiefes Loch in meinem Geldbeutel.

Mit meinem ersten Weihnachtspaket unter dem Arm stieg meine Laune. Die Geschäfte schienen jetzt voller Geschenke für meine Eltern und für meine Geschwister zu sein.

Das Einkaufen machte mir jetzt richtig Spaß. Und als ich alle Weihnachtsüberraschungen beisammen hatte, ging ich erleichtert und fröhlich nach Hause.

Eine besondere Weihnachts-überraschung

„Versorgst du Silber auch gut?"

„Jaaaa doch", versicherte Ann.

„Wenn etwas passiert, mußt du mich sofort anrufen. Versprich mir das." Ich gab ihr einen Zettel mit meiner Telefonnummer. „Wenn du irgendwelche Probleme hast, kannst du dich jederzeit an Kicki, Thomas oder Hasse wenden."

„Jaaaa doch", versicherte Ann noch einmal. „Aber was sollte ich in den paar Tagen für Probleme haben?"

Ann stand mit Striegel und Kardätsche in der Stalltür und strahlte über das ganze Gesicht. Ihr kam es vor, als wäre Silber ganz besonders gut zu pflegen. Ich brauchte mir wirklich keine Sorgen zu machen. Außerdem wollte ich noch vor Silvester zurückkommen.

„Also dann ... Adieu! Und fröhliche Weihnachten." Ich wäre am liebsten im Stall geblieben.

„Adieu! Fröhliche Weihnachten."

Ann winkte mir mit der Kardätsche nach. Ich ging zum Auto, in dem Lasse auf mich wartete. Meine Reisetasche hatten wir schon im Kofferraum verstaut, und meine Weihnachtspakete lagen neben Goldie auf dem Rücksitz. Lasse öffnete mir die Tür. Ich trug meinen dunkelblauen Hosenanzug, der mir besonders gut stand. Meinen Kopf wärmte eine herrliche, große, graue Angoramütze, und über meiner Schulter hing eine handgewebte, indische Tasche, die ich in einem winzigen Laden erstanden hatte.

Es machte Spaß, zur Abwechslung einmal sauber und schick angezogen zu sein. Die meisten Menschen trugen jeden Tag saubere, ordentliche Kleidung und kannten nicht die Bequemlichkeit alter, verwaschener Jeans. Sie kamen auch nie in die Nähe eines Stalls, der ausgemistet werden mußte oder eines Ponys, das gestriegelt werden wollte. Ich konnte solche Menschen nur bedauern.

„Was sagst du?" fragte Lasse und bog in eine schmale Landstraße ein.

„Ach nichts. Wahrscheinlich habe ich laut gedacht ... Wer kümmert sich eigentlich um Cayenne?"

„Mein Onkel. Er hat versprochen, ihn jeden Tag für ein paar Stunden auf die Koppel zu bringen."

„Dann hat er ja genug zu tun. Das Rehlein erfordert bestimmt auch ziemlich viel Arbeit."

„Ums Rehlein kümmert sich meine Tante", berichtete Lasse. „Sie hat das Kleine so in ihr Herz geschlossen, daß sie sich das nicht nehmen läßt. Diese Freundschaft beruht auf Gegenseitigkeit. Nach Goldie mag Rehlein am liebsten meine Tante."

„Und was wird aus Rehlein, wenn es wieder ganz gesund ist?“ erkundigte ich mich.

„Darüber haben wir bisher noch nicht gesprochen“, antwortete Lasse. „Freilassen können wir es wahrscheinlich nicht. Das Rehlein hat die Angst vor den Menschen verloren. Es würde zutraulich dem ersten besten Jäger direkt in die Kugel laufen. Meine Tante möchte es behalten. Sie findet, wir haben Platz genug. Aber ich kann mir nicht vorstellen, daß mein Onkel damit einverstanden sein wird.“

„Hat er immer noch vor, im Frühjahr Zuchtstuten zu kaufen?“

„Das weiß man bei ihm nie so genau. Er spricht wenig darüber.“

Es war herrlich, mit Lasse zu verreisen. Wir hatten uns so viel zu erzählen.

„Hast du eigentlich nie daran gedacht, dir einen Hund anzuschaffen?“ wunderte sich Lasse.

„Doch, oft. Aber ich fürchte, ich habe zuwenig Zeit. Ein Tier muß man richtig erziehen. Schließlich übernimmt man eine große Verantwortung.“

Um Lasses Mundwinkel spielte schon wieder ein verschmitztes Lächeln. Nahm er mich nicht ernst?

„Du brauchst einen Hund“, behauptete er ohne die Augen von der Straße zu lassen. „Du wohnst doch ganz allein auf der Reitschule.“

Ich war glücklich: Lasse machte sich Gedanken über mich, über mein Leben.

„Dann möchte ich einen großen Hund haben. Am liebsten so einen treuen Schäferhund wie Goldie.“

Lasse sagte nichts mehr dazu. Aber seine Augen lachten. Was führte er diesmal im Schilde?

Bis zum Ende der Fahrt überlegte ich krampfhaft, wie ich

Lasse die Jacke schenken konnte, ohne rot zu werden. Ich wünschte beinahe, ich hätte ihm nichts gekauft. Lasse konzentrierte sich darauf, das Auto auf der eisglatten Straße zu halten.

Jetzt konnte ich das große, weiße, alte Haus sehen, wo meine Eltern und die Zwillinge wohnten. Es lag auf einer Anhöhe. Dahinter erstreckte sich schweigend ein tiefer, dunkler Tannenwald. Zu Hause, dachte ich. Aber das stimmte nicht ganz. Denn zu Hause, das war auch auf der Reitschule.

Ich bedankte mich für die Fahrt und kletterte aus dem Auto.

Lasse half mir beim Ausladen meiner Reisetasche und der vielen Weihnachtspakete.

„Warte noch einen Augenblick", rief Lasse. Sein Kopf verschwand im Kofferraum.

„Hier. Ein Weihnachtsgeschenk für dich." Lasse überreichte mir ein großes, unregelmäßiges Paket, das in grünes Weihnachtspapier eingewickelt war. Er blickte mich erwartungsvoll an. Jetzt waren seine Augen nicht spöttisch.

„Ich habe auch etwas für dich." Erleichtert, daß es so einfach war, gab ich ihm sein Weihnachtsgeschenk. Lasse war überrascht, aber er schien sich sehr zu freuen. Er umarmte mich hastig, flüsterte „Fröhliche Weihnachten" in mein Ohr und fuhr weg. Ich schaute zum Balkonfenster hinauf. Hatte uns jemand beobachtet? Dann konnte ich mich vor dem Spott der Zwillinge nicht retten. Zum Glück sah ich niemanden.

Weihnachten verlief ruhig und friedlich. Nur Silber fehlte mir sehr. Als ich mir seinen alten Stall anguckte, der jetzt mit nutzlosem Gerümpel angefüllt war, standen mir die Tränen in den Augen. Diesen Stall hatte mein Vater damals selbst gebaut, als ich Silber bekam. Es schien eine Ewigkeit her zu sein.

Meine Eltern schenkten mir einen weißen, zotteligen Fellmantel zu Weihnachten. Ich war sprachlos vor Überraschung.

„Wir dachten, unser armes Kind muß doch schrecklich frieren", erklärten sie. „Bist du es denn nicht leid, den ganzen Winter draußen zu stehen und Reitunterricht zu geben?"

„Nein", entgegnete ich. „Ich habe einen wunderbaren Job. Ich bewege mich viel an der frischen Luft. Ich bin wirklich kerngesund. Und dann habe ich mit Kindern und Pferden zu tun. Das war immer mein Wunsch. Einen Job zu haben, den man gern ausübt, ist wohl das größte Glück, das man sich vorstellen kann . . ."

Das fanden meine Eltern auch.

Ehe ich Lasses Paket öffnete, drehte ich es hin und her, aber ich konnte unmöglich erraten, was es enthielt. Es war richtig spannend. Vorsichtig entfernte ich das grüne Weihnachtspapier und enthüllte ein Durcheinander von hellbraunen Lederriemen und ein Stück Holz, das wie ein Staffelstab aussah. Ich traute meinen Augen nicht: Es war ein Geschirr, um sich auf Skiern von einem Pferd ziehen zu lassen.

Wir waren schon oft hinter Silber Ski gelaufen. Dafür hatte ich ein provisorisches Geschirr gebastelt: ein alter Sattelgurt als Brustriemen, ein Steigbügelriemen kam um den Widerrist, und ein paar besonders lange Zügel dienten als Leine zum Festhalten. Jetzt besaß ich ein richtiges Geschirr aus weichem Leder. Ich hätte es zu gern sofort mit Silber ausprobiert.

Nach dem zweiten Weihnachtsfeiertag rief Lasse mich morgens an und erklärte, er müsse zurückfahren. Er sagte kein Wort über die Jacke. Als er mich abholte, hatte er sie an. Dazu trug er neue, rostfarbene Jeans. Das stand ihm so gut, daß ich ihn bewundernd anstarrte.

„Dein guter Geschmack bezieht sich nicht nur auf Pferde ...", scherzte Lasse und schaute mir lange in die Augen. „Vielen Dank!" Er lachte – und dann schien das Leben so einfach zu sein.

Auch ich bedankte mich herzlich für das wunderbare Geschirr.

„Hast du etwas dagegen, wenn Nirre mit uns fährt?" Ich hätte beinahe vergessen, ihn danach zu fragen. „Sie möchte Neujahr bei mir feiern und anschließend mit dem Zug zurückfahren."

Lasse hatte nichts dagegen. Sie mußte sich nur den Rücksitz mit Goldie teilen.

Meine Schwester und ich waren grundverschieden. Nirre war lang und dünn, hatte schwarze Haare und grüne Augen. Sie bemalte ihr Gesicht wie ein Indianer. Warum weiß ich nicht. Vielleicht um älter auszusehen. Ich war verhältnismäßig klein geraten, hatte blonde Haare und blaue Augen. Ich tuschte mir höchstens ab und zu die Wimpern, wenn ich gerade Zeit und Lust hatte.

Nirre brauchte eine Ewigkeit im Bad. Sie drehte sich die Haare ein, schminkte und manikürte sich und was weiß ich alles. Für mich war das Badezimmer ein unumgängliches Übel, das mich morgens auf dem Weg zu den Pferden nur aufhielt.

Nirre starb tausend Tode, wenn sie sich einen ihrer wohlgefeilten, frischlackierten Fingernägel brach – für mich war das so unwichtig, daß ich nicht eine Sekunde darüber nachdachte.

Können Schwestern sich weniger gleichen als Nirre und

ich? Trotzdem freute ich mich darauf, ihr die Pferde, den Stall und meine kleine Wohnung zu zeigen.

„Ich hätte auch gern einen Hund", überlegte Nirre und kraulte Goldie hinter den Ohren. „Aber ich kenne mich. Spätestens nach vierzehn Tagen wäre er mir lästig."

„Wie kann dir ein Hund lästig werden?" fragte ich bestürzt. „Tiere gewinnt man doch lieb."

„Schon. Aber sie zu füttern und bei Wind und Wetter mit ihnen auf die Straße zu gehen . . . das mache ich nicht lange mit."

„Man gewöhnt sich schnell daran, wenn man ein Tier liebhat", wandte Lasse ein. „Ich möchte Goldie jedenfalls nicht mehr missen."

Dann verabschiedeten wir uns von Lasse. Ich war wieder zu Hause in meiner Reitschule. Ich zerrte sofort meine Schwester hinter mir her, rannte zum Stall und rief: „Silber! Silber!"

Silber wieherte zur Begrüßung. Das war für mich der schönste Willkommensgruß.

„Wie klein Silber ist", knurrte Nirre. „Ich hatte ihn viel größer in Erinnerung."

„Das liegt daran, daß du gewachsen bist, seit du ihn zum letztenmal gesehen hast", erklärte ich lachend. „Hast du Lust, ihn zu reiten?"

„Ja, gern. Hoffentlich trifft dich nicht der Schlag, wenn du mich reiten siehst. Seit du weg bist, habe ich kein Pferd mehr bestiegen. Du kannst dir also vorstellen, daß . . ."

Meine kleine Wohnung gefiel Nirre auf Anhieb. In der Küche hatte ich die sommerlichen blauweißkarierten Baumwollgardinen gegen schwere, rote Gardinen ausgetauscht. Dadurch wirkte die Küche warm und gemütlich.

„Wirklich, ein hübsche kleine Wohnung", urteilte Nirre.

„Aber fühlst du dich auf die Dauer nicht schrecklich einsam?"

„Ich habe ja nicht vor, mein ganzes Leben hier zu verbringen."

„Das beste wäre, du heiratest einen reichen Knaben, der viele Pferde und einen großen Hof besitzt", schlug Nirre vor.

„Nichts einfacher als das", antwortete ich bissig. „Ich kenne unheimlich viele reiche Knaben. Ich brauche nur zwischen ihnen zu wählen."

Nirre wechselte das Thema.

„Was hast du eigentlich Silvester vor?"

„Tja", antwortete ich zögernd. „Du möchtest sicher ausgehen und tanzen. Andererseits hat der Reitklub vor, einen Neujahrsritt zu veranstalten . . ."

„Mitten in der Nacht?" fragte Nirre ungläubig. „Seid ihr verrückt geworden?"

Ein aufregender Geländeritt

Die Mädchen der Freitagsgruppe hatten mir lange in den Ohren gelegen. Sie wollten in den Weihnachtsferien unbedingt zusammen mit den großen Pferden ausreiten. Ich schob die Entscheidung immer wieder hinaus. Waren sie dazu überhaupt schon in der Lage? Aber irgendwann mußten sie es ja doch versuchen. Ich gab schließlich nach.

„Darf ich mitkommen?" bat Nirre. Sie saß am Küchentisch und bemalte ihre Fingernägel mit einem gräßlichen braunroten Lack. Sicherlich der letzte Schrei. „Ich kann nur Silber reiten . . . Die anderen Pferde kenne ich nicht, aber sie machen einen streitsüchtigen Eindruck."

Lasse streckte seine langen Beine unter den Tisch, wo Goldie mit hängender Zunge lag. Es war warm in der Küche, und Goldie konnte ihren dichten Winterpelz ja nicht ausziehen.

„Willst du nicht auch mitreiten?" fragte ich Lasse scherzhaft.

„Gern", antwortete Lasse. „Nur morgen muß ich leider in die Stadt. Aber ich habe eine glänzende Idee: Du reitest für mich Cayenne. Dann kann Nirre Silber haben, und alle sind zufrieden."

Unter anderen Umständen wäre ich über sein Angebot seelig gewesen. Lasses Fuchs hatte so freundliche, liebe Augen. Aber morgen auf einem fremden Pferd? Der Gedanke gefiel mir gar nicht.

„Hast du Angst?" fragte Lasse. „Cayenne ist das treueste und zuverlässigste Pferd der Welt."

„Das glaube ich dir sogar", antwortete ich. „Ich möchte ihn auch schrecklich gern reiten. Aber morgen trage ich die Verantwortung für die ganze Truppe. Da will ich nicht auf einem Pferd sitzen, das ich noch nie geritten habe."

„Er tut niemandem etwas", beharrte Lasse. „Vor dem Straßenverkehr hat er auch keine Angst."

„Na gut." Was blieb mir anderes übrig, als einzuwilligen. „Aber wundere dich nicht, wenn Cayenne ohne mich nach Hause kommt."

„Das tut er nicht", versicherte Lasse. „Holst du Cayenne selbst ab?"

„Ich kann mit dem Fahrrad . . ."

„Bist du verrückt? Das ist doch zu weit. Du solltest den Führerschein machen."

„Was tut man nicht alles für die große Ehre, Cayenne reiten zu dürfen", lachte ich.

Am nächsten Morgen strampelte ich zum Hof von Lasses Onkel. Der Weg war beschwerlich und matschig. Ein paarmal wäre ich beinahe gestürzt. Als ich endlich ankam, schien niemand zu Hause zu sein. Ich schloß mein Fahrrad ab und ging sofort in den Stall. Cayenne sah mich überrascht an und wieherte leise, so wie ein einsames Pferd einen Fremden begrüßt, der unerwartet seinen Stall betritt.

Lasse hatte eine Nachricht für mich hinterlassen: „Vergiß die Taschenlampe nicht", stand auf einem Zettel, der am Sattel befestigt war. Sicher, es würde wahrscheinlich dunkel sein, wenn ich zurückkam. Aber das machte mir nichts aus. Ich war schon oft nachts geritten.

Cayenne gefiel mir vom ersten Augenblick an. Frei und raumgreifend schritt er durch die Allee. Dabei beobachtete er alles und richtete seine Ohren neugierig geradeaus. Nur einmal wurde ich unruhig und war auf alles gefaßt: auf der Landstraße überholte uns ein großer Bagger mit ohrenbetäubendem Lärm. Silber wäre schon beim Anblick dieses Ungeheuers vor Schreck in den Graben gesprungen. Aber Cayenne hob nur den Kopf, blähte die Nüstern und schnaubte verächtlich. Jetzt war ich überzeugt, daß Cayenne sich durch nichts aus der Ruhe bringen ließ.

In der Reitschule warteten bereits alle auf mich. Mit einer Ausnahme ritten die Teilnehmer ruhig und erwartungsvoll über den Hof: Billy vollführte wieder einmal seine Bocksprünge. Aber diesmal hatte Billy eine energische Reiterin, die nicht ängstlich, sondern böse wurde, wenn er seine

Tricks anwandte. Das spürte Billy bald und gab überraschend schnell auf.

Vor dem Stall standen diejenigen, die nicht mitreiten durften und verspotteten uns: „Es muß ja jemand hier sein, um die reiterlosen Pferde in Empfang zu nehmen“, riefen sie uns nach.

Ich hoffte, daß dieser Scherz ein Scherz bleiben würde.

Direkt hinter mir ritt Marie auf Organdie. Dann folgte der Nordschwede Kurre mit einem Mädchen, das gern

schnell ritt, aber nicht die Geduld besaß, richtig Reiten zu lernen. Auf Patrik saß Lotta. Sie war zwar groß und kräftig, aber immer ein bißchen nervös. Sie schielte oft zurück, um aufzupassen, daß Billy nicht zu nahe kam. Ein Mädchen mit langen blonden Haaren ritt das geduldige Fjordpferd Rauhbein. Das Schlußlicht bildete meine Schwester.

Organdie spielte gleich zu Beginn verrückt. Sie sträubte sich und wollte immer alles anders machen als wir. Ich ließ abwechselnd traben und schreiten, damit Organdie keine Möglichkeit bekam, allzu hitzig zu werden. Marie war bleich und schien es zu bereuen, daß sie mitgeritten war.

Wir durchquerten ohne Zwischenfälle unseren vertrauten Wald, der oben auf dem Höhenzug bei der Kiesgrube endete. Von hier aus hatten wir eine wunderbare Sicht über den Sund, der weiß und zugefroren unter uns lag.

„Eine tolle Aussicht", staunte Lotta und hielt Patrik an.

Von hier aus genossen die Reiter die herrliche Schneelandschaft

„Ich habe keine Zeit, die Aussicht zu genießen", murmelte Marie. Organdie wollte sich immer noch nicht beruhigen. Marie tat mir leid.

Wir ritten einen ziemlich steilen Abhang hinunter. Ich forderte alle auf, langsam im Schritt hinter mir her zu reiten. Für Silber war das unmöglich. Aber weil er der letzte war, machte es nichts, daß er ausgelassen und fröhlich abwärts galoppierte.

Wir überquerten eine breite Straße. Vor uns forderte ein wunderschöner, verschneiter Weg zum Galopp auf.

„Halt! Wartet!" rief Marie.

Ich schaute sehnsüchtig auf den weichen Waldweg. Ich spürte, daß auch Cayenne endlich galoppieren wollte.

„Ich reite zurück", erklärte Marie traurig. „Ich mache euch sonst alles kaputt."

Sie hatte recht. Alle hatten sich so lange auf diesen Ritt gefreut. Und was war ein Geländeritt ohne Galopp?

„Wirst du allein mit Organdie fertig?" fragte ich besorgt.

„Klar. Wenn ich sie an langen Zügeln schreiten lasse, bleibt sie einigermaßen ruhig."

Die arme Marie. Nachdem sie uns verlassen hatte, war unsere Stimmung nicht mehr so fröhlich. Wie würde es ihr wohl auf dem Heimritt ergehen?

Wir ritten jetzt auf einer schmalen Landstraße, auf der unsere Pferde zügig traben konnten. Ich drehte mich um und sah glückliche Gesichter.

Wir erreichten das Ufer. Vorsichtig wagten wir uns am Rand auf das dicke Eis, das unter den Hufen furchteinflößend und hohl dröhnte. Ich wußte, daß es hier sehr flach und vollkommen ungefährlich war. Aber die Kinder fanden es spannend und ein bißchen unheimlich.

Wir ritten lange am Ufer entlang. Als wir endlich wieder

den herrlichen Waldweg vor uns hatten, durften alle galoppieren. Ich drosselte das Tempo anfangs, um sicher zu sein, daß meine Schülerinnen ohne Schwierigkeit folgen konnten.

Cayenne holte weit aus. Dadurch hatte ich das Gefühl, wir galoppierten langsam. Erst als ich mich umdrehte und das schnelle, dumpfe Schlagen der anderen Hufe hörte, wußte ich, daß wir bereits mit hoher Geschwindigkeit durch den Wald jagten. Ich hob mich aus dem Sattel und ließ Cayenne laufen. Ein Tannenzweig peitschte mein Gesicht, aber ich merkte es kaum. Seit langem war ich nicht mehr so frei und schnell geritten. Ich war glücklich und vergaß beinahe die Kinder. Dann hörte ich sie „Oh“ und „Ah“ rufen, weil ihre Pferde vor lauter Übermut ausgelassene Sprünge vollführten.

Ich hob meine rechte Hand hoch und rief: „Langsamer! Halt!“

Ein strahlendes Durcheinander umringte Cayenne und mich. Die Mädchen waren außer Atem und redeten alle gleichzeitig. Die Pferde schnaubten, warfen die Köpfe hoch und wollten weitergaloppieren.

„So schnell bin ich in meinem ganzen Leben noch nicht geritten.“

„Habt ihr Billy gesehen? Du lieber Himmel. Ich glaubte, ich würde jeden Augenblick vom Pferd fallen.“

„Kurre ist ganz ausgelassen. Ich konnte ihn kaum noch halten.“

Allmählich beruhigten sich die Mädchen und auch die Pferde. Ich hatte den Eindruck, meine Schülerinnen träumten schon von dem nächsten abenteuerlichen Geländeritt, als wir schweigend heimwärts ritten. Ich sollte diese Ausflüge öfter mit ihnen wagen. Immer nur in der

Nähe des Stalles zu reiten war ein bißchen eintönig für Pferd und Reiter.

Als wir auf unserem Rückweg die breite Straße kaum überquert hatten, kamen aus beiden Richtungen zwei große Lastwagen angefahren. Billy und Kurre rasten erschrocken an mir vorbei. Bevor ich reagieren konnte, schloß Cayenne sich ihnen an. Wenn es mir nicht sofort gelang, ihn und die beiden anderen Pferde anzuhalten, würden alle Pferde hinter uns herjagen. Die Situation war mehr als kritisch.

Ich zerrte mit aller Kraft an den Zügeln und brachte Cayenne dazu, sich einmal um sich selbst zu drehen. Das war meine einzige Chance. Ich kannte Cayenne nicht und wußte nicht, wie er sich sonst verhalten hätte.

Die anderen Pferde stutzten, als Cayenne so plötzlich kehrt machte: Patrik tänzelte nervös auf der Stelle, Rauhbein und Silber verhielten sich ruhig. Aber ihre Augen blitzten so unternehmungslustig, als hätten sie Lust zu einem Galopp . . .

Kurre und Billy kamen nicht weit. Als sie merkten, daß die anderen Pferde ihnen nicht folgten, gelang es den Mädchen, sie anzuhalten. Ein wenig verdutzt trabten sie zu uns zurück.

„Ich hatte mir geschworen, daß Billy heute nicht mit mir durchgehen würde." Das Mädchen, das Billy ritt, war wütend.

Was für ein Glück, daß Marie mit Organdie schon vorher nach Hause geritten war, dachte ich. Organdie war früher ein Rennpferd. Sie wäre um keinen Preis stehengeblieben. „Bei diesem Tempo holen wir Marie schnell ein", meinte Lotta, als könne sie meine Gedanken lesen.

„Wir reiten jetzt in der gleichen Reihenfolge wie vorher weiter", rief ich. Gehorsam reihten sich alle hinter mir auf.

Wir gingen mit dem Oberkörper nach vorn, um Hinterhand und Rücken unserer Pferde zu entlasten und kletterten die steile Böschung hinauf. Als wir unseren vertrauten Wald wieder erreichten, wurde es schon dunkel. Die Mädchen verhielten sich merkwürdig still.

„Seid ihr etwa müde?" wollte ich wissen.

„Nein, aber hungrig", jammerte Lotta. Sie war immer hungrig. „Hoffentlich empfängt uns zu Hause jemand mit warmem Kakao."

„Ich habe keine Arme mehr", beschwerte sich ein anderes Mädchen. „Billy legt sich schrecklich in die Zügel. Er will seinen Kopf durchsetzen. Sobald ich ihm nachgebe, läuft er direkt hinter Patriks Schweif her."

Wir näherten uns der Reitschule. Wir mußten nur noch über den kleinen Graben springen und über einige Felder traben. Das warme Licht hinter den Fenstern unseres Klubhauses leuchtete uns schon entgegen.

Cayenne zeigte keine Spur von Müdigkeit. Er war wunderbar zu reiten. Vor dem Graben blieb er stehen und schaute nachdenklich hinüber. Dann schnaubte er und wollte rückwärts gehen. Wahrscheinlich konnte er im Dunkeln nicht erkennen, wie klein und harmlos der Graben war.

„Nun komm schon", forderte ich und klopfte aufmunternd seinen Hals. Widerwillig schritt Cayenne auf den Graben zu. Er spannte seine Muskeln und setzte mit einem riesigen Sprung hinüber. Das mußte komisch ausgesehen haben. Ich lachte innerlich. Ich lenkte Cayenne automatisch weg vom Stall nach rechts, damit er nicht zum Stall galoppierte . . . Das war ja gar nicht Cayennes Stall. Aber daran dachte ich in diesem Augenblick nicht. Ich schlug einfach aus Gewohnheit diese Richtung ein.

Cayennes gewaltiger Sprung über den Graben war zuviel für Kurre und Billy. Sie machten es ihm nach und stürzten dann in rasendem Galopp über die Felder.

„Nach rechts! Reitet nach rechts!“ schrie ich so laut ich konnte. Hoffentlich gelang es mir, Cayenne zu halten. Er kratzte ungeduldig mit den Vorderhufen im Schnee. Kurre stampfte wie eine rasende Dampfmaschine an mir vorbei. Es schien hoffnungslos, ihn beeinflussen zu wollen. Und Billy ging mit seiner Reiterin durch. Es sah lebensgefährlich aus. Aber kurz vor dem Stall beruhigte er sich: Aus dieser Entfernung lohnte es sich nicht mehr zu galoppieren. Kurre folgte Billys Beispiel.

Ich atmete auf.

Wir waren wieder in der Reitschule. Die Mädchen stiegen erschöpft und glücklich von ihren Pferden. Ich saß auf Cayenne und ermahnte sie: „Kümmert euch gut um die Pferde. Gebt ihnen Wasser und überprüft vor allem die Hufe – und zwar bevor ihr Kakao trinkt.“

„Das ist doch selbstverständlich“, riefen alle. Sie waren ein wenig beleidigt. „Wofür hältst du uns eigentlich?“

Ich sagte schnell, daß ich nur Spaß gemacht hätte. „Schließlich weiß ich genau, daß ihr die zuverlässigsten und ordentlichsten Kinder der Welt seid. Zufrieden?“

„Schon. Aber wieso Kinder . . .?“

Ich lachte nur.

Ich war froh, daß Nirre nicht allein mit Silber im Stall war. Billys Reiterin würde schon auf sie aufpassen. Marie kam zu mir und berichtete, daß Organdie sie brav zurückgebracht hätte. Diese Sorge war ich also auch los.

Ich ließ Cayenne an langen Zügeln zu seinem Stall schreiten. Er zeigte immer noch keine Anzeichen von Müdigkeit. Ein solches Pferd muß jeden Tag mindestens zwei Stunden geritten werden, überlegte ich. Ob Lasse mir Cayenne wieder überlassen wird?

Auf dem Heimweg wieherte Cayenne ein paarmal sehnsüchtig. Ich glaube, er vermißte die anderen Pferde. Wenn Lasses Onkel seinen Plan ausführte, mußte Cayenne bald nicht mehr einsam in seinem großen Stall stehen . . .

Im Stall brannte Licht. Als ich den Fuchs in seine Box führte, sah ich, daß jemand ausgemistet und frische Sägespäne gestreut hatte. Frisches Wasser stand bereit und die Futterkrippe strotzte vor Heu und Hafer. Cayenne stürzte sich sofort gierig auf den Hafer, noch ehe ich ihm die Trense abnehmen konnte.

„Hei! Ist alles gutgegangen?"

Lasse stand plötzlich in der Stalltür, und Goldie schwänzelte um mich herum.

„Dein Pferd ist herrlich", schwärmte ich. „Vielen Dank, daß du es mir anvertraut hast . . ."

Während ich Cayenne striegelte, erzählte ich Lasse von unserer Reittour.

„Hör mal, du mußt hungrig sein", meinte Lasse. „Wir wollen gerade essen. Komm doch mit herein."

Jetzt merkte ich erst, daß ich tatsächlich furchtbaren Hunger hatte. Und ein Essen, das Lasses Tante zubereitete, schmeckte sicher tausendmal besser als alles, was ich zustande brachte.

„Vielen Dank", antwortete ich zögernd, „aber meine Schwester wartet auf mich. Sie ist bestimmt genauso hungrig wie ich. Es wäre nicht fair, sie warten zu lassen. Am besten strample ich jetzt auf meinem Fahrrad durch die Dunkelheit zurück . . ."

Das sagte ich so, als ob ich hundert Kilometer zurücklegen mußte. Meine kleine List hatte Erfolg . . .

„Ich fahre dich schnell nach Hause", schlug Lasse vor. „Das Fahrrad kannst du dir ein anderes Mal abholen."

Und so war ich schnell bei meiner Schwester, die hungrig auf mich wartete.

Rettung in letzter Minute

Es gibt Tage, an denen man zu nichts Lust hat. Alles kommt einem trist und langweilig vor. Nicht einmal der Gedanke an ein wunderbares Pony im Stall kann einen aufheitern. Zum Glück sind solche Tage selten. Aber heute morgen . . . uff! Draußen herrschten bestimmt fünfzehn Grad minus. Ich hatte keine Lust, aus meinem warmen Bett zu kriechen und den Stall auszumisten.

„Huh, bin ich steif", jammerte Nirre und versuchte, sich im Bett aufzusetzen. „Mir tut alles weh. Ich wußte gar nicht, daß ich so viele Muskeln habe."

„Muskelkater", lachte ich. „Der verschwindet, wenn du dich wieder auf ein Pferd setzt. Ich muß nachher mit einigen Schülern ausreiten. Kommst du mit?"

Nirre machte ein verzweifeltes Gesicht.

„Nicht einmal für Geld komme ich in diesem Zustand auf einen Pferderücken hinauf. Ich bin froh, wenn ich überhaupt aus dem Bett krabbeln kann . . ."

„Du Ärmste! Wenn es so schlimm ist . . ." Ich konnte mir das Lachen nicht mehr verkneifen. Meine Schwester schaute mich wütend an.

„Du kannst gut lachen. Schließlich habe ich jahrelang nicht mehr im Sattel gesessen. Und dann gleich so ein langer Ritt."

Nirre kroch wieder unter die Bettdecke. Sie murmelte irgend etwas vor sich hin, was ich nur halb verstand: „... und das ausgerechnet in den Weihnachtsferien ... mal richtig faulenzen ... frühstücken ... falls ich nicht wieder einschlafe ..."

„Wie gut es manche Menschen haben", seufzte ich und stieg zitternd aus dem Bett. Huh! Der Fußboden war eiskalt. Reich müßte man sein, dachte ich. Und viele Diener haben, die einem die Arbeit abnehmen.

Als ich in den Stall kam, war die Welt wieder in Ordnung. Ich hatte mich warm angezogen, einen dicken, langen Schal um den Hals gewickelt und eine Wollmütze über die Ohren gezogen. Ich war wieder Britta, der es Spaß machte, frühmorgens die Pferde zu füttern und den Stall auszumisten.

Als ich zurückkam, hatte Nirre Spiegeleier für uns zum Frühstück gebraten.

„Heute gehe ich nicht aus dem Haus", erklärte sie fröstelnd. „Mußt du heute unterrichten?"

„Ja. Aber es werden nicht viele kommen. Zwischen Weihnachten und Neujahr verreisen die meisten."

Aber gegen zwölf Uhr war der Stall beinahe so voll wie immer.

Die Mädchen drängten sich und mußten unbedingt ihre neuen Weihnachtsgeschenke vorführen: einen Reithelm, eine Reitgerte oder auch Gummireitstiefel, die für diese Jahreszeit viel zu dünn waren.

„Ihr seid leichtsinnig, Kinder", schimpfte ich. „Ihr könnt euch die Zehen erfrieren."

„Meine Mutter verbietet mir, im Stall meine guten Lederstiefel anzuziehen", verteidigte sich eines der Mädchen.

„Meine auch", fügte eine andere hinzu. „Die guten Stiefel darf ich nur in die Schule anziehen."

Was sollte ich dazu sagen? Einige unvernünftige Mütter hatten offenbar keine Ahnung, wie wichtig warme und zweckmäßige Freizeitkleidung ist.

Unser Ausritt wurde das reinste Durcheinander. Aber ich hatte ja schon beim Aufstehen gewußt, daß heute alles schiefging. Lillebror steckte den Kopf zwischen die Vorderbeine und warf seinen Reiter bereits auf dem Hof ab. Dann wurde Sessan, die sonst faul und träge war, plötzlich dickköpfig. Wenn wir trabten, wollte sie um jeden Preis galoppieren. Als sie merkte, daß ihre Reiterin ihr nicht gewachsen war, versuchte sie an mir vorbeizujagen. Aber ich versperrte ihr mit Silber den Weg, ergriff ihre Zügel und zwang Sessan anzuhalten.

Plötzlich hörten wir ein merkwürdiges Geräusch . . .

Die Ponys spitzten die Ohren. Sie spannten ihre Muskeln, um blitzschnell vor diesem seltsamen Geräusch davonlaufen zu können.

Das Geräusch – ein undefinierbares Rumpeln – kam auf uns zu . . .

„Da fährt jemand", rief eines der Mädchen. Tatsächlich. Das Rumpeln kam von einem klapprigen, alten Wagen. Ich fiel vor Überraschung beinahe vom Pferd, als ich sah, daß es Lasse war, der sich von Cayenne ziehen ließ. Die Ponys beruhigten sich ein wenig. Aber am liebsten wären sie rückwärts ausgewichen.

„Du meine Güte", staunte ich. „Willst du etwa sagen, daß Cayenne schon daran gewöhnt ist, einen Wagen zu ziehen?"

„Na ja", meinte Lasse zögernd, „um ehrlich zu sein: ich

fange gerade an, ihn daran zu gewöhnen. Cayenne hatte gestern so viel Auslauf, daß er heute hoffentlich besonders brav und geduldig ist."

Ich dachte an meine niederschmetternden Ergebnisse, als ich versucht hatte, Silber vor einen Wagen zu spannen: Mein Pony war jedesmal mit mir durchgegangen.

„Es sieht aber schon so gekonnt aus bei euch", staunte ich.

Lasse lachte über mein verdutztes Gesicht.

„Tja, es sind eben nicht alle Pferde so veranlagt wie Silber", stichelte er.

„Vielen Dank", erwiderte ich ärgerlich. „Aber wer hat denn gesagt, daß so ein ‚kleines' Pferd kinderleicht einzufahren sei? Und wer hat bei dem ersten Versuch sogar die Deichsel verloren, so daß das ‚kleine' Pferd außer sich vor Schreck mehrere Stunden umherirrte?"

„Schließlich habe ich alles getan, um Silber zu finden", antwortete Lasse gereizt.

„Aber wer hat behauptet, Silber einzufahren sei ein Kinderspiel?" bohrte ich weiter.

„Okay." Lasse gab sich geschlagen. „Mit Cayenne habe ich jedenfalls keine Schwierigkeiten."

Wir ritten in entgegengesetzte Richtungen weiter. Lasse fuhr offenbar hin und her, denn nach einer Weile begegnete er uns wieder. Ich war gerade vom Pferd gestiegen, um Sessan zu beruhigen, die ihre Reiterin schon wieder abwerfen wollte. Lasse grinste, als er an uns vorüberfuhr. Kurz darauf gelang es Sessan endlich, ihre Reiterin loszuwerden und in Richtung Stall auf und davon zu galoppieren.

Zum Glück war Kicki mit Rauhbein unterwegs. Sie versperrte Sessan den Weg und brachte sie zu uns zurück. Ich tauschte die Pferde aus: Sessans Reiterin bekam Silber und ich übernahm Sessan.

Trotzdem kamen wir nicht weit: Lillebror wollte beim Galoppieren seine Kraft beweisen. Er bäumte sich auf, warf seine Reiterin aus dem Sattel und lief in den Wald.

„Ihr macht mich noch verrückt“, seufzte ich kopfschüttelnd. „Wenn ihr unbedingt immer wieder hinunterpurzeln müßt, haltet doch wenigstens die Zügel fest.“

In diesem Augenblick rumpelte Lasse zum drittenmal an uns vorüber. Er schaute uns mit großen Augen an und fragte sich sicher, was das für ein komischer Unterricht sei.

Wir hatten noch einmal Glück: Lillebror verfing sich in den Zügeln. Es blieb ihm nichts anderes übrig, als zu warten, bis wir ihn befreiten.

„Mit euch zu reiten ist aufregender und anstrengender als eine Himalaya-Expedition“, erklärte ich lachend. „Kommt, wir galoppieren nach Hause, bevor ihr noch mehr anstellen könnt. Außerdem wird es bald dunkel.“

Es kam mir vor, als würde es von Minute zu Minute kälter. Ich sehnte mich nach meiner warmen, gemütlichen Küche und nach einer Tasse heißem Kaffee.

Plötzlich hörte ich das ferne Donnern eines Hubschraubers. Das hatte mir gerade noch gefehlt. Die Pferde warfen ihre Köpfe zurück und wurden unruhig. Sie schnaubten und wollten schneller laufen, um dem seltsamen Grollen zu entkommen. Ich durfte keine Panik aufkommen lassen, weder bei den Pferden noch bei den kleinen, teilweise unerfahrenen Reitern. Die Folgen wären nicht auszudenken. Die Pferde waren heute sowieso schon dickköpfig und schwer zu zügeln. Der Hubschrauber konnte eine Katastrophe auslösen.

„Keine Angst, Kinder“, rief ich. „Reitet langsamer und versucht, eure Pferde zu beruhigen. Sie hören nicht zum erstenmal einen Hubschrauber. Auch wenn sie das laute Dröhnen nicht gerade gern mögen."

Sessan schüttelte nervös den Kopf, und ich spürte, wie sie zitterte.

„Ruhig, Sessan. Ganz ruhig", beschwichtigte ich sie. „Das Geräusch kennst du doch."

Ich beugte mich vor und klopfte ihren kräftigen, blaßgelben Hals. Dann schaute ich mich nach den anderen Pferden um. Silber und Lillebror legten ihre Ohren zurück und lauschten angespannt auf das langsam näherkommende, bedrohliche Knattern des Hubschraubers. Die beiden Pferde sahen aus, als wollten sie jeden Augenblick vor diesem gewaltigen, lauten Vogel in der Luft die Flucht ergreifen und mit ihren Reitern auf und davon galoppieren. Billy war noch unruhiger. Er bockte und versuchte mit allen Mitteln, seinen Reiter loszuwerden. Aber Martin kannte sein Pony inzwischen gut. Er saß wie ein Klammeraffe im Sattel und ließ sich nicht abschütteln.

Wir ritten jetzt durch einen dichten Wald, der den Lärm des Motors etwas dämpfte. Die Pferde beruhigten sich ein wenig. Aber sie blieben wachsam und mißtrauisch. Ich konnte nur hoffen, daß es dem Hubschrauberpiloten nicht plötzlich einfiel, sich die Erde aus größerer Nähe anzusehen und im Tiefflug über uns hinwegzudonnern.

Als wir wieder offenes Feld erreichten, stellte ich mich in die Steigbügel und hielt Ausschau nach dem Krachvogel. Erleichtert stellte ich fest, daß der Hubschrauber abgebogen war und in weitem Kreis zurückflog.

„Und wenn er zurückkommt?" fragte Martin besorgt.

„Dann sind wir hoffentlich längst zu Hause und versorgen unsere Pferde mit köstlichem Hafer und uns selbst mit warmem Kakao", antwortete ich zuversichtlich.

„Seht mal, was für ein wunderschönes Abendrot", staunte das Mädchen, das hinter mir auf Silber ritt.

„Au fein", rief ein anderes begeistert. „Dann fällt morgen bestimmt ganz viel Schnee."

Ich schaute gedankenverloren auf den farbenprächtigen Himmel. Es war eine wunderschöne Stimmung ... Aber irgend etwas störte mich , , ,

„Ihr dummen Gänse", spottete Martin. „Seit wann geht denn die Sonne im Osten unter?"

„Natürlich", rief ich erschrocken. „Das ist kein Abendrot. Das ist der Widerschein eines Feuers."

„Es brennt ... Es brennt ...", schrien die Mädchen aufgeregt.

„Wo denn?"

„Das weiß ich nicht."

„Jedenfalls nicht auf der Reitschule", stellte ich fest. „Sie liegt viel weiter westlich."

„Vielleicht hat noch niemand das Feuer entdeckt", überlegte Martin. „Wir müssen sofort hinreiten."

„Ist das nicht gefährlich?" Silbers Reiterin sah mich ängstlich an. „Ich habe noch nie ein richtiges Feuer gesehen. Nur einmal in einem Cowboyfilm."

„Dann reite nach Hause und krieche unter den Rock deiner Mutter, du Bleichgesicht. Der große Häuptling kennt keine Furcht, wenn es gilt, Menschenleben zu retten", prahlte Martin und klopfte sich auf die Brust.

Vielleicht war tatsächlich jemand in Gefahr. Vielleicht brannte ein Stall und die Tiere versuchten verzweifelt sich loszureißen. Oder es war nur ein dummer Jungenstreich, ein harmloses Lagerfeuer mitten auf dem Feld. Aber nein, dafür war der Widerschein zu groß ...

„Ich reite auf Silber voran", entschied ich. „Ihr haltet

euch dicht hinter mir. Sollten die Pferde unruhig werden, weil sie Flammen sehen oder Rauch wittern, dann halten wir sofort an."

Sicher wäre es vernünftiger gewesen, die mir anvertrauten Schüler erst zur Reitschule zurückzubringen. Aber darüber wäre viel zuviel Zeit vergangen. Allein konnte ich sie auch nicht nach Hause reiten lassen. Ich hoffte, unweit der Brandstelle eine Koppel zu finden, wo ich die Kleinen mit ihren Ponys sicher zurücklassen konnte.

Silbers Mähne flatterte im Wind, während seine Hufe auf den hartgefrorenen Schnee hämmerten. Ich versuchte mich zu erinnern, welche Höfe oder Siedlungen in Richtung des Feuers lagen. Mir fiel nur ein alter, verlassener Hof ein, der wenige Kilometer von der Reitschule entfernt lag. Der Hof stand schon lange zum Verkauf. Ich wußte nicht, ob ihn inzwischen jemand erworben hatte.

Plötzlich warf Silber den Kopf hoch und wieherte. Gleichzeitig spürte ich, wie ein Zittern über den Körper meines Pferdes lief.

„Was hast du, Silber? Was ist los?" flüsterte ich.

Silber wieherte noch einmal leise und drehte den Kopf zurück. Jetzt roch ich es auch: Ein kräftiger Windstoß trieb Rauch in meine Nase. Ich hielt Silber sofort an und gab den anderen ein Zeichen, ebenfalls stehenzubleiben.

„Es riecht nach Feuer", stellte Martin fest und steckte seine Nase wie ein aufgeregt schnuppernder Hund in die Luft.

„O ja, ich rieche es auch", rief ein Mädchen erschrocken.

„Ich glaube, ich weiß wo das Feuer herkommt", meldete sich Martin. „Da oben, hinter dem Hügel, liegt doch dieser verlassene Hof . . ."

„Daran habe ich auch schon gedacht. Kennst du den Hof?" fragte ich überrascht.

„Ich war mal mit dem Moped dort. In den Scheunen kann man herrlich Räuber und Gendarm spielen."

Ich schaute mich um. Es war noch nicht ganz dunkel. Außerdem wurde der Schein des Feuers hinter dem Hügel immer heller. Ein paar Meter vor uns entdeckte ich eine Koppel. Der Zaun war hoch genug und schien intakt zu sein.

„Bringt die Ponys hier hinein", forderte ich meine Schüler auf und öffnete das Gatter.

„Warum denn?" protestierte Martin.

„Willst du, daß die Ponys aus Angst vor den Flammen mit euch durchgehen?" fragte ich.

„Und wenn ich Billy am Halfter führe?"

„Du weißt genau, daß er stärker ist als du."

„Na ja, vielleicht", gab Martin zu. „Dann laufe ich eben zu Fuß."

„Hör mal gut zu, Martin. Wir können doch die kleinen Mädchen hier nicht allein zurücklassen. Sie haben viel zuviel Angst. Du mußt sie beschützen, während ich schnell zum Hof reite. In ein paar Minuten bin ich wieder hier. Dann beratschlagen wir gemeinsam, was wir tun."

Martin murmelte noch irgend etwas Unverständliches vor sich hin. Aber schließlich war er einverstanden. Er sah wohl ein, daß er als Beschützer eine wichtige Aufgabe hatte.

Ich hatte kaum mit Silber den Hügel erreicht, da sah ich das Feuer: Eine große Scheune stand lichterloh in Flammen und erhellte gespenstisch den dunklen Himmel. Der Hof lag ganz verlassen. Der Brand war noch nicht bemerkt worden.

Obwohl ich weder Menschen noch Tiere entdecken konnte, wollte ich doch sichergehen. Ich band Silbers Halfter an einen Baum und rannte zur Scheune.

In diesem Augenblick stürzte die Scheune krachend in sich zusammen. Ein gewaltiger Funkenregen ergoß sich über den angrenzenden Stall. Sofort fing das Dach an zu brennen. An den Balken leckten Flammenzungen. Die Heuballen, die neben dem Stall gestapelt waren, brannten lichterloh.

Plötzlich übertönten kurze, schnell aufeinanderfolgende Donnerschläge das laute Prasseln des Feuers. Irgend etwas schlug von innen wild gegen die Stalltür. Es klang wie ... Um Gottes willen ...! Wie Hufe, die gegen Holz trommelten ...

Ich traute meinen Ohren nicht. War in dem brennenden Stall vielleicht ein Pferd gefangen? Verzweifeltes Wiehern bestätigte meine furchtbare Vermutung. So schnell ich konnte, rannte ich zur Stalltür. Ich kam nicht weit: Der Rauch brannte mir in Augen und Nase. Ich schützte mein Gesicht mit den Armen, aber das genügte nicht. Der beißende Rauch drang weiter in meine Lunge. Das Trommeln der Hufe wurde immer heftiger. Wie konnte ich dem armen Tier nur helfen?

Ich hustete und wischte mir mit meinem Taschentuch den Schweiß von der Stirn. Das Taschentuch! Das war die Lösung. Ich drückte das Taschentuch in den Schnee, bis es ganz naß war. Sicherheitshalber machte ich mit meiner Pudelmütze das gleiche.

Ich prägte mir die Verriegelung der Stalltür ein, hielt das Taschentuch schützend vors Gesicht und stapfte durch Hitze und Rauch die wenigen Meter zur Stalltür. Der Riegel ließ sich mühelos zur Seite schieben. Ich riß die Tür auf und erwartete, daß ein Pferd in Todesangst herausstürmte. Nichts dergleichen geschah. Nur das Wiehern und das Schlagen der Hufe wurde lauter.

Vorsichtig zog ich das Taschentuch etwas herunter und blinzelte in den Stall. In einer Box sah ich ein großes, schwarzes Pferd: Es war angebunden. Obwohl die beiden Stricke bereits scharf in seinen Hals schnitten, stemmte es die Hufe fest gegen den Boden und zerrte mit aller Kraft an seinen Fesseln. Aber die Stricke gaben nicht nach, sie waren neu und stark. Das Tier spürte die Gefahr und zog immer wilder. Es saß hoffnungslos in der Falle, wenn ich es nicht befreite.

Womit konnte ich die Stricke durchschneiden? Plötzlich stieß das Pferd ein entsetzliches Wiehern aus: Ein brennendes Holzstück war auf seinen Rücken gefallen. Der Schmerz schien seine Kräfte zu verdoppeln. Der Rappe warf mit einer gewaltigen Anstrengung seinen Körper zurück: Die Stricke gaben nach. Das Pferd stürzte beinahe zu Boden, aber es fing sich im letzten Augenblick und sprang mit

Wie ein Blitz schoß der Rappe aus der brennenden Box ins Freie

einem Satz über die Boxentür. Ich konnte nicht erkennen, wie schlimm seine Verletzungen waren. Der Rappe schoß wie ein Blitz an mir vorbei.

Wieder fiel ein glühendes Holzstück herab. Diesmal hätte es mich fast getroffen. Ich hatte nur an das hilflose Pferd und nicht an meine eigene Sicherheit gedacht. Keuchend rang ich nach Luft und stürzte ins Freie.

Ich wischte die Tränen ab, die mir der beißende Rauch in die Augen getrieben hatte, und schaute mich nach dem Rappen um. Trotz der Dunkelheit entdeckte ich ihn schnell: Er hob sich deutlich gegen den weißen Schnee ab. Das Pferd raste in gestrecktem Galopp auf den großen Wald zu, der sich bis zum Ufer erstreckte. Es war völlig unmöglich, es einzufangen.

Mir blieb nichts anderes übrig, als zu meinen Schülern zurückzukehren und mit ihnen so rasch wie möglich nach

Hause zu reiten. Dann konnte ich von Kickis Telefon aus die Feuerwehr alarmieren. Und das Pferd ... Wie sollte man es mitten in der Nacht finden? Die Temperaturen sanken bestimmt weit unter minus zwanzig Grad überlegte ich.

„Was machen Sie denn hier?"

Ich erschrak fürchterlich, als ich so unerwartet eine unbekannte männliche Stimme hinter mir hörte. Ich drehte mich um und schaute in das überraschte Gesicht eines Soldaten.

„Ich ... Das Pferd ... Ich bin Reitlehrerin. Wir waren unterwegs und sahen den Feuerschein. Ein Pferd ist ausgebrochen. Es hat Brandwunden. Wie können wir helfen?"

„Holen Sie erst einmal tief Luft, und erzählen Sie mir alles der Reihe nach. Was ist mit dem Pferd?"

„Es war angebunden", erklärte ich aufgeregt. „Stellen Sie sich das vor: im Stall angebunden. Beinahe wäre es bei lebendigem Leib verbrannt. Ich konnte in letzter Minute die Tür aufreißen. Jetzt galoppiert das arme Tier völlig verstört durch den Wald ..."

„Kennen Sie das Pferd?"

„Nein. Ich dachte, der Hof steht leer. Bis ich das Wiehern hörte und ..."

Ich brach mitten im Satz ab. Der Stall stürzte krachend in sich zusammen. „Kommen Sie schnell", schrie ich laut, um das Tosen und Prasseln der Flammen zu übertönen. „Ich erzähle Ihnen alles unterwegs. Wir müssen sofort die Feuerwehr alarmieren, sonst greifen die Flammen noch weiter um sich."

„Ja", antwortete der Soldat besorgt. „Das Wohngebäude liegt gefährlich nahe am Feuer. Wenn der Brand nicht bald unter Kontrolle gebracht wird, geht es in Flammen auf."

„Warum unternehmen Sie nichts?" drängte ich ungeduldig. „Erwarten Sie vielleicht, daß das Feuer aus Respekt vor Ihrer Uniform von selbst aufhört?“

„Nur keine Panik. Wir haben die Feuerwehr längst benachrichtigt, junges Fräulein. Sie wird jeden Augenblick hier eintreffen. Glauben Sie wirklich, ich würde mich sonst so ruhig mit Ihnen unterhalten?“

„Ja, aber... Wie denn? Und wieso *wir?*“ stammelte ich verdutzt.

Mein Gesicht mußte sehr komisch aussehen, denn der Soldat schmunzelte.

„Hinter dem Haus steht unser Hubschrauber“, erklärte er freundlich. „Kapitän Lindström hat schon über Funk das Feuer gemeldet und Löschfahrzeuge gerufen. Ich bin Leutnant Carlsson, sein Kopilot. Ich hatte gerade das Wohngebäude nach Menschen oder Tieren abgesucht, als ich Sie plötzlich entdeckte.“

„Ich heiße Britta Daniels und unterrichte an der Reitschule in Dalen“, stellte ich mich vor. „Sie haben vorhin unseren Ponys mit Ihrem Hubschrauber ganz schön Angst eingejagt. Ich habe gar nicht gehört, daß Sie zurückkamen und gelandet sind. Wahrscheinlich war ich da gerade im Stall, und das Prasseln des Feuers war so laut, daß es sogar das Dröhnen des Hubschraubers übertraf.“

„Ich bin zuerst zum Wohnhaus gegangen. Aber was geschieht nun mit dem Pferd?“ erkundigte sich Leutnant Carlsson.

„Mein Pony steht da oben auf dem Hügel“, antwortete ich. „Aber mit Silber kann ich den schwarzen Hengst unmöglich einholen. Der Rappe ist wahrscheinlich schwer verwundet. Er wird so lange hilflos durch die Wälder irren, bis er irgendwann kraftlos zusammenbricht. Ob er die Nacht überlebt, weiß ich nicht.“

„Da gibt es nur eins: Wir müssen schneller sein als das Pferd", überlegte Leutnant Carlsson. „Ich habe eine Idee. Das kann aber nur Kapitän Lindström entscheiden. Gehen wir zu ihm."

„Und was geschieht mit meinen Schülern?" fragte ich besorgt. „Sie warten mit ihren Ponys auf einer Koppel hinter diesem Hügel. Ich kann sie nicht länger allein lassen."

„Ich kümmere mich gleich um sie", versprach der Leutnant. „Vielleicht kann Kapitän Lindström das Pferd retten . . ."

Ein Pferd irrt hilflos durch die Nacht

Ich hatte keine Ahnung, wie man das Pferd retten konnte. Aber ich stapfte hoffnungsvoll hinter Leutnant Carlsson durch den Schnee. Nach wenigen Minuten standen wir vor dem Hubschrauber.

Kapitän Lindström hatte die Kabinentür geöffnet und sich gerade eine Pfeife angezündet, an der er kräftig zog.

„Sie machen ein Gesicht, als ob Ihnen etwas Kopfschmerzen bereitet", knurrte er hinter einer dichten Rauchwolke und musterte seinen Kopiloten und mich.

„Ja", bestätigte Leutnant Carlsson. „Ein Pferd ist schwer verwundet. Es irrt hilflos durch die Nacht. Darf ich vorstellen? Fräulein Britta Daniels, Reitlehrerin in Dalen. Sie sagt, daß das Pferd nur gerettet werden kann, wenn Sie helfen . . ."

„Schon gut, schon gut", brummte Kapitän Lindström und machte eine einladende Handbewegung. „Steigen Sie ein, junges Fräulein. Leutnant Carlsson, sonst noch irgendwelche besonderen Vorkommnisse?"

„Die jungen Reitschüler von Fräulein Daniels warten unbeaufsichtigt auf einer Koppel", berichtete der Leutnant und straffte sich. „Das beste ist, ich übernehme die Verantwortung und ..."

„Das beste ist, sie bringen die Kinder zur Reitschule zurück", unterbrach ihn Kapitän Lindström.

„Zu Fuß? Durch den hohen Schnee?" Der Leutnant machte ein ziemlich entsetztes Gesicht.

„Können Sie reiten?" fragte ich. Mein Pony wartet auf dem Hügel. Silber wird sich bestimmt freuen, Sie schnell und sicher zur Reitschule zu bringen."

„Er ist zwar ein guter Leutnant", knurrte Kapitän Lindström, „aber ob er auch ein guter Reiter ist ... Das kommt auf das Pferd an."

„Oh, für Silber kann ich garantieren. Er ist bisher mit jedem Reiter fertig geworden."

Kapitän Lindström schmunzelte und nickte zustimmend. „Also keine weiteren Einwände. Ich hole Sie in der Reitschule ab." Dann wandte er sich zu mir: „Sie sollten die Kabinentür lieber zumachen, Fräulein. Dort oben in der Luft wird es nämlich ziemlich kalt und zugig!"

Ich gehorchte und schaute ängstlich aus dem Fenster. Ich war noch nie mit einem Hubschrauber geflogen.

„Anschnallen", befahl Kapitän Lindström. Als er sah, daß meine Hände zitterten, sagte er zuversichtlich: „Nur keine Angst. Ich finde Ihr Pferd. Ich bin schon mit ganz anderen Schwierigkeiten fertig geworden: Ertrunkene, Eisenbahnunglücke, Verkehrsunfälle. Sogar einen kranken Stier mußte ich einmal durch die Luft transportieren. Der Tierarzt konnte ihm nicht helfen. Ein wertvoller Zuchtbulle. Er mußte auf schnellstem Weg ins Tierhospital gebracht und operiert werden."

Kapitän Lindström drückte auf den Anlasserknopf und ließ die Rotorblätter anlaufen. Das Gedröhn des Motors wurde lauter und lauter. Endlich hob sich der Hubschrauber sanft aus dem aufstiebenden Schnee in die Luft.

„Welche Richtung hat das Pferd eingeschlagen?" fragte der Kapitän und schaltete die Suchscheinwerfer mit dem starken Halogenlicht ein.

Ich erklärte, daß der Rappe wahrscheinlich in dem großen Wald vor dem Feuer Zuflucht gesucht hatte.

Wir flogen auf den Waldrand zu. Die Scheinwerfer schnitten taghelle Kreise in die unter uns dahingleitende Dunkelheit, zeigten wie die Finger einer riesigen Hand auf Bäume, Sträucher und Telegrafenmasten. Die Landschaft huschte dahin, war blitzartig zu erkennen und verwischte sich sofort wieder unscharf.

Der Hubschrauber glitt so dicht über die Baumwipfel, daß ich das Gefühl hatte, ich könnte mit meinen Händen die mit Schnee und dünnem Eis überzogenen Baumkronen greifen. Meine Augen schmerzten. Ich mußte sie für einen Augenblick schließen, weil die Eiskristalle das gleißende Licht der Halogenscheinwerfer unerträglich reflektierten. Ich konnte mir nicht vorstellen, wie wir jemals das Pferd finden sollten.

„Kapitän Lindström, können Sie etwas erkennen?" fragte ich vorsichtig. „Wohin fliegen wir eigentlich?"

Der Kapitän saugte an seiner kurzen Stummelpfeife und blies den Rauch überlegen aus Mund und Nasenlöchern gleichzeitig aus.

„Liebes, junges Fräulein“, schnaufte der Kapitän, „haben Sie etwa die Spur dort unten links noch nicht entdeckt? Es handelt sich eindeutig um frische Hufabdrücke. Ich bin leidenschaftlicher Reiter, wissen Sie. Ich verstehe etwas von Pferden. Die Spur stammt weder von einem Wolf noch von einem Bären. Das sage ich Ihnen.“

Kapitän Lindström legte den Hubschrauber so scharf auf die linke Seite, daß ich vor Schreck kaum zu atmen wagte. Wahrscheinlich befürchtete ich, schon durch die kleinste Bewegung den Hubschrauber aus dem Gleichgewicht zu bringen. Unter uns sah ich jetzt auch die Spuren eines Pferdes. Der Kapitän steuerte den Hubschrauber haargenau über die vor uns hereilende Hufspur. Er war sicher ein großartiger Pilot, aber ich war doch sehr erleichtert, als er den Hubschrauber wieder in eine horizontale Lage brachte.

„Muß ein kräftiges Tier sein“, murmelte Kapitän Lindström. „Eigentlich hätten wir es längst einholen müssen. Da“, rief er plötzlich und nahm vor Aufregung seine Pfeife aus dem Mund. „Da ist das Pferd.“

Der Kapitän wendete den Hubschrauber auf die rechte Seitenlage. Ich konnte unter uns den Rappen als einen schwarzen Schatten erkennen. Er floh vor uns, floh vor dem gewaltigen, lärmenden Vogel, der so bedrohlich dicht über seinen Kopf hinwegdonnerte . . .

„Wir müssen etwas höher gehen“, erklärte Kapitän Lindström. „Das Pferd ist halb wahnsinnig vor Angst. Ich versuche, die Drehzahl zu drosseln. Sehen Sie dort drüben die Eisfläche? Hoffentlich bleibt das Pferd am Ufer.“

„Glauben Sie, daß das Eis halten wird?“

Der Kapitän schüttelte den Kopf. „Die Eisfläche ist noch zu dünn. Wir haben zwar etliche Grad unter Null, aber erst seit zwei Tagen. Kennen Sie einen guten Tierarzt?“

„Ja", antwortete ich. „Dr. Södergren. Er besitzt einen großen Hof in der Nähe unserer Reitschule. Aber warum fragen Sie?"

„Können Sie mich dorthin lotsen? Selbstverständlich lasse ich die Suchscheinwerfer an.

„Ja", nickte ich. „Ich glaube schon."

Was hatte der Flugkapitän vor? Noch einmal traute ich mich nicht zu fragen. Die Ereignisse schienen sich jetzt zu überstürzen.

Kapitän Lindström nahm ein schwarzes Mikrofon aus der Haltegabel, drückte den Sprechknopf und sagte: „Hier SIERRA CHARLIE 991 an Basis. Hier SIERRA CHARLIE 991 an Basis. Bitte kommen."

Aus dem Lautsprecher erklang eine krächzende Stimme: „Hier Basis an SIERRA CHARLIE 991. Löschwagen wie gefordert im Planquadrat 4/12 eingetroffen. Feuer bereits unter Kontrolle. Wo stecken Sie? Bitte kommen."

„SIERRA CHARLIE 991 an Basis. Leutnant Carlsson zur Überwachung junger Reitschüler abgestellt. Versuche flüchtiges, schwer verwundetes Pferd einzufangen. Benachrichtigen Sie bitte Tierarzt Dr. Södergren. Er wohnt in der Nähe von Dalen. Brauche dringend Pferdetransporter zu Planquadrat 5/2. Bitte kommen."

„Hier Basis an SIERRA CHARLIE 991. Verstanden. Wir rufen sofort Dr. Södergren an und schicken Pferdetransporter zu Planquadrat 5/2. Viel Erfolg! Melden Sie sich wieder. Ende."

Kapitän Lindström hängte das Mikrofon zurück und wandte seine ganze Aufmerksamkeit wieder dem Rappen zu, der solche Angst vor dem Hubschrauber hatte, daß er wie wahnsinnig auf das Eis zujagte. Kapitän Lindström flog über das Pferd hinweg, wendete den Hubschrauber in einer gefährlichen Neigung nach links, senkte gleichzeitig die Flughöhe und versuchte, das Pferd in den Wald zurückzutreiben. Aber durch den Tiefflug geriet das arme Tier immer mehr in Panik. Es steigerte seine Geschwindigkeit und galoppierte unaufhaltsam auf das Eis zu.

Ich wagte kaum noch hinunterzuschauen. Jetzt verließ das Pferd das Ufer ... Und ... Da war es auch schon passiert. Die Vorderhufe knickten zuerst ein. Dann zerbrach das Eis kreisförmig um das Pferd herum. Ich hätte am liebsten geweint. Aber damit war dem Pferd nicht geholfen. Ich mußte mich zusammennehmen.

Kapitän Lindström schien die Ruhe selbst zu sein. Er öffnete die Bodenluke, sah mich an und sagte mit fester Stimme: „Ich lasse jetzt an einem langen Drahtseil die Haltegurte hinunter. Sie klettern an einer parallel abschwingenden Strickleiter hinab. Wenn Sie unten angekommen sind, schlingen Sie die Haltegurte unter den Leib des Rappen und klicken die Haken ein. Wenn Sie fertig sind, geben Sie mir ein Zeichen, damit ich das Pferd langsam hochziehen kann. Sie klettern an der Strickleiter wieder zu mir herauf. Das Pferd wird sich schon keine Lungenentzündung holen. Dagegen gibt es Spritzen und einen heißen Tee mit einem kräftigen Schuß Rum. Das hilft Pferden genauso wie Menschen, sagte meine Großmutter. Und Großmütter haben immer recht. Viel Glück wünsche ich Ihnen und mir. Sie sind doch schwindelfrei, oder?“

Ich nickte, obwohl sich mir schon bei dem Gedanken, an dieser kleinen, schwankenden Leiter in die Tiefe klettern zu müssen, der Magen umdrehte.

Kapitän Lindström schwenkte die Haltegurte hinaus und daneben die dünne Strickleiter. Ich biß die Zähne zusammen und begann hinunterzuklettern. Die Rotorflügel über

An der kleinen schwankenden Leiter kletterte Britta dem Pferd zu Hilfe

meinem Kopf waren stärker als jeder Orkan. Ich klammerte mich an die winzigen Holzgriffe und stieg durch die schneidende Kälte immer tiefer.

Endlich spürte ich festen Boden unter meinen Füßen. Ich klemmte die Haltegurte und das Ende der Strickleiter unter den Arm und wagte mich vorsichtig auf das knisternde Eis. Das Wasser war an dieser Stelle noch flach. Ertrinken konnte ich nicht. Aber natürlich hatte ich keine Lust, bis zum Bauch in das eisige Wasser zu tauchen.

Noch war das Eis stark genug, mich zu tragen. Schritt für Schritt kam ich dem Pferd näher, das verzweifelte Anstrengungen machte, sich aus dem nassen Gefängnis zu befreien. Aber seine Hufe fanden nirgends Halt. Sie rutschten immer wieder von dem glatten Eis ins kalte Wasser.

„Ruhig“, rief ich. „Sei ganz ruhig. Ich helfe dir.“

Der Rappe schaute mich mit aufgerissenen, angstvollen Augen an. Er hörte auf, mit seinen Vorderhufen wie wild auf das brechende Eis zu trommeln. Spürte er, daß ich kam, um ihm zu helfen?

„Ich zittere auch. Ich friere genauso wie du. Aber wir werden dich schon herausholen.“

Ich weiß nicht, wem ich mit meinen Worten mehr Mut zusprechen wollte, dem Pferd oder mir. Nur noch wenige Meter trennten mich von dem armen Tier. Jetzt mußte ich mich langsam in das eiskalte Wasser gleiten lassen. Durch Eisbrocken arbeitete ich mich zu dem Rappen vor. Die Kälte schnitt mir fast das Herz ab.

„Ich ziehe Gurte unter deinem Bauch durch, damit du wieder trockenen Boden unter deine Hufe bekommst“, flüsterte ich zähneklappernd.

Der Rappe schnaubte, als ob er mich verstanden hätte. Es gelang mir, die Haltegurte unter seinen Leib zu schieben und sie an den Seilen zu befestigen. Dann versuchte ich so schnell wie möglich über die Strickleiter wieder den Rumpf des Hubschraubers zu erreichen. Das war gar nicht so einfach. Ich war klitschnaß. Meine Arme waren wie gelähmt. Fast mechanisch eroberte ich Sprosse um Sprosse, obwohl ich das Gefühl hatte, daß die schneidende Kälte meinen Körper immer mehr erstarren ließ. Ich mußte durchhalten. Das Pferd . . . Es mußte gerettet werden. Das Dröhnen der Rotorblätter kam näher und näher, wurde stärker und

7 7985-24

stärker. Ich bewegte mühselig meine steif werdenden Arme und Beine, bis ich schließlich den unteren Rand der Kabine erreichte.

„Alles okay?“ fragte Kapitän Lindström und half mir in das Innere des Hubschraubers.

„Ich glaube . . . ja . . . es ist alles soweit okay“, stammelte ich zitternd.

„Dann hebe ich an“, erklärte Kapitän Lindström und zog das Halteseil mit einer Winde etwas hoch.

Erleichtert beobachtete ich, wie das Pferd behutsam aus dem tödlichen Eiswasser herausgezogen und mit dem Halteseil zum Waldrand gelenkt wurde.

„Hier, nehmen Sie einen ordentlichen Schluck, Fräulein“, brummte der Kapitän und hielt mir eine Flasche mit Rum unter die Nase. „Sozusagen meine Hausapotheke. Ist zwar nicht für junge Damen gedacht, aber das hier ist ja schließlich ein Notfall.“

Ich trank einen Schluck und schüttelte mich. Jetzt verstand ich, warum es nicht für „junge Damen“ gedacht war. Es brannte wie Feuer. Aber es wärmte auch wie Feuer.

„Wickeln Sie diese Wolldecke um sich. Die Heizung habe ich schon auf volle Leistung gedreht. Damit wäre auch die zweite Runde geschafft. Das gibt schon keine Erkältung“, murmelte der Kapitän und nahm das Mikrofon wieder auf.

„SIERRA CHARLIE 991 an Basis. Habe Pferd nach Eiseinbruch im Schlepp. Ist der Tierarzt verständigt?“

Die krächzende Stimme aus dem Lautsprecher antwortete: „Basis an SIERRA CHARLIE 991. Dr. Södergren weiß Bescheid. Pferdetransporter muß gleich eintreffen. Ende.“

Und dann hörten wir ihn auch schon. Zwei Männer stiegen aus, lösten das Halteseil vom Bauch des Pferdes und führten es zum Transporter. Dann fuhr er los, wir sollten ihn zum Tierarzt lotsen. Mit meiner Hilfe fand der Kapitän und mit ihm der Transporter den Hof von Dr. Södergren schnell und sicher. Der Tierarzt erwartete uns bereits. Er winkte uns zu und holte das Pferd aus dem Transporter heraus.

Jetzt kam Lasse hinzu und half seinem Onkel, den Rappen in den warmen Stall zu bringen. Das Pferd lahmte stark an der Hinterhand. Hoffentlich war das Bein nicht gebrochen. Ich hätte Lasse und seinem Onkel gern geholfen, das unterkühlte Pferd mit Strohwischen warm zu reiben. Aber ich mußte auch einmal an mich selbst denken, sonst bekam ich vielleicht doch noch eine Erkältung oder gar eine Lungenentzündung.

„In ein paar Minuten tausche ich Sie auf der Reitschule gegen Leutnant Carlsson aus", erklärte Kapitän Lindström. Er zündete seine Pfeife wieder an, die er bei dem aufregenden Rettungsmanöver sträflich vernachlässigt hatte. „Trinken Sie zum Abschied noch einen Schluck Gesundheitsrum, Fräulein Daniels", murmelte der Kapitän freundlich und bot mir die Flasche noch einmal an. „Mehr kann ich im Augenblick für Sie und das Pferd nicht tun."

Der Rum tat mir wirklich gut, obwohl er fürchterlich schmeckte. Ich bedankte mich herzlich bei Kapitän Lindström für alles und fragte ihn, wie ich ihn erreichen könne.

„Haben Sie etwa noch mehr Tiere, die ich für Sie einfangen soll?"

„Nein, nein", antwortete ich lachend. „Ich möchte Ihnen nur mitteilen, was aus dem Rappen wird."

„Vielen Dank. Das interessiert mich natürlich sehr", meinte Kapitän Lindström und schrieb mir seine private Telefonnummer auf.

„Dort ist ja die Reitschule“, staunte ich. „Das ging aber schnell.“ Ich dachte daran, wie lange ich gestern morgen mit dem Fahrrad für die gleiche Strecke gebraucht hatte.

„Viel Glück, Fräulein Daniels“, wünschte mir Kapitän Lindström. „Den Ausstieg kennen Sie ja bereits. Entschuldigen Sie bitte, daß ich Sie nicht bis zur Erde begleiten kann . . .“

Ich kletterte die Strickleiter hinunter und landete mitten auf dem Hof der Reitschule.

„Alles okay?“ fragte Leutnant Carlsson, der mich in Empfang nahm. „Wie ist Ihnen der Ausflug so hoch in die Luft bekommen?“

„Oh, in der Luft fühlte ich mich unter der Obhut von Kapitän Lindström sehr wohl“, erklärte ich. „Nur im Wasser war es bitterkalt.“

„Wieso? In welchem Wasser?“ Leutnant Carlsson schüttelte den Kopf und sah mich verständnislos an.

„Lassen Sie sich alles von Kapitän Lindström erzählen“, antwortete ich. „Ich habe jetzt leider keine Zeit. Ich muß schnell hinter den warmen Ofen. Sehen Sie nicht, wie ich tropfe? Vielen Dank für Ihre großartige Idee, Leutnant Carlsson. Und nochmals schöne Grüße an Kapitän Lindström.“

Der Leutnant mußte mich für übergeschnappt halten, aber ich hatte nur noch einen Gedanken: Wärme. Ohne mich noch einmal umzusehen, lief ich auf meine hellerleuchtete Küche zu. Ich war froh, daß ich wieder zu Hause war.

Skilauf mit Silber

Meine Schwester begrüßte mich stürmisch. „Na, ich habe mir Sorgen um dich gemacht!“ sagte sie etwas vorwurfsvoll. „Das war ja ein aufregendes Abenteuer für dich! Leutnant Carlsson hat uns alles erzählt. Wir haben alle gespannt auf deine Rückkehr gewartet, als du nicht kamst . . .“

„Liebe Nirre“, unterbrach ich meine Schwester, „ich habe gerade im Freien gebadet. Ich hätte mich sehr gefreut, wenn du dabeigewesen wärst. Leider hatte ich keinen Badeanzug mit. Darum sind meine Sachen ein bißchen naß geworden. Ich ziehe sie aus und hänge sie zum Trocknen an den Ofen. Ob du mir wohl inzwischen einen Tee kochen könntest? Das Wasser war doch kälter als ich dachte . . .“

Eigentlich wollte mich Nirre gerade fragen, ob ich verrückt geworden sei. Aber dann schaute sie mich an und rief erschrocken: „Ach du lieber Himmel! Was ist denn mit dir passiert?“

Nachdem ich mir trockene, warme Sachen angezogen hatte, begann ich, Nirre alles zu erzählen. Nirre hatte unterdessen Tee gekocht und ein Schnitzel gebraten. Dazu gab es geröstetes Weißbrot und Käse.

„Und wie ist das Feuer zustande gekommen?“ fragte Nirre, nachdem ich meinen Bericht beendet hatte.

„Ich habe keine Ahnung“, gab ich zu. „Vielleicht erfahren wir es morgen.“

„Und das Pferd? Wird es überleben?"

„Auch das weiß ich nicht. Ich weiß nicht einmal, wem es gehört. Lasse kann uns morgen sicher mehr darüber erzählen", vermutete ich und trank meinen Tee aus. Nirre versorgte mich rührend. „Du bist ein Engel", schwärmte ich. „Ich behalte dich hier. Du bist die ideale Frühstücksmacherin, Teekocherin und Krankenpflegerin."

„Um Himmels willen! Nein! Von morgens bis abends dreht sich hier alles um Pferde. Wirklich stinklangweilig."

„Was möchtest du denn?" wollte ich wissen. Für mich barg das Leben auf der Reitschule unendlich viele Überraschungen und Aufregungen.

„Ich möchte nach Paris und Französisch lernen . . .", antwortete Nirre verträumt. „Vielleicht Schlager singen. Auf jeden Fall nicht mehr in die Schule gehen."

Der nächste Tag war ein Montag. Mein freier Tag.

„Nirre, ich habe eine tolle Idee", rief ich begeistert. „Weißt du, was wir machen? Wir probieren Lasses Weihnachtsgeschenk aus. Willst du Ski fahren? Dann reite ich."

„Ich kann es ja versuchen", murmelte Nirre. „Falls ich mich traue. Du darfst aber nicht so schnell reiten. Hast du überhaupt Skier?"

„Nein. Aber komm! Im Stall stehen welche."

Wir fanden ein Paar blaue Plastikskier. Nirre schnallte sie sich an, und ich holte Silber. Zuerst sattelte und trenste ich Silber wie gewöhnlich. Silber freute sich und sperrte willig sein Maul auf. Als ich mit dem neuen Geschirr auf ihn zuging, bekam er Angst und verzog sich in die äußerste Ecke. Das hatte ich erwartet. Silber hatte sich einmal furchtbar erschrocken, als wir ihn vor einen Wagen spannen wollten. Das hatte er bis heute nicht vergessen.

„Keine Angst, mein Junge. Wir wollen nur Ski fahren", beruhigte ich ihn. „Keine schreckliche Deichsel und keine ratternde Karre."

Das neue Geschirr war ein bißchen groß. Ich schnallte die Gurte so fest wie möglich, so daß es schließlich einigermaßen paßte.

Silbers Muskeln waren aufs äußerste gespannt, als ich ihn hinausführte. Ich hoffte, er würde sich schnell an das Geschirr gewöhnen. Wir waren schon früher mit ihm Ski gefahren.

„Häng dich jetzt hinten dran", rief ich. Nirre faßte nach den Holzgriffen am Ende der zwei langen Lederriemen.

Wir setzten uns in Bewegung. Die Skier kratzten über den hartgefrorenen Schnee. Das irritierte Silber. Er sprang unruhig zur Seite und stellte sich quer. Viele neugierige Kinder begleiteten uns zum Reitplatz.

„Muß das sein?" beschwerte sich Nirre. „Bei so viel Publikum stürze ich bestimmt in der ersten Kurve."

Das tat sie natürlich nicht. Ich ließ Silber zuerst traben, obgleich er erregt war und am liebsten galoppieren wollte. Als ich feststellte, daß Nirre die Balance ausgezeichnet hielt, ging ich zum Galopp über. Ich stand in den Steigbügeln, leicht nach vorn geneigt, und ließ Silber freien Lauf. Der Wind strich eisig über meine Wangen und trieb mir die Tränen in die Augen. Aber es war herrlich. Die kleinen Skier flitzten über den Schnee, und Silber mußte sich beim Ziehen überhaupt nicht anstrengen.

Nach drei Runden rief Nirre atemlos: „Halt! Aufhören. Ich muß verschnaufen."

Ich drosselte das Tempo.

„Macht das Spaß?" erkundigten sich die kleinen Zuschauer mit sehnsüchtigen Blicken.

„Will es jemand von euch versuchen?“ fragte ich. Aber sie schüttelten alle ängstlich den Kopf.

„Du könntest jetzt reiten, damit ich laufen kann“, bat ich Nirre.

„Und wenn Silber mit mir durchgeht?“ argwöhnte Nirre.

„Ich kann natürlich für nichts garantieren“, antwortete ich. „Silber ist ziemlich aufgekratzt. Aber du wirst ihn schon bändigen.“

Ich schnallte mir die Skier an, und Nirre schwang sich in den Sattel.

„Hast du kurze Beine“, stellte Nirre fest. „Warte einen Augenblick. Ich muß die Steigbügelriemen erst verlängern.“

Silber hatte sich beruhigt und ließ sich von Nirre willig zum Reitplatz lenken. Hui! Wir wurden immer schneller.

Es war unheimlich lustig, hinter Silber Ski zu fahren

Es war lustig, Silber aus dieser Perspektive zu beobachten. Er galoppierte energisch und kraftvoll. Ich mußte mich nur vor den Schneeklumpen in acht nehmen, die seine Hufe aufwarfen.

„Reite doch bitte ein Stückchen den Weg dort entlang“, rief ich begeistert. Ich hatte so selten Gelegenheit, hinter Silber Ski zu fahren. Meistens mußte ich reiten, während andere sich ziehen ließen. Silber hatte überhaupt keine Angst mehr. Es schien ihm sogar Spaß zu machen.

Auf dem Heimweg bombardierte uns ein dämlicher Junge mit Schneebällen. Wir riefen, er solle sofort aufhören. Aber er lachte nur noch lauter und versuchte, das Pferd zu treffen. Nirre konnte Silber kaum noch halten.

Da passierte es. Peng! Ein besonders großer und harter

Schneeball traf Silber genau auf die Lende. Silber bäumte sich vor Schreck auf. Dabei rutschte der Lederriemen, der das Geschirr festhielt, hinunter auf seine Sprunggelenke. Armer Silber! Er raste wie von der Tarantel gestochen davon. Nirre war machtlos. Ich klammerte mich verzweifelt an die Lederriemen. So schnell war ich noch nie in meinem Leben Ski gefahren.

In sausender Fahrt galoppierte Silber auf den Hof. Die Kurve überstand ich noch. Aber dann stürzte ich mit dem Kopf in eine Schneewehe und rutschte auf die Stallwand zu. Die Kinder in der Stalltür bogen sich vor Lachen.

Als ich aufstand, fühlte ich mich schwindlig. In meinem linken Fuß spürte ich einen stechenden Schmerz. Aber ich mußte mich erst um Silber kümmern: Er stand vor der Stalltür. Nirre kletterte mit kreideweißem Gesicht aus dem Sattel. Ich schnallte rasch die Skier ab und humpelte zu ihnen, um Silber den Riemen wieder auf den Rücken zu legen.

„Was für ein idiotischer Bengel!" schimpfte Nirre.

„Wahrscheinlich kommt er sich jetzt wie ein großer Held vor. Manchen Menschen ist wirklich nicht zu helfen."

Ich kletterte unter Schmerzen noch einmal in den Sattel und bat Nirre, noch eine Runde mit uns Ski zu fahren. Ich wollte Silber einen ruhigen Abschluß verschaffen. Sonst würde er beim nächstenmal bestimmt Angst haben und scheuen. Unsere letzte Runde verlief ohne Störung. Ich klopfte Silber anerkennend den Hals und ließ ihn langsam zum Stall schreiten.

Als ich endlich Zeit fand, mich um meinen Fuß zu kümmern, tat er schrecklich weh. Warum hatte ich auch die Riemen festgehalten? Typisch Britta, dachte ich. Aber als Lehrerin war ich gewohnt, die Zügel festzuhalten, wenn etwas passierte. Also eine reine Reflexhandlung. Trotzdem idiotisch.

In der warmen Stube wollte ich meine Stiefel ausziehen.

Es war unmöglich.

Auf Entdeckungsreise

„Nirre, hilf mir bitte, meine Stiefel auszuziehen."

Die Schmerzen waren unerträglich. Mein Fuß wurde immer dicker. Ich verstand nicht, wie er überhaupt noch Platz in dem engen Stiefel hatte.

„Ich bin doch nicht dein Stiefelknecht", rief Nirre empört aus der Speisekammer. Meine kleine Schwester – ich nannte sie immer noch so, obwohl sie inzwischen einen Kopf größer war als ich – hatte einen Bärenhunger und suchte in den Regalen nach etwas Eßbarem.

„Was gibt es denn heute zu essen?" wollte sie wissen.

„Das Essen kann mir den Buckel hinunterrutschen, wenn ich nur aus dem Stiefel herauskomme." Ich schrie beinahe vor Schmerzen. „Kannst du mir denn nicht endlich helfen?"

„Hast du dir weh getan?" fragte Nirre und eilte herbei.

„Wahrscheinlich habe ich beim Sturz den Fuß gebrochen. Zieh doch stärker."

Nirre zog, und ich jammerte fürchterlich. Aber der Stiefel wich keinen Millimeter.

„Es gibt nur eine Möglichkeit: Wir müssen den Schaft aufschneiden", schlug Nirre vor.

„Meine geliebten Stiefel? Nur über meine Leiche!“ Ich wurde beinahe ohnmächtig bei diesem Gedanken. „Streng dich an. Es muß gehen.“

Nirre versuchte es noch einmal. Ich stöhnte, obwohl ich die Zähne zusammenbiß. Endlich! Meine langen, schwarzen Reitstiefel gaben nach.

„Die kannst du nie wieder anziehen“, überlegte Nirre und schaute auf meinen armen Fuß. Ich hatte den gleichen Gedanken. Aber das war nicht das Schlimmste . . .

„Typisch. Das muß mir ausgerechnet vor Silvester passieren. Ich verderbe mir immer alles selbst.“

Ich zog die Socken aus und betrachtete meinen Fuß. Er war unförmig dick, und die Zehen färbten sich rotviolett. Außerdem fühlte ich mich schwindlig.

„Du legst dich jetzt ins Bett“, bestimmte Nirre. „Ich mache uns etwas zu essen.“

„Unsinn“, widersprach ich. „Das ist doch albern, sich ins Bett zu legen, nur weil man sich den Fuß verstaucht hat.“

Nun ja, einen Augenblick sollte ich mich vielleicht ausruhen. Ich muß sofort eingeschlafen sein. Als ich nach einigen Stunden aufwachte, fror ich fürchterlich, obgleich Nirre mich mit einer Wolldecke zugedeckt hatte. Ich zitterte, und in meinem Kopf drehte sich alles.

„Du hast vielleicht Fieber“, vermutete Nirre.

„Das kann ja ein schöner Silvesterabend werden“, seufzte ich niedergeschlagen.

„Ich habe Spaghetti mit Fleischsoße für uns gekocht“, berichtete Nirre stolz. „Es macht Spaß, sich zur Abwechslung selbst zu verpflegen. Du wirst sehen, wenn du etwas gegessen hast, fühlst du dich gleich viel besser.“

Ich schlüpfte in meine warme Strickjacke und humpelte zum Küchentisch. Draußen schneite es.

„Du kannst morgen abend Silber reiten", sagte ich traurig und stocherte mit der Gabel in Nirres Spaghetti herum. „Es gibt keinen Grund, daß wir beide Silvester hier in der Küche hocken."

„Nein. Ohne dich reite ich auch nicht mit. Ich kenne die anderen doch gar nicht."

„Sei nicht albern."

„Ohne dich habe ich keine Lust. Außerdem geht es dir morgen bestimmt wieder gut."

„Das bezweifle ich", entgegnete ich und starrte verbittert auf meinen Fuß.

Am nächsten Tag – es war der letzte des alten Jahres – wachte ich mit dem Gefühl auf, daß etwas nicht in Ordnung war. Um munter zu werden, bewegte ich meine Zehen. Au! Mein linker Fuß! Schlagartig fiel mir alles wieder ein. Ich setzte mich auf und betrachtete meinen Fuß. Unmöglich! Er war so geschwollen, daß er tagelang in keinen Reitstiefel paßte. Also kein Neujahrsritt. Am liebsten hätte ich mich für immer unter der Bettdecke verkrochen.

Als ich etwas später im Stall herumhumpelte, machten sich alle über mich lustig.

„Lahmheit der linken Hinterhand", spottete Thomas. „Wir müssen sie einige Tage in der Box lassen und das Bein kühlen ..."

„Ich kann ihr einen feuchtwarmen Umschlag mit essigsaurer Tonerde machen", meinte Kicki. „Das hilft bestimmt."

Thomas fuhr fort, mich auf den Arm zu nehmen.

„Wenn ich es mir genau überlege", spottete er, „ist es wahrscheinlich das Alter. Sie kommt in die Jahre. Ihre Knochen werden morsch ..."

Ich nahm das erste beste, was mir in die Finger kam – Rauhbeins schmutzige Wurzelbürste –, und warf sie nach ihm. Thomas duckte sich schnell und lachte.

„Du findest das komisch", rief ich wütend. „Aber du mußt ja auch nicht auf den Neujahrsritt verzichten."

„Ich versuche ja auch nicht, auf Skiern die Stallmauer zu durchbrechen", erwiderte Thomas und grinste.

„Du könntest Lotta und Marie helfen", schlug Kicki vor. „Sie bereiten ein kaltes Büfett vor."

„Vielen Dank! Glaubst du vielleicht, ich schmiere Butterbrote, während ihr reitet?"

„*Wir* tun das", sagten Lotta und Marie gleichzeitig.

„Ich werde darüber nachdenken", murmelte ich. „Feiern wir denn nach dem Reiten im Klubzimmer?"

„Ja", antwortete Lotta strahlend. „Es gibt Tee und belegte Brote. Außerdem Glühwein."

„Glühwein schmeckt ekelhaft." Marie rümpfte die Nase. „Trotzdem opfere ich mich für euch und bereite ihn zu."

„Heiß schmeckt er phantastisch", widersprach Nirre. Sie schien sich auf unser kleines Fest zu freuen. „Was muß man denn anziehen?"

„Ohne elegantes Abendkleid lassen wir dich nicht hinein", sagte Kicki, ohne eine Miene zu verziehen.

„Ich habe ein Maxikleid . . ."

Nirre sprach nicht weiter, als sie merkte, daß wir alle in schallendes Gelächter ausbrachen. Meine Stimmung besserte sich. Schließlich ging die Welt nicht unter, nur weil ich am Neujahrsritt nicht teilnehmen konnte. Und das Fest hinterher würde bestimmt lustig werden.

Ein wenig später stiefelte Lasse mit Goldie in meine Küche.

„Wenn ihr nichts Besseres vorhabt, könnt ihr mit zu mir

kommen", schlug Lasse vor. „Ich will in einem der alten Schuppen auf Entdeckungsreise gehen."

Nirre machte ein entsetztes Gesicht. Sie schien an Staub, Spinnengewebe und Ratten zu denken.

Ich war begeistert und humpelte zum Schrank, um mich warm anzuziehen.

„Was ist denn mit dir los?" fragte Lasse überrascht.

Ich erzählte ihm, was mir mit seinem Weihnachtsgeschenk passiert war.

„So ein Pech", bedauerte Lasse. „Dann kannst du heute abend gar nicht mitreiten."

Er schaute mich ernst an. Und doch stahl sich in seine Augen schon wieder dieses verschmitzte Lächeln . . .

„Fang du jetzt bitte nicht auch noch an, mich auf den Arm zu nehmen", schmollte ich.

„Aber nein. Ich mußte nur an etwas denken." Lasse sah aus, als hätte er es faustdick hinter den Ohren.

„An was?" bohrte ich. Aber es war zwecklos, aus Lasse etwas herauszubekommen.

„Laß uns jetzt fahren", antwortete er nur.

Wir kletterten in Lasses alten Volkswagen.

„Wie geht es dem Rappen?" fragte Nirre, als wir in die Landstraße einbogen.

„Nicht besonders gut", seufzte Lasse. „Die linke Hinterhand ist gebrochen. Auf dem Rücken eine schmerzhafte Brandwunde. Tiefe Abschürfungen und Einschnitte am Hals. Und dazu noch eine schwere Lungenentzündung . . ."

„Aber er wird doch durchkommen?" rief ich erschrocken.

„Wir hoffen es", erwiderte Lasse. „Mein Onkel hat ihm hohe Penicillindosen gespritzt . . . Aber seine Zeit als Rennpferd ist natürlich vorbei . . ."

„Der Rappe ist ein Rennpferd?" staunte Nirre.

„Ein ganz berühmtes sogar“, erklärte Lasse. „Es heißt Winnetou und wurde vorgestern an einen reichen Fabrikbesitzer verkauft, einen gewissen Mogens Magnusson.“

„Bist du ein Hellseher, oder woher weißt du das alles?“ wunderte ich mich.

„Von meinem Onkel“, antwortete Lasse. „Die Polizei hat ihn heute früh angerufen.“

„Dann gehörte diesem Herrn Magnusson wahrscheinlich auch der Hof“, überlegte ich.

„Ja“, berichtete Lasse. „Er wollte dort eine Pferdezucht anfangen.“

„Und warum war Winnetou angebunden?“

„Winnetou ist ein temperamentvolles Pferd“, erklärte Lasse. „Und da Herr Magnusson noch keine Ahnung von Pferden hatte, wußte er sich nicht anders zu helfen: Er band den wild um sich schlagenden Winnetou zur Sicherheit in der Box an.“

„Weiß man auch schon, wie das Feuer entstanden ist?“ mischte sich Nirre ein.

„Nicht genau“, behauptete Lasse. „Die Polizei vermutet fahrlässige Brandstiftung. Frische Mopedspuren im Schnee und Zigarettenstummel deuten darauf hin. Soviel ich weiß, läßt sich noch nichts beweisen . . .“

Mir fielen Martins Mopedfreunde ein. Ob sie heimlich in der Scheune geraucht hatten?

„Jedenfalls muß Herr Magnusson für den Schaden selbst aufkommen“, fuhr Lasse fort. „Die Versicherung weigert sich zu bezahlen. Daß man die Täter findet, kann ich mir nicht vorstellen. Vielleicht irgendwelche Landstreicher . . .“

Ich wollte gar nicht, daß man die Täter findet. Ich fand, daß die Geldeinbuße noch eine viel zu geringe Strafe für einen Mann war, der ein Pferd so unfachmännisch behandelte und es dadurch solchen Qualen aussetzte. Denn auch ohne das Feuer hätte Winnetou sich verletzen können.

Wir besuchten Winnetou nicht, weil Dr. Södergren meinte, er solle heute lieber keinerlei Aufregung haben. Dafür begrüßte uns das Rehlein um so freudiger und stakste mit seinen geschienten Hinterläufen ans Gitter. Nirre war so begeistert, daß wir sie nur schwer überreden konnten, das Rehlein allein zu lassen und uns in den Schuppen zu folgen.

Wir verbrachten noch einen lustigen Nachmittag bei Lasse. Nirre, die sich zuerst ziemlich langweilte, taute auf, als sie eine alte, handbemalte Petroleumlampe entdeckte. Sie fragte Lasse, ob sie sie mit zu mir nehmen dürfe, um sie sauberzumachen. Ich war sprachlos. Von dieser Seite kannte ich meine kleine Schwester gar nicht.

„Ich liebe solche alten Dinge", schwärmte sie. „Ich glaubte, hier nur Sachen zu finden, die mit Pferden zusammenhängen. Wie dort zum Beispiel: Diese schrecklichen, alten Stahlbürsten sehen aus wie Folterinstrumente."

An der Tür baumelten verrostete Kuhketten. Ich dachte daran, wie Siboney mit solch einer Kette in das Dunkel eines Schlachtwagens gezerrt worden war. Mir liefen Tränen über die Wangen.

„Was hast du?" fragte Lasse besorgt. „Bist du traurig? Ist es wegen deines Fußes?"

Ich schüttelte den Kopf und wollte meine Tränen trocknen. Aber weil Lasse sich um mich kümmerte, heulte ich jetzt erst recht. Nirre wollte auch wissen, was mit mir los sei.

„Nichts", antwortete ich ausweichend. „Es ist gleich vorbei."

„Komm, ich zeige dir etwas", sagte Lasse und nahm mich bei der Hand.

Er will mich nur ablenken, dachte ich.

Zuerst kletterten Lasse und Nirre auf einen alten Wagen, dessen Deichseln abgebrochen waren und den man zum Anhänger eines Traktors degradiert hatte. Dann sprangen sie von einem leichten Rennschlitten herunter, der bestimmt sehr hübsch aussah, wenn man ihn renovierte. Ganz hinten an der Wand stand ein größerer Schlitten, der vollkommen in Ordnung schien. Er war furchtbar schmutzig, aber ich konnte seine dunkelgrüne Farbe und die schwarzen Beschläge erkennen.

„Ein wunderbarer Schlitten“, staunte ich.

„Ich will ihn möglichst bald ausprobieren“, erklärte Lasse.

„Ich helfe dir beim Saubermachen. Er muß neu gestrichen werden. Gefällt dir Schwarz und Gold?“

„Dann wird er ja so vornehm, daß ich gar nicht mehr wage, ihn zu fahren“, scherzte Lasse.

„Zumindest nicht mit Silber – es sei denn, du brauchst Brennholz.“

Dann tranken wir noch Kaffee, und Lasse fuhr uns zurück zur Reitschule.

Was hat Cayenne mit meinen Träumen zu tun?

„Wenn dein Fuß sehr weh tut, kann ich in den Stall gehen und Silber füttern“, schlug Nirre vor. Es war Abend, und Nirre saß in der Küche und stickte. Ich versuchte, ein Buch zu lesen. Aber meine Gedanken schweiften immer wieder zum Stall, wo jetzt die letzten Vorbereitungen für den Neujahrsritt getroffen wurden.

„Vielen Dank, aber du hast Ferien“, wandte ich ein. „Du bist nicht hierhergekommen, um im Stall zu schuften.“

„Ich werde es schon überleben. Außerdem macht es mir zur Abwechslung sogar Spaß, Silber zu füttern.“

Nirre zog meine Stallkleidung an und ging. Ich setzte mich an den Küchentisch. Der Nachmittag bei Lasse war so schnell vergangen. Jetzt fühlte ich mich einsam und unruhig. Ich wollte etwas tun. Aber was?

Es war ein kalter und sternenklarer Abend. Plötzlich drang ein Geräusch aus der Dunkelheit in meine Küche. Das Geräusch kam näher. Jetzt wußte ich, was es war: der Schellenkranz vom Luciafest. Ich humpelte zum Fenster und sah, wie Cayenne mit fliegender Mähne auf den Hof trabte. Um seinen Hals hing der Schellenkranz. Lasse saß hinter Cayenne in dem grünen Schlitten und hielt die Zügel. Er fuhr einen großen Bogen um die anderen Pferde und hielt genau vor meinem Fenster.

„Ich konnte nicht anders“, begrüßte mich Lasse. „Heute ist ein herrlicher Abend. Ich mußte den Schlitten einfach ausprobieren. Ich würde mich freuen, wenn du mir bei meiner Schlittenfahrt Gesellschaft leisten würdest.“

„Du bist wunderbar, Lasse“, rief ich strahlend. Ich war so glücklich, daß ich gar nicht überlegte, was ich sagte. „Du tauchst immer auf, wenn ich dich am meisten brauche.“

Meine Schmerzen waren vergessen. Ich rannte zu Nirre in den Stall.

„Nirre, du mußt schnell Silber satteln. Lasse ist hier. Ich kann bei ihm im Schlitten mitfahren.“

„Ich dachte, du hättest starke Schmerzen“, antwortete meine Schwester ironisch.

„Wieso? Was für Schmerzen?"

„Ja, ja, die Liebe", seufzte Nirre.

„Du spinnst ja. Beeil dich lieber", rief ich und rannte in meine Wohnung zurück, um meinen neuen, weißen Fellmantel zu holen.

Nirre kam mit Silber als letzte aus dem Stall. Die Gruppe war nicht sehr zahlreich, und Silber war das einzige Pony. Martin durfte so spät abends nicht mehr reiten. Darum mußte Billy allein im Stall zurückbleiben.

An der Spitze ritt Hasse. Er hatte sich heute für Patrik entschieden. Agneta, unsere Lucia, hatte immer Schwierigkeiten mit dem dickköpfigen Kurre. Aber daran waren wir gewöhnt. Direkt vor unserem Schlitten ritten Thomas und Kicki Seite an Seite. Neben Rauhbein sah Lord Peter noch zierlicher und eleganter aus.

Ich kuschelte mich in meinen warmen Mantel und lehnte mich sanft an Lasses Schulter. Ich lauschte dem gleichmäßigen Surren der Kufen im Schnee und staunte über Cayenne. Er zog den Schlitten so gelassen und selbstverständlich, als hätte er sein Leben lang nichts anderes getan.

„Jetzt traben wir", rief Lasse.

Die Hufe wirbelten den weichen Schnee auf, der ihr Stampfen zu einem leisen, beinahe unwirklichen Geräusch dämpfte. Wie von Geisterhand gezogen glitt der Schlitten durch die Nacht. Nur Lasse, der lächelnd seinen Arm um mich legte, war alles andere als unwirklich.

Wir bogen in einen schmalen Weg ein und drosselten unsere Geschwindigkeit. Blaß schimmerte das Licht des Mondes und der Sterne durch die Tannenzweige. Die Dunkelheit machte alles noch spannender.

„Wie lange willst du eigentlich auf der Reitschule bleiben?" fragte Lasse.

„Als Reitlehrerin? Ich weiß es nicht“, antwortete ich. „Die Arbeit mit den Kindern macht mir Spaß, aber . . .“

Ich dachte einen Augenblick nach.

„Merkwürdig“, fuhr ich fort. „Man wünscht sich etwas, und wenn man es erreicht hat, wünscht man sich bald etwas anderes. Ist man denn nie zufrieden?“

„Und was wünschst du dir jetzt?“

„Tja . . .“ Ich zögerte. Über meine Sehnsüchte und Träume sprach ich sonst mit niemandem. „Ich möchte gern etwas Eigenes haben. Zum Beispiel einen kleinen Hof auf dem Land mit vielen Weiden, um eine Ponyzucht zu betreiben. Stell dir mal vor: lauter Weiden voller Waliser Ponys. Stuten und viele kleine, lebhafte Fohlen, die aussehen wie Silber, als er klein war . . . Lach mich bitte nicht aus.“

„Ich lache doch gar nicht“, widersprach Lasse ernst. „Bist du dir klar darüber, daß eine Pferdezucht sehr viel Arbeit und eine große Verantwortung mit sich bringt?“

„Natürlich. Außerdem braucht man eimerweise Geld. Und das habe ich nicht. Aber träumen ist umsonst. Sich vorzustellen, aus eigener Zucht die besten Ponys zu behalten und mit ihnen eine Reitschule aufzumachen! Erstklassige Pferde, die sich sowohl zum Dressurreiten als auch zum Springen eignen. Ein wunderbarer Traum!“

Wir kamen jetzt aus dem Wald heraus. Freie Felder breiteten sich vor uns aus. Der Schnee war nicht sehr tief. Wir konnten galoppieren.

Cayenne warf sich in die Zügel. Er wollte trotz des Schlittens nicht hinter den anderen Pferden zurückbleiben.

„Silber ist phantastisch“, rief Nirre begeistert und galoppierte an uns vorbei.

„Halt dich fest“, warnte Lasse. Wir fuhren wieder in den Wald und ließen die Pferde an langen Zügeln schreiten.

„Möchtest du auf deinem Traumhof nicht auch ein paar große Pferde halten?“ wollte Lasse wissen.

„Nein.“ Ich war mir meiner Sache sicher. „Nur Waliser Ponys. Warum fragst du?“

„Aus Neugier“, erklärte Lasse ruhig. „Und ich dachte, du magst Cayenne.“

„Natürlich mag ich Cayenne.“

„Na also“, meinte Lasse verschmitzt. „Dann ist ja alles in Ordnung.“

„Wieso?“ fragte ich verwundert. „Was hat denn Cayenne damit zu tun?“

„Wer weiß.“ Lasse schmunzelte. „Du bist nicht die einzige, die träumt . . .“

Lasse schwieg und konzentrierte sich auf das Lenken des Schlittens. Es war bitterkalt. Aber ich fror nicht. Ich kroch nur näher an Lasse und wünschte, daß diese Schlittenfahrt nie zu Ende ginge. Ich dachte daran, wie Lasse mir geholfen hatte, als ich wegen Siboney so traurig war. Jetzt konnte ich an mein Fohlen denken, ohne daß mir die Tränen in die Augen traten.

„Hui, ist das kalt“, jammerte Nirre, die plötzlich wieder neben uns ritt. „Ich freue mich schon auf den heißen Glühwein.“

„Bereust du es, daß du mit uns geritten bist?“ erkundigte ich mich. „Wahrscheinlich wärst du jetzt viel lieber auf dem Tanzboden?“

„Im Gegenteil“, protestierte Nirre. „Tanzen kann ich noch oft genug.“ Trotz der Kälte fühlte sie sich auf Silber pudelwohl.

Ich beneidete sie ein wenig. Im Schlitten zu fahren war sehr schön, aber der richtige Kontakt zum Pferd fehlte. Ob Lasse das auch so empfand?

Als wir die Reitschule erreichten, schlug die Uhr bereits elf. Ein undramatischer Ausflug, wenn ich daran dachte, was mir jedesmal mit meinen Schülern passierte. Aus den Nüstern der Pferde entwich die kalte Luft wie eine Rauchfahne. Sie fanden es sicher merkwürdig, so spät abends noch draußen zu sein.

Lasse brachte Cayenne nach dem Ausspannen in eine leerstehende Box, während ich in meinen Stall ging.

„Ich bekomme den Sattelgurt nicht auf", stöhnte Nirre. „Meine Finger sind ganz steifgefroren. Man muß nicht alle Tassen im Schrank haben, um bei dieser Kälte freiwillig zu reiten."

Silber schnappte nach Nirres Jacke, als wolle er meine Schwester zur Eile antreiben. Er konnte es nie erwarten, sich in den frischen Sägespänen zu wälzen. Aber als wohlerzogenes Pony tat er das nicht, solange er noch gesattelt war.

Ich half Nirre, und dann betrachteten wir gemeinsam das Theater, das Silber vor unseren Augen aufführte: Er ließ sich mit einem Seufzer auf die rechte Seite fallen und wedelte heftig mit dem Schweif, bis er über und über mit Sägespänen bedeckt war. Dann erhob er sich, schüttelte sich und ließ sich auf die andere Seite fallen. Das war nun einmal Silbers Lieblingsbeschäftigung. Er wurde erst müde, nachdem er das mindestens siebenmal wiederholt hatte.

Es wurde ruhig und gemütlich im Stall. Silber und Billy machten sich über den Hafer her. Ihr rhythmisches und zufriedenes Kauen zerteilte wie eine leise Melodie die Nacht.

„Komm", flüsterte ich. „Gehen wir zu den anderen."

Der Klubraum war nicht wiederzuerkennen. Lotta und Marie hatten weiße Papierdecken über die langen Tische gelegt und ein verlockendes, kaltes Büfett darauf gezaubert. Kerzenlicht sorgte für eine festliche Atmosphäre.

Nirre und ich waren in Reithosen gekommen. Erschrocken stellten wir fest, daß viele Klubmitglieder Abendkleidung angelegt hatten. Zum Glück erschien in diesem Augenblick Kicki mit den anderen Reitern, und sofort mischte sich ein angenehmer Geruch nach Pferd und Stall unter das bis dahin vorherrschende Parfüm.

„Schrecklich, daß die Haare unter dem Reithelm immer so plattgedrückt werden", flüsterte Nirre.

„Unsinn. Du bist schön genug", beruhigte ich sie. Wir setzten uns an einen langen Tisch. Ich warf sehnsüchtige Blicke auf die vielen Brote. Der nächtliche Ausflug hatte mich hungrig gemacht. Lotta und Marie schenkten Tee ein, und Hasses Frau reichte belegte Brote. Ich suchte mir eines mit Schinken und Gemüsesalat aus. Es schmeckte himmlisch.

„Eure Brote sind phantastisch", lobte ich Lotta, als sie an meinem Tisch vorbeilief.

„Erinnere mich nicht daran", stöhnte sie. „Ich habe mindestens fünfzig geschmiert. Ich werde nie wieder in meinem Leben belegte Brote essen können."

„Was wetten wir?" fragte ich lachend. „Marie hat sich wohl schon überfressen? Sie sieht ganz blaß aus."

„Wenn du wüßtest, wie wir geschuftet haben . . ."

„Was braut sie eigentlich für ein Hexengetränk zusammen?"

„Glühwein. Um das neue Jahr zu begießen."

Ich warf einen Blick auf die Uhr. Es ging auf Mitternacht zu. Noch fünfzehn Minuten, noch zehn Minuten . . .

Marie verteilte Becher mit Mandeln und Rosinen, und Lotta goß den Glühwein darüber. Wir schwiegen und hörten, daß draußen Raketen und Knallfrösche gezündet wurden. Vom Hafen drang das entfernte Heulen der Schiffssirenen herauf.

„Prosit Neujahr!"

Alle erhoben ihre Gläser und prosteten sich zu.

Ich schaute Lasse in die Augen. Er saß mir gegenüber, nickte mir lächelnd zu und hob seinen Becher.

„Ein gutes neues Jahr, Britta!" wünschte Lasse.

Das wünschte ich ihm auch. Ich spürte, daß ich dabei errötete.

Kicki hatte ihr Tonbandgerät mitgebracht. Nachdem der feierliche Augenblick des Jahreswechsels vorbei war, wurden Tische und Stühle zur Seite geschoben, und Kicki legte ein Band mit Tanzmusik auf.

Ich wollte etwas zu Nirre sagen, aber sie war plötzlich verschwunden.

„Hast du meine Schwester gesehen?" fragte ich Lasse, der sich neben mich gesetzt hatte.

„Kein Grund zur Aufregung. Sie unterhält sich glänzend mit einem Jungen, der Gitarre spielt."

„Wunderbar", antwortete ich erleichtert. „Ich hatte Angst, sie würde sich langweilen."

„Und du?" wollte Lasse wissen. „Langweilst du dich?"

„Ich langweile mich nie. Ich bin nur ein bißchen traurig, daß ich wegen meines Fußes nicht tanzen kann."

„Das können wir noch oft nachholen", meinte Lasse. „Ich wollte dir auf der Schlittenfahrt noch etwas sagen. Aber dann vergaß ich es."

„Was denn?" fragte ich neugierig.

„Ich habe an dich gedacht . . ."

„Und diese große Neuigkeit wolltest du mir mitteilen?" spottete ich.

„Lach nicht, sonst sage ich nichts mehr. Ich finde, daß du nicht länger so allein leben solltest. Goldie bekommt im Februar Junge. Und da dachte ich . . ."

„Was?"

„Daß du vielleicht einen Welpen haben möchtest."

Ich war so überrascht, daß ich kein Wort herausbrachte. Ein junger Schäferhund, ein wuscheliger, kleiner Bär mit großen Tatzen sollte mir gehören! Sollte mein Freund werden. Ich wußte so wenig über Hunde. Konnte ich das wagen?

„Warum sagst du nichts?" wunderte sich Lasse.

„Ich denke nach", antwortete ich. „Ich wollte schon immer gern einen Hund haben. Aber ich weiß nicht, wie ich ihn erziehen soll. Und Schäferhunde sind besonders empfindsam. Das hast du selbst gesagt."

„Findest du meine Idee nicht trotzdem gut?"

Ich nickte. „Vielleicht könntest du mir ein bißchen helfen?"

„Aber natürlich."

Ich dachte den ganzen Abend nur noch an „meinen" Hund. Jetzt war ich nicht mehr traurig. Ich redete mit Lasse über Hunde.

Als das Tonband zu Ende war, baten wir Nirres Gitarristen, uns etwas vorzuspielen.

„Sing doch dazu", forderte ich Nirre auf. Ich war ganz sicher, daß sie sich weigern würde.

„Gern", antwortete meine Schwester überraschend. Später erklärte sie mir, vor Menschen, die sie nicht kenne, mache es ihr nichts aus zu singen. Sie sang englische und französische Lieder, und die Gitarre begleitete sie leise. Ihre Stimme klang eigenwillig und tief. Ich bekam eine Gänsehaut. Das geht mir immer so, wenn mir etwas besonders gut gefällt.

Ich staunte, denn ich betrachtete meine kleine Schwester immer noch als Kind.

Wir bedankten uns bei Nirre und dem Gitarristen. Das neue Jahr war schon mehrere Stunden alt. Wir mußten aufbrechen.

„Wir können dich schnell nach Hause fahren", schlugen Thomas und Kicki vor. „Dann brauchst du nicht mitten in der Nacht dein Pferd aus dem Stall zu holen."

„Cayenne", lachte Lasse. „Ich hätte ihn beinahe vergessen. Darf er denn bei euch bleiben?"

„Selbstverständlich", versicherte Thomas.

„Ich hole ihn morgen früh", sagte Lasse zu mir. „Schlaf süß und träume von kleinen Schäferhunden."

Nirre sah aus wie ein großes Fragezeichen.

„Das werde ich bestimmt tun", antwortete ich glücklich. „Und nochmals vielen Dank für die herrliche Schlittenfahrt . . ."

„Du willst nur, daß ich dich wieder einlade", neckte mich Lasse. „Also, bis morgen."

Ich stand auf der Treppe und bewegte meinen linken Fuß. Mit etwas gutem Willen konnte ich ihn vielleicht morgen wieder in einen Reitstiefel zwängen . . .

Brittas Herz gehört den Pferden

Zwei neue Stallbewohner

„Kannst du den Unterricht einen Augenblick für mich übernehmen? Bitte, liebe Kicki. Ich friere mich zu Tode."

Es war Samstagnachmittag, Ende Februar, und bitterkalt. Ich stand in der Mitte unseres Übungsplatzes. Um mich herum trotteten vier träge Ponys in zottigem Winterpelz. Aus ihren Nüstern dampfte es, und ihre kleinen Reiterinnen hielten die Zügel mühsam mit steifen, blaugefrorenen Fingern.

„Aber höchstens zehn Minuten", versprach Kicki. „Länger überlebe ich das nicht. Britta, ich verstehe nicht, wie du bei dieser Kälte die vier Stunden Reitunterricht aushältst!"

„Heute werden es keine vier Stunden", wandte ich ein und blinzelte aus meinem Zottelfell hervor. „Bei dieser Kälte kommt kein Erwachsener. Nur die Kleinen sind so begeistert, daß sie auch bei Wind und Wetter auf ihre geliebten Ponys klettern."

„Ich würde heute nicht einmal für Geld in den Sattel steigen." Kicki zog ihre Kapuze über den Kopf, bis nur noch ihre Nasenspitze herausguckte. „Britta, lauf schnell hinein und wärme dich einen Augenblick auf. Aber komm bitte zurück, ehe aus mir ein Eiszapfen geworden ist."

Der Schnee knirschte unter meinen Stiefeln, als ich zum Stall hinaufging. Es war so kalt, daß das Atmen beinahe weh tat. Ich kam mir vor wie ein wandernder kleiner Eisberg, so dick war ich angezogen. Im Winter war es nicht immer einfach, Reitlehrerin zu sein.

Wir besaßen leider keine Reithalle. Der Unterricht fand immer im Freien statt. Was für ein Glück, daß Kicki mich einen Augenblick ablöste. Kicki war ein prima Kamerad. Und reiten konnte sie auch sehr gut. Ich verstand mich mit den meisten Mitgliedern unseres Reitklubs ausgezeichnet. Niemand ritt nur, weil es Mode war. Alle interessierten sich wirklich für Pferde. Aber diese Kälte machte selbst dem eingefleischtesten Pferdenarr zu schaffen.

„Hier steckt ihr also, ihr Weichlinge", stichelte ich. Ich wäre fast über die vielen ausgestreckten Beine gestolpert.

Die Sattelkammer war voller Kinder und alle riefen: „Mach die Tür zu!" ehe ich überhaupt eingetreten war.

„Ein bißchen frische Luft wird euch nicht gleich umbringen", lachte ich.

„Mich schon", jammerte Cilla. „Ich bekomme Ausschlag. Ich bin empfindlich gegen frische Luft."

„Und ich kriege Komplexe", klagte Susanne.

„Wenn ihr euch nur über jemanden lustig machen könnt“, antwortete ich und kauerte mich neben die Heizung. Es roch wunderbar in der Sattelkammer: nach Pferd und nach Leder. Ich fand es urgemütlich, zwischen Satteln und Trensen zu sitzen.

Hasse stapfte herein, um eine wollene Binde zu holen.

„Organdies Hinterhand ist geschwollen“, erklärte er.

Hasse trug zusammen mit Thomas – das ist Kickis Freund – die Verantwortung für die Reitschule. Ihm gehörten auch einige der Pferde.

„So ist das, Britta . . .“

Hasse schaute mich an, als dächte er an etwas ganz anderes. Er trug trotz der Kälte weder eine Mütze noch Handschuhe. Typisch Hasse, dachte ich. Zerstreut und unbekümmert wie immer. Nur wenn es um die Pferde ging, war er sorgfältig und genau. Er blieb in der Tür stehen und sah aus, als fiele ihm plötzlich etwas ein.

„Morgen kommen zwei neue kleine Pferde. Ich dachte mir, du könntest für den Unterricht noch welche gebrauchen.“

Er sagte das im Hinausgehen, als sei das etwas ganz Alltägliches.

„Ist das alles, was ich erfahre?“ Ich ärgerte mich über seine Schweigsamkeit. Gleichzeitig spürte ich ein angenehmes Kitzeln in der Magengegend. Neue Pferde. Kann man sich etwas Aufregenderes und Spannenderes vorstellen?

„Was hat Hasse gesagt?“

Die Kleinen bestürmten mich mit Fragen. Ich antwortete so ruhig und gelassen wie möglich: „Ach, nur, daß morgen zwei neue Pferde kommen.“

„Wie groß sind sie?“

„Nehmen sie am Unterricht teil?“

„Dann darf ich hoffentlich endlich Stallknecht werden . . .“

„Ich weiß gar nichts“, wehrte ich ab. „Aber für den Reitunterricht sind sie wohl bestimmt. Hasse sprach zwar von kleinen Pferden, aber für ihn sind alle Pferde unter einem Meter und sechzig klein. Danach kann man also nicht gehen.“

„Dürfen wir auf ihnen reiten?“

„Wo werden sie stehen?“

„Ich darf doch Stallknecht werden?“

Die Kinder bombardierten mich unaufhörlich mit ihren Fragen. Ich floh in die Kälte, ohne irgend etwas zu versprechen.

Kicki seufzte erleichtert, als ich endlich zurückkam.

„Ich habe sie gerade galoppieren lassen“, berichtete sie. „Scheck weigerte sich, und Silber lief in die Mitte. Sessan folgte ihm sofort, und Lillebror warf seine Reiterin ab. Du kannst dir also das Durcheinander vorstellen.“

„So ist das jeden Tag“, lachte ich. „Und in Zukunft wird es noch schlimmer. Hasse hat mir eben erzählt, daß morgen zwei neue Pferde kommen.“

„Wie herrlich!“

„Das wird sich herausstellen“, sagte ich ernst. Und dann mußten wir beide lachen.

„Stell dir vor, die neuen Pferde sind so wie Sessan“, grinste Kicki, als wir nach dem Unterricht die Ponys zum Stall begleiteten.

„Dann bin ich hier die längste Zeit Reitlehrerin gewesen“, beteuerte ich mit einem Blick auf das dicke, schwerfällige Pony, das nur lebendig und gehorsam wurde, wenn es in Richtung Stall ging. „Sessan ist wirklich nicht nur träge, sondern auch störrisch. Sie bleibt mitten im Galopp stehen und senkt den Kopf. Damit wirft sie jeden Reiter ab. Sogar Cilla, ihren kleinen Stallknecht, hat sie gestern in einer halben Stunde viermal abgeworfen."

„Lillebror ist auch nicht immer ganz einfach", wandte Kicki ein. „Aber er ist wenigstens nicht so faul. Und Scheck ist schon ziemlich alt. Ich finde es gut, daß Hasse neue Pferde gekauft hat."

„Scheck ist in Ordnung", verteidigte ich das braunweiß gefleckte Shetlandpony, dem man es nicht anmerkte, daß es schon über zwanzig Jahre alt war. „Trotzdem hoffe ich, daß die Neuen eher Silber ähneln."

„Gib dich keinen falschen Hoffnungen hin", erwiderte Kicki. „Ein Waliser Pony können wir aus unserer mageren Klubkasse nicht bezahlen."

„Silber war nicht teuer, als meine Eltern ihn kauften", protestierte ich. „Aber das ist natürlich schon einige Jahre her."

„Ich habe vor kurzem eine Anzeige gelesen", behauptete Kicki. „Jemand verlangte fünftausend Mark für ein Waliser Pony."

„Das darf doch nicht wahr sein. Das muß ein Pferd sein, das viele Preise im Springen oder Dressurreiten gewonnen hat."

„Würdest du Silber für fünftausend Mark verkaufen?" fragte Silbers kleine Reiterin, ein Mädchen mit schwarzen Haaren und großen braunen Augen.

Ich schüttelte den Kopf.

„Silber verkaufe ich nicht. Nicht für alles Geld der Welt."

Das werden viele nicht verstehen. Sie sagen, was soll man mit einem Pony, wenn man achtzehn Jahre alt ist und an keinem Ponywettbewerb mehr teilnehmen darf? Solche Menschen tun mir leid. Sie verstehen nicht, daß ein Pony der beste Freund sein kann und daß das Leben nicht nur aus Wettbewerben und Preisen besteht.

Silber war ein Jahr alt, als ich ihn zum erstenmal sah. Sein Fell schimmerte silbergrau. Er sah herrlich aus und blickte mich mit großen, klugen Augen an. Ich pflegte ihn, und ein Jahr später schenkten meine Eltern ihn mir. Heute kann ich mir ein Leben ohne Silber gar nicht mehr vorstellen.

Ich habe Silber selbst zugeritten. Ich habe ihm allmählich das Springen beigebracht. Und wenn ich traurig bin, gehe ich zu ihm in den Stall, und meine Tränen fallen in seine seidenweiche Mähne.

So gut wie Silber konnten die neuen Pferde gar nicht sein. Aber ich hoffte, sie hätten etwas von seinem guten Charakter.

Am nächsten Morgen war es immer noch sehr kalt. Ich war bei Silber im Stall, als ich draußen laute Rufe hörte: „Sie kommen! Sie kommen!"

Ich schlüpfte schnell in meinen schweren Fellmantel und lief auf den Hof.

Das große Transportauto hielt neben einer hartgefrorenen Schneewehe, wo man die Pferde leicht ausladen konnte. Hasse kam aus dem Stall, um zu helfen. Thomas und Kicki waren schon da und machten erwartungsvolle Gesichter. In der Stalltür entdeckte ich noch viele neugierige Gesichter: Lotta und Marie, Cilla und Susanne. Und Ann, Silbers Stallknecht. Sie kümmerte sich um Silber, wenn ich unterrichtete und keine Zeit für ihn hatte.

Als die Wagentüren geöffnet wurden, herrschte erwartungsvolle Stille, bis die beiden Neuankömmlinge herausgeführt wurden.

„Sind die aber goldig!"
„Der eine sieht aus wie Lillebror."
„Was für grazile Beine der Hellbraune hat."
„Und was für eine dichte Mähne."
„Ui! Die sind aber langhaarig."
Ich schwieg und sah Kicki vielsagend an. Solche struppigen und zottigen Gotlandsrussen hatte ich noch nie gesehen.

Der eine war hellbraun und hatte lange Beine. Er war mager und schaute uns ängstlich an. Der andere war kleiner und rundlicher. Er trottete auf kräftigen Beinen aus dem Wagen, und seine Augen blitzten uns schelmisch an. Ihre Mähnen waren nicht gebürstet und standen in alle Himmelsrichtungen. Ihre Schweife sahen genauso struppig aus. Ihr zottiges Fell hätte ein Schaf vor Neid erblassen lassen.

„Ich habe nicht gewußt, daß Pferde eine solche Wolle haben können", staunte ich. „Wir müssen sie schneiden. Sie schwitzen sich sonst in unserem Stall zu Tode. Wahrscheinlich haben sie den ganzen Winter im Freien verbracht."

Kicki bog sich vor Lachen.

„Es sollte mich nicht wundern, wenn sie noch nicht zugeritten sind. Was für ein Glück, daß du ziemlich klein und leicht bist."

„Puh", stöhnte ich, „ich kann mir schon vorstellen, wie es ist, diese Racker zu reiten. Und das nennst du Glück!"

Eine Überraschung für Britta

„Alle wollen bei den neuen Pferden Stallknecht werden. Ich weiß nicht, wen ich nehmen soll. Kannst du mir nicht helfen, Kicki?“

Wir ritten über die schneeweichen Wege, die sich um die Reitschule schlängelten. Kicki saß auf Lord Peter – dem schwarzen Vollblut, das Thomas gehörte –, und ich ritt Silber.

„Ich bin für Darry“, schlug Kicki nach einer Weile vor. „Sie verbringt die meiste Zeit im Stall. Und dann Ingrid.“

Lord Peter scheute vor einem großen Schneeklumpen, der mitten im Weg lag, aber Kicki bändigte ihn sofort. Silber mußte es ihm natürlich nachmachen. Er schnaubte, sprang zur Seite und warf mißtrauische Blicke auf den Schneeklumpen. Dabei war er sonst überhaupt nicht ängstlich.

„Du bist ja heute ein richtiger Spaßvogel“, scherzte ich und klopfte Silber beruhigend auf den Hals. „Was denn für eine Ingrid?“

„Das liegt am Wetter“, erklärte Kicki. „Lord Peter spielt immer verrückt, wenn es so kalt ist. Welche Ingrid? Du kennst doch das kleine, pummelige Mädchen mit den großen runden Augen? Sie trägt eine Brille. Wahrscheinlich sehen ihre Augen deshalb so groß aus. Sie ist schüchtern und redet nicht viel.“

„Ach, die meinst du“, rief ich überrascht. „Wie kommst du ausgerechnet auf sie?“

„Ich habe sie beobachtet. Sie bürstet immer irgendein Pferd, wenn der Stallknecht nicht da ist. Außerdem wird sie von allen gehänselt. Sie ist nett und hilfsbereit. Aber sie wird sich bestimmt nie trauen, dich zu fragen, ob sie Stallknecht werden darf.“

Kicki straffte die Zügel und rief: „Jetzt galoppieren wir.“

Lord Peter schüttelte den Kopf, und seine Augen leuchteten vor Begeisterung. Ich stellte mich in die Steigbügel und brachte Silber auf die gleiche Höhe wie das Vollblut.

„Lord Peters Hufe wirbeln soviel Schnee auf“, rief ich. „Darum wollen wir nicht hinter euch reiten.“

Kicki hatte alle Hände voll zu tun, um ihr Pferd zu zügeln. Lord Peter war vor nicht sehr langer Zeit als Rennpferd gelaufen.

Er duldete kein anderes Pferd an seiner Seite.

„Er ist in Hochform“, jubelte Kicki. „Thomas will ihn zum nächsten Rennen anmelden.“

Bis zum Stall ließen wir die Pferde an langen Zügeln schreiten.

„Du, Kicki, ich habe eine Idee. Wir haben doch jetzt sechs Ponys auf der Reitschule ...“

Kicki unterbrach mich.

„Ach ja. Hast du die beiden Neuen schon ausprobiert?“

„Urkomisch. Sie heißen Tim und Tom.“

„Wir können sie ja noch umtaufen. Wer ist Tim, und wer ist Tom?“

„Tim ist der Hellbraune, Schüchterne mit den langen Beinen. Und Tom ist der Kleine, Rundliche mit den kurzen Beinen. Er ist ein richtiger Temperamentsbolzen. Ich ritt ihn auf unserem Übungsplatz, und er versuchte ein paarmal, mit mir über den Zaun zu klettern."

„Und Tim?"

„Der ist ein bißchen nervös. Auf jeden Fall ist er viel einfacher zu reiten. Auf dem Kleineren kam ich mir vor wie auf einem steilen Abhang. Ich hatte immer das Gefühl hinunterzurutschen."

Kicki grinste.

„Ich bin neugierig, was die Kinder zu Tim und Tom sagen. Aber hattest du nicht eine Idee?"

„Komm zu mir, wenn du mit Lord Peter fertig bist. Dann erzähle ich es dir."

Wir trennten uns vor dem Stall. Kicki brachte das schwarze Vollblut in eine geräumige Box im großen Stall. Hier standen auch die anderen Pferde der Reitschule: Organdie, Patrik, Rauhbein, Kurre, Sessan, Lillebror und Scheck. Neben der Tür in zwei Ponyverschlägen waren die beiden Neuen, Tim und Tom, untergebracht.

Ich führte Silber zu dem kleinen Stall, der direkt neben meiner Wohnung lag. Wie immer schnappte Silber nach den Knöpfen meiner Jacke und stupste mich ein wenig mit seinem Kopf. Als ich die Stalltür öffnete, begrüßte uns ein freundliches Wiehern. Billy, der neben Silbers Box stand, freute sich, seinen Stallkameraden wiederzusehen. Dieser kleine Stall bot nur Platz für zwei Pferde. Billy war erst vor kurzem aus dem anderen Stall herübergekommen, damit Silber sich nicht so einsam fühlte.

Silber mochte nicht allein sein. Dann wurde er unruhig und fraß nichts mehr. Vor ein paar Jahren, als ich noch zur Schule ging und bei meinen Eltern wohnte, hatte es ihm nichts ausgemacht, das einzige Pferd im Stall zu sein. Erst seit dem vorigen Jahr ertrug er die Einsamkeit nicht mehr.

Ich war froh, daß Billy ihm Gesellschaft leistete. Billy war ein kleiner Strolch, der jeden abwarf und über die Koppel sprang, wenn jemand vorbeiritt. Er heckte immer neue Streiche aus. Nur im Stall verhielt er sich freundlich und ruhig.

„Es riecht so komisch im Stall“, berichtete Kicki, als sie ein wenig später zu mir kam.

„Das sind die beiden neuen Ponys“, erklärte ich. „Ich finde, sie riechen eher nach Schafen als nach Pferden. Das liegt sicher an ihrem dicken Fell. Man kann ja kaum erkennen, wie sie eigentlich aussehen.“

Kicki saß am Tisch, stützte ihre Ellbogen auf und schaute aus dem Fenster.

„Da kommen Thomas und Lasse“, rief Kicki und wippte mit dem Stuhl.

Dann hörten wir, wie sie draußen vor der Tür den Schnee von ihren Stiefeln klopften. Ob Lasse wohl seine Schäferhündin Goldie mitbrachte?

Die beiden Jungen stapften herein und brachten gute Laune mit.

Ich kochte Tee, und dann setzten wir uns alle vier um den Tisch und plauderten. Der warme Tee tat uns gut, denn draußen war es immer noch sehr kalt.

Thomas erzählte von dem Springturnier, an dem er teilnehmen wollte. Das interessierte uns sehr. Es war seine erste Reise mit Lord Peter zu einem anderen Klub.

„Kicki, du bist ein Glückspilz. Du kannst mitfahren und zuschauen“, seufzte ich.

„Zuschauen? Glaubst du, dazu hat sie Zeit?“ Thomas grinste und strich mit der Hand durch sein helles Haar. „Kicki kommt als mein Stallknecht mit. Sie muß Lord Peter striegeln, satteln, trensen, die Hufe überprüfen, nach jedem

Ritt in den verschiedenen Klassen ein schweißnasses Pferd entgegennehmen, es absatteln, trockenreiben ..."

„Na und?" Kicki lachte nur. Sie freute sich genauso auf den Wettbewerb wie Thomas.

„Und wann nimmst du mit Cayenne an einem Springen teil?" fragte ich Lasse, der aussah, als dächte er an etwas ganz anderes.

„Das weiß ich noch nicht", antwortete er zerstreut. „Ich habe leider nicht genügend Zeit zum Trainieren. Schließlich muß ich auch noch lernen."

„Cayenne ist ein phantastisches Pferd", lobte Thomas. „Aus ihm kann noch etwas werden."

„Hm", meinte Lasse nur.

„Er hört uns gar nicht zu." Ich kannte Lasse beinahe mein ganzes bisheriges Leben lang, und ich war sicher, daß er im Augenblick nicht an Pferde dachte. „Was ist los mit dir?"

„Ich denke an Goldie", entschuldigte sich Lasse.

Mein Herz schlug schneller.

„Ja und?" fragte ich aufgeregt. „Warum hast du sie nicht mitgebracht? Oder bedeutet das ... sie hat doch noch nicht ...? Oder hat sie doch schon Junge bekommen?"

Ich wagte kaum zu atmen. Lasse hatte mir nämlich eines ihrer Jungen versprochen. Aber Lasse spannte mich auf die Folter und machte ein geheimnisvolles Gesicht.

„Sie hat heute morgen zwei Junge geworfen", sagte Lasse endlich.

Und davon gehört eines mir!

„Oh! Wie sehen sie aus? Warum hast du das nicht gleich gesagt? Liebster Lasse, können wir nicht hinfahren und sie uns ansehen? Ich meine jetzt. Sofort ...! Ist das eine Überraschung!"

Stupsie, mein drolliger Schäferhund

Wir kletterten alle vier in Lasses Auto. Lasse wohnte bei seinem Onkel Jonas, der Tierarzt war. Der Hof lag nicht weit von der Reitschule entfernt, aber heute kam mir die Fahrt endlos vor.

„Erzähl mir doch bitte, wie sie aussehen", bettelte ich.

„Du wirst sie gleich selbst sehen." Lasse ließ sich nicht erweichen.

Ich dachte daran, was Lasse mir am Neujahrsabend gesagt hatte: Ich finde, daß du nicht länger so allein leben solltest. Goldie bekommt im Februar Junge. Und dann hatte er mich gefragt, ob ich eins davon haben möchte. Und nun konnte ich die Zeit nicht erwarten, *meinen* kleinen Schäferhund zu sehen.

„Wir sind da", erklärte Lasse. Wir sprangen erwartungsvoll aus dem Auto. Im Haus brannte kein Licht. Lasse schloß die Tür auf und sagte: „Verhaltet euch ruhig. Goldie ist sehr besorgt um ihre Kleinen."

Lasse schaltete das Licht an, und wir schlichen auf Zehenspitzen in die große, bäuerliche Küche. Da lagen sie. Zuerst sah ich nur Goldie. Sie hatte sich in ihrem Korb aufgerichtet und beobachtete uns mißtrauisch.

„Komm, Goldie, komm", lockte Lasse mit sanfter Stimme. Goldie erhob sich etwas langsamer als sonst und kam schweifwedelnd auf uns zu. Sie begrüßte uns freundlich und ging zu ihrem Korb zurück. Lasse nahm die Welpen behutsam auf seinen Arm.

„Wie klein sie sind", staunte Kicki.

„Und was sie für ulkige Stupsnasen haben", scherzte Thomas. „Glaubst du wirklich, daß daraus richtige Schäferhunde werden?"

Ich brachte kein Wort heraus. Ich war ein wenig enttäuscht, daß sie so winzig und hilflos waren. Statt Augen besaßen sie schmale Schlitze, und auf ihren dünnen Beinchen konnten sie noch nicht einmal stehen. Es würde lange dauern, bis aus ihnen die kräftigen, verspielten kleinen Kerle würden, wie ich sie mir vorgestellt hatte.

„Dieser gehört dir." Lasse legte ein winziges, fast schwarzes Knäuel in meine Arme. Und plötzlich war ich nicht mehr enttäuscht. Dieses kleine, hilflose Lebewesen mit seinen hängenden Ohren und seinem Stupsnäschen gehörte mir. Ich schaute Lasse dankbar an und wußte nicht, worüber ich mich mehr freuen sollte: über meinen Hund, oder darüber, daß Lasse ihn mir schenkte.

Wir legten die beiden Welpen vorsichtig in den Korb zurück. Goldie beschnupperte und leckte sie, um sich zu vergewissern, daß alles in Ordnung war.

„Warte nur", meinte Lasse. „In einigen Wochen kennst du die beiden nicht mehr wieder: Dann toben hier zwei kleine Strolche herum. Sie stupsen und balgen sich und sind kaum noch zu bändigen."

„Stupsie", flüsterte ich und blickte verträumt auf meinen kleinen Hund, der sich eng an seine Mutter kuschelte.

„Was hast du gesagt?" fragte Kicki.

„Stupsie", wiederholte ich. „Er heißt Stupsie."

„Und wenn er groß ist? Dann kann er doch unmöglich Stupsie heißen", protestierte Kicki.

„Warum nicht? *Mein* Hund kann das. Lasse, wann darf ich Stupsie mit nach Hause nehmen?“

„In acht bis neun Wochen“, antwortete Lasse. „Aber du mußt zwischendurch oft herkommen und sehen, wie er wächst.“

„Wenn du mit deinen Gedanken wieder bei den Pferden bist, hätte ich gern gewußt, was du vorhin für eine Idee gehabt hast.“ Wir befanden uns auf dem Heimweg, als Kicki sich ungeduldig an mich wandte.

„Ich habe mir überlegt, daß alle, die auf der Reitschule Unterricht haben, auch lernen müßten, wie man ein Pferd versorgt, wie man es sattelt und trenst usw.“

„Aber das können doch alle“, wandte Thomas ein.

„Eben nicht“, widersprach ich. „Und während des Unterrichts ist dafür keine Zeit. Die meisten reiten nur eine halbe Stunde in der Woche.“

„Dann sollen sie in den Stall gehen und es von denen lernen, die es können“, schlug Thomas vor. „So haben wir es auch gemacht.“

„Das tun aber nicht alle. Ich finde, wir sollten einen Kurs ansetzen, der aus Praxis *und* Theorie besteht. Nur versuchsweise. Vielleicht melden sich mehr Teilnehmer, als wir denken.“

„Ich finde die Idee prima“, stimmte Kicki zu. „Komm doch gleich morgen zu mir. Dann besprechen wir die Einzelheiten und hängen einen Anschlag ans Schwarze Brett. Natürlich nur, wenn Thomas und Hasse nichts dagegen haben!“

„O nein. Wenn ihr euch extra Arbeit verschaffen wollt – bitte schön. Aber glaubt nur nicht, daß ich mich um eure süßen Kleinen kümmere, wenn ihr keine Lust mehr habt“, spottete Thomas.

„Warten wir, bis das Springturnier vorbei ist und du mindestens sechs Fehlerpunkte in allen Klassen erreicht hast“, konterte Kicki. „Vielleicht kann man dann wieder mit dir reden.“

Thomas ließ sich nicht beeindrucken. Er grinste und sagte, er habe nicht die Absicht, Fehlerpunkte zu sammeln.

„Wie kann man nur so etwas wie dich ertragen“, murmelte Kicki. Sie sah aus, als würde sie ihm am liebsten etwas an den Kopf werfen.

Wir gingen und erzählten Hasse unseren Plan. Er war genausowenig interessiert wie Thomas. Auch er konzentrierte sich auf das Springen, an dem er mit Organdie und Patrik teilnehmen sollte. Wir sahen ein, daß er sich jetzt nicht mit unserem Ponykurs befassen konnte.

Kicki und ich setzten unseren Plan durch. Wir hefteten einen Anschlag mit allen Einzelheiten ans Schwarze Brett und warteten.

Außer montags gab ich jeden Nachmittag Reitunterricht. Erst kamen die Ponys, und dann waren die großen Pferde an der Reihe. Sobald die Schule aus war, füllte sich der Stall mit Kindern – meist waren es Mädchen. Sie kamen zum Reiten oder um sich um ihre Pferde zu kümmern. Manche besaßen eigene Tiere, und andere hatten das Glück, ihre Lieblinge als Stallknechte verwöhnen zu können.

Darry und Ingrid wurden plötzlich zum umschwärmten Mittelpunkt. Neue Ponys waren immer etwas Besonderes. Alle, die kein Pferd zu versorgen hatten, gruppierten sich um die beiden Ponyverschläge am Eingang. Darry fand das selbstverständlich. Sie war ein aufgeschlossenes und selbstbewußtes kleines Mädchen mit vielen Freundinnen. Sie war es gewohnt, im Mittelpunkt zu stehen.

Aber Ingrid wurde nur noch schüchterner und

ängstlicher. Sie nahm ihren Hafersack, den Striegel, die Kardätsche und den Hufkratzer und versteckte sich hinter Tim.

Die Eintragungsliste für unseren neuen Ponykurs wurde noch am selben Tag abgeschlossen. Und viele bedauerten es, daß sie den Anschlag nicht rechtzeitig gelesen hatten. Sie wollten wissen, wann der nächste Kurs stattfindet.

„Sehr bald“, vertröstete ich sie. „Falls dieser Kurs unsere Erwartungen erfüllt.“

„Ich hoffe, du nimmst es mir nicht übel, daß ich dich jetzt mit dem neuen Ponykurs allein lasse“, entschuldigte sich Kicki. Es war Freitag, und Hasse und Thomas waren damit beschäftigt, ihre Pferde für das Springen zu verladen. „Wir wollten das ja eigentlich gemeinsam machen. Und nun lasse ich dich schon bei der ersten Stunde im Stich.“

„Ich werde es schon überleben. Wichtiger ist, daß ihr beim Springen Erfolg habt.“

Ich schaute sehnsüchtig auf die reisefertigen Pferde. Sie glänzten und schienen in bester Form zu sein. Lord Peter wippte mit den Ohren und stolzierte ohne Schwierigkeiten in den Transportwagen. Thomas hatte sehr viel mit ihm trainiert. Ich traute den beiden einen großen Erfolg zu. Bei Patrik war ich mir nicht so sicher. Er war groß und schwerfällig. Ich hatte oft beobachtet, daß er sich keine große Mühe gab, seine Beine über die Hindernisse zu heben. Trotzdem machte er einen imponierenden Eindruck. Sein dunkelbraunes Fell glänzte mit dem schwarzen Fell von Lord Peter um die Wette. Von dem dritten Pferd, der eleganten, aber nervösen Fuchsstute Organdie, erwartete Hasse viel.

Eines Tages würde ich vielleicht auch ein großes Pferd besitzen und mit ihm an Turnieren teilnehmen. Eigentlich fand ich Ponys viel lustiger. Ich hatte Silber. Sollten die anderen ruhig an Wettbewerben teilnehmen, dachte ich und winkte ihnen nach.

„Wann beginnt der neue Ponykurs?“ fragte Darry, die mit einigen anderen Mädchen in der Stalltür stand.

„Am Sonntag um zehn“, antwortete ich. „Nimmst du denn teil? Du bist doch keine Anfängerin mehr.“

„Schon. Aber Ingrid hat sich auch gemeldet. Wir möchten alles ganz genau lernen, wo wir doch jetzt Stallknechte sind.“

Der neue Ponykurs

Heute war Sonntag. In der Nacht hatte es geschneit, und über den Hof breitete sich ein samtweicher Teppich aus. Ich stapfte in der Morgendämmerung zum Stall. Es tat mir leid, daß meine Fußspuren die reine weiße Fläche zerstörten. Aber die Pferde hatten Hunger, und ich mußte sie verpflegen, während Hasse, Thomas und Kicki an den Wettkämpfen teilnahmen.

Als ich die Stalltür öffnete, begrüßte mich munteres Wiehern.

Alle Pferde spitzten die Ohren und blickten mich erwartungsvoll an. Lillebror fing sofort an zu betteln. Er scharrte mit seinem Vorderhuf, legte den Kopf auf die Seite und richtete seine treuen Augen auf mich.

„Guten Morgen, liebe Pferde“, grüßte ich zurück.

Ich holte Heu und verteilte es. Das Wiehern verstummte, und die Pferde fielen gierig über die duftende Mahlzeit her. Aber kaum hob ich den Deckel vom Haferkasten, da wurden sie sofort wieder ungeduldig, spitzten die Ohren und zermalmten erwartungsvoll mit ihren Zähnen die Luft.

Nachdem ich die Pferde im großen Stall versorgt hatte, lief ich zu Silber und Billy und brachte ihnen Wasser. Ich verteilte auch an sie Heu und Hafer und ließ sie allein, damit sie ungestört ihr Frühstück genießen konnten.

Während ich selbst frühstückte, trafen viele freiwillige Helfer ein, die den Stall ausmisteten. Um halb zehn ging ich wieder hinüber. Gleich hinter der Tür hatten sich die Teilnehmer für den neuen Ponykurs versammelt: fünf Mädchen und ein kleiner, schmächtiger Junge. Die meisten schauten mich mit großen, hilflosen Augen an.

„Warum beobachtet ihr nicht die Stallknechte, wie sie die Pferde pflegen?“ fragte ich. „Durch Zusehen kann man eine Menge lernen.“

Ingrid und Darry sprangen sofort zu Tim und Tom, um sie zu striegeln.

„Ich kriege ein eigenes Pferd nach diesem Kurs“, prahlte eines der Mädchen. Sie hatte ein schmales, blasses Gesicht und wirkte ein wenig sauertöpfisch.

Die anderen sperrten Ohren und Augen auf vor Bewunderung: „Wirklich? Bist du ein Glückspilz.“

„Ich wünsche mir auch nichts sehnlicher“, seufzte Darry. „Aber wenn ich mit meinen Eltern darüber spreche, fragen sie immer nur, ob das Pony vielleicht auf dem Balkon stehen soll. So eine dämliche Frage.“

„Ich möchte kein eigenes Pferd haben“, erklärte Ingrid leise. „Wenigstens jetzt nicht. Ich weiß noch zuwenig über

Pferde. Und wenn ich einen Fehler mache, muß das arme Pony dafür büßen."

„Ausgezeichnet", lobte ich. „Ich wünschte, alle Menschen dächten so wie du."

Ingrid errötete. Sie beugte sich über Toms Vorderhuf und murmelte: „Pferde sind doch keine Versuchskaninchen."

Ich hatte Ingrid noch nie mehr als „Ja" oder „Nein" sagen hören. Ich hoffte, daß der Ponykurs sie aufgeschlossen und selbstsicher machen würde. Der Anfang schien jedenfalls vielversprechend zu sein.

„In diesem Kurs werde ich euch die Grundbegriffe des Reitens beibringen", teilte ich meinen jungen Schülern mit. „Außerdem zeige ich euch, wie man ein Pferd pflegt und wie man es sattelt."

„Ich kann schon satteln", meldete sich ein naseweises kleines Mädchen.

„Um so besser", meinte ich. „Dann kannst du es ja den anderen zeigen. Aber jetzt gehen wir erst einmal alle in die Sattelkammer. Dort ist es gemütlicher. Ich muß mir eure Namen noch aufschreiben."

Ein wenig später versammelten wir uns auf dem Reitplatz. Die Ponys warteten schon in einer Reihe, jedes mit einem Führer. Hinter dem Zaun standen neugierige Erwachsene. Eltern, dachte ich. Hoffentlich gehörten sie nicht zu der unangenehmen Sorte, die immer etwas zu meckern hatten.

„Ich reite Tim", bestimmte Karin. Das war das Mädchen, das nach Beendigung des Kurses ein eigenes Pferd bekommen sollte. „Sonst reite ich gar nicht."

„Heute bekommst du Tim", willigte ich ein. Ich wollte die erste Unterrichtsstunde nicht gleich mit einem Streit beginnen. „Aber dann wechselt ihr ab, so daß ihr jedesmal ein anderes Pferd kennenlernt."

„Ich reite heute zum erstenmal. Könnte ich bitte ein kleines und gutmütiges Pferd bekommen?" fragte ein anderes Mädchen leise mit schüchterner Stimme. Ich teilte ihr Scheck zu.

Als alle Pferde vergeben waren, zeigte ich meinen Schülern, wie man weich und geschmeidig im Sattel sitzt. Es dauerte eine Weile, bis alle herausfanden, wie man am besten in den Sattel kletterte. Endlich schritten die Ponys neben ihren Führern in einer ordentlichen Reihe auf unserer viereckigen Reitbahn.

Ingrid bildete auf Silber die Spitze. Sie sah blaß aus und sagte kein Wort. Sie konzentrierte sich ganz auf das Pferd. Hinter ihr ritt Darry auf Tom. Sie war fröhlich und selbstsicher und benötigte keinen Führer. Tom legte die Ohren zurück und fand es ulkig, daß Lillebror ihm so dicht folgte. Anke machte ein ernstes Gesicht. Man mußte auf so vieles achten, wenn man zum erstenmal auf einem Pferd saß. Sie fühlte sich auf Lillebror wie auf einer Rutschbahn. Dabei hatte alles so einfach ausgesehen, wenn man zuschaute.

Auf Schecks altem, breitem Rücken hockte Eva. Sie strahlte über das ganze Gesicht und ritt als einzige ohne Sattel. Göran saß mit geradem Rücken auf Sessan. Er ärgerte sich, daß er einen Führer haben mußte. Er war der einzige Junge und wollte sich natürlich besonders hervortun. Die verwöhnte Karin ritt als letzte.

Ich betrachtete meine frischgebackenen Schüler. Sie waren sehr verschieden, aber eines hatten sie gemeinsam: Sie waren in der glücklichen Lage, noch alles vor sich zu haben. Ich beneidete sie fast ein wenig, aber das würden sie sicher nicht verstehen. Zuerst würden sie sich nach dem Tag sehnen, an dem sie ohne Führer reiten durften. Dann nach dem ersten Galopp und schließlich nach einem Geländeritt durch den Wald.

„Heute sollt ihr nur im Schritt reiten, damit ihr euch in Ruhe daran gewöhnt, auf einem Pferd zu sitzen."

„Das traue ich mich noch nicht", rief Eva erschrocken.

„Aber das tust du doch schon die ganze Zeit", beruhigte ich sie. Die anderen lachten aus vollem Hals.

„Ach so", meinte Eva verdutzt und sah erleichtert aus. „Ich dachte, das sei ganz schrecklich schnell."

„Wir unterscheiden drei Gangarten: Schritt, Trab und Galopp", erklärte ich. „Ihr dürft erst galoppieren, wenn ihr ohne Führer schreiten und traben könnt."

Ich brachte ihnen noch bei, wie man die Schenkel anwendet, daß die Fersen nach unten gerichtet sein müssen, wie man mit den Zügeln das Pferd lenkt und daß man beim Herunterpurzeln nicht an der Trense reißen darf, weil das dem Pferd im Maul weh tut.

Dann ist es wirklich besser, wenn man sich an der Mähne festhält.

„Was heißt denn Schenkel?" wollte Göran wissen.

„Das sind die Beine des Reiters", antwortete ich.

„So was Dummes", schimpfte Göran. „Wenn du Beine meinst, kannst du das doch auch sagen."

Ich hörte, daß einige der Eltern anfingen zu lachen.

„Weißt du", erklärte ich, „die Reitersprache ist eine besondere Sprache. Sie enthält viele Spezialausdrücke, die alle Reiter anwenden und mit denen sie sich untereinander verständigen. Diese Worte solltest du so schnell wie möglich lernen."

Der praktische Teil des Unterrichts war wie im Flug vergangen. Die Kinder stiegen wieder von den Pferden und stöhnten, als ob sie viele Stunden im Sattel verbracht hätten. Die Theorie fand in der Sattelkammer statt.

„Zuerst wollen wir die Körperteile eines Pferdes kennenlernen“, schlug ich vor. Daraufhin schwiegen alle, und Karin rümpfte die Nase.

„Das ist ja genauso langweilig wie in der Schule. Findet ihr nicht auch?“

„Tja. Na ja. Njein“, murmelten die anderen.

„Laßt nicht gleich den Kopf hängen“, lachte ich. „Ihr werdet gleich einsehen, wie wichtig das ist. Kann mir jemand sagen, warum?“

Sie schauten einander verlegen an und kicherten.

„Ich glaube, ich kann etwas dazu sagen“, meldete sich Darry vorsichtig. „Als ich das erste Mal auf der Reitschule war, regnete es in Strömen. Die Beine der Pferde waren nach dem Reiten voller Lehm, und du sagtest, wir sollten helfen, die Mittelfüße sauber zu machen. Ich hatte keine Ahnung, was du meintest.“

„Richtig“, antwortete ich. „Und wenn ich zu euch sage, ihr sollt beim Reiten die Hände über dem Widerrist des Pferdes halten, dann müßt ihr doch wissen, was der Widerrist ist, oder?“

Das sahen alle ein. Ich holte ein großes Plakat mit einem Pferd hervor. Gemeinsam suchten wir die wichtigsten Körperteile heraus und nannten ihre Namen.

„Und jetzt gehen wir in den Stall und schauen uns das an einem richtigen Pferd noch einmal an“, schlug ich vor. „Ich bin neugierig, wieviel ihr behalten habt.“

Als ich auf meine Uhr sah, stellte ich fest, daß ich die vorgesehene Zeit weit überschritten hatte. Ich beendete den Unterricht so schnell wie möglich und vertröstete meine Schüler auf den nächsten Sonntag.

„Gleiche Zeit, gleicher Ort“, rief Göran fröhlich. Wenigstens schien es allen Spaß gemacht zu haben. Hoffentlich hatten sie auch etwas gelernt.

Wenn ich vor dem nächsten Ponyreiten noch etwas essen wollte, mußte ich mich beeilen. Ich lief in meine Küche, trank eine Tasse Tee und schlang eine Scheibe Brot mit warmem Fleisch hinunter. Dabei dachte ich an Lord Peter, Organdie und Patrik. Wie war es ihnen wohl ergangen? Sie wollten heute abend zurückkommen. Ich mußte unbedingt wach bleiben, um sie zu empfangen . . .

Lotta trauert um ihr Pferd

„Hei. Sind sie noch nicht zurück?“

Ich fütterte gerade Silber und Billy, als Lasse den kleinen Stall betrat.

„Nein“, antwortete ich. „Aber ich finde es prima, daß du gekommen bist. Es ist so langweilig, alleine zu warten. Wie geht es meinem kleinen Stupsie?“

„Oh, dem geht es viel zu gut. Er frißt und schläft abwechselnd. Er hat schon ein kleines Bäuchlein angesetzt.“

„Ich möchte ihn gern so bald wie möglich bei mir haben“, seufzte ich. „Diese Wochen kommen mir wie Jahre vor.“

„Du darfst ihn dir jederzeit ansehen. Übrigens – du kannst diese Woche Cayenne reiten. Ich muß schrecklich viel lernen.“

„Mal sehen“, murmelte ich und versorgte Silber mit Heu.

„Natürlich werde ich Cayenne reiten!“ sagte Britta wütend zu Lasse

„Du scheinst nicht gerade begeistert zu sein. Wenn du nicht willst, brauchst du es nicht.“

Warum war ich plötzlich so schlecht gelaunt? Nur weil Lasse es selbstverständlich fand, daß ich sein Pferd ausritt, wenn er keine Zeit hatte?

„*Selbstverständlich* will ich!“ schimpfte ich und warf Lasse einen wütenden Blick zu.

„Du lieber Himmel. Was habe ich denn jetzt falsch gemacht?“ fragte Lasse erstaunt.

Ich schüttete den Hafer aus und ärgerte mich, daß ich mich ausgerechnet gegen Lasse so schlecht benahm. Lasse war der Mensch, den ich am meisten mochte. Was war nur los mit mir?

„Entschuldige bitte“, sagte ich leise. „Ich habe einen anstrengenden Tag hinter mir. Wahrscheinlich bin ich einfach müde.“

„Komm“, schlug Lasse vor und legte behutsam einen Arm um meine Schulter, „wir gehen hinein und kochen Tee für die glorreichen Sieger. Sie sind nach der Fahrt in dem alten Transportwagen bestimmt durchgefroren.“

Wir gingen in meine Küche.

„Setz dich und ruh dich aus“, meinte Lasse. „Ich mach das.“

Lasse kramte nicht zum erstenmal in meiner Speisekammer. Manchmal zog ich ihn damit auf und sagte, er sei eine perfekte Hausfrau. Aber heute war ich ihm dankbar, daß er mir half.

Wenig später rollte der Transportwagen auf den Hof. Ich warf meine Jacke über und stürzte hinaus. Im Schein der Lampe über der Stalltür sah ich drei dunkle Gestalten, die die Pferde ausluden.

„Kicki“, rief ich aufgeregt. „Wie war es?“

Kicki stapfte mit Lord Peters Sattel und Trense an mir vorbei.

„Wenn du wüßtest, wie müde ich bin. Ich muß sofort ins Bett und eine Woche nur schlafen.“

Und damit verschwand sie hinter der Stalltür. Hasse führte Organdie aus dem Wagen. Sie hinkte, und ihr Knie war bandagiert.

„Ist ihr etwas passiert?“ fragte ich erschrocken.

„Wir stürzten über einen Oxer“, berichtete Hasse. „Organdie sprang zu früh ab, und wir landeten mitten im Hindernis. Dabei schnellte ein Schlagbaum hoch und traf Organdie aufs Knie.“

„Kommt zu mir und wärmt euch bei einer Tasse Tee auf, wenn ihr die Pferde versorgt habt“, sagte ich. „Dann könnt ihr mir alles erzählen. Aus Kicki habe ich kein vernünftiges Wort herausgebracht."

„Hast du Tee gesagt?" Kicki kam zurück und sah plötzlich hellwach aus. „Das ist ja phantastisch."

Dann wühlte sie in den Taschen ihres Fellmantels. „Sieh mal!" rief sie stolz und zeigte mir drei zerknitterte Rosetten: zwei blaue und eine rote. „Lord Peters erste Erfolge."

„Gratuliere. Zweimal zweiter und einmal vierter Preis."

„Uuh." Kicki gähnte zufrieden.

Lasse hatte schon Tee und belegte Brote aufgetischt, als wir hereinkamen.

„Ihr hättet Lord Peter sehen sollen", schwärmte Kicki und setzte sich an den Küchentisch. „Er war in Hochform. Zwei Durchgänge passierte er fehlerfrei. Er kam mit ins Stechen und wäre um ein Haar Sieger geworden . . ."

„. . . wenn ich mich nicht verschätzt hätte", fuhr Thomas fort. „Ich nahm die Wendungen zu eng, und wir rissen ein Hindernis."

„Beim Zeitspringen belegten sie den vierten Platz", berichtete Kicki.

„Das war wirklich ein Glück", lachte Thomas. „Ich dachte, wir rissen jedes Hindernis. Aber bis auf die letzte Mauer blieb alles stehen."

„Was war mit Patrik?" wollte Lasse wissen. Er interessierte sich besonders für Halbblüter.

„Nicht besonders." Hasse schüttelte niedergeschlagen den Kopf. „Er sprang schwer und widerwillig. Es machte ihm keinen Spaß, und er riß beinahe jedes zweite Hindernis. Ich glaube, wir hatten sechzehn oder zwanzig Fehlerpunkte in jeder Klasse."

Patrik bedeutete eine schwere Enttäuschung für Hasse.

„Aber Organdie, das ist vielleicht ein Pferd!" Hasses Augen wurden wieder lebendig. „So ein Vollblut ist schwierig und nervös, aber hinreißend. Es tut mir sehr leid, daß sie sich weh getan hat."

Hasse wandte sich an Thomas.

„Hast du gesehen, wie sie die Dreierkombination nahm? Es war Platz genug für zwei Galoppsprünge. Organdie brauchte nur einen und flog mit eleganter Leichtigkeit hinüber. Ein unglaubliches Pferd."

Thomas grinste.

„Organdie ist ein verrücktes Pferd", stichelte er. „Sie springt auch über Hindernisse, die nur sie sieht . . ."

„Sie ist nicht verrückt", widersprach Hasse heftig. „Man muß sie nur verstehen. Mit Gewalt kommt man bei so einem sensiblen Pferd nicht weiter. Ihr werdet schon noch sehen . . ."

„Daß Pferde so verschieden reagieren", mischte sich Kicki ein und unterdrückte ein Gähnen.

„Das macht den Umgang mit ihnen ja gerade so aufregend", stellte ich fest.

In der nächsten Woche trainierte Hasse jeden Tag einige Stunden mit Patrik. Danach teilte er mir mit, daß Patrik bis auf weiteres nicht am Unterricht teilnehmen solle.

Den Grund erfuhr ich erst, als ich am Samstag morgen in die Sattelkammer ging. Lotta hockte auf dem Fußboden und heulte.

„Ich denke nicht daran, Patrik zu striegeln", schluchzte sie. „Von mir aus kann sein Schweif voller Sägespäne sein."

„Was ist denn mit dir los?" fragte ich erstaunt. Patrik galt als das bestgepflegte Pferd im Stall. Und das war Lottas Verdienst.

„Was wohl?" Lotta schien sehr wütend zu sein. „Sie wollen sich Patrik heute ansehen. Hasse will ihn *verkaufen*."

„Was? Das darf doch nicht wahr sein. Warum denn?"

„Wahrscheinlich, weil er nicht springen will. Hoffentlich wirft er sie alle ab, so daß ihn niemand haben will", sagte sie zornig. „Aber wenn Hasse ihn eine Woche geritten hat, ist er meistens folgsam und lieb gewesen. Du freust dich natürlich auch, wenn du ihn endlich los bist!"

In ihrer Verzweiflung ging Lotta auch gegen mich los. Ich wußte nicht, was ich sagen sollte. Sicher, Patrik bereitete mir im Unterricht oft Ärger. Aber deshalb wollte ich doch nicht, daß er verkauft wird.

In diesem Augenblick kam Hasse und holte Patriks Sattel und Trense. Er sagte kein Wort.

„Komm", versuchte ich Lotta zu überreden. „Laß uns zuschauen. Hier herumsitzen und heulen bringt gar nichts."

„Wenn ich doch nur reich wäre", seufzte Lotta. „Daß Geld über das Schicksal eines Pferdes entscheiden darf! Ich werde nie ein eigenes Pferd haben. Aber das ist auch egal. Ich möchte sowieso nur Patrik haben. Und er wird jetzt erbarmungslos an irgendeinen Idioten verkauft, der ihn nicht versteht."

Wir gingen hinaus. Der dunkle Patrik sah prächtig aus in der weißen Schneelandschaft.

„Typisch", murmelte Lotta verbissen. „Jetzt wirft Patrik sich auch noch in die Brust. Nur um Hasse zu gefallen. Und sie glauben dann, er sei das schönste und bravste Pferd der Welt."

„Sie" waren zwei ältere Männer in Reitkleidung. Wir konnten zwar nicht hören, was sie zu Hasse sagten, aber sie lachten und machten einen zufriedenen Eindruck. Der eine trug einen dunklen Vollbart. Er sah aus wie ein erfahrener

Reiter. Zumindest waren seine Reitstiefel abgenutzt. Jetzt löste er sich aus der Gruppe und ging zu Patrik. Er schwang sich in den Sattel, und nachdem er den Sattelgurt enger geschnallt hatte, schritt er mit Patrik zu unserem Reitplatz.

Es kam mir vor, als sei der Verkauf schon perfekt. Ich legte meinen Arm um Lotta und ging mit ihr zum Reitplatz.

„Er reitet nicht so gut wie Hasse", kritisierte Lotta.

Hasse stellte ein Hindernis auf. Es war nicht sehr hoch, und Patrik sprang ohne Schwierigkeit hinüber.

„Er hat nicht einmal das Hindernis gerissen", meinte Lotta enttäuscht. „Komm, gehen wir."

Ich versuchte, mich auf den morgigen Ponykurs vorzubereiten. Aber ich mußte immer wieder an Lotta und

„Es ist ein Jammer, jetzt wird der arme Patrik an irgendeinen dieser Idioten verkauft", jammerte Lotta

Patrik denken. Ich hatte keine Ahnung, ob Patrik schon verkauft war oder nicht. Hasse hatte das Pferd in den Stall zurückgebracht und war ohne ein Wort zu sagen weggefahren.

Ich verstand Lotta gut.

Man kann ein Pferd, für das man sorgt, genauso gern haben, als wenn es einem gehört. Aber vielleicht war Patrik gar nicht verkauft. Vielleicht würde alles im Sand verlaufen. Vielleicht…

Der Ponykurs am nächsten Tag verlief ohne Zwischenfälle. Ich erlaubte den Kleinen sogar schon, ein wenig zu traben. Anschließend ging ich mit ihnen in den Stall, um über Farben und Abzeichen der Pferde zu sprechen.

Wir gingen zuerst zu Silber und Billy. Ann hatte Silber gerade abgesattelt. Jetzt wälzte er sich vor Vergnügen in frischen Sägespänen. Als wir an die Box traten, sahen wir vier strampelnde Beine und einen weißen Schweif, der die Sägespäne aufwirbelte.

„Als ich Silber kennenlernte, war er ein Jahr alt“, berichtete ich. „Damals besaß er ein dunkelglänzendes blaugraues Fell und einen weißen Stern auf der Stirn. Seitdem wurde er jedes Jahr heller. Heute ist er hellgrau, und Mähne und Schweif sind schneeweiß.“

„Können Pferde denn ihre Farbe ändern?“ Eva sah mich mit großen Augen an. „Und Billy? Hat er früher auch anders ausgesehen?“

„Nein, Billy hat sich nicht verändert“, erklärte ich. „Weiß jemand, wie man solch ein braunweiß geflecktes Pferd nennt?“

„Indianerpferd“, rief Göran.

„Bist du aber dumm“, kicherte Karin.

„So dumm ist das gar nicht“, korrigierte ich. „Schließlich

haben die Indianer meistens solche Pferde geritten. In Amerika nennt man sie Pintos. Wir bezeichnen sie als Schecken. Silber dagegen ist ein Schimmel. Aber auch hier gibt es wieder verschiedene Arten. Je nach den Farbzusätzen in ihrem Fell sprechen wir von Grau-, Braun-, Fliegen-, Apfel-, Schwarz- und Rotschimmeln. Es gibt Schimmel, die von Anfang an gleich bleiben, und solche wie Silber, die immer heller werden. Findet ihr immer noch, daß das langweilig ist?"

„Nein, aber schwer zu lernen", seufzte Darry.

„Das ist noch längst nicht alles. Jetzt gehen wir in den großen Stall, um Braune, Rappen, Füchse und Fjordpferde zu unterscheiden. Vielleicht könnt ihr mir dann ein Pferd zeigen mit einer Blesse und mit hochweißen Füßen. Wenn wir fertig sind, wißt ihr über alle Pferde unserer Reitschule ganz genau Bescheid."

„Hilfe", stöhnte Anke.

Sie war ein ernstes kleines Mädchen, das alles sehr genau nahm.

„So schwer ist das gar nicht", tröstete ich sie. „Ich hoffe nur, daß ihr nach dem heutigen Tag nie mehr von einem Fuchs mit schwarzer Mähne redet."

Kicki platzte mit hochrotem Kopf mitten in meinen Unterricht hinein.

„Da bist du ja", keuchte sie. „Entschuldige bitte vielmals, daß ich so spät komme. Ich habe versprochen, dir zu helfen. Aber Thomas und ich waren gestern in Stockholm. Wir kamen erst schrecklich spät zurück. Ich habe bis jetzt geschlafen."

„Das macht gar nichts", lachte ich. „Wir sind gleich fertig. Was habt ihr denn in Stockholm gemacht?"

Kicki machte ein geheimnisvolles Gesicht.

„Das erzähle ich dir später. Ich habe ungeheure Neuigkeiten. Aber jetzt übernehme ich den Unterricht, damit du ausnahmsweise einmal in Ruhe essen kannst."

„Vielen Dank." Ich freute mich über ihre Hilfe. Sonntags hatte ich immer viel zu tun. Jeder wollte reiten, und überall wimmelte es von Eltern, die dumme Fragen stellten.

Ein Pferd wird verkauft

Montag war der schönste Tag für mich. Das war der Ruhetag der Pferde. Ich hatte keinen Unterricht und konnte tun und lassen, was ich wollte. Ich sattelte Silber und ritt zu Lasse.

Der Schnee sah traurig aus. Er war in sich zusammengesunken und leuchtete nicht mehr so weiß und frisch.

Die Luft war milder geworden. Ich bildete mir ein, den nahenden Frühling schon zu riechen.

Silber ging an langen Zügeln. Er war immer noch neugierig wie ein Fohlen und beobachtete alles genau. Ich überlegte, warum Kicki und Thomas wohl nach Stockholm gefahren waren. Und was aus Patrik wurde. Und wann ich Stupsie endlich mit nach Hause nehmen konnte.

Ich freute mich auf Cayenne. Ich konnte nicht ahnen, daß der heutige Ritt alles andere als ein Vergnügen werden sollte. Wir näherten uns dem Stall. Cayenne hörte uns und wieherte. Silber blieb wie angewurzelt stehen. Er blähte seine Nüstern und antwortete mit einem lauten, fröhlichen Wiehern. Dann trabte er schnell auf den Stall zu.

Cayenne reckte erstaunt seinen langen Hals, als ich Silber in die Box brachte. Die beiden Pferde begrüßten sich freundlich. Ich ließ sie einen Augenblick allein und ging in das Wohngebäude.

Lasses Tante war allein zu Hause. Das heißt, die Hunde waren natürlich auch da. Goldie sprang als erste an mir hoch. Die beiden Kleinen sausten hinter ihr her. Aber auf dem glatten Boden verloren sie die Kontrolle über ihre tolpatschigen Beinchen und rutschen mir auf ihren Bäuchlein entgegen.

„Wie Bambi auf dem Eis", bemerkte Lasses Tante und lachte.

Die Welpen waren jetzt schon viel lebendiger. Stupsie legte eine Pfote über seinen Bruder und kämpfte mit ihm. Stupsies Fell war fast schwarz. Aber Lasse behauptete, er würde genauso werden wie seine Mutter: goldbraun mit einem schwarzen Rücken.

Ich nahm Stupsie auf den Arm. Er leckte meine Nase kurz und wollte sofort wieder mit seinem Bruder toben. Er sah süß aus mit seiner kleinen Stupsnase. Bald würde er groß und stark sein. Aber ich würde mich immer daran erinnern, wie er jetzt aussah.

Silber sah mich traurig an, als ich Cayenne mitnahm und ihn allein in dem fremden Stall zurückließ. Er rührte nicht einmal das Heu an, das ich ihm gebracht hatte.

Cayenne verhielt sich ganz anders als sonst. Er war offenbar in letzter Zeit zuwenig geritten worden. Ich kannte Cayenne als braves und temperamentloses Pferd. Heute war er wie umgewandelt. Ich hatte kaum die Zügel ergriffen, da trabte er schon mit gewaltigen Schritten davon. Ich konnte ihn kaum bändigen. Sein Maul schien aus Zement zu sein. Meine Anweisungen interessierten ihn überhaupt nicht.

Ich fühlte mich nicht sehr wohl in meiner Haut. Ich saß auf einem großen, kräftigen Pferd, das in wildem Galopp vorwärts wollte und das ich nicht einmal kannte. Ich kam mir vor wie ein hilfloser Zwerg hoch oben auf dem Rücken eines riesigen Pferdes.

Vielleicht ist es das beste, er reagiert sich erst einmal ab, überlegte ich verzweifelt. Der weiche Schnee hüllte die Eisnägel der Hufeisen ein. Jedesmal, wenn Cayenne in seinem zügellosen Galopp die Beine nach vorne warf, rutschten seine Hufe über den Schnee wie Schlittschuhe über Eis. Mein Herz sank immer tiefer. Ich war sicher, daß wir jeden Augenblick stürzen würden. Aber mir blieb nichts anderes übrig, als ihn galoppieren zu lassen.

Auf dem Heimweg passierte es beinahe: Ein Auto raste so nah an uns vorbei, daß Cayenne durchdrehte und die Flucht ergriff. Zum Glück rutschte Cayenne aus und verlor dadurch an Tempo. Trotzdem konnte ich erst aufatmen, als Cayenne durch die Allee auf den Hof zutrabte. Ich schwor, niemals wieder auf einem ausgeruhten, fremden Pferd über glatte, verschneite Wege zu reiten.

Als Lasse mich abends besuchte, erzählte ich ihm alles.

„So hilflos bin ich mir noch nie vorgekommen", berichtete ich. „Es war nur Zufall, daß alles gutging. Cayenne hätte ebensogut mit mir durchgehen können. Und das mir als Reitlehrerin! Ich dachte immer, ich sei eine einigermaßen gute Reiterin. Jetzt komme ich mir wie eine Anfängerin vor."

„Ach, Cayenne war nur ausgeruht und ein bißchen übermütig", entgegnete Lasse. „Du solltest ihn morgen zum Reitplatz bringen, damit er seine überschüssige Energie los wird. Auf dem Heimritt beschäftigst du ihn dann mit Schenkelweichen und anderen schweren Aufgaben. Du wirst sehen, er denkt nicht einmal daran durchzubrennen."

Ich nickte und vergaß ganz, daß ich Cayenne eigentlich nie mehr reiten wollte. „Aber heute habe ich doch vergeblich versucht, mit einer schwierigen Situation fertig zu werden", wandte ich ein.

„Ist denn nicht alles gutgegangen?"

„Schon, aber ... Du hast wahrscheinlich nie Probleme beim Reiten."

Jetzt mußte Lasse lachen.

„Glaubst du das wirklich? Jeder hat Probleme. Oder meinst du, daß Thomas jedesmal hellauf begeistert ist, wenn er Lord Peter geritten hat? Glaubst du nicht, daß Hasse Tage kennt, an denen alles schiefgeht? Erst wenn du begriffen hast, daß Reiten immer neue Schwierigkeiten mit sich bringt, weil jedes Pferd anders reagiert, dann erst verstehst du wirklich etwas vom Reiten."

Ich dachte lange über Lasses Worte nach. Wahrscheinlich hatte er recht.

Am nächsten Tag ritt ich Cayenne wieder. Schließlich wollte ich nicht, daß Lasse mich für feige hielt. Ich befolgte Lasses Anweisungen, und alles verlief so, wie er es vorhergesagt hatte.

Ich war stolz und ungewöhnlich guter Laune, bis Lotta kam ...

„Hei", begrüßte sie mich leise. „Morgen früh wird er abgeholt."

Patrik war also verkauft worden. Ich schaute Lotta an und wußte nicht, was ich sagen sollte.

„Hasse hat es mir eben gesagt." Lotta gab sich die größte Mühe, ihre Tränen zu unterdrücken.

„Frag ihn doch, ob du Patrik noch einmal reiten darfst", schlug ich vor.

„Ich habe kein Geld", antwortete Lotta.

„Das macht nichts", beschwichtigte ich sie. „Hasse hat bestimmt Verständnis dafür, daß du Patrik ein letztes Mal reiten möchtest."

„Ich werde ihn fragen", meinte Lotta traurig.

Ich fuhr mit dem Reitunterricht fort und dachte an Lotta, die als Stallknecht für Patrik alles getan hatte.

Als sie wenig später mit Patrik zurückkehrte, erklärte sie: „Hasse hat mir erlaubt, Patrik außerhalb des Übungsplatzes zu reiten."

„Ich will auch außerhalb reiten", verlangte Billys Reiterin sofort.

„Das kommt nicht in Frage", erwiderte ich. „Billy würde zum Stall galoppieren und dich unterwegs abwerfen."

„Das schafft er nicht", antwortete Billys Reiterin beleidigt.

Es fiel mir schwer, mich auf den Unterricht zu konzentrieren. Ich konnte Lottas trauriges Gesicht nicht vergessen.

Als Lotta fünf Minuten vor Schluß des Reitunterrichts mit Patrik zum Stall zurückritt, warnte ich das Mädchen, das Billy ritt: „Paß auf, daß Billy nicht über den Zaun springt und Patrik nachjagt."

Billy war ein eigenwilliges Pony. Sobald er sah, daß ein anderes Pferd zum Stall . . .

Meine Warnung kam zu spät. Mit einem unerwarteten Ruck hatte Billy erreicht, daß seine Reiterin die Zügel verlor. Nun galoppierte er mit hocherhobenem Kopf auf den Schlagbaum zu. Billy konnte auf einer kurzen Strecke eine unglaubliche Geschwindigkeit erzielen. Und Hindernisse störten ihn nicht im geringsten. Er sprang mit

Leichtigkeit über den einen Meter hohen Schlagbaum. Er raste an Patrik vorbei, was dieser sich natürlich nicht bieten ließ. So kam es, daß plötzlich zwei Pferde um die Wette galoppierten.

„Reitet ruhig im Schritt, bis ich zurückkomme“, rief ich den anderen zu und ritt so schnell ich konnte hinter Billy her.

Patrik und Billy standen vor dem Stall. Lotta war schon abgestiegen, während Billys Reiterin hilflos mit schreckensbleichem Gesicht im Sattel saß. Ich war erleichtert, daß nichts passiert war.

„Reite sofort zurück zum Reitplatz“, befahl ich dem Mädchen auf Billy. „Der Unterricht ist noch nicht zu Ende, auch wenn Billy anderer Meinung ist.“

Billy trottete widerwillig zurück.

Ich war sicher, daß er mir diesen Streich nicht zum letztenmal gespielt hatte . . .

Eine überraschende Einladung

Ich saß an meinem Küchentisch und bereitete mich auf die nächste theoretische Unterrichtsstunde vor. Durch das Fenster beobachtete ich, wie Patrik verladen wurde. Hasse, der das Pferd zum Transportwagen führte, wirkte ruhig und gelassen.

Ich schüttelte den Kopf. Wie konnte ihm der Verkauf seines Pferdes nur so gleichgültig sein?

Jemand klopfte an meine Tür. Es war Kicki. Sie stürzte aufgeregt und mit hängender Zunge herein.

„Ich habe überhaupt keine Zeit", rief sie atemlos. „Aber ich muß dir unbedingt schnell etwas zeigen. Das hier hat der Postbote gerade gebracht."

Sie ließ sich auf einen Küchenstuhl fallen und zeigte mir freudestrahlend ein großes, braunes Kuvert.

„Eine Einladung zu einem Ponywettkampf!"

„Das ist ja phantastisch. Wo und wann?" Ich verschluckte mich vor Aufregung und mußte husten. Kicki klopfte mir auf den Rücken und erzählte, daß der Wettkampf nächsten Monat in Åsbyn stattfinden sollte.

„Und welche Klassen?" keuchte ich, als ich wieder Luft bekam.

„Ein leichtes Springen in der Klasse C für Ponys unter 140 Zentimeter und für die größeren in der Klasse B . . ."

„Klasse B?" unberbrach ich erstaunt. „Das bedeutet Hindernisse bis zu einer Höhe von 110 Zentimeter. Gibt es in Åsbyn so gute Ponys?"

„Keine Ahnung. Ich glaube, sie besitzen hauptsächlich Russen."

„Weiter. Was gibt es noch für Wettbewerbe?"

„Rennen für Ponys unter 140 Zentimeter . . ."

„Da kann ich Silber anmelden."

„. . . und ein Rennen für Ponys über 140 Zentimeter", fuhr Kicki fort.

„Was für eine komische Einteilung", stellte ich naserümpfend fest. „Von unseren Pferden können wenigstens nicht viele teilnehmen. Warum veranstalten sie nicht auch ein leichtes D-Springen?"

„Laß uns mal überlegen. Silber und Billy nehmen auf jeden Fall teil", erklärte Kicki.

„Und du mit Rauhbein", schlug ich vor.

„Unmöglich. Bestimmt haben sie eine Altersgrenze von 18 Jahren. Außerdem bin ich seit dem Herbst nicht mehr mit Rauhbein gesprungen. Na ja, und wenn alles klappt, dann habe ich sowieso kaum noch Zeit für Rauhbein."

„Was bedeutet das?" fragte ich erschrocken. „Du willst doch nicht etwa aufhören zu reiten?"

„Im Gegenteil." Kicki bog sich vor Lachen.

„Jetzt geht mir ein Licht auf", rief ich. „Endlich weiß ich, warum du mit Thomas nach Stockholm gefahren bist: Du bekommst ein neues Pferd."

„Du darfst niemandem etwas davon erzählen. Ich habe Thomas versprochen, nichts zu sagen, bis der Kauf perfekt ist."

„Ich schweige wie ein Grab", gelobte ich. „Aber du mußt mir wenigstens erzählen, was es für ein Pferd ist."

„Ein Vollblut", antwortete Kicki und sah verzweifelt auf die Uhr. „Jetzt komme ich schon wieder zu spät. Ich schaue heute abend nach der Schule bei dir vorbei."

Kicki lief hinaus, und ich dachte nur noch an die Ponywettkämpfe. Wir mußten die Pferde aussuchen und dann jeden Tag trainieren. Das war um diese Jahreszeit gar nicht einfach. Der nasse Schnee setzte sich unter den Hufen der Pferde fest. Während des Unterrichts mußte ich ihn immer wieder mit einem kleinen Hammer abklopfen, so daß meine Finger oft steifgefroren waren.

Hasse, Thomas, Kicki und ich kamen überein, daß nur Silber und Billy an den Wettkämpfen teilnehmen sollten. Scheck war zu alt und zu klein, und für Lillebror waren die Hindernisse der Klasse C viel zu hoch. Mit Tim und Tom hatten wir noch keine Erfahrung. Sessan war dickköpfig, und Rauhbein lief nicht besonders schnell.

Ein trauriges Ergebnis, seufzte ich und träumte von einer eigenen Reitschule mit Waliser Ponys, die alle aus eigener Zucht stammten: lauter brave, guterzogene Pferde, die genügend Temperament besaßen, um mit Erfolg an Turnieren teilzunehmen.

Ann, Silbers Stallknecht, hatte sich inzwischen zu einer guten Reiterin entwickelt. Ich wollte ihr Silber anvertrauen. Und Martin, der Besitzer von Billy, lag mir schon lange in den Ohren, daß er endlich an einem Wettbewerb teilnehmen wollte. Ich mußte so bald wie möglich mit ihnen trainieren.

Aber deshalb durfte ich den Unterricht nicht vernachlässigen.

Ich ging zum Reitplatz. Die Teilnehmer des Ponykurses warteten schon auf mich.

„Ich möchte heute etwas ganz Schweres lernen", rief Darry. „Zum Beispiel eine Wende um die Hinterhand."

„Du lieber Himmel", entsetzte sich Ingrid. „Wir beherrschen ja noch nicht einmal die Vorhandwendung."

„Wenn ihr wollt, setzen wir diesen Kurs fort", schlug ich vor. „Dann bringe ich euch die schweren Dinge bei."

„O ja! Natürlich wollen wir das", freute sich Darry.

„Ich will galoppieren", forderte Göran, der sich auf dem trägen Scheck sehr sicher fühlte.

„Ich nicht", piepste Eva ängstlich. Sie traute sich immer noch nicht, Sessan ohne Führer zu reiten.

„Wenn ihr am Ende dieses Kurses alle ohne Führer schreiten und traben könnt, bin ich mehr als zufrieden", erklärte ich. „Das Galoppieren lernt ihr dann im nächsten Kurs."

Nach dem Unterricht trat eine Frau, die ich nicht kannte, auf mich zu und sagte: „Ich bin begeistert von deinem

Unterricht. Du gehst behutsam vor und verlangst von den Kindern nichts Unmögliches. Meine kleine Anke war vorher auf einer anderen Reitschule. Dort mußte sie gleich in den ersten Stunden ohne Führer mit einem großen Pferd traben. Sie hatte schreckliche Angst und fiel vom Pferd. Seitdem fürchtet sie sich tagelang vor der nächsten Reitstunde. Dabei sollte Reiten doch in erster Linie Spaß machen."

„Mit Anfängern muß man viel Geduld haben", stimmte ich ihr zu. „Wenn ihnen das Reiten Freude macht, geben sie sich von selbst die größte Mühe."

Ich verabschiedete mich und ging zum Stall. Irgend etwas Außergewöhnliches mußte passiert sein: Um Patriks frühere Box drängten sich viele aufgeregt schnatternde Kinder.

Peng!

Die Boxwand bebte. Ich konnte immer noch nicht sehen, was sich in der Box tat.

Jetzt entdeckte ich Kicki.

„Schaut sie euch später an", bat sie. „Sie muß sich erst an ihre neue Umgebung gewöhnen."

Die Kinder verließen widerwillig den Stall. Jetzt konnte ich endlich die temperamentvolle, junge Fuchsstute sehen. Sie blickte mich zornig an und legte ihre Ohren zurück.

Ich sagte kein Wort. Ein wunderbares, aber wildes Pferd, dachte ich.

Mikene hatte ihren Einzug gehalten.

Die bildschöne Stute Mikene

„Wie reitet sie sich?“ lautete meine erste Frage.

„Ich habe sie erst einmal geritten“, antwortete Kicki. „Sie ist außerordentlich weich und geschmeidig. Aber sie kann nichts weiter als galoppieren und ausschlagen.“

„Das kann ich mir vorstellen. So, wie sie sich in der Box aufführt.“

„Sie wird sich schnell an ihre neue Umgebung gewöhnen“, erklärte Kicki zuversichtlich. „Sieht sie nicht bildschön aus?“

Auf jeden Fall würde Kicki Probleme mit der Stute bekommen. Sie war jung, untrainiert, heißblütig und temperamentvoll . . . Trotzdem beneidete ich meine Freundin.

„Besonders der Kopf“, stimmte ich zu.

Der typische Vollblutkopf wirkte edel und schmal, die Ohren waren besonders lang, und die großen, ausdrucksvollen Augen blickten uns wütend an. Die weiten Nüstern blähten sich unruhig auf und zogen sich wieder zusammen. Unter der dünnen Haut zeichneten sich die Adern wie zarte, verspielte Linien ab. Mikene war eine Fuchsstute mit einer schmalen weißen Blesse und einem halbweißen linken Hinterfuß. Wie die meisten Vollblutpferde war sie nervös und reizbar. Würde sie auch freundlich und zutraulich werden? Ich hoffte es für Kicki.

„Jetzt habt ihr jeder ein Pferd für Springturniere, du und Thomas."

„Mikene und ein Springpferd?" Kicki lachte und sah aus, als hätte sie nicht im Traum daran gedacht. Aber mich konnte sie nicht hinters Licht führen.

„Soll sie etwa nicht gegen Lord Peter antreten?"

„Ich weiß nicht. Vielleicht. Das kann man jetzt noch nicht sagen. Du weißt doch, ich springe nicht gern über so hohe Hindernisse." Kicki verzog das Gesicht.

Mikene beruhigte sich etwas. Den Hafer rührte sie immer noch nicht an, aber sie schnappte wie ein ängstlicher Vogel mit kleinen, nervösen Bissen nach dem Heu, das Kicki in ihre Box gelegt hatte.

„Wen wählst du als Stallknecht?" fragte ich und öffnete vorsichtig die Boxtür. Mikene warf blitzartig ihren Kopf hoch, fuhr herum und drohte mir mit ihren Hinterhufen.

„Sie ist auf der Hut", stellte ich fest. „Du kannst nicht irgendein beliebiges Mädchen als Stallknecht nehmen."

„Stallknecht? Ich möchte sie selbst pflegen. Ich weiß nur nicht, wie ich das jeden Tag schaffen soll. Wir haben immer so viele Hausaufgaben auf", seufzte Kicki.

„Frag doch Lotta", schlug ich vor.

„Lotta hat bestimmt kein Interesse. Ich weiß, was sie über Vollblüter denkt: Überspannte Pferde auf wackligen Beinen, die bei jeder Kleinigkeit brechen."

„Sagt sie das wirklich?"

„Jedenfalls so etwas Ähnliches."

„Frage sie trotzdem. Vielleicht kommt sie dann leichter über den Verlust hinweg."

Ich hatte Lotta seit jenem Abend nicht mehr gesehen, als sie Patrik zum letztenmal ritt. Sie kam auch nicht mehr zum Unterricht. Marie, ihre beste Freundin, erzählte uns, daß Lotta den Anblick von Patriks leerer Box nicht ertragen könne.

„Jetzt steht die Box nicht mehr leer", sagte Kicki zu Marie. „Kannst du Lotta nicht überreden, herzukommen?"

Am nächsten Abend kam Lotta.

Sie war schweigsamer als sonst und benahm sich fast wie eine Fremde, die mit dem Stall und den Pferden nichts zu tun hat.

„Das ist Mikene, das einzige fliegende Pferd", sagte Kicki stolz und öffnete die Boxentür.

Mikene legte die Ohren zurück und blickte uns mürrisch an.

„Sie beißt nicht. Aber sie schlägt mit zehn Hufen aus, wenn ihr etwas nicht paßt. Du mußt dich wirklich in acht nehmen."

„*Sie* muß sich in acht nehmen", behauptete Lotta. Niemand sollte sich einbilden, daß sie, die an ein großes, kräftiges Halbblut gewöhnt war, sich von so einem lächerlichen Vollblut einschüchtern ließ.

„Soll ich sie jetzt gleich bürsten?" fragte Lotta. Sie gab sich Mühe, gleichgültig zu wirken. Aber ich merkte, daß sie sich darauf freute, wieder einen Striegel in die Hand zu nehmen.

„Ja, vielen Dank", sagte Kicki. „Wenn du sie gestriegelt hast, helfe ich dir beim Auskratzen der Hufe."

Sobald Mikene gesattelt und getrenst war, wurde sie das liebste und bravste Pferd, das man sich vorstellen kann. Kickis Augen strahlten nach jedem Ritt. Sie erzählte jedem, was Mikene für ein wunderbares Pferd sei. Ich erwartete jeden Tag ihren ersten Großangriff . . .

„Mikene wird dich bald auf eine harte Probe stellen", warnte ich Kicki. „Sobald sie sich in ihrer neuen Umgebung sicher fühlt, wird sie finden, daß sie jetzt lange genug brav war. Sie wird irgend etwas aushecken."

„Das sind doch Ponymanieren“, widersprach Kicki. „Mikene gehorcht mir blindlings.“

Der schmutziggraue Schnee begann zu schmelzen. Der Frühling meldete sein Kommen. Riesige Bäche rannen über die Wege und machten sie lehmig und schlammig. Das Leben bestand nur noch daraus, vollbespritzte Pferdebeine zu waschen. Ich träumte sogar schon davon.

An solch einem schlammigen Tag ritt ich mit Kicki in den Wald. Mikene gefiel der glitschige Boden nicht besonders. Silber trippelte auf seine sorglose Art neben ihr. Plötzlich blieb Mikene wie angewurzelt stehen. Ein kleiner Bach plätscherte munter über den Weg. Mikene weigerte sich entschieden, ihn zu überqueren.

„Sei brav, meine Kleine. Komm!“ forderte Kicki sie mit sanfter Stimme auf. Sie glaubte, wenn sie nur die Ruhe bewahrte, würde Mikene ihr gleich wieder gehorchen. Kicki versuchte es mit vorwärtstreibenden Schenkelhilfen, aber das Pferd ging rückwärts. Das Ganze war lächerlich, denn über diesen winzigen Bach konnte Mikene mit Leichtigkeit springen. Sie wollte nicht. Sie wollte uns ihre Macht beweisen.

„Soll ich mit Silber voranreiten?“ schlug ich vor.

„Sie muß von allein gehen“, beharrte Kicki, die langsam ungeduldig wurde. Sie versuchte es wieder: Mikene schlug aus, drehte sich im Kreis, sprang zur Seite und wurde immer störrischer. Sie näherte sich dem kleinen Bach nicht einen Millimeter.

„Reite voran“, gab Kicki schließlich nach. Sie war wütend und enttäuscht zugleich.

Ich trieb Silber an. Er schnaubte mißtrauisch und starrte auf den Bach, als hätte er ein wildes Tier vor sich. Dann setzte er mit einem gewaltigen Sprung hinüber. Wir ritten

Lächerlich, vor diesem winzigen Bach bockte Mikene

noch ein Stückchen weiter. Mikene wieherte, aber sie folgte uns nicht.

„Es hat keinen Zweck. Sie will nicht. Liebes Pferd, was soll ich nur mit dir machen?"

Kicki, die sonst immer die Ruhe selbst war, geriet außer sich.

„Ich reite zurück und hole Thomas. Mikene *muß* über den Graben springen!" rief Kicki und warf ihr Pferd herum. Silber flog wieder über den Bach und folgte ihr. Kicki hatte recht. Es war ungeheuer wichtig, daß Mikene nachgab. Pferde müssen gehorchen. Wir verlangten ja nichts Unmögliches. Wenn Kicki Freude an ihrem Pferd haben wollte, mußte sie ihm jetzt klarmachen, wer bestimmte.

Wir trabten auf den Hof, wo Thomas mit dem gesattelten Lord Peter stand. Kicki war so aufgeregt, daß sich ihre Worte überschlugen.

Sie war den Tränen nahe.

„Beruhige dich erst einmal", sagte Thomas.

„Hast du keinen besseren Vorschlag? Du bist doch sonst immer so tüchtig und weißt alles besser", schrie Kicki.

Ich konnte Kicki gut verstehen. Bei seinem eigenen Pferd ist man überempfindlich. Man fragt sich laufend: Mache ich alles richtig? Und wenn etwas nicht klappt: Was habe ich verkehrt gemacht? Man darf keinen Fehler machen. Man trägt die Verantwortung.

„So, so", sagte Thomas gelassen zu Mikene. „Du willst also nicht über den kleinen Bach springen?"

Thomas stieg auf Lord Peter, schnallte den Sattelgurt fester und ordnete die Steigbügelriemen.

„Reiten wir hin. Dann sehen wir weiter." Thomas ließ sich nicht so leicht aus der Fassung bringen.

Wir ritten zurück. Kicki sah blaß und abgespannt aus.

„Du darfst sie auf keinen Fall schlagen", erklärte sie plötzlich.

„Natürlich nicht", versicherte Thomas. „Wir werden sie nur ein wenig an der Nase herumführen."

Ehe wir den Bach erreichten, bog Thomas in einen anderen, kleineren Weg ein. Wir folgten ihm und fragten uns, was er vorhatte. Wir ritten eine Schleife und kamen wieder auf den alten Weg zurück: Aber diesmal befanden wir uns auf der anderen Seite des Baches.

„Wir galoppieren", befahl Thomas. „Britta, du reitest als erste. Kicki hält sich dicht hinter mir."

Vor uns glitzerte der Bach. Silber galoppierte auf ihn zu und sprang hinüber. Direkt hinter mir hörte ich Thomas und Lord Peter. Mikene weigerte sich wieder und stemmte ihre Hufe mit aller Kraft in die Erde.

„Halte dich an der Mähne fest", rief Thomas und galoppierte weiter.

Mikene beobachtete, wie beide Pferde davonstürmten: nach Hause, zum Stall. Sie mußte sich schnell entschließen, wenn sie nicht allein in diesem großen Wald gelassen werden wollte. Sie machte einen gewaltigen Satz über den Graben, landete steifbeinig auf der anderen Seite und raste mit einer Reihe von Bocksprüngen hinter uns her. Ob aus Freude oder vor Wut, das wußte ich nicht. Wir mußten lachen, und sogar Kicki verzog den Mund.

„Jetzt mußt du sie loben", forderte Thomas. „Ich dachte mir schon, daß der Stall eine zu große Verlockung bedeutet."

Kicki rutschte aus dem Sattel und schlang ihre Arme um Mikenes Hals. „Tüchtig, meine Kleine. Prima hast du das gemacht." Kicki kramte in ihrer Hosentasche und gab ihrem Pferd ein Stückchen Zucker.

„Kommt. Wir springen noch ein paarmal über den Graben“, schlug Thomas vor und übernahm die Führung. Jetzt zögerte Mikene nicht eine Sekunde.

„Na also“, grinste Thomas. „Kommt ihr nun ohne mich aus?“

„Vielen Dank“, rief Kicki erleichtert. „Aber hast du nicht Lust, uns zu begleiten?“

„Ich muß zurück und mit Lord Peter trainieren“, erklärte Thomas. „Am Wochenende findet wieder ein Wettspringen statt.“

Ein verrückter Ponywettkampf

„Mikene ist seit jenem Tag im Wald wie ausgewechselt“, beschwerte sich Kicki. „Sie ist unberechenbar.“

Das stimmte. Die kleine Fuchsstute scheute jetzt bei dem kleinsten Geräusch. Jeden Augenblick krümmte sie ihren biegsamen Rücken zu einem Buckel – und in der nächsten Sekunde schmiß sie ihre Hinterhufe in die Luft. Kicki war eine gute Reiterin, aber sie konnte sich nicht immer im Sattel halten. Dann wurde sie traurig und schimpfte: „Ich reite dieses Pferd nie mehr!“ Thomas mußte oft eingreifen und beide – Pferd und Reiterin – zur Vernunft bringen.

Thomas brachte vom Springturnier neue Rosetten und Preise nach Hause. Noch keine blaugelbe Rosette, aber immerhin zwei blaue und zwei weiße. Lord Peter wurde immer besser.

Ich hatte Silber und Billy zu den Ponywettkämpfen in Åsbyn, einem kleinen Ort in der Nähe, angemeldet. Thomas versprach, uns hinzufahren. Ann und Martin waren schrecklich aufgeregt. Sie stellten schon Tage vorher den ganzen Stall auf den Kopf.

„Erwartet nicht zu viel“, warnte Thomas. „Solche kleinen Wettkämpfe sind oft schlecht organisiert, und alles geht drunter und drüber . . .“

Was ging uns das an? Ann und Silber, Martin und Billy würden so oder so ihr Bestes geben.

„Für welche Klassen hast du sie angemeldet?“

„Silber zum Galopp und zum Springen der Klasse C für Ponys unter 140 Zentimeter. Das geht gerade noch, Silber mißt 137 Zentimeter. Billy startet zum Galopp und zum Springen der Klasse B, beides für Ponys über 140 Zentimeter.“

Kicki hatte vor, in ihrem Auto zum Wettkampf zu fahren und einige Mädchen mitzunehmen, die gern zuschauen wollten. Hasse verpflichtete sich, den Unterricht für mich zu übernehmen. Lasse hatte leider keine Zeit mitzukommen.

Am Tag vor dem Wettkampf überprüften Ann und ich Silbers Sachen. Wir lüfteten die Sattelunterlage, putzten Gebiß und Steigbügel und säuberten Sattel und Trense. Dann wuschen wir Silbers Schweif, der duftig und silberweiß wurde.

Wir striegelten und bürsteten Silber, bis ein großer Teil seines gräulichen Winterpelzes uns wie ein Schneetreiben umgab.

Das Ergebnis stellte uns einigermaßen zufrieden.

Martin hatte sich bei einigen Mädchen eingeschmeichelt und überließ ihnen Billys Pflege. Er fand es spannender, mit einem Moped, das ihm seine Freunde geliehen hatten, draußen im Schlamm Blitzstarten zu üben.

„Typisch Junge“, schimpfte Ann, während sie Silbers Hinterteil mit einem Wollappen abrieb. „Wenn *ich* ein eigenes Pferd hätte ...“

Am nächsten Morgen schlüpfte ich schnell durch die eisige Dunkelheit zum Stall. Ich hoffte, daß Silber noch einigermaßen sauber war. Ich hatte es oft erlebt, daß er morgens voller braun-gelber Flecke war, die sich nicht wegbürsten ließen. Man mußte sie abwaschen und in mühseliger Arbeit wieder trockenreiben. Wer einmal einen Schimmel gepflegt hat, weiß, was ich meine. Am meisten ärgern einen dann die höhnischen Kommentare der anderen Reiter. Dabei weiß doch jeder, daß alle Pferde gleich schmutzig werden – nur bei einigen sieht man es mehr, bei anderen weniger.

Heute morgen hatte ich Glück. Silber war nur am Bauch ein bißchen gelb. Und das fiel nicht weiter auf. Billy machte auch einen guten Eindruck.

Allmählich trafen Martin, Ann und Thomas ein. Würden wir beim Verladen der Pferde Schwierigkeiten bekommen? Silber kletterte bestimmt gern hinein. Er war neugierig und fuhr mit Vergnügen Auto. Aber Billy?

„Ihr könnt schon die Sattel und alles andere in den Wagen laden“, meinte Thomas. „Aber vergeßt nichts.“

Sattel, Trensen, Bürsten, Hufkratzer, Reithelme, Reitgerten ...

„So. Bringt jetzt die Pferde heraus.“

Martin führte Billy vorsichtig an der Trense. Das war sicherer. Billy war eigensinnig und kräftig, und wenn er sich in den Kopf setzte, woanders hin zu wollen, hätte er sich mit Leichtigkeit vom Halfter losreißen können.

Silber trottete sofort willig in den Transportwagen. Aber Billy sträubte sich. Silber wurde angesteckt und begann, an seinem Halfterriemen zu zerren. Endlich gelang es Thomas, Billy in das Wageninnere zu ziehen. Wir atmeten erleichtert auf. Im selben Augenblick riß Billy sich jedoch los und raste davon, ehe wir die Türen schließen konnten.

Thomas fluchte und sah auf seine rechte Hand, wo Billys Zügel die Haut aufgeschürft hatten. Seine Laune besserte sich nicht gerade, als auch Silber wenige Sekunden später die Gelegenheit ergriff und sich ebenfalls losriß. Was Billy konnte, konnte er auch. Warum sollte er allein in dem dunklen Wagen stehen?

Billy spielte verrückt. Er raste mit wilden Bocksprüngen über den Hof. Silber machte ihm alles nach, obgleich seine Bocksprünge weniger ausgelassen waren. Sie dachten nicht daran, sich freiwillig von uns einfangen zu lassen.

„Schnell. Jemand muß Hafer holen“, rief ich aufgeregt. Silbers Naschsucht war unsere einzige Rettung.

Tatsächlich. Als ich Silber den Hafer hinstreckte, trabte er sofort begierig auf mich zu. Diesmal folgte Billy ihm. Es gelang uns mit Hilfe des Hafers, beide Pferde in den Transportwagen zu locken und die Tür hinter ihnen zu schließen.

„Thomas, was mache ich nur mit dem Halfter?“ jammerte ich. „Es ist völlig zerrissen.“

„Ich leihe dir meines solange“, sagte Thomas und ging in den Stall.

Endlich saßen wir im Auto und konnten uns verschnaufen. So viel Aufregung am frühen Morgen. Das konnte heiter werden!

Wir fuhren über einen schmalen Kiesweg, der sich in unzähligen Kurven auf und ab schlängelte. Ann und Martin stritten sich die ganze Zeit. Ich hoffte, wir erreichten bald unser Ziel.

„Bist du sicher, daß das der richtige Weg ist?“ fragte ich Thomas vorsichtig. Meine Frage erübrigte sich. Wir gelangten an eine Abzweigung, wo jemand in weiser Voraussicht ein Schild angebracht hatte: „ZUM PONY-WETTKAMPF“. Wir überholten eine Gruppe von Kindern, und vor uns lag ein langes, rotes Gebäude, das wie ein Stall aussah. Wir waren am Ziel.

Das Haus lag in einer Mulde zwischen Bergen. Auf dem Feld, das die geringste Steigung besaß, waren eine Menge farbenfroher Hindernisse aufgebaut. Das mußte also der Parcours sein. Ich fragte mich, wo das Rennen stattfinden sollte. Außer einem umgepflügten, schlammigen schwarzen Acker, der hinauf bis zum Waldrand reichte, gab es keine einzige größere Fläche.

Thomas parkte den Wagen, und wir kletterten hinaus. Das erste, was uns in diesem Gewühl von Kindern, Pferden und Ponys auffiel, war eine lange dürre Frau in einem blauen Monteuranzug. Sie stapfte mit riesigen Holzfällerstiefeln durch den Schlamm. In ihrem Gürtel steckte ein langes Fahrtenmesser, und ihren Kopf bedeckte eine Reklamekappe, wie man sie an Tankstellen und Werkstätten bekommt. KIES UND BETON stand darauf. Ann bekam einen Lachanfall und versteckte ihr Gesicht in Thomas' Jacke.

„Man lacht nicht über einen anderen Menschen“, tadelte ich sie. Aber das hatte nur zur Folge, daß Martin auch noch anfing zu kichern. Er biß sich auf die Lippen, um nicht vor Lachen zu platzen.

„Nehmt euch zusammen“, mahnte Thomas. „Wir müssen die Pferde ausladen.“

„Ich sterbe“, keuchte Ann und wischte sich die Tränen ab. „Entschuldigt bitte. Das liegt nur daran, daß ich so nervös bin.“

Wir führten die Pferde aus dem Wagen. Silber benahm sich so vornehm, als gehöre ihm der ganze Reitstall. Er stand ruhig wie eine Statue da und schaute sich die anderen Pferde an. Billy zerrte Martin hinter sich her und versuchte, ein paar Grasbüschel zu erwischen. Thomas half ihm beim Satteln, während ich das Sekretariat suchte, um die Pferde für den Start des Rennens anzumelden.

Es stellte sich heraus, daß der Frau mit der Reklamekappe alles gehörte: der Stall, die Pferde und die Felder. Sie bestimmte auch alles.

„Wir haben eine unbedeutende Änderung vorgenommen“, teilte sie mir mit. „Die Grenze für die kleinen Ponys liegt jetzt bei 135 statt 140 Zentimeter . . .“

Ich war so sprachlos, daß ich nicht einmal protestieren konnte. Das bedeutete, daß Silber gegen Billy und eine Menge noch größerer Ponys antreten mußte – er hatte nicht die geringste Chance.

„Ja, aber“, stotterte ich, „das geht doch nicht. Das können Sie doch nicht einfach ändern?“

„Wir haben gehört, daß Silber sehr schnell ist. Wo liegt also das Problem?“ Die Frau fertigte mich mit einem kühlen Lächeln ab. Ich war machtlos. Es war ihre Veranstaltung. Also hatte sie wohl auch das Recht, zu machen, was sie wollte. Aber eine Gemeinheit war es trotzdem. Mit rotem Kopf lief ich zu Ann, um ihr die schlechte Neuigkeit mitzuteilen.

Inzwischen versammelten sich die kleinen Ponys – meist Russen – unten am Start, also am Rande des schlammigen Ackers! Ich ging hinunter und wollte zusehen.

„Hör mal, kannst du nicht mitkommen und mir beim Starten helfen?“ Ein kleiner Junge mit einer roten Fahne zupfte mich am Ärmel. Ich folgte ihm, aber ehe wir den Acker erreichten, starteten die Ponys bereits! Mir sträubten sich die Haare. Langsam verstand ich, was Thomas meinte, als er von „kleinen, schlecht organisierten Wettkämpfen“ sprach ...

Die kleinen Ponys kämpften tapfer gegen den schweren Boden an. Oben am Waldrand standen zwei, drei Schiedsrichter, um den Sieger und die Reihenfolge der anderen Pferde zu ermitteln.

„Die Zuschauer können von hier aus ja gar nichts erkennen. Muß unglaublich spannend sein!“ sagte ich sarkastisch zu Thomas. Ich bat ihn, Silber und Billy zum Start zu begleiten. Ich wollte unbedingt zum Waldrand hinauf und mit eigenen Augen beobachten, wie sie ins Ziel kamen – koste es, was es wolle.

Auf halbem Weg war ich völlig erschöpft. Die Frau mußte nicht ganz bei Trost sein. Die Bahn war viel zu anstrengend für die Pferde. Diese tiefen Pflugspuren. Und außerdem ging es auch noch bergauf. Ich stiefelte ein paar Schritte weiter und entdeckte große Löcher und sogar Gruben. Das war ja lebensgefährlich!

Ich muß unbedingt zurück und ihren Start verhindern. Sollten Silber und Billy vielleicht in vollem Galopp in eine dieser Gruben stürzen und sich und ihren Reitern das Genick brechen?

Ich drehte mich um und wollte hinunterlaufen. Aber in diesem Augenblick hob der Junge bereits seine rote Fahne, hielt sie einige Sekunden in der Luft – und gab den Start frei.

Zu spät! Ich konnte nichts mehr tun ...

Ich hatte das Ziel fast erreicht, als das Donnern der Pferdehufe näherkam. Zu meiner Überraschung nahmen nicht nur Ponys, sondern auch einige große Pferde am Rennen teil. Wieder eine von diesen „unbedeutenden Änderungen", dachte ich wütend.

Armer Silber. Er war der Kleinste von allen und lag beinahe an letzter Stelle. Nur ein schwerfälliges Fjordpferd kämpfte hinter ihm mit dem schweren Boden. An der Spitze lag ein feingliedriges Pony, wahrscheinlich eine Vollblutkreuzung. Hinter ihm, an zweiter Stelle, kam – Billy!

Martin stand in den Steigbügeln und trieb Billy mit Armen und Beinen vorwärts. Er kämpfte ausgezeichnet. Und Billy war kräftig und ausdauernd. Der schwierige Boden schien ihn kaum zu behindern.

„Heja, Sonnenschein! Heja, Sonnenschein!" feuerten die wenigen, die wie ich zum Ziel hinaufgeklettert waren, das führende Pferd an.

„Heja, Billy!" schrie ich so laut ich konnte dazwischen.

Die beiden Pferde an der Spitze lagen jetzt Kopf an

Kopf, kämpften Seite an Seite . . .

„Heja, Sonnenschein!"

„Heja, Billy!"

In diesem Augenblick passierte es: Billy sackte mit seinem Huf in eines dieser heimtückischen Löcher und wäre beinahe gestürzt. Damit wurde Sonnenschein klarer Sieger. Billy kam auf den zweiten Platz. Die anderen lagen weit zurück. Silber behauptete seinen traurigen Platz als einer der letzten. Er war sehr erschöpft.

Ann schimpfte wie ein Rohrspatz: „So eine himmelschreiende Ungerechtigkeit! Silber war der Kleinste! Und große Pferde waren auch dabei. Die haben uns beim Start ganz gemein weggedrängt. Darum lagen wir von Anfang an zurück. Später brachte ich es nicht übers Herz, Silber in diesem aussichtslosen Rennen auch noch anzutreiben. Er wollte schon, aber der Boden war ja unmöglich."

„Silber hatte keine Chance gegen diese großen Pferde", tröstete ich sie. „Aber hast du Billy gesehen? Er ist Zweiter geworden."

Kopf an Kopf kämpften Billy und Sonnenschein um den Sieg

„Phantastisch", freute sich Ann und kletterte vom Pferd, damit Silber sich ein bißchen erholen konnte. Martin sprang auch aus dem Sattel und kam aufgeregt zu uns. Sein rotes Gesicht strahlte, und seine blonden Haare hingen in nassen Strähnen aus dem Reithelm heraus.

„Das nächste Mal siegen wir", behauptete er selbstsicher und klopfte Billys Hals. „Habt ihr gesehen, wie toll Billy galoppierte? Ohne dieses verfluchte Loch hätte er heute schon gesiegt. Jetzt werden wir trainieren. Und beim nächsten Rennen werdet ihr euer blaues Wunder erleben."

„Beim nächsten Rennen?" fragte ich. „Willst du dich etwa für diese selbstmörderische Bahn noch einmal melden?"

„Natürlich nicht. *Hier* reite ich nie wieder. Aber wir können doch selbst Wettkämpfe veranstalten. Wir laden einfach ein paar Reitklubs aus der Umgebung ein."

„Au ja, prima!" stimmte Ann begeistert zu.

„So, so. Und wo soll das Rennen stattfinden? Vielleicht im Wald?"

„Ich habe eine glänzende Idee." Martin ließ sich nicht beeindrucken. „Wir mieten die Trabrennbahn. Das wird das großartigste Rennen aller Zeiten . . ."

Die Frau mit der Reklamekappe verkündete durch ein Megaphon – sie besaßen also nicht einmal einen Lautsprecher – daß jetzt die Preisverteilung stattfinde. Alle sollten Preise bekommen. Billy erhielt eine blaue Rosette und Martin ein Fotoalbum.

„Typisch. Ich besitze gar keinen Fotoapparat." Martin freute sich trotzdem. Der erste Preis war ein Ponyhalfter.

„Das hätte Silber gut gebrauchen können", beschwerte sich Ann, die einen billigen Kugelschreiber bekam.

„Und jetzt", fuhr die Megaphonstimme fort, „jetzt denken wir an unsere braven, tüchtigen Pferde. Sie sollen belohnt werden. Unser Reitklub besteht nur aus wirklichen Tierfreunden. Wir denken immer zuerst an unsere lieben Pferde . . ."

Ich dachte an die lebensgefährlichen Löcher auf der Rennbahn und wartete mißtrauisch, was nun kam.

„Wir haben zwei große Kübel mit lauter leckeren Sachen für unsere besten Freunde zubereitet: Hafer, Mohrrüben und Äpfel. Stellt euch in eine Reihe und laßt eure Lieblinge naschen. Sie haben es sich redlich verdient."

„Das ist das Verrückteste, was ich jemals gehört habe!" schimpfte Thomas. „Es klingt zwar sehr freundlich, aber hat diese Frau denn überhaupt keinen Verstand? Die verschiedensten Pferde von den verschiedensten Reitklubs sollen alle ihre Mäuler in diese Kübel stecken? Einige haben Schnupfen, andere Husten oder Schlimmeres. Hat denn in diesem ‚tierfreundlichen' Klub niemand daran gedacht? So ein Kübel ist der ideale Ansteckungsort. Ich bedanke mich. Unsere Pferde machen dabei nicht mit."

Ich war froh, daß Thomas so entschied, obgleich uns das in Åsbyn nicht gerade beliebt machte. Wir beobachteten entsetzt das Gedränge, das sich um die Kübel bildete. Die Kinder konnten natürlich keine Ordnung halten. Es entbrannte eine regelrechte Schlacht unter den Ponys. Sie schlugen aus und bissen einander. Die Kinder waren machtlos. Es sah lebensgefährlich aus. Zwei Pferde rissen sich los und kämpften miteinander. Zwei kleine Mädchen schauten hilflos mit Tränen in den Augen zu.

Thomas und ich halfen ihnen und brachten die beiden Kampfhähne auseinander. Endlich hatte offenbar auch die Frau mit der Reklamekappe eingesehen, daß das Freßgelage eindeutige Nachteile aufwies. Jedenfalls ließ sie die Kübel schnell wegtragen. Diejenigen, deren Pferde noch nicht zu dem köstlichen Fressen vorgedrungen waren, protestierten laut.

Inzwischen war Kicki mit den Mädchen eingetroffen. Wir erzählten ihr, was uns hier alles passiert war. Es machte keinen Spaß mehr. Wir warteten nur noch auf das Springen. Ich ging mit Kicki zu der Frau mit der Reklamekappe, um Silber und Billy für den Start zu melden.

„Naja", meinte die Frau und blätterte in ihren Papieren. „Hier haben wir auch eine kleine, unbedeutende Änderung vorgenommen . . . Alle Ponys, die schon einmal an einem B-Springen teilgenommen haben, dürfen nicht am Springen der Klasse C teilnehmen. Wir haben gehört, daß Silber schon in der Klasse B gesprungen ist."

„Schon, aber mit mir. Und einmal hat er verweigert, weil ihm die Hindernisse zu hoch vorkamen. Heute reitet ihn ein kleines Mädchen. Sie ist noch nie über Hindernisse der Klasse B gesprungen."

„Wir richten uns nach dem, was das Pferd kann", entschied die Frau. „Silber kann in der Gruppe B starten."

Wie konnten Menschen nur so sein. Ich hatte Silber ordentlich für die Klasse C angemeldet. Die Änderung hätte sie mir ja wenigstens rechtzeitig mitteilen können. Dann wären wir bestimmt nicht hierhergefahren.

„Warte, ich hole Thomas", schlug Kicki vor. Das war immer ihr erster Gedanke, wenn sie in Schwierigkeiten steckte.

Thomas konnte auch nichts ausrichten. Die Frau blieb stur, und Thomas wurde so wütend, daß er kaum noch wußte, was er sagte.

„Wenn Sie sich so sehr vor ein bißchen Konkurrenz fürchten, daß Sie einem Pferd keine Chance geben wollen, dann denken Sie doch wenigstens an das Mädchen. Können

Sie es verantworten, daß es vor Hindernisse gestellt wird, über die es noch nie gesprungen ist?"

Die Frau zuckte die Schultern und sagte, das sei nicht ihr Problem.

„Was sollen wir machen?" Ich schaute Thomas hilfesuchend an.

„So groß sind die Hindernisse schließlich auch nicht", meinte Thomas. Das kam ihm nur so vor, weil er an weit schwerere Klassen gewöhnt war. „Da wir schon einmal hier sind, sollte Ann ruhig starten, wenn sie will."

In der Klasse C verweigerten alle Ponys. Nicht ein einziger Reiter gelangte über den Parcours. Die meisten Pferde scheuten gleich vor dem ersten Hindernis dreimal hintereinander und wurden disqualifiziert. Wer über den Haufen alter Reifen hinwegkam, stieß bald auf andere seltsame Hindernisse, vor denen die Ponys stehenblieben, um sie neugierig zu betrachten. Warum mußte man es den Kleinen so schwer machen? Sie konnten dadurch doch alle Lust am Reiten verlieren.

Ann sollte als eine der ersten in der schweren Klasse starten.

Sie zitterte vor Aufregung am ganzen Körper. Ich sagte ihr, sie solle sich vorstellen, es handle sich nur um eine Übungsstunde zu Hause.

„Nimm zur Sicherheit die Reitgerte mit", schlug ich vor. „Du brauchst sie nicht anzuwenden, aber vielleicht gibt sie dir mehr Mut . . ."

Das hörte die Frau mit der Reklamekappe. Sie raste in ihren Holzfällerstiefeln auf mich zu und bedrohte mich mit ihrem Fahrtenmesser: „In unserem Klub reitet *niemand* mit Sporen oder Reitgerte. Wir glauben nicht, daß man ein Pferd mit Gewalt über Hindernisse zwingen darf."

„Das glauben wir auch nicht", erwiderte Thomas scharf. Er ließ sich in keinen weiteren Disput mit dieser Giftspritze ein. Es war sowieso sinnlos.

„Das ist Tierquälerei", keifte die Frau. „So etwas dulden wir in unserem Reitklub nicht."

Ich glaube, sie hätte Ann am liebsten angespuckt. Das Mädchen war verzweifelt.

Sie tat mir leid. Sie warf mir die Reitgerte zurück und trottete mit Silber an den Start. Mein Pony hatte sich von dem anstrengenden Rennen noch nicht erholt und war nicht halb so fröhlich wie sonst.

„Viel Glück", wünschten wir. Ann versuchte zu lächeln und galoppierte auf das erste Hindernis zu.

Silber, das beste Pony der Welt

Der Parcours war der gleiche geblieben, nur die Hindernisse waren jetzt natürlich höher. Über die Autoreifen hatten sie einfach einen Schlagbaum gelegt.

„Drei Fehlerpunkte für Verweigern", brüllte die Frau mit der Reklamekappe triumphierend in das Megaphon. Silber zuckte bei diesem ungewohnten Geräusch zusammen. Ich hatte bis jetzt nicht darauf geachtet, daß die Frau jeden Fehler sofort lautstark kommentierte.

„Weitere sechs Fehlerpunkte für die zweite Verweigerung."

„Das ist ja das reinste Kasperletheater", bemängelte

Thomas. „Wenn wir das zu Hause erzählen, wird uns das niemand glauben."

Silber verweigerte zum drittenmal und wurde disqualifiziert. Ann ließ den Kopf hängen und ritt zu uns.

„Zu Hause verweigert Silber nie", schluchzte sie. „Er springt doch so gern. Das war meine Schuld. Ich ritt schlecht, aus Angst vor den hohen Hindernissen und weil diese Frau vorher so gemeckert hat."

„Dieses komische erste Hindernis muß das springfreudigste Pferd erschrecken", tröstete ich sie. „Wir werden zu Hause ordentlich trainieren und das nächste Mal an einem fairen Wettkampf in der richtigen Klasse teilnehmen."

Thomas redete auf Martin ein, der gleich an den Start reiten mußte: „Nun hängt alles von dir ab. Bis jetzt ist noch niemand fehlerfrei geritten . . ."

„Noch hat niemand den Parcours überhaupt bewältigt", mischte sich Kicki ein. „Alle sind entweder disqualifiziert worden, oder sie wurden abgeworfen und verloren ihre Pferde."

„Du hast eine Chance, Martin. Zeige ihnen, was Billy kann", spornte Thomas ihn an.

Martin startete als Vorletzter. Er nahm weit vor dem ersten Hindernis Tempo auf. Billy zögerte nur einen winzigen Augenblick vor den Reifen und sprang hinüber. Beim Aufsetzen knickte er ein wenig ein und krümmte den Rücken. Martin rutschte auf die Seite, aber er trieb sein Pferd weiter. In rasender Fahrt setzte Billy über die Hindernisse. Ging er mit Martin durch oder hatte dieser sein Pferd gerade noch unter Kontrolle? Auf jeden Fall gelangten sie über die Hindernisse, ohne daß etwas hinunterfiel.

Fehlerfrei! Wir waren überglücklich. Aber sofort bekamen wir eine eiskalte Dusche: Martin hatte in der Eile ein Hindernis irgendwo in der Mitte des Parcours vergessen. Er wurde disqualifiziert. Das war beinahe zuviel für uns. Konnte man an einem einzigen Tag soviel Pech haben?

Die letzte Teilnehmerin war die Tochter von der Frau mit der Reklamekappe. Sie ritt auf einem Pferd, das wohl am ehesten einem Nordschweden ähnelte. Ein Pony war es jedenfalls nicht. Springfreudig schien es auch nicht zu sein. Es wurde immer langsamer, je näher es den Hindernissen kam. Wollte es verweigern? Schließlich sprang es mit Müh und Not hinüber und blieb nach dem Aufsetzen beinahe stehen. Das Mädchen brauchte seine ganze Energie, damit das Pferd wieder in einen trägen Galopp verfiel. Der Nordschwede wurde nach jedem Hindernis schwerfälliger. Ich erwartete, daß er jeden Augenblick endgültig stehenbleiben würde.

Als das Mädchen mit Ach und Krach das Hindernis überwunden hatte, das Martin vergessen hatte, schrillte die Stimme ihrer Mutter durch das Megaphon: „Danke, das genügt. Du hast gewonnen."

Wir schauten uns sprachlos an und verstanden überhaupt nichts mehr. Wir wußten nicht einmal, ob wir lachen oder weinen sollten. Thomas lief außer sich vor Wut zu der Frau mit der Reklamekappe und beschwerte sich über diese merkwürdige Wertung.

„Wenn es nur darum geht, wer fehlerfrei über die meisten Hindernisse gekommen ist, dann ist Billy Sieger", forderte er aufgebracht.

„Wenn man ein Hindernis vergißt, wird man disqualifiziert", antwortete die Frau selbstsicher und überheblich.

„Das wird man auch, wenn man den Parcours nicht zu Ende reitet“, behauptete Thomas. „Nach welchen Gesichtspunkten soll das Mädchen also gesiegt haben?“

„Sie hat die Bahn am weitesten fehlerfrei bewältigt“, erklärte die Frau.

„Und wenn ihr Pferd bei einem der vielen Hindernisse verweigert hätte, die Sie ihr so wohlwollend erlassen haben?“

Thomas wollte nicht aufgeben, aber jetzt versammelte sich eine drohende Menschenmenge um uns. Wir fühlten uns nicht wohl in unserer Haut. Es war gar nicht unsere Art, uns mit dem Schiedsrichter anzulegen. Wir wollten nur gleiches Recht für alle.

Thomas schlug ein Stechen zwischen Martin und dem Mädchen vor, weil ihre Pferde als einzige nicht verweigert hatten.

„Einverstanden“, meinte die Frau und lächelte süßsauer. „Aber es gibt keine Preise.“

„Warum nicht?“ fragten wir überrascht.

„Billy ist doch disqualifiziert. Das Stechen kann nur zeigen, wer besser ist ...“

„Dann sind wir nicht interessiert. Das wissen wir auch so.“

Thomas konnte sich kaum noch beherrschen. Er dachte an Billy, der trotz des anstrengenden Galopprennens so glänzend gesprungen war.

Er wollte das Pferd keinen weiteren unnötigen Strapazen aussetzen. Sollten sie also ihren ersten Preis – eine Trense – selbst behalten. Darum schien es ihnen ja hauptsächlich zu gehen.

„Wenn ihr unzufrieden seid“, schlug ein älterer Mann vor, der offensichtlich dem Preiskomitee angehörte, „dann nehmt doch den Freßkübel. Der Inhalt verdirbt uns ohnehin . . ."

Wir wurden immer unbeliebter. Ich spürte, wie sich alle gegen uns verschworen. Dabei war unser Protest mehr als gerechtfertigt.

„Wir pfeifen auf Ihre Preise", erwiderte Thomas grimmig. „Kommt. Wir verladen unsere Pferde."

Wir kehrten Åsbyn den Rücken und fuhren niedergeschlagen nach Hause. Wir hatten uns den Reitklub zum Feind gemacht. Wir fanden alles ungerecht und schlecht organisiert, und sie behaupteten, wir seien schlechte Verlierer und könnten nichts als meckern.

Später erfuhren wir, wir seien Tierquäler, die ihre Pferde mit der Peitsche zum Springen brachten, und daß wir allein wegen der Preise an Wettbewerben teilnähmen. Das war zum Aus-der-Haut-Fahren. Wir erinnerten uns an Billys Vorschlag, selbst Ponywettkämpfe zu veranstalten. Ob wir die Trabrennbahn mieten konnten? Wir sollten es jedenfalls versuchen . . .

Abends schrieb ich noch einen langen Brief an meine Freundin Ann-Marie. Ich mußte meinen Ärger loswerden und berichtete von den mißglückten Wettkämpfen. Sie schrieb mir zurück: Ich glaube dir nicht, das hast du dir nur ausgedacht, so etwas kann unmöglich passieren.

Am nächsten Tag holte ich Silber aus dem Stall. Eigentlich wollte ich nur ein wenig im Schritt mit ihm durch den Wald reiten. Ich dachte, er sei müde von den Anstrengungen des gestrigen Tages. Als wir an unseren Übungshindernissen vorbeikamen, wurde Silber so munter, daß ich beschloß, ihn springen zu lassen.

„Wollen wir *springen,* alter Junge?" fragte ich und kürzte die Zügel. Zwei Worte sagte ich immer mit einer

Herrlich, daß Silber wieder Freude am Springen zeigte

13 7985-24

besonderen Betonung, so daß Silber mich genau verstand. Das Wort „Hafer“ zog ich verlockend in die Länge, was Silber mit einem tiefen Wiehern beantwortete. „Springen“ sagte ich schnell und besonders energisch, und Silber spitzte die Ohren und blinzelte freudig zu den Hindernissen hinüber.

Er zögerte keinen Augenblick, als er über die grüne Schubkarre sprang, ein Hindernis, das ungefähr 80 Zentimeter hoch war. Er flog geradezu hinüber. Silber sprang so weich, daß es einem nur wie ein etwas größerer Galoppsprung vorkam. Es war wunderbar, daß er wieder Freude am Springen zeigte. Auch bei keinem der anderen Hindernisse gab es irgendwelche Schwierigkeiten. Nur, daß er wie üblich zu schnell war – aber das war Silbers persönliche Note.

Ich war glücklich und ließ Silber anschließend an langen Zügeln durch den Wald trotten. Ich erzählte ihm, er sei das beste Pony der Welt und kein anderes Pony könne so gut springen wie er. Das stimmte objektiv gesehen natürlich nicht. Aber eines stand für mich fest: Ich würde nie wieder ein Pferd bekommen, daß ich so liebte wie Silber.

Ich dachte an meinen Ponykurs. Meine kleinen Schüler waren eifrig und kamen jeden Sonntagvormittag. Sie wußten jetzt schon eine ganze Menge: wie man ein Pferd striegelt, wie man die Hufe auskratzt, welche verschiedenen Zäumungen es gibt, wie man ein Pferd sattelt, wie man den Stall ausmistet und was zu tun ist, wenn ein Pferd lahmt. Im Reiten machten sie auch Fortschritte. Sie kamen jetzt alle ohne Führer aus, und Darry und Ingrid durften am Ende des Unterrichtes sogar schon ein bißchen galoppieren.

Ich wünschte, ich hätte für alle Reiter so viel Zeit wie für die Schüler meines Ponykurses. Aber meistens hatte ich vier bis fünf halbe Unterrichtsstunden jeden Tag. Die Reiter wechselten so schnell, daß ich oft nicht einmal die Zeit fand, sie einzeln zu loben oder zu tadeln, geschweige denn, ihnen etwas über Pferdehaltung und -pflege zu erzählen.

Diese Dinge wurden zu einem Problem für mich, denn unsere Reitschule wuchs und wuchs. Immer mehr Kinder wollten reiten lernen. Ich beschloß, mit Kicki, Hasse und Thomas darüber zu sprechen. Wir sollten mehr Kurse abhalten, die aus Theorie und Praxis bestanden, so wie der Ponykurs.

Als ich mit Silber zurückkam, entdeckte ich Lasses altes Auto vor dem Stall. Ich freute mich sehr. Es kam nicht oft vor, daß Lasse tagsüber Zeit hatte. Er mußte immer so viel lernen. Und abends, wenn er keine Schule hatte, mußte ich meistens unterrichten. Darum sahen wir uns oft mehrere Tage nicht.

„Hei", begrüßte mich Lasse. „Bring Silber in den Stall und schau dir an, was ich in meinem Auto habe."

Stupsie wird bewundert

Endlich. Ich konnte mir denken, was Lasse mitgebracht hatte. So schnell hatte ich Silber noch nie in den Stall gebracht.

Als Lasse die Autotür öffnete, sprang Goldie auf mich zu. Sie wedelte mit dem Schwanz und sah mich mit ihren großen dunklen Augen freundlich an. Hinter ihr rollten zwei wuschelige Knäuel aus dem Wagen.

„Sind die süß geworden. Aber welcher davon ist Stupsie?"

Die beiden Welpen balgten sich und waren so ineinander verwickelt, daß ich sie nicht unterscheiden konnte. Nach einer Weile wurden sie es müde, einander nach den Ohren zu schnappen. Sie entdeckten mich und trotteten schwänzelnd zu mir. Sie waren immer noch so stupsnasig, daß ich mir nicht vorstellen konnte, wie aus ihnen jemals große, stattliche Schäferhunde mit spitzen Schnauzen werden sollten. Stupsie ähnelte seiner Mutter am meisten, obgleich sein Fell noch etwas dunkler war. Sein Bruder war fast schwarz.

Stupsie sah zu lustig aus: Ein Ohr hatte sich aufgerichtet, aber das andere wippte lustig bei jeder Bewegung.

„Du wirst ihn in ‚Hängeohr' umtaufen müssen", hänselte Lasse.

„Bleibt er so?" fragte ich erschrocken.

Lasse lachte mich aus. „Nein. Das richtet sich noch auf. Du mußt ihm viel Vitamine und Kalk geben."

Ich fühlte mich plötzlich unsicher. Ich mußte noch so viel lernen, um meinen kleinen Hund richtig zu behandeln.

„Bleibt Stupsie heute schon bei mir?"

Stupsie sah so glücklich und zufrieden aus, wie er mit seinem Bruder hinter seiner Mutter hertollte. Würde er sich bei mir nicht schrecklich einsam fühlen?

„Ja", antwortete Lasse. „Ab sofort wirst du keine ruhige Minute mehr haben."

„Herrlich. Aber du mußt mir helfen", bat ich. „Gehen wir hinein. Ich habe schon vor einiger Zeit einen Korb gekauft. Und zwei Näpfe für Fressen und Saufen. Aber ich habe noch kein Hundefutter."

„Ich habe etwas mitgebracht", berichtete Lasse und holte eine Tüte aus dem Auto. „Die erste Zeit mußt du ihn mit

Brei, gekochtem Reis, Gemüse und ähnlichem füttern. Bald kann er dann alles fressen, was du ißt. Außerdem gibt es Büchsen und Trockenfutter. Du wirst sein Lieblingsgericht bestimmt schnell herausfinden."

Ich öffnete die Tür, und sofort stürzten drei einigermaßen saubere Hunde hinein und untersuchten neugierig meine Küche. Auf dem Fußboden hinterließen sie unzählige große und kleine lehmige Tatzenabdrücke ... Was machte das schon.

Die beiden Welpen entdeckten den Korb gleichzeitig. Am interessantesten fanden sie die alte blaue Wolldecke, die ich hineingelegt hatte, damit Stupsie weich und warm liegen würde. Jetzt schleppte er sie gemeinsam mit seinem Bruder über den Fußboden. Jeder zerrte an einem Ende und knurrte den anderen bedrohlich an.

„Ich glaube, ich behalte alle beide", rief ich glücklich. Was für ein Leben war plötzlich in meine große Küche gekommen.

„Glaubst du, daß sie hungrig sind? Soll ich ihnen etwas Brei geben?" fragte ich. Alles war so neu und aufregend für mich.

„Tu das", stimmte Lasse zu. Er saß am Tisch und blätterte in einigen Pferdezeitschriften, die dort lagen.

Während ich den Brei wärmte, dachte ich über alles nach.

Warum schenkte mir Lasse den kleinen Hund? Er hätte ihn doch leicht für viel Geld verkaufen können.

Ich stellte die beiden Näpfe mit Brei auf die Erde, und die beiden Welpen tauchten ihre Schnäuzchen hinein und schlabberten den Brei begierig auf.

Es klopfte an der Tür, und Kicki stürmte herein. Sie hatte Frühstückspause und nur wenig Zeit.

„Darf ich dir Stupsie vorstellen? Das ist mein Hund. Lasse hat ihn mir geschenkt", berichtete ich stolz.

„Mal etwas Neues." Kicki lachte und blinzelte Lasse zu. „Nicht ‚Sag es mit Blumen', sondern ‚Sag es mit einem süßen kleinen Hund'!"

Ich bückte mich schnell und hob die leeren Näpfe auf, damit niemand meinen roten Kopf sehen sollte.

„Hmhm", antwortete Lasse lässig. „Du solltest Werbetexterin werden. Aber findet man jeden Tag ein Mädchen, dem man einen Hund schenken möchte?"

Ich schaute hoch und sah in Lasses warme, freundliche Augen. Diesen lässigen Ton hatte er also nur für Kicki angeschlagen. Wir benötigten nicht viele Worte, um uns zu verständigen. Ich brauchte mich auch nicht für Stupsie zu bedanken. Er gehörte nicht nur mir. Er gehörte uns, Lasse und mir.

Die beiden kleinen Hunde brachten mich schnell auf andere Gedanken: Sie hinterließen jeder ein Bächlein auf dem Fußboden. Ehe ich aufgewischt hatte, kuschelten sie sich unschuldig an Goldie und schliefen.

„Ich sollte die Gelegenheit ergreifen und mich davonmachen", flüsterte Lasse. „Wenn Stupsie aufwacht, spiel ein bißchen mit ihm, damit er die beiden anderen nicht zu sehr vermißt. Wenn irgend etwas ist, ruf mich an oder komm vorbei. Bis bald."

Lasse schlich sich mit Goldie und dem kleinen schwarzen Hund leise hinaus. Stupsie lag mitten auf dem Boden und schlief und schlief. Sollte ich ihn nicht lieber in sein Körbchen legen? Nein, vielleicht würde er dann aufwachen.

„Wir wollen den Stall ausbauen."

Ich zuckte zusammen. Ich hatte ganz vergessen, daß Kicki noch hier war.

„Was sagst du?“ rief ich aufgeregt. „Das ist ja phantastisch. Ich werde immer wieder von Kindern und Eltern gefragt, ob sie ihre Pferde bei uns einstellen können, wenn sie sich welche kaufen. Ich glaube, viele Menschen würden sich ein Pferd halten, wenn sie nur wüßten, wo es stehen kann.“

„Ich weiß“, stimmte Kicki zu. „Ich werde auch laufend gefragt. In den nächsten Tagen kommt ein Fuder Abrißholz, das Hasse günstig erworben hat.“ Kicki lachte kurz und fuhr fort: „Das kennen wir ja: man zieht solange Nägel aus alten Brettern heraus, bis man selbst wie ein alter, rostiger Nagel ist: krumm und verbogen, zu nichts mehr zu gebrauchen.“

„Die Kinder helfen uns bestimmt“, wandte ich ein.

„Das wird ein Mordsspaß“, freute sich Kicki.

Das Holz kam am Samstag. Die Bretter steckten voller rostiger Nägel, genau wie Kicki es prophezeit hatte. Wir hängten einen Anschlag ans Schwarze Brett: „Wir bauen den Stall aus. Jeder, der Lust hat, ist herzlich eingeladen, uns zu helfen.“

Wie jeden Samstag wimmelte es bei uns von Kindern. Ich erteilte Reitunterricht, während Kicki und Thomas sich mit Hilfe einiger Kinder über den Bretterhaufen hermachten. Hasse jobte wahrscheinlich. Jedenfalls ließ er sich nicht blicken. Die neuen Verschläge sollten auf der rechten Seite gleich hinter der großen Stalltür entstehen. Dort existierten immerhin schon kleine Maueransätze. Nur war alles voller Heu, denn wir benutzten diesen Platz als Heuboden. In Zukunft mußten wir eben das Heu auf dem richtigen Heuboden lagern. Das war kein Problem. Von dort führte eine Luke in den Stall, so daß wir das nötige Heu leicht entnehmen konnten.

Nach dem Unterricht ging ich zu Stupsie. Ich hatte den ganzen Morgen mit ihm gespielt, bis er müde wurde und nur noch schlafen wollte. Ich glaube nicht, daß er Goldie sehr vermißte. Er durchschnüffelte zwar jeden Winkel meiner Wohnung, aber das geschah aus Neugier. Stupsie erwartete mich schon hinter der Tür. Er freute sich riesig über mein Kommen, sprang an mir hoch, winselte und bellte und wedelte mit seinem kleinen Schwanz. Als ich mich zu ihm hinunterbeugte, leckte er zärtlich meine Nase. Von nun an war es viel schöner, nach Hause zu kommen.

Ich nahm Stupsie auf den Arm und ging mit ihm in den Stall. Ich wollte den anderen helfen. Statt dessen hörten alle auf zu arbeiten und bewunderten Stupsie. Er leckte die vielen Hände, die sich nach ihm ausstreckten, mit wahrer Begeisterung. Dann sprang er zwischen Hammern und Nägeln umher und machte jede Arbeit unmöglich. Ich versuchte, einen Nagel herauszuziehen, aber als Stupsie mir dabei helfen wollte und knurrend an der Zange zerrte, gab ich es auf.

„Koche uns lieber Kaffee", bat Thomas.

Also zogen wir beide wieder auf den Hof. Stupsie bekam seine Nase nicht mehr vom Boden hoch. Er gab sich ganz den vielen aufregenden und verlockenden Düften hin und vergaß alles andere um sich herum. Auf dem Übungsplatz tobten einige Jungen mit Billy. Komisch, dachte ich, Martin war weit und breit nicht zu sehen. Ließ er seine Freunde auf Billy reiten, ohne dabei zu sein?

Plötzlich spürte ich ein merkwürdiges Kribbeln im Magen. Silber blieb nicht gern allein im Stall zurück. Wenn man Billy holte, wollte er auch mit. Dann wieherte er und versuchte, mit den Vorderbeinen über die Boxtür zu gelangen. Ich dachte nicht mehr an Stupsie oder Kaffee,

Schweißgebadet hing Silber in Billys Halfter und Halfterriemen

sondern rannte so schnell ich konnte zum Stall. Bestimmt war alles in Ordnung, und ich machte mir unnötig Sorgen . . .

Schon draußen hörte ich, wie Silber mit seinen Hufen gegen die Wand donnerte. Das beruhigte mich etwas. Als ich die Tür aufmachte, war Silber nicht zu sehen. Aber das Trampeln kam aus seiner Box. Ich riß die Tür auf: Silber lag auf dem Boden. Er war schweißgebadet und hing in Billys Halfter und Halfterriemen. Er hatte sich so darin verwickelt, daß er sich wahrscheinlich selbst umgeworfen hatte. Jetzt konnte er nicht mehr aufstehen, denn der Halfterriemen hatte sich zu einer steinharten Schlinge um sein rechtes Hinterfesselgelenk gelegt. Je mehr er sich wehrte, um so fester zog sich die Schlinge zusammen.

„Silber", rief ich erschrocken. Ich muß die Nerven behalten, wenn ich ihm helfen wollte. Aber die Schlinge war zu fest, ich konnte sie nicht öffnen.

„Verflixt und zugenäht", fluchte ich und sah mich verzweifelt nach einem Messer oder einer Schere um. Ich fand nichts Scharfes, um den Riemen durchzuschneiden. Nun versuchte ich, das Halfter zu lösen. Das Leder war bis zum Bersten gespannt. Ich mußte Silber ziemlich hart anfassen, bis sich die Schnalle endlich öffnete. Jetzt gab auch der Riemen nach, und Silber sprang auf. Er schüttelte die Sägespäne ab und bot einen kümmerlichen Anblick auf drei Beinen.

Ich untersuchte sein Hinterbein genauer. Es sah nicht gut aus. Das Fell war abgescheuert und die Haut rot und wund. Auf der einen Seite blutete es sogar. Armer Silber. Das würde eine Ewigkeit dauern, bis das verheilt war: ein halbes Jahr, vielleicht auch ein ganzes Jahr. Lahm würde er hoffentlich nicht werden, aber es würde viel Zeit und

Geduld kosten; Salben mußten aufgetragen und nachts Verbände angelegt werden, damit keine Infektion hinzukam. Ich wollte gleich den Tierarzt anrufen.

„Mein armer Junge!“ Ich legte meine Arme um Silbers Hals. Wenigstens stand er wieder, wenn auch nur auf drei Beinen. Ich wusch die Wunde mit Lysol aus und trug eine antibakterielle Salbe auf.

Und jetzt wollte ich mir denjenigen vorknöpfen, der Silber auf so dumme und gefährliche Weise angebunden hatte.

Alle danken Britta

Martin kam mir in der Tür entgegen.

„Schau dir das an“, rief ich. „Haben deine Mopedfreunde das verschuldet?“

Ich zeigte ihm Silber, der traurig sein rechtes Hinterbein in die Luft hielt.

„Was ist denn los? Wieso ist Billy nicht hier?“ fragte Martin. „Ich habe ihnen doch gesagt, sie sollen auf mich warten. Aber wie konnte Silber sich so verletzen?“

„Weil irgendwelche Idioten ihn mit einem viel zu langen Halfterriemen festgebunden haben“, erklärte ich wütend. „Du weißt doch, wie Silber sich aufführt, wenn man ihn allein im Stall läßt. Er mußte sich in dem Riemen verstricken. Wie zum Teufel kommt jemand auf die Idee, ein Pony festzubinden, mit dem er gar nichts zu tun hat.“

„Am besten fragen wir sie selbst“, schlug Martin vor. „Sie verstehen nichts von Pferden. Darum sollten sie auch auf mich warten.“

„Was macht der Kaffee?“ fragte Thomas, als wir auf den Hof kamen.

„Den kannst du dir selbst kochen“, rief ich ohne nachzudenken. „Entschuldige. So war das nicht gemeint. Aber Silber hat sich verletzt.“

„Ich fahre dich schnell zu mir nach Hause, damit wir den Tierarzt anrufen können.“ Kicki war hilfsbereit wie immer.

Ich nahm Stupsie auf den Arm und kletterte in Kickis Auto.

Am Telefon meldete sich Lasse. Ich erzählte ihm alles. Er sagte, er würde seinen Onkel um ein Rezept bitten und mir dann gleich die Salbe bringen. Das Gespräch mit Lasse beruhigte mich ein bißchen.

„Das ist vielleicht eine Bande.“ Kicki schüttelte den Kopf.

„Es ist gut, wenn man Freunde hat“, sagte ich.

„Solche Freunde?“ Kicki schaute mich mit großen Augen an.

Wir fuhren wieder zurück. Meine Wut hatte sich gelegt. Aber Silber tat mir schrecklich leid.

„Sie haben es nicht böse gemeint“, berichtete Thomas, der die Jungen inzwischen verhört hatte. „Das beweist wieder einmal, was alles passieren kann, wenn Menschen, die davon nichts verstehen, sich um Pferde kümmern. Sie hätten auf Martin warten müssen. Als sie Billy hinausführten, gebärdete sich Silber wie ein Wilder und kletterte beinahe über die Boxtür. Um das zu verhindern, banden sie ihn mit Billys Halfter fest – damit er sich *nicht* weh tun sollte.“

„Ein vernünftiger Mensch tut so etwas nicht“, schimpfte Kicki. „Das ist ja lebensgefährlich.“

„Wenn ich Billy hole, gebe ich Silber immer Hafer und ein paar Äpfel“, erzählte Martin. „Wenn er etwas Leckeres zu fressen hat, achtet er nicht so auf uns und beruhigt sich wieder.“

Am nächsten Morgen bat ich die Kinder meines Ponykurses, mir zu helfen, Silbers Wunde zu versorgen. Das war gar nicht so leicht, denn Silber hatte jetzt große Schmerzen. Er wollte mir sein Bein immer wieder entziehen, während ich die Wunde auswusch. Er legte die Ohren an und fegte mit seinem Schweif ungeduldig über mein Gesicht.

„Euer Kurs geht bald zu Ende“, seufzte ich und betupfte die Wunde vorsichtig mit Lysol.

„Wie schade“, riefen Eva und Anke gleichzeitig.

„Können wir den Kurs nicht fortsetzen?“ fragte Darry und reichte mir die Salbe.

„O ja, bitte“, flehten auch die anderen.

„Und was machen wir in der letzten Stunde?“ wollte Ingrid wissen.

Ich schaute auf und blickte in ein aufgeschlossenes, eifriges Gesicht.

Bisher hatte ich noch gar nicht bemerkt, wie sehr Ingrid sich im Laufe des Kurses verändert hatte. Sie war nicht mehr so schüchtern, sie traute sich mehr zu. Und in Darry hatte sie eine gute Freundin gefunden. Das war sicher das wichtigste Ergebnis meines Ponykurses.

„In der letzten Stunde stelle ich euch ganz viele schwere Fragen über alles, was ihr gelernt habt“, drohte ich.

„Hilfe“, rief Karin. „Dann komme ich nicht.“

„Ich denke, du bekommst ein eigenes Pferd? Dann mußt du doch vorher soviel wie möglich lernen“, schalt Darry.

„Dürfen wir denn nicht mehr reiten?“ fragte Eva schüchtern.

Ich wickelte vorsichtig eine Mullbinde um Silbers Wunde und antwortete: „Doch. Wir reiten in den Wald . . ."

Vor Überraschung waren sie so still, daß ich sie sogar atmen hörte.

„Das ist ja phantastisch!" Darry und Ingrid fanden als erste die Sprache wieder.

„Wirklich?" Göran konnte es kaum glauben und sah mich mit großen Augen an.

„Darf ich dann Scheck reiten?" fragte Eva ängstlich.

„Ich glaube, ich traue mich nicht", meinte Anke, die Stupsie auf ihren Knien streichelte.

„Wir werden nur im Schritt und im Trab reiten", beruhigte ich sie. „Aber der Wald ist ziemlich hügelig. Darum erkläre ich euch heute, wie man sich beim Bergauf- und Bergabreiten verhält und was man beim Geländereiten beachten muß. Und auf dem Übungsplatz zeige ich euch den leichten Sitz, den man auch Jagdsitz nennt."

„Wie geht es Silber?" fragte Kicki ein paar Tage später, als sie mein Pferd und mich auf dem Hof traf.

„Er hinkt nicht einmal mehr", berichtete ich. „Das Bein ist nur ein bißchen steif. Lasse brachte mir eine dicke schmierige Zinksalbe. Die reibe ich jeden Abend ein. Silber macht es mir schwer. Er hebt das Bein, als wolle er nach mir schlagen. Er tut es nicht, aber . . . Na ja, ich glaube, er hat große Schmerzen."

„Heilt es denn schon etwas?"

„Tja, ich finde, die Wunde sieht unverändert aus", antwortete ich besorgt. „Aber wenigstens ist keine Infektion hinzugekommen."

„So etwas dauert lange", behauptete Kicki.

„Ich weiß. Ich kann es nur immer wieder einreiben, damit die Haut nicht rissig wird."

„Und nun führst du ihn spazieren statt zu reiten?"

Silber stand nicht einen Augenblick still. Er spielte mit den Ohren, schüttelte den Kopf und kratzte mit den Vorderhufen. Ich hielt ihn an der Trense und nicht am Halfter. Denn sonst wäre er viel stärker als ich – das wußte er ganz genau.

„Das erscheint vielleicht übertrieben", erklärte ich. „Aber du weißt ja, wie ich bin . . . Gestern hatte ich Stupsie dabei. Wir gingen in den Wald, und Stupsie spielte verrückt. Er jagte ununterbrochen vor und zurück. Aber plötzlich blieb er mitten auf dem Weg liegen und rührte sich nicht vom Fleck – mir blieb nichts anderes übrig: Ich mußte ihn nach Hause tragen. Und du kannst dir vorstellen, wie schmutzig er war."

Kicki lachte. „Spielt er dir eigentlich viele Streiche, wenn du ihn allein zu Hause läßt?"

„Das ist halb so schlimm. Ich lasse nichts herumliegen, was er zerbeißen könnte. Aber er hinterläßt überall seine Bächlein. Ich freue mich schon auf den Tag, an dem er endlich stubenrein ist."

„Du hast wirklich nur Sorgen im Augenblick", schmunzelte Kicki. „Ich gehe jetzt mit Mikene in den Kampf. Ich bin neugierig, was ihr heute einfällt . . ."

Ich ging mit Silber in den Wald. Er benahm sich gar nicht, wie man es von einem beinahe dreibeinigen Pony erwartete. Er trabte mit kleinen Schritten rüstig und federnd vorwärts. Ich bewunderte ihn zwar, aber ich konnte kaum Schritt halten.

„Du hast doch Schmerzen", protestierte ich atemlos. „Geh endlich langsamer."

Silber schnaubte und schüttelte den Kopf. Seine Augen leuchteten. Hinter uns klapperte ein Junge mit einem alten, rostigen Fahrrad. Silber wollte durchbrennen. Ich klammerte mich fest und mußte lachen.

„Du hast dich nicht verändert, alter Junge“, sagte ich zärtlich und dachte an die Zeit, als Silber noch nicht eingeritten war. „Willst du denn niemals erwachsen werden?“

Ich führte Silber jeden Tag spazieren. Er freute sich, war voller Leben und hinkte überhaupt nicht. Endlich wurde es Sonntag. Die Teilnehmer des Ponykurses sehnten sich nach ihrem ersten Geländeritt. Es war ein wunderbarer, warmer Frühlingstag. Die Sonne schien, und auf der Reitschule wimmelte es von Menschen: An den Mauern lehnten Eltern und sonnten sich, auf dem Hof bearbeiteten Hasse und Thomas die Bretter für den Ausbau des Stalls, und unsere kleinen Stallknechte striegelten die Pferde draußen in der Sonne. Lasse war auch gekommen. Er spielte mit Goldie und Stupsie, dessen kleiner Bruder inzwischen verkauft worden war.

Meine Ponyschüler warteten bereits auf mich. Nur Ingrid fehlte. Statt dessen kam ihre Mutter. Sie erzählte mir, daß Ingrid mit Masern im Bett läge und schrecklich traurig wäre, weil sie nicht mitreiten konnte.

„Die Arme. Das tut mir wirklich leid“, bedauerte ich. „Grüßen Sie sie bitte vielmals von mir.“

„Ja, vielen Dank.“ Ingrids Mutter sah mich begeistert an. „Ich weiß nicht, was Sie mit ihr gemacht haben, aber in letzter Zeit ist Ingrid richtig aufgeblüht. Sie hat Freundinnen bekommen, die sie besuchen und mit ihr über Pferde reden. Sie hocken stundenlang auf ihrem Zimmer und nähen Woilachüberzüge oder wie das nun heißt. Das ganze Haus riecht nach Pferd, aber das macht nichts. Ich bin so froh, daß sie etwas hat, was ihr Spaß macht. Ich hoffe sehr, daß der Kurs fortgesetzt wird."

„So eine Mutter möchte ich auch haben", seufzte Eva, als Ingrids Mutter gegangen war. „Ich muß mich im Keller umziehen und dann sofort unter die Dusche und mir auch noch die Haare waschen, wenn ich hier gewesen bin." Eva sah mich betrübt an.

„Wir haben Hunde", berichtete Göran. „Darum stört es meine Eltern nicht, wenn es zusätzlich ein bißchen nach Pferd riecht. Und den Hunden gefällt es."

„Wir gehen jetzt in die Sattelkammer", schlug ich vor. „Ich stelle euch eine ganze Menge Fragen. Wer eine falsche Antwort gibt, scheidet aus. Ich bin neugierig, wer von euch sich am längsten hält. Natürlich nur, wenn ihr einverstanden seid. Sonst frage ich nur so wie immer."

Alle waren einverstanden, und ich richtete meine erste Frage an Darry: „Wie hoch darf ein Pony sein?"

„Einssiebenundvierzigkommadrei", antwortete sie wie aus der Pistole geschossen.

„Richtig", sagte ich. „Göran, bekommt das Pferd zuerst Wasser oder Hafer?"

„Zuerst Wasser", behauptete Göran.

„Auch richtig. Nun zu dir, Karin. Woher stammt das Connemara-Pony?"

„Aus England", meinte Karin zögernd.

„Irland", riefen die anderen gleichzeitig.

Ich stellte noch eine Menge Fragen, bis nur noch Anke und Darry übrig waren.

„Welches Pferd kennzeichnet man mit einem X hinter dem Namen?"

„Englisches Vollblut", riet Anke.

„Nein, das wird mit XX gekennzeichnet", korrigierte ich.

„Arabisches Vollblut mit OX, und bei einem X handelt es sich um einen Anglo-Araber."

Darry hatte unseren kleinen Wettkampf gewonnen. Als Anerkennung bekam sie ein großes Plakat mit einem Fohlen darauf. Alle applaudierten, und Darry lächelte verlegen.

„Ich hatte eben Glück", meinte sie und rollte das Plakat zusammen.

„Ihr wart alle sehr tüchtig", lobte ich.

„Britta, wir haben auch etwas für dich."

Eva und Anke standen auf und überreichten mir ein kleines, blaues Päckchen: „Das ist von uns allen."

„Vielen Dank", murmelte ich überrascht. „Was ist das?"

„Mach es auf, dann siehst du es", schlug Karin vor.

„Wenn es dir nicht gefällt, kannst du es umtauschen", sagte Darry.

Ich wickelte das Päckchen aus. Alle schauten mir neugierig zu. Es enthielt ein breites Uhrarmband aus kräftigem Leder mit einem Pferdekopf darauf. Genau so eines hatte ich mir kaufen wollen.

„Vielen, vielen Dank." Ich war überrascht. „Ihr seid wirklich lieb. Dann hat euch dieser Kurs also Spaß gemacht?"

„Ja-a", riefen alle begeistert.

„Mir auch. Und jetzt reiten wir in den Wald."

Ich verteilte die Pferde, und alle zogen mit Sattel und Trense zum Stall. Ich war zufrieden. Sie hatten eine ganze Menge gelernt. Ich ging und sattelte Silber. Ich wollte ihn heute reiten.

Silber war gerade wieder seiner Lieblingsbeschäftigung nachgegangen: Er hatte sich in den Sägespänen gewälzt. Ich mußte ihn erst striegeln.

„Mußtest du dich ausgerechnet jetzt wälzen?“ schmollte ich. „Man kann wirklich von Glück sagen, daß du dich nicht auch noch beim Reiten wälzt.“

Die anderen Ponys waren alle schon gesattelt, als ich mit Silber herauskam.

„Überprüft die Sattelgurte noch einmal. Dann kann es losgehen.“

Wenig später ritten wir auf den Wald zu. Ich drehte mich hin und wieder um. Anfangs waren alle noch ein wenig aufgeregt und verkrampft. Je näher wir dem Wald kamen, um so mehr entspannten und freuten sie sich.

Ich redete mit Silber, und er spitzte die Ohren. Es war wunderbar, wieder zu reiten. Ich drehte mich um und rief: „Jetzt traben wir.“

Ich war traurig, daß dieser Kurs nun zu Ende ging. Aber vor mir lagen noch viele andere Kurse. Und vielleicht bald ein Ponywettkampf; den wir selbst veranstalten wollten.

Eine kurze Reise

„Heute müßt ihr die Hufe aber besonders gründlich saubermachen“, forderte ich die Mädchen auf, als sie am Freitag abend nach dem Unterricht aus dem Sattel kletterten. „Sogar die Beine der Pferde sind über und über mit Lehm bespritzt.“

„Das bin ich auch“, beschwerte sich Cilla. „Ganz zu schweigen von meinem Hosenboden . . .“

„Warum suchst du dir auch immer die schmutzigsten Stellen aus, wenn du vom Pferd fällst“, hänselte ihre Freundin Lotta, während sie die Steigbügel hochschlug. Sie hatte Rauhbein geritten, unser kräftiges Fjordpferd.

„Von wegen aussuchen!“ murrte Cilla und begann, das braunweiß gefleckte Pony abzusatteln. „Dazu hat man keine Möglichkeit, wenn man Billy reitet. Dieser kleine Teufel ging regelrecht in die Luft, als Mikene ausgerechnet vor unserem Übungsplatz mit ihren Eskapaden anfing.“

„Gib nur uns die Schuld“, lachte Kicki, die auf ihrer Vollblutstute zu uns stieß. „Ich finde, Mikene hat sich heute ausgesprochen manierlich benommen.“

„Britta, du kannst mir nicht zufällig ein paar Groschen leihen?“ fragte Cilla. „Ich muß meine Eltern anrufen und sie bitten, mich abzuholen. Meine Hosen sind nämlich geplatzt, als ich wieder in den Sattel stieg ...“

Sie wurde von dem Gelächter der anderen unterbrochen.

„Das passiert einem eben, wenn man in den engsten Jeans der Welt reitet“, stichelte Marie. Sie hatte seit langer Zeit zum erstenmal wieder Organdie geritten, und alles war gutgegangen. Deshalb war sie ausgelassen und fröhlich.

Ich kramte die Münzen für unseren neuinstallierten Telefonautomaten in der Sattelkammer hervor und reichte sie Cilla.

„Marie, vergiß nicht, Organdies Hinterhand zu bandagieren“, mahnte ich. „Und Lord Peters Rücken muß unbedingt trockengerieben werden.“

Die Mädchen führten die Pferde in den Stall, und ich wandte mich an Kicki.

„Was für ein Vollblut“, sagte ich und schüttelte bekümmert den Kopf. Ich wollte Kicki ärgern, aber sie nahm keine Notiz davon.

„Du solltest dich lieber beeilen“, antwortete sie nur. „Sonst verpaßt du noch deinen Zug.“

Sie hatte recht. Ich sprintete zu meiner kleinen Wohnung hinüber. Dort ließ ich mich auf einen Küchenhocker fallen und zerrte an meinen dreckigen Gummireitstiefeln. Zu dumm, daß ich keine Zeit gehabt hatte, sie gleich unter dem Wasserhahn im Stall abzuspülen. Jetzt würde sich der Schmutz ordentlich festsetzen.

Meine Wohnung kam mir heute richtig leer und einsam vor. Das lag daran, daß Stupsie mich nicht schwanzwedelnd in der Tür begrüßte. Aber er sollte das Wochenende bei Lasse und Goldie verbringen.

Zum Glück hatte ich schon gepackt. Ich machte eine kurze Katzenwäsche und schlüpfte in frische Jeans. Eine saubere Bluse und eine schöne neue Jacke vervollständigten meine Reisekleidung. Die Jacke war das einzige neue Kleidungsstück, das ich mir seit langer Zeit geleistet hatte. Schnell noch ein Blick in den Spiegel: Meine Haare waren richtig lang geworden. Sollte ich sie offen tragen, oder standen mir Zöpfe besser? Auf der Reitschule trug ich meistens einen Pferdeschwanz. Das war am einfachsten und auch am bequemsten. Oje. Die Uhr ließ mir keine Zeit mehr, Zöpfe zu flechten. Ein paar kräftige Bürstenstriche mußten für meine „Frisur“ genügen. Ich warf mir die Jacke über die Schultern und war reisefertig.

Draußen auf der Ponyweide stand Silber ganz allein. Die Abende waren wärmer geworden, und ich wollte, daß er so lange wie möglich im Freien war. Er stand am Gitter und ließ den Kopf ein wenig hängen. Er sah aus wie ein großes Standbild aus Ton, denn er hatte sich gerade auf dem lehmigen, schlammigen Boden gewälzt.

Es war ein wunderschöner Abend, und ich verspürte

plötzlich gar keine Lust mehr zu verreisen. Auf den Wiesen schaute das erste Frühlingsgrün vorsichtig aus der Erde. Am Horizont stand schweigend der Tannenwald. Er wirkte dunkel und geheimnisvoll in der Dämmerung.

Hinter den Fenstern der Reitschule brannte noch Licht. Die Mädchen hatten am nächsten Tag keine Schule. Wahrscheinlich hockten sie in der Sattelkammer und erzählten sich etwas. Einige standen sicher auch bei den Ponyverschlägen und warteten ungeduldig, daß Kicki mit der abendlichen Fütterung begann.

Silber erkannte sofort meine Schritte. Er spitzte seine kleinen Ohren und trippelte auf das Gatter zu. Er erwartete, daß ich kam und ihn in den Stall brachte. Dazu blieb mir jetzt keine Zeit mehr. Ann hatte versprochen, das für mich zu tun.

„Benimm dich anständig, alter Knabe", flüsterte ich zärtlich und kraulte seine Mähne. Ich kenne die Stellen ganz genau, wo Silber gern gekrault werden will. Seine Unterlippe fing an zu zucken. Das sah sehr drollig aus. Wenn er sich ganz besonders wohl fühlt, macht er das immer.

„Daß du dich nicht zu den Nachbarn hinüberschleichst, während ich weg bin", sagte ich schmunzelnd.

„Britta! Komm endlich!" rief Kicki und schaute ungeduldig auf ihre Uhr. Sie wollte mich mit ihrem Auto zum Bahnhof bringen. „Der Zug wartet nicht auf dich!"

Ich ging zögernd weg. Es widerstrebte mir, Silber allein auf der Weide zu lassen. Er schaute mir mit großen, sehnsuchtsvollen Augen nach und trat mit den Vorderhufen heftig gegen das Gatter.

„Silber will in den Stall", rief ich. „Warte noch eine Sekunde. Ich sage schnell Ann Bescheid."

Ich raste über den Hof, und Kicki ließ schon den Motor an. Im Stall kauerten die Mädchen auf alten Kisten und erzählten sich Gespenstergeschichten, als ich den Kopf zur Tür hineinsteckte.

„Ich fahre jetzt. Ann, bring bitte Silber in den Stall, bevor er über den Zaun springt. Er will nicht länger draußen bleiben. Versorgst du ihn auch gut? Du weißt, seine alte Wunde am Bein und ...“

„Aber ja doch“, antwortete Ann beschwichtigend und erhob sich langsam von einem wackligen grünen Kasten, der ganz hinten in der Ecke stand. „Du bist doch nur am Wochenende weg. Übernimmt Kicki solange den Reitunterricht?“

„Ja“, nickte ich. „Ich komme irgendwann am Montag zurück.“

Ich stürzte schnell wieder hinaus und kletterte zu Kicki in den Wagen.

„Worum man sich auch alles kümmern muß, nur weil man für ein paar Tage seine Eltern besucht“, seufzte ich. Kicki lenkte ihren alten Volkswagen mit solcher Geschwindigkeit über den Kiesweg, der von der Reitschule zur Straße führt, daß das Wasser aus den Pfützen hochaufspritzte. „Man braucht jemanden, der Silber versorgt; jemanden, der Stupsie zu sich nimmt – was Lasse zum Glück macht; jemanden, der den Reitunterricht übernimmt ...“

Kickis Augen blickten auf die Straße. „Schließlich mußt du ab und zu bei deinen Eltern auftauchen, damit sie sehen, daß du überhaupt noch lebst.“

„Es ist zur Abwechslung ganz lustig, wieder einmal nach Hause zu kommen“, überlegte ich.

Wir schwiegen eine Zeitlang, und Kicki konzentrierte sich ganz auf das Fahren.

„Ich habe übrigens gestern einen Brief von meiner Freundin Eva-Lena bekommen“, erzählte ich.

Kicki war meine beste Freundin auf der Reitschule. Sie hatte lustige, kastanienbraune Zöpfe und eine humorvolle Art, immer geradeheraus ihre Meinung zu sagen. Ich hatte ihr alles über Silber und mich erzählt. Auch, wie ich ihn damals vor vielen Jahren kennenlernte, als ich Stallknecht bei dem schwarzen, eigenwilligen Gotlandsrussen Lilleman wurde. Lilleman war Eva-Lenas Pony und der Stallgefährte von Silber. Silber war damals gerade ein Jahr alt und voller Temperament. Er hatte sich aufgebäumt und trotzig gewiehert, als Eva-Lenas Großvater ihn aus dem Stall brachte, um ihn vorzuführen. Ich hatte noch nie ein schöneres Pferd gesehen und verliebte mich sofort in ihn.

„Was schreibt denn deine Freundin?“ fragte Kicki und hielt an einer roten Ampel. Wir waren nur noch wenige Minuten vom Bahnhof entfernt.

„Sie macht sich große Sorgen um Lilleman. Er ist auf dem Lande bei einem Mädchen untergebracht, das sich überhaupt nicht um ihn kümmert. Sie läßt ihn nur sonntags aus dem Stall. Dann spannt sie ihn vor einen Wagen, lädt alle ihre Freunde ein und hetzt Lilleman durch die Gegend. Das arme Tier!“

„Das verstehe ich nicht“, meinte Kicki. „Du hast mir doch erzählt, daß Eva-Lenas Großvater einen niedlichen kleinen Stall hat, wo Lilleman und Silber gemeinsam untergebracht waren, bis du dann Silber gekauft hast.“

„Ich weiß“, antwortete ich traurig. „Aber Eva-Lenas Großvater ist schon alt. Er muß lange Zeit sehr krank gewesen sein. Jetzt lebt er in irgendeinem Pflegeheim. Eva-Lena ist den ganzen Tag in der Schule und lernt. Sie kommt erst spätabends aus der Stadt mit dem Bus zurück. Und ihre Eltern sind beide berufstätig. Tagsüber ist also niemand zu Hause, um Lilleman zu füttern. Darum war Eva-Lena so glücklich, als sie ihr Pony bei diesem Mädchen auf dem Lande unterbringen konnte. Sie dachte, er würde es dort besonders gut haben – aber das Mädchen scheint sehr schnell die Lust verloren zu haben. Und bei der Pferdepflege hat sie dann offenbar auch noch die Geduld verlassen."

„Dieses Mädchen sollte sich lieber ein Fahrrad anschaffen", entrüstete sich Kicki. „Ich finde nichts furchtbarer als Menschen, die glauben, ein Pferd könne man nach Lust und Laune hervorholen und dann einfach wieder in die Ecke stellen."

Kicki bremste abrupt vor dem Bahnhofsgebäude.

„Geschafft!"

„Vielen Dank, Kicki. Lieb, daß du mich hergefahren hast. Wir sehen uns am Montag wieder."

Ich griff nach meiner Reisetasche, kaufte schnell eine Fahrkarte und sprang in letzter Minute in den Zug.

Armer Lilleman. Ich saß in meinem Abteil und dachte an den charmanten schwarzen Strolch, mit dem wir so viel Spaß gehabt hatten. Er verdiente ein besseres Schicksal, als Woche für Woche in einem Kuhstall zu stehen. Wie konnte ich Eva-Lena nur helfen?

Als ich endlich zu Hause ankam, war es schon fast Mitternacht. Es blieb also nicht viel Zeit, mit meinen Eltern und Geschwistern zu sprechen. Ich war müde von der Fahrt und kroch bald unter die Bettdecke.

Als ich am Samstag morgen die Augen aufschlug, war ich erstaunt, mich zu Hause in meinem eigenen Zimmer wiederzufinden. Dann streckte ich mich genüßlich und freute mich, einmal das Frühstück nicht selbst machen zu müssen – und auch keine hungrigen Pferde füttern zu müssen – wunderschö-ö-ö-ön! Welch ein Luxus, einfach nur aufzustehen und sich an einen gedeckten Frühstückstisch zu setzen.

„Ob du wohl ein Wochenende ohne Pferde überlebst?" neckte mich mein kleiner Bruder, der von Pferden überhaupt nichts hielt.

„Zur Not könnte ich das – vielleicht. Aber falls du dieses Wochenende meinen solltest, muß ich dich leider enttäuschen. Ich treffe mich nämlich mit Eva-Lena und fahre mit ihr zu Lilleman."

„Typisch! Und ich dachte, du bist wegen uns nach Hause gekommen und nicht, um irgendeinen alten Gaul anzugucken."

„Eva-Lena sitzt in der Klemme. Sie hat ein großes Problem, und ich muß versuchen, ihr zu helfen. Ach, das verstehst du doch nicht. Außerdem dauert es nicht den ganzen Tag."

Gleich nach dem Frühstück rief ich Eva-Lena an. Wir verabredeten uns in der Stadt und wollten dann gemeinsam mit dem Bus zu dem Bauernhof fahren. Eva-Lena hatte sich nicht verändert. Sie war genauso klein wie ich und schaute mich mit freundlichen blauen Augen an. Im Bus erzählte sie mir, wie sich alles für sie und Lilleman verändert hatte, als ihr Großvater krank wurde.

„Ich war so erleichtert, als Sylvia Lilleman mietete. Ich glaubte, er würde es auf dem Bauernhof besonders gut haben. Aber sie verlor sofort die Geduld. Und nun steht der arme Kerl nur noch im Kuhstall herum."

Eva-Lena sah müde und traurig aus. Die Anstrengung in der Schule, der kranke Großvater und die Sorgen mit

Lilleman – ich konnte ihren Kummer gut verstehen. Was hatten wir doch damals für eine sorglose Zeit in Gransjö verlebt. Wenn wir die Ponys versorgt hatten, trafen wir uns immer in der Küche von Eva-Lenas Großvater. Er kochte uns Kaffee, und wir lasen die neuesten Pferdezeitungen oder sprachen über unsere Ponys. Gransjö und Eva-Lenas Großvater waren für mich untrennbar. Ich konnte mir gar nicht vorstellen, daß jetzt alles anders war.

Nach einer langen und holprigen Busfahrt erreichten wir endlich unser Ziel. Auf dem Bauernhof schien niemand zu Hause zu sein. Eva-Lena war darüber nicht unglücklich, und wir marschierten direkt auf den Kuhstall zu.

„Hier drinnen steht er", seufzte Eva-Lena und stieß die schwere Stalltür auf. „Bereite dich seelisch darauf vor, daß es ihm viel schlechter geht, als du dir vorstellen kannst . . ."

Eine großartige Neuigkeit

Wir gingen vorsichtig hinein. Vier schmutzige Kühe glotzten uns neugierig mit großen braunen Augen an. Man konnte wirklich nicht behaupten, daß der alte, rissige Zementboden sauber war. Und dann der Geruch!

„Da siehst du es selbst", sagte Eva-Lena leise.

Bei dem Klang ihrer Stimme bewegte sich etwas hinter den Kühen. Wir entdeckten einen kleinen, schwarzen Ponykopf, dessen langer Schopf fast völlig die dunklen Augen verdeckte. Zwei zottige Ohren stellten sich erwartungsvoll

„Armer Lilleman“, jammerte Eva-Lena, als sie ihr Pony auf dem kahlen Zementboden stehen sah

auf, und dann hörten wir ein leises Wiehern. Ein schwacher, verzweifelter Willkommensgruß.

„Lilleman!" Eva-Lena fing beinahe an zu weinen und zerrte mich zu der Stelle, wo das arme Pony auf dem bloßen, kahlen Zementboden stand. Unglaublich. Niemand hatte ihm Streu untergelegt.

„Und ich wollte nur, daß er es gut hat", schluchzte Eva-Lena mit tränenerstickter Stimme. Sie versuchte vergeblich, die strähnige, schmutzige Mähne ihres Ponys mit den Fingern zu entwirren.

„Sieh nur, die spannen diesen schrecklichen Kehlriemen so fest, daß er hinter den Ohren schon gar kein Fell mehr hat. Ich möchte nur wissen, wo diese Barbaren sein weiches Halfter gelassen haben."

„Hast du dir seine Hufe angeschaut?" fragte ich erschrocken. „Unvorstellbar! Sie sehen aus, als wären sie mindestens ein halbes Jahr nicht ausgekratzt worden. Eva-Lena, du mußt Lilleman so schnell wie möglich von hier wegbringen. So darf das nicht weitergehen."

„Ich weiß", erwiderte Eva-Lena niedergeschlagen. „Das ist ja auch meine größte Sorge. Aber ich weiß nicht, wo ich ihn unterbringen soll." Sie sah mich hilfesuchend an.

„Laß mich nachdenken. Vielleicht fällt mir irgend etwas ein", murmelte ich und betrachtete kopfschüttelnd Lillemans Mähne, die vor Schmutz starrte.

Eva-Lena folgte meinen Blicken und sagte: „Es ist eine Schande, wie er aussieht. Erinnerst du dich noch, wie wir in Gransjö immer miteinander wetteiferten, wessen Pferd am meisten glänzte?"

„Ob sich die beiden wohl noch wiedererkennen?" überlegte ich und versuchte, mir Silber und Lilleman nebeneinander vorzustellen.

„Du denkst nicht daran, dein Pony zu verkaufen, oder?" fragte ich.

Ich hatte plötzlich eine Idee.

Eva-Lena zuckte zusammen und sah mich entsetzt an.

„Natürlich nicht! Das brächte ich niemals fertig. Lilleman ist ein Geschenk von meinem Großvater. Ein Geschenk kann man doch nicht verkaufen. Immer, wenn ich Großvater besuche, redet er nur von Lilleman . . ."

„Kannst du dir vorstellen, daß dein Pony auf unserer Reitschule lebt?" Ich stellte diese Frage auf gut Glück, ohne zu wissen, wie meine Freundin darauf reagieren würde.

„Das ist so unendlich weit von hier. Aber wenn ich weiß, daß er gut untergebracht ist . . ." Eva-Lena sah mich zweifelnd an.

„Besser als hier hat er es auf jeden Fall! Wie ich die Mädchen kenne, werden sie sich darum schlagen, ihn bestens zu pflegen und zu verwöhnen. Als erstes bekommt er ein ordentliches Bad – das hat er auch mehr als nötig. Dann werden sie ihn so lange striegeln, bis sein Fell wieder glänzt. Seine Hufe werden ausgekratzt. Er bekommt regelmäßig sein Futter und zu festgesetzten Zeiten genügend Bewegung. Natürlich muß ich erst noch Hasse fragen", fuhr ich fort. „Er bestimmt alles auf der Reitschule. Im Stall ist Platz genug, das weiß ich genau. Wir haben ihn gerade erst ausgebaut."

„Dann hängt es auch noch davon ab, was das kostet. Und wie viele Stunden pro Tag er am Unterricht teilnehmen soll", erklärte Eva-Lena. Sie sah schon nicht mehr ganz so unglücklich aus. „Solange ich noch zur Schule gehe, kann ich nicht viel für seinen Unterhalt bezahlen. Und Lillemans Kondition ist nach dem Aufenthalt hier nicht gerade die beste. Er leistet nicht mehr soviel wie früher."

„Ich werde das mit Hasse besprechen. Er verlangt nie etwas Unmögliches", meinte ich zuversichtlich. „Weißt du was? Wir fahren jetzt zu mir, und ich rufe sofort Hasse an. Diesen Leuten hier teilst du dann nur mit, daß du Lilleman wieder abholst. Sie haben ihn so schlecht behandelt, daß du ihnen gegenüber keine weitere Verpflichtung hast."

Als ich am Montag nachmittag mit dem Zug nach Dalen zurückfuhr, war alles bereits geregelt. Hasse hatte gesagt, daß Lilleman herzlich willkommen sei und daß es genüge, wenn er zu Beginn eine Stunde pro Tag am Unterricht teilnimmt.

Und über irgendwelche teuren Stallmieten sollte sich Eva-Lena nur keine Gedanken machen.

„Ich bin doch kein Halsabschneider", hatte er geantwortet, als ich die finanzielle Seite zur Sprache brachte. „Wir helfen dem Mädchen und ihrem Pferd und gewinnen dafür ein neues Pony für den Reitunterricht."

Eva-Lena war so erleichtert, daß sie vor Freude weinte. Sie versprach, den Transport so schnell wie möglich in die Wege zu leiten. Am Sonntag besuchten wir noch gemeinsam ihren kranken Großvater, und ich mußte beiden hoch und heilig versprechen, mich um Lilleman zu kümmern.

„Vergiß nicht, daß er langsam alt wird", sagte sie. „Seinen Charakter kennst du ja. Er gibt niemals auf. Paß bitte auf, daß er sich nicht überanstrengt."

Natürlich versprach ich das. Ich lud Eva-Lena ein, uns bald zu besuchen und sich selbst zu überzeugen.

Niemand holte mich am Bahnhof ab. Also leistete ich mir den außerordentlichen Luxus, mit einem Taxi zur Reitschule zu fahren. Ich freute mich, wieder zu Hause zu sein, denn die Reitschule war mein eigentliches Zuhause.

„Das ist meine neue Windstoßfrisur, allerletzter Schrei!“

Ich hatte den Taxifahrer kaum bezahlt und meine Tasche aus dem Auto genommen, da faßte mich Kicki aufgeregt am Arm und sagte: „Britta, du kommst wie gerufen! Du mußt sofort mit zum Übungsplatz kommen. Stell dir vor, Hasse springt Mikene ein!“

Ich starrte sie kopfschüttelnd an und wußte nicht recht, ob ich lachen oder weinen sollte.

„Aber Kicki! Was hast du denn gemacht?“ fragte ich entsetzt, während sie mich zum Reitplatz zerrte.

Kicki sah wirklich furchtbar aus. Das ganze Gesicht war voller Schürfwunden. In der Stirn war ein langer Riß. Die rechte Wange schillerte blau und rotviolett, und das Kinn hatte auch etwas abbekommen.

Aber das schlimmste war: Sie hatte kurze Haare, ihre herrlichen, langen, dichten Zöpfe waren verschwunden!

„Bist du verrückt geworden? Hast du dir die Haare abgeschnitten?"

„Windstoßfrisur", erklärte Kicki und schüttelte ihren frischgeschnittenen Haarschopf. „Der allerletzte Schrei." Ihre Augen blitzten vergnügt.

„Du siehst wie ein Lausbub aus mit der Frisur. Na ja, steht dir eigentlich ganz gut", gab ich zu, nachdem ich mich von meinem ersten Schreck erholt hatte. „Aber was ist mit deinem Gesicht?"

Kicki sah plötzlich sehr verlegen aus.

„Nun, ich habe am Samstag versucht, mit Mikene zu springen ... Unglücklicherweise verfing sie sich mit ihren Vorderhufen in einer Stange und stürzte. Ich wurde natürlich abgeworfen und landete mit dem Kopf voran im Schlamm. Klatsch! Und aus! Den Aufschlag muß man meilenweit gehört haben. Eine Rippe habe ich mir nebenbei auch noch gebrochen."

„Was? Du hast dir eine Rippe gebrochen? Tut das denn nicht weh?"

„Und wie. Der Arzt hat mich wie eine Mumie eingewickelt. Ich kann kaum atmen. Aber das hilft. Ich lag zwei Tage im Bett und langweilte mich furchtbar, während Hasse und Thomas abwechselnd Reitunterricht gaben. Ich sagte mir, es muß etwas passieren und ..."

„... und da hast du dir die Haare abgeschnitten!" unterbrach ich sie.

„Stimmt genau", lachte Kicki. „Ich wollte einfach an etwas anderes denken als an diesen unglücklichen Sprung. Jetzt trainiert Hasse Mikene für mich im Springen, damit sie mehr Sicherheit und Selbstvertrauen bekommt."

Als wir den Übungsplatz erreichten, sahen wir, wie Kickis Fuchsstute über den Springplatz galoppierte. Vor dem Hindernis wurde sie langsamer, krümmte den Rücken und wäre am liebsten seitwärts ausgebrochen, hob sich dann aber mit einem geschmeidigen Sprung hinüber und verlangsamte nach der Landung sofort zum Trab. Hasse sah alles andere als zufrieden aus. Er legte die Absprungstange weiter weg vom Hindernis und trieb die Vollblutstute noch einmal an.

Diesmal fegte Mikene wie der Wind über den Platz, drosselte aber sofort wieder das Tempo, als sie sich dem Hindernis näherte. Sie senkte den Kopf und wurde immer langsamer, bis sie endlich mit einem gewaltigen Sprung hinübersetzte.

„Mikene springt leider völlig unharmonisch“, erklärte Hasse, während er beruhigend den Hals der Stute klopfte. „Du mußt noch oft im Trab mit ihr springen, bis sie die Abstände besser taxieren lernt. Jetzt schleicht sie entweder bis zum Hindernis, oder sie springt viel zu früh ab. Und was dann passiert, hast du ja Samstag am eigenen Leib erfahren.“

Kicki errötete.

„Ich kann eine Zeitlang sowieso nicht reiten“, murmelte sie kleinlaut. „Aber ich werde Thomas darum bitten, mit ihr zu springen.“

Hasse führte Mikene zum Stall, und Kicki und ich stiefelten langsam hinterher.

Ich sah, daß Kicki große Schmerzen hatte, obwohl sie es sich nicht anmerken ließ.

„Ich denke, du fährst nur nach Hause, um deiner Familie guten Tag zu sagen, und dann kommst du mit einem Pony zurück“, sagte Kicki schmunzelnd.

„Hat dir Hasse das schon erzählt? Lilleman gefällt es bestimmt gut bei uns. Stell dir vor, er steht die ganze Woche in einem dreckigen Kuhstall! Er ist übrigens groß und kräftig für einen Russen: über 130 Zentimeter. Er wird uns viel Spaß machen."

„Also auch ein Gewinn für die Reitschule?" wollte Kicki wissen.

Ich mußte lachen. „Als er jung war, war er ein richtiger kleiner Teufel. Er warf jeden Reiter ab und weigerte sich hartnäckig, den Schlitten zu ziehen."

„Das klingt ja vielversprechend!"

„Inzwischen ist er lieb und freundlich geworden."

In diesem Augenblick fuhr ein Wagen auf den Hof der Reitschule.

Mein Herz schlug schneller, und ich beschleunigte meine Schritte, denn dieses Auto kannte ich zu gut.

„Hallo", rief Lasse strahlend und umarmte mich. „Bist du schon lange hier?"

„Gerade angekommen. Hast du Stupsie nicht mitgebracht?" fragte ich enttäuscht. „Ist irgend etwas passiert?"

Lasse sah mich mit fröhlichen Augen an.

„Nein, nein. Dein kleiner Strolch war nur so schmutzig, daß ich ihn unmöglich in mein Auto lassen konnte. Ich bin eigentlich nur gekommen, um dich zu holen. Hast du nicht Lust, mit uns zu essen? Du bist doch sicher hungrig nach der langen Fahrt."

„O ja. Vielen Dank! Meine Mutter hat mir zwar schrecklich viel zu essen mitgegeben – aber ehrlich gesagt, ich bin jetzt sogar zu faul und zu müde, um etwas warm zu machen."

„Ich muß heute abend zu dem Treffen sowieso wieder hierherkommen. Dann kann ich dich mitnehmen", erklärte Lasse und nahm meine Reisetasche, die immer noch mitten auf dem Hof stand. „Was um alles in der Welt hast du denn in deiner Tasche? Hufeisen oder Ziegelsteine?"

„Bücher“, antwortete ich lachend. „Was denn für ein Treffen?“

„Habe ich dir das noch nicht erzählt?“ rief Kicki. „Wir dürfen an einem Sonntag Mitte Juni die Trabrennbahn benutzen!“

„Stimmt das? Dann können wir ja einen richtigen Ponywettkampf veranstalten!“

„Ja! Ist das nicht phantastisch? Und heute abend treffen wir uns im Klubhaus, um die Details festzulegen: wer welche Aufgaben übernimmt, welche Klassen wir haben wollen und so weiter.“

Was für eine Überraschung! Endlich eigene Ponywettkämpfe!

Während Lasse meine Reisetasche in die Küche brachte, lief ich schnell zu meinem kleinen Stall hinüber, um Silber zu begrüßen. Er spitzte die Ohren, als ich hereinkam, und wieherte leise. Ich redete eine Weile mit ihm, während ich seine alte Wunde untersuchte.

Ich mißtraute Ann keineswegs – sie hatte auch alles prima gemacht –, aber Silber war mein Pferd, und ich war für ihn verantwortlich.

„Kommst du?“ fragte Lasse und steckte seinen Kopf durch die Türöffnung. „Stupsie und das Essen warten auf dich.“

„Was für ein Glück, daß ich dich habe“, sagte ich lachend. Aber ich meinte es sehr ernst.

Große Pläne für Wettkämpfe

Als Lasse und ich nach einem guten Essen bei seinem Onkel und seiner Tante abends zusammen mit unseren beiden Hunden das Klubhaus betraten, war die Diskussion schon in vollem Gang.

„... seidene Fäden!" sagte Hasse nachdrücklich zu Thomas und fuhr mit den Fingern durch sein dichtes Haar. Das tat er immer, wenn er aufgeregt war. „Du mußt die Zügel halten, als seien sie seidene Fäden."

„Stupsie. Komm zu mir, mein kleiner Freund", lockte Kicki.

Ich konnte mein Lachen nicht unterdrücken, als ich Kicki mit ihrer neuen „Windstoßfrisur" sah. Ich stellte mir vor, wie sie vor dem Spiegel stand und ihre Haare mit einer großen Schere bearbeitete.

Mein kleiner Schäferhund tapste unbeholfen von einem zum anderen und begrüßte alle schwanzwedelnd und fröhlich. Sein welpenhafter Charme nahm jeden für ihn ein. Trotzdem neckten sie mich immer wieder und nannten ihn „Hängeohr", weil sich bisher nur eines seiner niedlichen Ohren wie bei einem richtigen Schäferhund aufgerichtet hatte. Lasse tröstete mich dann und versprach, daß auch das andere Ohr sich bald aufstellen würde.

„Kicki ist unsere Protokollantin", bestimmte Hasse und versuchte, für seine langen Beine einen Platz unter dem

Tisch zu finden. „Wir müssen jetzt die Einzelheiten genau festlegen.“

Kicki hielt Papier und Bleistift bereit, und Hasse begann mit seinen Ausführungen.

„Ich habe also vom Traberverein die Zusage bekommen, daß wir am zweiten Juni-Sonntag die Trabrennbahn benutzen dürfen. Außerdem bekommen wir Zugang zu dem roten Stall. Das ist das lange Gebäude, das gleich neben der Bahn liegt. Der Stall ist so groß, daß wir dort bequem die Aufstellung der teilnehmenden Pferde vornehmen können. Die beiden Cafés – für Besucher und für Teilnehmer – werden geöffnet sein.“

„Wer hat denn bei einem Wettkampf Zeit, Kaffee zu trinken?“ fragte Kicki kopfschüttelnd. „Ich bestimmt nicht.“

„Ich glaube schon, daß es außer mir noch andere Menschen gibt, die sich hin und wieder mit einer Tasse Kaffee stärken müssen“, antwortete Thomas spöttisch. Er hatte mit Lord Peter immer größere Erfolge bei schwierigen Wettkämpfen und betrachtete die Ponys nur noch mit wohlwollender Nachsicht. „Ich meine . . . wie soll man sonst einen ganzen Tag unter lauter Ponyfanatikern überstehen?“

So war Thomas immer.

Leider glückte es Kicki und mir allzu selten, uns zu revanchieren.

„Zuerst müssen wir uns über die Klassen einig werden“, schlug Hasse vor. „Dann kommt die Frage nach den Hindernissen. Wir brauchen viele Freiwillige, die uns bei der Durchführung der Veranstaltung helfen.“

„Wie lange dürfen wir die Trabrennbahn benutzen?“ wollte ich wissen.

„Ab ein Uhr. Und dann den ganzen Nachmittag. Also Zeit genug für ein Trabrennen, ein Galopprennen und ein Springen."

„Das Dumme ist nur, daß wir nicht die leiseste Ahnung haben, wie groß das Interesse hier in der Gegend für so einen Wettkampf ist. Wir wissen also nicht, mit wie vielen Teilnehmern wir etwa rechnen können", überlegte ich und rettete in letzter Sekunde eine liegengelassene Bürste vor Stupsies kleinen spitzen Milchzähnen.

„Wir müssen unbedingt ein Galopprennen für Shetlandponys machen", verlangte Kicki. „Die Kleinen sind so niedlich."

„Glaubst du denn, daß es hier überhaupt Shetlandponys gibt?" fragte Thomas.

„Ganz sicher", mischte sich Lasse ein. „Mein Onkel hat mir erzählt, daß gerade auf den kleinen Höfen und Dörfern weit mehr Ponys aller Rassen leben, als man sich vorstellen kann."

„Also abgemacht. Kicki bekommt ihr Shetlandponyrennen", stimmte Hasse zu. „Aber wie teilen wir die Ponys weiter ein, ohne daß es ungerecht wird?"

„Galopprennen für Russen", schlug Kicki vor.

„In der Größenordnung gibt es noch andere Ponys", protestierte ich. „Zum Beispiel das Welsh Pony und das Welsh Mountain Pony. Und dann verschiedene Kreuzungen. Wir sollten ein Galopprennen für alle Ponys bis zu 130 Zentimeter festlegen, also die Kategorie der B-Ponys."

Damit waren alle einverstanden, und Kicki machte sich eifrig Notizen.

„Das nächste Rennen ist dann für die C-Ponys bis 140 Zentimeter. In dieser Klasse kann Silber starten. Zur

Kategorie D gehören die größten Ponys bis 147,3 Zentimeter. Hierzu zählen Billy und Rauhbein ..."

„Ich protestiere!" unterbrach mich Kicki aufgeregt. „Ich lasse nicht zu, daß Billy und Rauhbein in derselben Klasse starten. Das ist eine himmelschreiende Ungerechtigkeit!"

„Sie hat recht", meinte Hasse nachdenklich. „Billy, der Ausreißer, schafft bestimmt zwei Runden, ehe Rauhbein ins Ziel dampft ..."

Thomas machte ein Gesicht, als hätte er es faustdick hinter den Ohren: „Kicki will einen eigenen Durchgang für Fjordpferde und andere dickbäuchige Individuen ansetzen."

„Ja, das will ich!" Kicki bekam vor Wut einen knallroten Kopf, während wir anderen schallend lachten.

Hasse rechnete. „Das werden aber viele Durchgänge", meinte er. „Was haltet ihr von einem Trabrennen? Es gibt bestimmt viele Kinder, die mit ihren Ponys fahren."

Kicki kam mit dem Schreiben kaum noch nach. Wir diskutierten über das Springen und einigten uns schließlich auf ein leichtes D-Springen für B-Ponys und ein leichtes C-Springen für C- und D-Ponys. Wir wollten bei unserem ersten Wettkampf keine zu hohen Anforderungen stellen, obwohl der Leistungsdurchschnitt damals in Åsbyn nicht sehr hoch war.

„Jetzt machen wir erst einmal eine Kaffeepause", schlug Hasse vor. Kicki setzte sofort Wasser auf, und ich deckte den Tisch.

„Die Zuckerdose ist leer", stellte ich fest. „Welche Naschkatzen waren das wohl? Ich hole schnell Nachschub aus meiner Küche."

Ich brachte auch gleich den Marmorkuchen mit, den meine Mutter gebacken hatte. Er schmeckte vorzüglich, und der Abend wurde zu einem kleinen Fest. Plötzlich zerstörte

Kicki unsere fröhliche Stimmung: „Was passiert, wenn fünf fremde Ponys, die wir nicht auseinanderhalten können, gleichzeitig durchs Ziel gehen?"

Hasse verschluckte sich an einem großen Bissen Kuchen und mußte husten. Vor Schreck trank er auch noch den Kaffee zu heiß und verbrannte sich den Mund. Es dauerte eine Weile, bis er in der Lage war, uns zu erklären, daß alle Pferde große, gut sichtbare Nummern bekämen. Außerdem dürften wir die Zielfotoausrüstung des Trabervereins benutzen. Wir waren beruhigt, und unsere gute Laune kehrte – wenigstens für einen Augenblick – zurück. Aber dann zählte Hasse auf, welche Hilfskräfte wir seiner Meinung nach benötigten: „Eintrittskartenverkäufer; dann mindestens drei bis vier Leute im Sekretariat, um die Startanmeldungen zu registrieren und die Nummern auszuteilen; Aufpasser für die Kinder, damit sie rechtzeitig und in der richtigen Reihenfolge an den Start gelangten; Ansager; Zeitstopper; Zielrichter; jemanden, der die Resultate aufschreibt; mehrere Männer, um die Bahn aufzustellen und die Hindernisse zu verändern und wieder aufzubauen; einen Hufschmied, falls irgendein Pony unglücklicherweise ein Hufeisen verliert; einen Tierarzt; eine Krankenschwester . . ."

„Hör auf", flehte ich. „Sonst müssen wir die Ponywettkämpfe wieder absagen. So viele freiwillige Helfer finden wir niemals."

„Einen großen Teil dieser Aufgaben können wir selber übernehmen", beschwichtigte uns Lasse. „Und mein Onkel stellt sich bestimmt gern als Tierarzt zur Verfügung."

„Vielleicht unterstützen uns auch einige Eltern, wenn wir sie herzlich darum bitten", sagte ich und schenkte jedem noch eine Tasse Kaffee ein. Kicki verteilte das letzte Stückchen Kuchen.

Inzwischen hatte Stupsie mein Hosenbein entdeckt. Er zerrte wie verrückt daran und knurrte furchterregend. Das Ergebnis war, daß mein Kaffee auf die Untertasse und auf den Tisch schwappte.

Das war ein willkommener Anlaß für Thomas, mich zu ärgern: „Seht mal! Britta zittert schon jetzt bei dem Gedanken, daß Silber gleich beim ersten Hindernis verweigert und disqualifiziert wird."

Diesmal kümmerte ich mich nicht um seine spöttischen Bemerkungen, denn mir war etwas Wichtiges eingefallen.

„Wir haben etwas ganz Entscheidendes vergessen: die Preise."

Wir schauten uns ziemlich betroffen an.

„Vielleicht bekommen wir von einigen großzügigen Eltern ein paar Geschenke", überlegte Hasse.

„Könnt ihr Mädchen nicht etwas basteln?" fragte Thomas.

„Topflappen häkeln oder so . . ."

Kicki schüttelte energisch den Kopf. „Wir müssen in die Geschäfte gehen und betteln. Oder vornehmer ausgedrückt: Wir müssen die Inhaber animieren, Preise zu stiften."

„Eine glänzende Idee", rief Thomas begeistert. „Das müssen die Mädchen übernehmen. Ihrem überwältigenden Charme wird kein Geschäftsmann weit und breit widerstehen können . . ."

„Ganz recht. Du mit deinen Bosheiten würdest bestimmt nur eine Tracht Prügel ernten", schimpfte Kicki.

„Beruhigt euch. Ich finde Kickis Vorschlag ausgezeichnet", versuchte Hasse den Streit zu schlichten. „Ich habe noch eine schöne Aufgabe für euch: Sucht die Adressen aller Reitschulen und aller Reitklubs der näheren Umgebung heraus und schickt ihnen Einladungen. Ich bin neugierig, wie sie reagieren."

„Sieht so aus, als artet das Ganze in Arbeit aus“, seufzte Kicki.

„Wir haben ja noch viel Zeit“, sagte Lasse zuversichtlich. „Ich bin der Meinung, wir haben heute abend eine Menge erreicht.“

Wir legten genau fest, wer für welchen Bereich verantwortlich war: Hasse und Thomas sollten sich um die Hindernisse kümmern.

Lasse wollte dafür sorgen, daß die Kinder rechtzeitig an den Start gelangten. Kicki und ich hatten uns neben unzähligen anderen Aufgaben vor allem um die Beschaffung der Preise zu bemühen.

„Wir haben doch noch gar nicht bestimmt, welche von unseren Ponys teilnehmen sollen“, sagte ich aufgeregt, als die anderen schon gehen wollten. „Ich weiß, daß unsere Ponys nicht gerade große Stars sind. Aber für meine kleinen Schüler ist es enorm wichtig dabeizusein. Auch wenn sie keine Preise gewinnen.“

„Von mir aus können alle starten“ sagte Hasse. „Auf jeden Fall Silber, Billy und Rauhbein. Vielleicht auch Lilleman, unser Neuling. Dann die beiden kleinen, Tim und Tom. Lillebror ist soviel ich weiß sogar eingefahren. Wahrscheinlich haben sie aber keinen Sulky für ihn. Über Sessan habe ich meine Zweifel.“

„Bei meinem Onkel im Stall steht ein alter Ponysulky“, berichtete Lasse überraschend. „Den könnt ihr gerne haben. Er hat nur keine Räder . . .“

Wir gingen auf den Hof hinaus. Es war ein wunderschöner milder Frühlingsabend.

Goldie, die die ganze Zeit ruhig vor Lasses Füßen gelegen hatte, erwachte zu neuem Leben und ließ sich von Stupsie über den Hof jagen.

„Wenn die Ponywettkämpfe ein Erfolg werden, sollten wir im Herbst ein Turnier für große Pferde veranstalten", bemerkte Thomas.

So weit voraus wollte ich nicht planen. Ich dachte an meine kleinen Reitschüler, an ihre Aufregung und ihren Feuereifer, mit dem sie jetzt jeden Tag trainieren würden. Die Kinder würden überglücklich sein.

Und das war ich auch. Ich hatte Silber und Stupsie. Und Lasse. Und einen wunderbaren Beruf . . .

Britta reitet in den Sommer

Pony Lilleman wird verwöhnt

An einem Nachmittag mitten in der Woche traf das langerwartete Pony Lilleman in unserer Reitschule ein. Meine Freundin Eva-Lena hatte in der Frühstückspause angerufen und Lilleman angekündigt. Sie war furchtbar aufgeregt.

„Ich schicke Sattel und Zaumzeug mit“, sagte sie. „Ich fürchte nur, daß alles total verdreckt ist. Ich habe eine Stinkwut auf dieses Mädchen. Mein Pony so zu vernachlässigen. Britta, sorg schön für ihn“, bat sie mich.

Ich hatte meine Reitschüler darauf vorbereitet, daß wir ein neues Pony bekommen. Ich erzählte ihnen, daß Lilleman verwahrlost und in schlechter Verfassung war. Daraufhin übertrafen sie sich gegenseitig in ihrem Eifer, ihm ein neues und besseres Zuhause zu schaffen. Sie machten eine der Boxen in dem neu angebauten Stall für ihn zurecht, streuten ungeheure Mengen Sägespäne und hängten einen Salzstein an die Wand. Wenigstens für die erste Zeit brauchte Lilleman unbedingt eine Box. Sein Fell war besonders hinter den Ohren ganz abgewetzt. Jetzt sollten ihm Halfter und Kehlriemen erspart bleiben. Das Genickstück der Trense konnten wir mit weichem Fell auskleiden.

Nach dem Unterricht ging ich in den Stall, um nach Lilleman zu sehen. Cilla und einige andere Mädchen starrten über die Boxkante. Sie hatten Lilleman ein großes Bündel Heu gebracht. Aber er rührte es nicht an. Er leckte nur gierig am Salzstein.

„Das macht er jetzt schon seit über einer Viertelstunde", berichtete Cilla. „Sieht aus, als hätte er mehrere Jahre keinen Salzstein gesehen."

„Habt ihr ihm Wasser gegeben?" fragte ich. „Er wird unheimlich durstig werden."

Sofort rannte eines der Mädchen mit einem klappernden Wassereimer davon. Ich betrachtete traurig das schmutziggraue, glanzlose Fell. Das ganze Pony sah völlig verdreckt und verwahrlost aus. Das einzige Erfreuliche waren seine großen, munteren Augen.

„Ihr werdet es mir nicht glauben, aber wenn er gewaschen und gestriegelt ist, glänzt sein Fell genauso schön und schwarz wie das von Lord Peter", sagte ich.

„Anita möchte gern sein Stallbursche sein", erzählte Cilla. „Das ist das Mädchen, das Wasser holt. Wir sollten ihr vielleicht helfen. Ich muß mich zwar um Sessan kümmern, aber mit Lilleman wird einer allein nicht fertig. Die Trense muß man erst in lauwarmes Wasser legen, um den Schmutz zu lösen, bevor man sie einreiben kann. Ganz zu schweigen von Sattel und Zügeln."

„Und von Lilleman selbst", mischte sich Anita ein, die mit dem Wassereimer zurückkam. „Ich habe Pferde-Shampoo gekauft. Wenn das Wetter morgen gut ist, schäume ich das ganze Pony erst einmal gründlich ein."

In Anitas Stimme lag Zärtlichkeit und Verantwortungsgefühl, wenn sie von Lilleman sprach. Sie hatte rotblonde Haare und ganz viele Sommersprossen auf der Nase. Im Unterricht ritt sie meistens auf Billy. Sie war bisher noch bei keinem Pferd Stallknecht gewesen.

„Ihr werdet schon sehen!" behauptete sie und stellte den schweren Eimer mit einem Plumps auf den Boden, so daß das Wasser überschwappte. „Lilleman glänzt bald genauso schön wie die anderen Pferde."

Lilleman war durstig. Er trank und trank. Sein schwarzer Kopf verschwand immer mehr in dem großen Eimer.

„Bis der Hufschmied kommt, müßt ihr ihn jeden Tag auf die Koppel führen", sagte ich. „Solange seine Hufe so aussehen, darf er nicht am Unterricht teilnehmen."

Kicki steckte ihren Kopf durch die Türöffnung.

„Wir sind fertig mit Füttern. Wir warten nur noch auf euch, um das Licht zu löschen und den Stall zuzumachen."

Die Mädchen sammelten ihre Sachen zusammen und sagten gute Nacht zu Lilleman, der jetzt zufrieden an seinem Heu knabberte. Dann gingen wir gemeinsam hinaus.

Kicki und ich sprachen noch über den Ponywettkampf, den unsere Reitschule Mitte Juni veranstaltete. Wir hatten sogar die Erlaubnis bekommen, die Trabrennbahn in der Nähe zu benutzen. Die Vorbereitungen liefen auf Hochtouren. Morgen wollten Kicki und ich unsere Hindernisse überprüfen. Für den eigentlichen Wettkampf zimmerten

Hasse und Thomas zwar neue Hindernisse, aber vorher brauchten wir welche für das Training.

„Thomas hat eine prima Idee, wie man ganz leicht eine Ziegelsteinmauer bauen kann", berichtete Kicki stolz. „Aus hellen Spanplatten. Was wie die weißen Zwischenräume zwischen den Ziegelsteinen aussehen soll, überklebt man mit langen Streifen Tesafilm. Dann malt man die ganze ‚Mauer' rot an, und wenn sie trocken ist, zieht man die Tesafilmstreifen ab. Einfacher geht's doch nicht."

Den Rest der Woche drehte sich alles um Lilleman und den bevorstehenden Wettkampf. Leider war das Wetter kalt und stürmisch, so daß Anita Lilleman vorläufig nicht waschen konnte. Am Sonntagvormittag schien endlich die Sonne. Während Kicki und ich Hindernisse für das Training aufstellten, knöpften sich Cilla und Anita Lilleman vor. Sie führten ihn an seinem alten, rissigen Halfter auf den Hof und seiften ihn gründlich mit Anitas Shampoo ein. Sie übergossen ihn mit Wasser, das sie vorher auf dem Herd im Klubhaus angewärmt hatten. Der Schmutz rann in braungelben Strömen an dem Pony herunter. Lilleman sah mit seinem glatten und glänzenden Fell aus wie ein Seehund. Die Mädchen konnten es kaum erwarten, daß die Sonnenstrahlen ihren patschnassen kleinen Freund endlich trockneten.

Kicki und ich rollten inzwischen drei große, rotgemalte Fässer auf die sandige Reitbahn. Wir schleppten Stangen und Hindernisstützen herbei und bauten eine Hecke aus Wacholderreisig. Gewiß kein großartiger Parcours, aber für das Anfangstraining reichte er uns.

Wir hatten lange über die Frage diskutiert, welche Mädchen und welche Ponys am Wettkampf teilnehmen sollten. Für die meisten war es der erste größere Wettkampf, sowohl für die Reiter als auch für die Ponys. Darum erwarteten wir auch nicht allzuviel, obwohl wir schließlich eine akzeptable Mannschaft auf die Beine stellten.

Einige der Ponys waren Privateigentum. Natürlich wollten die Besitzer ihre Ponys selbst zum Wettkampf führen. Martin zum Beispiel hatte schon lauthals verkündet, daß er mit Billy sowohl zum Galopprennen als auch zum Springen antreten wollte. Ich kannte Martin zu gut, um nicht zu wissen, daß ihn eigentlich nur das Rennen faszinierte. Silber wollte ich Ann überlassen. Ich war für diesen Jugendwettkampf leider schon zu alt.

Auf dem Übungsparcours tummelte sich mittlerweile eine Menge Ponys. Nur Billy war nirgends zu sehen. Ann hatte Schwierigkeiten mit Silber: Er besaß seine eigene Meinung darüber, wie er ein Hindernis zu bewältigen hatte. Susanne galoppierte in neuen, schlanken Reitstiefeln gemächlich auf der trägen und schwerfälligen Sessan über die Bahn. Sessan war eine blaßgelbe Ponykreuzung, die lieber einen Schritt zuwenig als zuviel tat. Ich wunderte mich, daß sie überhaupt am Springen teilnahm. Für Sessan gab es nichts Unangenehmeres als Springen. Sie war ziemlich fett und fand es wahrscheinlich anstrengend und völlig überflüssig, über ein Hindernis zu springen, um das man auch einfach herumgehen konnte.

Pia ritt auf ihrem braunen Russen Lillebror. Er war ein richtiger Schlingel. Wenn er Lust hatte, sprang er über jedes Hindernis. Aber meistens hatte er keine Lust.

„Reitest du etwa Lillebror?“ fragte ich erstaunt.

„Ja ja. Meine Schwester Mia hat sich in den Kopf gesetzt, daß sie zu lange Beine hat. Sie kutschiert statt dessen beim Trabrennen“, antwortete Pia vergnügt. „Dabei gehorcht Lillebror ihr viel besser als mir.“

Auf Rauhbein, Hasses robustem Fjordpferd, saß Lotta. Sie

war ein kräftiges Mädchen, das sich vor keiner Arbeit drückte. Sie versorgte auch Mikene, Kickis neue und hitzige Vollblutstute.

„Ich bin einverstanden, mit Rauhbein zu springen", antwortete Lotta, als wir sie fragten. „Aber ich nehme auf keinen Fall am Rennen teil. Nicht auszudenken, daß das arme Tier so einen schweren Brocken wie mich über die Rennbahn schleppen muß – da bricht ihm ja der Rücken!"

Daraufhin fragten wir Marie, Organdies Stallknecht, ob sie mit Rauhbein zum Rennen antreten wollte. Sie war überrascht und sagte freudig zu.

Über die beiden kleinen Russen Tim und Tom wußten wir noch nicht allzuviel. Sie gehörten dem Reitklub erst seit kurzer Zeit. Tim war hellbraun, langbeinig und ein wenig nervös. Tom war kleiner und kräftiger und hatte das gleiche rotbraune Fell wie Lillebror. Die beiden waren bisher nur vereinzelt über kleine Hindernisse im Unterricht gesprungen. Aber wir wollten ihren Stallknechten, Inger und Pinglan, die Chance geben, mit ihnen am Wettkampf teilzunehmen. Vorausgesetzt, daß sie sich beim Training einigermaßen bewährten.

„Hat jemand Martin gesehen?" fragte ich.

„Der liegt bestimmt zu Hause und pennt", antwortete Ann.

Kicki beschloß, ohne ihn anzufangen. Wir ließen die ganze Mannschaft im Springsitz über die Bahn galoppieren, erst im Links- und dann im Rechtsgalopp. Susanne weigerte sich, mitzumachen. Sie wollte mit Sessan nur für das Rennen trainieren und nicht für das Springen. Susanne nahm nur selten an irgend etwas teil. Ich konnte sie gut verstehen. Es war sicher kein Vergnügen, ein so träges Pferd wie Sessan zu haben.

„Rauhbein fängt an“, bestimmte ich. „Die anderen sollen ihre Wartezeit nutzen und folgendes üben: Treibende Hilfen, das heißt, daß das Pferd auf euer Kommando vorwärts oder schneller geht; verwahrende Hilfen, so daß das Pferd sein Tempo drosselt und dort stehenbleibt, wo ihr es verlangt und nicht erst fünfzehn Meter weiter; und schließlich seitwärtstreibende Hilfen, damit das Pferd genau dort wendet, wo ihr wollt. Diese drei Übungen sind mindestens genauso wichtig wie das Springen.“

Ich fand, daß Lotta sehr gut zu Rauhbein paßte. Sie konnte es nicht ausstehen, wenn ihr ein Pferd Streiche spielte, und Rauhbein war ein prächtiges Pferd, das tat, was

man von ihm verlangte. Obwohl Springen nicht gerade seine große Leidenschaft war, setzte er gehorsam über die drei aufgestellten Hindernisse. Die Fässer und die Hecke nahm er mühelos.

Nur die Stangen riß er mehrmals mit den Vorder- oder Hinterhufen.

„Dieser Faulpelz", jammerte Lotta. „Warum hebt er seine Beine nicht ein bißchen höher?"

Jetzt kam Silber an die Reihe. Leicht und elegant – und übereifrig. Er war wie immer zu schnell. Nach einem weiten Flug über die Stangen steigerte er sein Tempo noch. Ich freute mich immer wieder, wenn ich ihm zusah. Seine Silber-

Plötzlich stemmte Silber alle vier Hufe in den Boden und blieb stehen . . .

mähne flatterte im Wind, sein Schopf teilte sich in der Mitte und verdeckte fast seine verschmitzten dunklen Augen. Schimmel sind irgendwie etwas Besonderes. Finde ich jedenfalls.

Aber was war mit Ann los? Sie war nicht wiederzuerkennen. Dachte sie immer noch an diesen unglücklichen Wettkampf in Åsbyn, als Silber verweigerte und alles schiefging? Ann stand bleich und verbissen in den Steigbügeln. Sie ritt nicht, sie ließ sich einfach treiben und vergaß völlig, Schenkelhilfen zu geben . . .

Bei den Fässern passierte es. Ich konnte ihr nicht einmal mehr zurufen, daß sie das Tempo drosseln sollte. Ich weiß nicht, ob Silber selbst merkte, daß er zu schnell war, oder ob er unsicher wurde, weil er von seiner Reiterin keinerlei Unterstützung bekam. Jedenfalls stemmte er plötzlich alle vier Hufe in den Boden und blieb stehen. Ann sauste in hohem Bogen durch die Luft und fiel mit einem fürchterlichen Schlag mitten zwischen die roten Fässer . . .

Ein Ponysulky für den Wettkampf

Silber galoppierte mit hängenden Zügeln zum Stall. Kicki und ich eilten Ann erschrocken zu Hilfe. Zum Glück konnte sie selbst aufstehen. Trotzdem heulte sie wie ein Schloßhund.

„Ich kann nicht reiten", schluchzte sie. „Ich lerne es nie. Ich reite Silber nicht bei den Wettkämpfen. Sonst verweigert er wieder, nur weil ich Fehler mache."

„Hör auf zu weinen“, sagte Kicki freundlich. „Ist doch klar, daß er verweigert, wenn du nicht *reitest!* Er galoppiert munter und fröhlich auf die Fässer zu und glaubt, er soll drüberspringen. Aber du *tust nichts,* um ihm zu helfen. Da muß er im letzten Augenblick unsicher werden und stehenbleiben.“

„Ann, hör mir mal genau zu“, sagte ich ernst. „Du darfst Silber nicht einfach freien Lauf lassen. Du mußt ihn zwischen den Hindernissen zügeln – besonders, wenn er zu schnell ist. Du mußt ihn mit den Schenkeln halten und ihn erst kurz vor dem Absprung antreiben. Setz dich einen Augenblick und beruhige dich. Ich hole Silber zurück.“

„Britta, spring doch einen Durchgang mit ihm und zeige Ann das richtige Tempo“, rief Kicki hinter mir her.

Silber wartete vor der Stalltür und ließ sich willig einfangen. Er schien richtig erleichtert darüber zu sein, daß ich kam. Ich stieg in den Sattel und stellte fest, daß ich die Steigbügel nicht länger zu machen brauchte. Ann und ich waren ungefähr gleich groß. Silber ging übermütig und ausgelassen nach dem schnellen Galopp.

„Jetzt zeig, was du kannst, alter Knabe“, sagte ich und nahm die Zügel auf. Silber beugte leicht seinen Nacken und trabte zur Bahn zurück. Dort faßte er einen ruhigen Galopp. Ich hielt ihn etwas mehr zurück als sonst.

Silber war wunderbar. Er „zündete“ immer, wenn er ein Hindernis sah, strebte freudig vorwärts. Ich lockerte die Zügel ein bißchen, hielt ihn aber mit den Schenkeln fest und steuerte auf die Stangen zu. Silber sprang so weich und geschmeidig, daß ich den Sprung kaum merkte.

Ich richtete mich auf und hielt ihn nur ganz wenig zurück. Silber nahm die Fässer und die Hecke schnell und schwungvoll, aber ohne zu rasen. Ich verringerte das Tempo und klopfte dankbar seinen Hals. Ich wünschte, ich wäre Ann und könnte mit Silber zu den Wettkämpfen antreten!

„Es ist zum Verrücktwerden. Silber springt traumhaft", sagte ich begeistert zu Ann. „So, und jetzt *reitest* du und läßt dich nicht nur tragen. Bremse ihn nach jedem Hindernis ein bißchen, damit er nicht immer schneller und schneller wird."

Ann kletterte in den Sattel und versprach, sich die größte Mühe zu geben. Sie strengte sich tatsächlich an. Silber lief ausgezeichnet und nahm alle Hindernisse ohne die geringste Schwierigkeit. Wenn ich Ann beibrachte, beim Wettkampf genauso gut zu reiten, bedeutete das schließlich auch eine Art Sieg für mich . . .

Die kleinen Ponys waren ein hoffnungsloser Fall. Lillebror spielte uns nur Streiche und brach immer wieder seitlich aus. Tim stolperte über seine eigenen Hufe und galoppierte Hals über Kopf auf die Hindernisse zu. Der kleine kugelrunde Tom sprang auf allen vieren in die Luft und bockte. Pinglan wurde dreimal hintereinander abgeworfen. Kicki und ich sahen uns schweigend an. Hier lag unendlich viel Arbeit vor uns.

Am Dienstag kam der Hufschmied. Er war entsetzt über Lillemans Zustand. Zum Glück besaß das Pony von Natur aus kräftige und gesunde Hufe, so daß sie noch nicht durch Strahlenfäule zerstört waren.

„Wie schick er jetzt aussieht", staunte Anita, als sie am Nachmittag zum Reiten kam. „Nimmt er heute am Unterricht teil? Ich möchte schrecklich gern die erste sein, die ihn reitet."

Ich war einverstanden. Anita striegelte ihn noch einmal gründlich. Nur der Schopf ließ sich nicht bändigen und stand wie immer in alle Himmelsrichtungen. Dann sattelte Anita das Pony zum erstenmal. Gemeinsam mit Cilla hatte sie einen neuen roten Bezug für den Woilach genäht und das Stirnband mit roten Bändern umwickelt.

„Nachäffer“, war Thomas' Kommentar, denn Rot war auch die Wettkampffarbe von Lord Peter, seinem schwarzen Vollbluthengst.

Endlich war es soweit. Lilleman trat zur ersten Unterrichtsstunde an. Alles war neu und aufregend. Auch ich war gespannt, wie er sich zu den anderen Ponys benehmen würde. Lilleman sah prächtig und im Vergleich zu den kleinen Russen sogar stattlich aus. Beim Traben bestimmte er das Tempo und zog die anderen Pferde mit sich. Der übliche lahme Unterrichtstrott war wie weggeblasen. Lilleman lebte auf und schien sich unter so vielen Pferden pudelwohl zu fühlen. Anita strahlte über das ganze Gesicht.

„Ist er nicht goldig?“ rief sie.

Lasse hatte sein Versprechen, uns einen richtigen Ponysulky für den Wettkampf zu besorgen, nicht vergessen. Eines Nachmittags brachte er tatsächlich einen alten, rotgestrichenen Sulky mit, der nur keine Räder mehr hatte, aber sonst völlig in Ordnung war. Er hatte ihn in einem Schuppen seines Onkels entdeckt. Lasse und ich kannten uns schon lange bevor ich in Dalen Reitlehrerin wurde. Wir besuchten als Kinder dieselbe Reitschule. Und jetzt wohnte Lasse ganz in der Nähe auf einem alten Bauernhof, der seinem Onkel und seiner Tante gehörte. Sein Onkel war aber kein Bauer, sondern Tierarzt.

Ich weiß nicht, wer sich mehr freute, wenn Lasse kam: mein kleiner Schäferhund oder ich. Stupsie sprang immer wieder schwanzwedelnd und freudig bellend an ihm hoch. Dann rannte er mit Goldie auf Entdeckungsreise in den Stall. Goldie war Lasses Schäferhündin und die Mutter von Stupsie.

„Komm, sieh dir an, was ich gekauft habe", rief Lasse und holte noch etwas aus seinem Auto: eine funkelnagelneue Filmkamera. Er erklärte mir ausführlich alle ihre Finessen. Dabei bin ich technisch völlig unbegabt, eine richtige Null. Ich habe mit Mühe und Not verstanden, daß zu der Ausrüstung ein kleiner Kassettenrekorder gehört. Also nicht Stummfilm, sondern Tonfilm. Aber warum ein Zoom oder so ähnlich etwas ganz Besonderes war, kapierte ich wirklich nicht.

„Schau mal hier durch", erklärte Lasse geduldig. „Halte die Kamera auf irgend etwas weit Entferntes. Zum Beispiel auf Martin und Billy auf der Reitbahn. Jetzt drückst du auf diesen Knopf. Siehst du, wie sie automatisch immer näher kommen?"

„Tatsächlich. Wie bei einem Feldstecher. Willst du heute noch filmen?" fragte ich und versuchte, Billy und Martin mit der Kamera zu verfolgen. Sie legten im gestreckten Galopp Runde um Runde auf der Bahn zurück.

„Hier kommt das wahre Fotomodell", rief Lasse und nahm schnell die Kamera an sich. „Bitte lächeln, mein Fräulein."

„Ich posiere nur gegen angemessenes Honorar", wehrte Kicki lachend ab und deckte die Hände vors Gesicht. „Ich warte auf Thomas. Wir wollen mit den Kindern anfangen, Hindernisse zu bauen und zu malen. Das kannst du filmen."

„Ich nehme Billy und Martin auf", erklärte Lasse plötzlich. „Reitet der immer so verrückt?"

Kicki grinste.

„Er trainiert für das Galopprennen, sagt er. Ich habe versucht, ihm klarzumachen, daß er nur sein Pferd verschleißt. Er muß Billys Kondition langsam steigern. Aber er hört ja nicht auf mich."

„Auf mich leider auch nicht", sagte ich kopfschüttelnd.

„Billy ist schon steinhart im Maul."

Martin war eigentlich ganz in Ordnung. Er war nur manchmal etwas leichtsinnig. Meistens dachte er mehr an Mopeds als an Pferde. Als er uns sah, jagte er mit Billy plötzlich direkt auf ein Hindernis zu. Ich weiß nicht, ob er uns imponieren wollte oder ob er einen Fehler machte. Auf jeden Fall war Billy so überrascht, daß er im letzten Augenblick verweigerte. Martin segelte durch die Luft.

„Das geht wirklich zu weit", schimpfte Kicki. „Nimmt denn dieser dumme Junge nie Vernunft an?"

Martin krabbelte auf die Beine. Er hielt die Zügel immer noch fest in der Hand. Billy, der aussah wie ein richtiges Indianerpferd, weiß mit braunen Flecken, schnaubte aufgeregt.

„Was sollte das bedeuten?" fragten wir Martin.

„Ich weiß nicht", antwortete er bockig. „Billy ist mit mir durchgegangen . . . Für heute reicht's mir. Ich hab keine Lust mehr."

„Darf ich mal?" bat Kicki unerwartet. Vor Wut dachte sie nicht mehr an ihre gebrochene Rippe. Sie setzte sich in den Sattel, verlängerte die Steigbügel und ritt davon. Mit Billy war heute nicht gut Kirschen essen. Das sah ich sofort. Er war auch sonst oft unzuverlässig, brach seitlich aus oder blieb plötzlich mit gekrümmtem Rücken wie angewurzelt stehen. Jetzt benahm er sich wie ein Haudegen und setzte alles auf eine Karte.

Als Kicki auf das Hindernis zuhielt, zeigte uns Billy seinen berühmten Blitzstart. Er riß Kicki die Zügel aus den Händen und donnerte los. Seine Hufe wirbelten den Sand meterweit hoch. Bei einer steilen Kehrtwendung verlor Kicki nicht nur einen Steigbügel, sondern wurde auch noch halb aus dem Sattel geschleudert. Billy wurde noch schneller.

Wir konnten nichts tun. Wir konnten nur auf das Unvermeidliche warten . . .

Klatsch! Kicki wälzte sich auf dem Boden, und Billy raste losgelassen mit wilden Bocksprüngen über die Bahn.

„Miststück“, schimpfte Kicki, während sie beschämt aufstand und den Schmutz aus ihren Jeans klopfte. „Meine arme Rippe. Warum mußte ich mich auch auf Billy einlassen? Man glaubt immer, man selbst ist der beste und erfahrenste Reiter . . .“

„Ist die Vorstellung zu Ende?“ fragte Lasse vorsichtig. „Ich habe nämlich keinen Film mehr. Auf die Vorführung beim nächsten Klubabend freue ich mich jetzt schon!“

Vorbereitungen aufs Turnier

Thomas gelang es endlich, Billy einzufangen. Als er hörte, daß Kicki geritten, ja sogar gesprungen war, wurde er ganz schön wütend.

„So viel Dummheit hätte ich dir nicht zugetraut. Typisch Mädchen! Reitet mit einer gebrochenen Rippe . . .“

Es endete damit, daß Thomas sich auf Billy setzte und ihm eine Lektion in gutem Benehmen erteilte. Kicki schaute mit hochrotem Kopf zu. Thomas war ihr Freund. Er war ein glänzender Reiter und leitete zusammen mit Hasse unsere Reitschule.

Martin brachte Billy in den Stall, und wir machten uns an die Arbeit. Wir kramten in dem Haufen von alten Brettern und Planken, die nach dem Stallausbau übriggeblieben waren. Thomas hatte eine gute Idee für eine Hecke, und Lasse zeichnete ein Gatter, das er bauen wollte. Am kompliziertesten waren die Hindernisstützen – und ausgerechnet davon brauchte man so viele! Zum Glück besaßen wir schon einige, die die Mädchen nur noch weiß anstreichen mußten.

„Billy wird immer unmöglicher", sagte Kicki später zu mir, als wir in meine Wohnung gingen und Stupsie fütterten. „Ich kann mir nicht vorstellen, daß Martin beim Springturnier mit ihm fertig wird."

„Ich mir auch nicht. Aber das Galopprennen liegt vor dem Springen. Dabei kann er schon Dampf ablassen", überlegte ich und schaute zum Fenster hinaus.

Kicki folgte meinem Blick. „Wie eifrig Thomas ist! Man könnte glauben, er sei unter die Ponyenthusiasten gegangen. Dabei braucht er die Hindernisse dringend selbst zum Training ..."

„Sei nicht so gehässig", protestierte ich. „Du fährst bestimmt auch bald mit Mikene zu Wettkämpfen."

„Noch nicht. Aber ich fahre in zwei Wochen mit Hasse und Thomas zum Turnier nach Tuna. Kommst du auch mit?"

„Das hängt davon ab, ob jemand den Unterricht für mich übernimmt. Das ist mehr als unwahrscheinlich. Also muß ich wohl wie üblich zu Hause bleiben."

Kicki sah mich mitleidig an. Darum sagte ich schnell: „Ach, das macht nichts. Wir haben doch bald unseren eigenen Wettkampf."

Kicki und ich hatten Einladungen an alle Reitklubs in der Nähe geschickt. Jeden Tag trafen neue Anmeldungen ein. Es kitzelte richtig vor Freude im Magen, wenn man an die vielen fremden Ponys dachte, die zu *unseren* Wettkämpfen kamen. Einige Namen kannten wir schon von diesem mißglückten Turnier in Åsbyn. Aber die meisten waren unbekannte Talente. Es war spannend, sich mit ihnen zu messen.

„Die größte Gruppe ist das Galopprennen für B-Ponys", sagte ich zu Kicki, als die Anmeldefrist abgelaufen war. „Für das Springen haben sich auch unheimlich viele gemeldet. Aber für das Trabrennen gibt es nur fünf Bewerber. Vielleicht hat Lillebror dann eine Chance."

„Lillebror!" prustete Kicki. „Weißt du, was Mia macht? Sie will nicht länger auf Räder für den Sulky warten. Darum fährt sie mit ihrem Fahrrad hierher, schraubt die Räder ab, montiert sie am Sulky, spannt Lillebror davor und dreht einige Runden. Dann nimmt sie die Räder vom Sulky wieder ab, macht sie am Fahrrad fest und radelt nach Hause!"

„Großartig", lachte ich. „Was für eine Energie. Da kann man nur wünschen, daß sie nicht als letzte durchs Ziel gehen."

„Ich hab sie gestern beobachtet", berichtete Kicki. „Lillebror tippelte wirklich gut. Es hängt nur davon ab, wie die anderen sind."

Am Freitag hatte Kicki keine Schule. Wir beschlossen, in die Stadt zu fahren und Preise für unser Turnier zu ergattern. Kicki parkte ihren Wagen auf dem Marktplatz. Wir marschierten in entgegengesetzte Richtungen und wollten uns in einigen Stunden in einer kleinen Konditorei am Marktplatz wieder treffen.

Wir hatten aus dem Branchenverzeichnis die Geschäfte herausgeschrieben, die für uns in Frage kamen. Auf meiner Liste standen elf Adressen. Ein Eisenwarengeschäft war mein erstes Ziel. Ich war voller Optimismus und fragte mich, ob ich all die Geschenke, die ich bekam, überhaupt schleppen konnte. Einige waren doch bestimmt groß und schwer. Na ja. So dachte ich, bevor ich wußte, worauf ich mich eingelassen hatte ...

Im Eisenwarengeschäft stand eine lange Schlange. Ich wurde immer nervöser, während ich hin und her überlegte, was ich sagen sollte: Guten Tag, ich komme vom Reitklub in Dalen, die Sache ist die, wir veranstalten einen Ponywettkampf ... Guten Tag, mein Name ist und ich vertrete ...

Vor mir stand ein Mann, der offensichtlich eine Bohrmaschine kaufen wollte. Er konnte sich für keine Marke entscheiden und verließ den Laden, ohne etwas zu kaufen. Jetzt war ich an der Reihe. Der enttäuschte Verkäufer fragte mich nach meinen Wünschen. Mir lief es kalt den Rücken runter, weil mir plötzlich etwas Schreckliches einfiel: Wenn er mir nun nicht glaubte? Da stehe ich, ein wildfremder Mensch. Wenn er nun dachte, ich wollte mit diesem Trick etwas ergaunern!

Der Verkäufer setzte ein geschäftsmäßiges, erwartungsvolles Lächeln auf, das sofort verschwand, als ich stotternd erklärte, warum ich hier war. Er schüttelte ablehnend den Kopf.

„Wir verschenken keine Preise mehr. Aus Prinzip. Jede Woche tauchen hier zwei, drei Vereine auf. Wir wären längst ruiniert. Also, tut mir leid ..." Und schon wandte er sich an den nächsten Kunden.

So eine Pleite. Am liebsten wäre ich im Erdboden versunken. Es dauerte lange, bis ich mich traute, in das nächste Geschäft zu gehen.

Das Uhrengeschäft war menschenleer. Nur hinter dem Ladentisch stand ein junges, hübsches Mädchen. An den Wänden tickten Hunderte von Uhren.

„Mein Chef ist nicht da", antwortete sie mir freundlich.

„Es tut mir leid, aber wir verschenken keine Preise mehr!"

„Können Sie nach ein Uhr noch einmal vorbeikommen? Wie sagten Sie, heißt der Reitklub?"

Ich wiederholte den Namen, und sie notierte ihn auf einem Zettel. Dann bedankte ich mich herzlich und ging. In den nächsten vier Geschäften hörte ich nur nichtssagende Phrasen: Der Chef ist gerade beschäftigt, kommen Sie doch morgen wieder; vielleicht haben wir morgen etwas für Sie; ich kann Ihnen nichts versprechen; der Chef ist zu Tisch und so weiter.

Ich ging in ein kleines Straßencafé und stärkte mich erst

einmal mit einem großen Eisbecher. Lag der Fehler bei mir? Oder gehörte es in eine längst vergangene, glücklichere Zeit, daß Geschäftsleute Preise für einen Sportverein stifteten?

Puh, sechs Adressen auf meiner Liste konnte ich schon abhaken, und immer noch stand ich mit leeren Händen da. Ich überlegte, daß ich einen Schreikrampf bekäme, wenn Kicki jetzt mit dem Arm voller Pakete auftauchte. Ich schaute auf die Uhr. Alle Adressen konnte ich nicht mehr aufsuchen. Darüber war ich aber gar nicht so traurig. Ich entschied mich für das Fotogeschäft. Vielleicht stifteten sie wenigstens eine Schachtel Fotoecken, dachte ich verbittert. Der Laden war voller Menschen. Ich hatte das Gefühl, alle starrten nur auf mich, als ich mit hochrotem Kopf meine kleine Rede hielt.

„Jaja", sagte der junge Mann hinter dem Ladentisch freundlich und nahm ohne zu zögern ein blaues Fotoalbum aus dem Regal. „Glauben Sie, daß das hier das Richtige ist?"

Ich hätte ihn umarmen können!

„O ja", antwortete ich strahlend und reichte ihm dankbar die Hand. „Vielen Dank. Tausend Dank. Das ist unheimlich nett von Ihnen. Ich schicke Ihnen auch Freikarten für unseren Ponywettkampf."

Ich tanzte auf die Straße hinaus. Die Welt war wieder in Ordnung. Ich wurde so übermütig, daß ich mein Glück in einem Schmuckgeschäft versuchen wollte. Aber als ich die Ladentür hinter mir zumachte und mitten zwischen all diesen Kostbarkeiten stand, bereute ich meinen Entschluß schnell wieder. Die Verkäuferin, eine sehr elegant gekleidete Dame, fragte ganz formell, womit sie mir dienen könne.

„Ihr veranstaltet also einen Ponywettkampf? Das finde ich großartig", antwortete sie zu meiner Überraschung. „Meine jüngste Tochter geht einmal in der Woche zum Reiten. Sie spricht nur noch über Pferde. Ich freue mich, daß sie so begeistert ist. Wir haben einige hübsche Armbänder für kleine Mädchen . . ."

Sie gab mir zwei entzückende Armbänder aus schwarzem Samt mit silbernen Anhängern. Ich war so überrascht, daß ich gar nicht wußte, wie ich mich bedanken sollte. Die elegante Dame wünschte uns viel Glück für die Veranstaltung und versprach, mit ihrer Tochter zu kommen und zuzuschauen. Auf dem Weg zur Konditorei, wo Kicki wahrscheinlich schon ungeduldig auf mich wartete, schaute ich noch einmal in das Uhrengeschäft. Tatsächlich hielt das junge Mädchen ein hübsch verpacktes Päckchen für mich bereit, das sie mir mit freundlichen Grüßen von ihrem Chef überreichte. Es gab also doch noch nette Menschen in der Stadt.

„Nie wieder!" stöhnte Kicki, als ich mich in der Konditorei neben sie setzte. „Was für eine Tortur! Was für ein Spießrutenlaufen!"

„Sag nichts", bat ich. „Ich weiß nur zu gut, was du meinst."

Wir bestellten Tee und gefüllte Pasteten. Dann platzten wir vor Neugier und sagten gleichzeitig: „Zeig mal, was du ergattert hast."

Ich öffnete zuerst das Päckchen vom Uhrmacher. Es enthielt einen niedlichen kleinen Wecker in Gold und Dunkelblau. Kicki hatte gleich im ersten Geschäft eine Kamera in Geschenkverpackung bekommen. Wirklich großartig. Danach folgten Absagen oder bestenfalls vage Versprechungen. Zum Schluß stiftete ein Geschäft zwei nicht gerade schöne, grüne T-Shirts und ein anderes Geschäft eine gräßliche blaßrosa Strickjacke in Größe 38.

„Sieht aus wie Größe 44", spottete ich. „Paßt höchstens

irgendeinem ganz dicken Mädchen auf einem ebenso dicken Fjordpferd."

Kicki meinte, *so* dick könne niemand sein, und kicherte plötzlich fürchterlich.

„Was ist denn so komisch?" fragte ich und begann auch wie ein alberner Backfisch zu kichern, ohne zu wissen, warum. Wahrscheinlich war es einfach die Reaktion auf diesen anstrengenden, nervenaufreibenden Tag.

„Ich wagte mich doch tatsächlich in das sündhaft teure Modehaus in der Hauptstraße", erklärte Kicki. „Man überreichte mir eine große Tüte. Ich traute mich nicht, gleich nachzusehen, was sie enthielt. Also bedankte ich mich höflich und ging. Draußen habe ich sofort in die Tüte gelinst. Rate mal, was drin war! Ein verstaubter, alter Herrenhut!!"

Kicki bog sich vor Lachen. Ich prustete, bekam meinen Tee in den falschen Hals und mußte husten.

„Ich stand mitten auf dem Bürgersteig, starrte in eine Tüte und lachte und lachte. Kannst du dir vorstellen, daß die Leute stehenblieben?"

„Und was hast du dann gemacht?"

„Ich ging in das Geschäft zurück und erklärte, daß wir ein Reitturnier für Kinder veranstalteten und daß die meisten Teilnehmer Mädchen seien. Da bekam ich statt dessen diese scheußliche Strickjacke."

„Einige waren sehr freundlich", berichtete ich und schob den letzten Bissen der köstlichen Pastete in den Mund. „Aber wir haben noch lange nicht genug Preise. Ich fürchte, wir müssen wieder in die Stadt fahren und unser Glück versuchen. Das wird nicht einfach sein, denn jetzt wissen wir, was uns erwartet."

„Ich wage nicht einmal, daran zu denken", sagte Kicki und schüttelte sich. „Sprechen wir von etwas anderem . . ."

Lagerfeuer und knusprige Würstchen

„Was hältst du von einem Ausritt am Sonntag?“ fragte Kicki auf dem Heimweg. „Ich meine einen richtigen langen Ausflug mit Lagerfeuer und Grillen und so. Wir schuften seit Tagen nur noch für diesen Ponywettkampf. Es wird Zeit, daß wir uns mal wieder amüsieren.“

Ich mußte ihr recht geben und fragte sie, welche Pferde sie mitnehmen wollte.

„Alle!“ antwortete Kicki ohne zu zögern. „Je mehr wir sind, um so lustiger wird es.“

„Und Scheck? Soll der etwa auch mit?“

„Nein, natürlich nicht. Er ist zu alt. Er könnte sich überanstrengen.“

„Okay. Ich finde deine Idee großartig. Glaubst du, daß wir Lasse und Thomas überreden können, Bratwürste und Grillspieße zu besorgen?“

„Bestimmt. Schließlich haben wir schon so oft für sie Sattel und Trense geputzt“, meinte Kicki.

Als wir die Reitschule erreichten, sahen wir, daß sich eine Menge Kinder vor unserem kleinen Parcours versammelt hatte. Hasse und Thomas trainierten. Lasse war auch da mit Cayenne. Dieses Schauspiel wollten wir uns natürlich nicht entgehen lassen.

Ich lief nur schnell zu meiner Wohnung, um Stupsie hinauszulassen. Er war ganz wild vor Freude und sprang immer wieder bellend an mir hoch. Man könnte glauben, ich sei mehrere Tage weggewesen und nicht nur ein paar Stunden. Stupsie war wirklich ein süßer junger Hund. Er war immer vergnügt und hatte die liebsten und treuherzigsten Augen der Welt.

Ich nahm ihn sicherheitshalber an die Leine, damit er nicht zwischen die Beine der Pferde lief, und ging mit ihm zur Reitbahn. Stupsie marschierte freudig auf seinen kleinen Patschpfötchen los und schnüffelte aufgeregt nach neuen und alten Spuren. Sein eifrig wedelnder Schwanz erzählte, daß er eine Menge interessanter Dinge erfuhr.

„Mein kleiner Dickwanst", neckte ich ihn und klopfte seinen Bauch. „Du wächst so schnell, daß man deine Knochen förmlich knacken hört."

Ich stellte mich neben Kicki, die gespannt Hasse und Organdie beobachtete. Die Mädchen um uns herum schwiegen beinahe andächtig. Es war erstaunlich, wie sehr sich Organdie verändert hatte. Sie schlug ruhig und beherrscht in versammeltem Galopp eine große Volte. Als Hasse sie zum erstenmal ritt, warf sie sich wild und unüberlegt über die Hindernisse, sprang kopflos über Zäune, brach in Hecken ein und landete auf den Knien. Alle außer Hasse sagten, sie sei nicht ganz richtig im Kopf.

Hasse wollte sich nicht geschlagen geben. Er hatte Organdie an der Hand eingesprungen. Sie sprang phantastisch, elegant und ohne Anstrengung. Aber sobald jemand auf ihrem Rücken saß, kam dieser nervöse, ängstliche Ausdruck in ihre Augen.

Hasse war von ihren Fähigkeiten überzeugt. Er glaubte, daß die Stute Großes leisten konnte. Er fing immer wieder von vorn an, trainierte geduldig mit ihr auf ebenem Boden und ließ sie lange Zeit Hindernisse nicht einmal von weitem sehen.

Organdie war eine langbeinige Fuchsstute, ihr Fell eine Nuance dunkler als üblich. Seit sie nicht mehr mit offenem und trockenem Maul herumlief und mit angespannten Halsmuskeln Widerstand gegen ihren Reiter leistete, sah man erst, was für einen langen und wunderschönen Hals sie hatte.

Hasse sah wie immer gleichgültig aus und summte vor sich hin. Wer ihn und die Stute nicht kannte, mußte glauben, er ließe sich einfach tragen. Aber wir wußten, daß er summte, um Organdie zu beruhigen, und daß er von jeder Minute sechzig Sekunden konzentriert ritt. Er lenkte das Pferd gleichsam im Vorbeigehen aus der Volte heraus über die neue Mauer, die wir vor kurzem aufgestellt hatten.

Organdie ließ sich von seiner Gelassenheit oder Unbekümmertheit oder wie man das nennen will anstecken und nahm das Hindernis ruhig und ohne den geringsten Widerstand. Das war das Geheimnis von Hasses Erfolg.

Ich war so fasziniert, daß ich kaum zu atmen wagte. Ich hatte Organdies Entwicklung genau verfolgt und miterlebt, wie aus der nervösen, ängstlichen, „verrückten" Stute ein Pferd wurde, das ruhig und voller Vertrauen in seinen Reiter über Hindernisse sprang. Ein schöneres Erlebnis kann ich mir nicht vorstellen.

Oh, wie ich Hasse und Organdie für das Turnier nächste Woche die Daumen drückte!

Jetzt war Thomas mit seinem schwarzen Vollblut, Lord Peter, in der Bahn. Sie nahmen die Mauer und die Trippelbarre mit den grünen Stangen in hohem Bogen und ohne etwas zu reißen. Lord Peter stammt genau wie Organdie aus Täby. Er ist nicht besonders groß, aber schlau und eigenwillig, und Thomas hatte anfangs seine Schwierigkeiten mit ihm. Aber inzwischen hatten sich die beiden auf vielen Turnieren in der näheren Umgebung einen Namen gemacht. Sie brachten fast immer Preise und Rosetten mit nach Hause.

Als Lasse mit Cayenne über die Mauer sprang, flogen die kleinen Schachteln in alle Himmelsrichtungen.

„Gib es lieber auf", riefen wir. „Wir brauchen die Mauer noch für den Ponywettkampf!"

Aber damit war Lasse nicht einverstanden. Also bauten wir wohl oder übel das Hindernis wieder auf. Diesmal hob Cayenne seine Beine etwas höher. Cayenne, ein kräftiges Halbblut, war schwerer als die beiden anderen Pferde und auch nicht so temperamentvoll. Er konnte auch hitzig reagieren, wenn er besonders aufgekratzt war, aber meistens sah er keinen Grund, sich aus der Ruhe bringen zu lassen. Er war ein zuverlässiges Pferd, das bereitwillig über alle Hindernisse sprang, die Lasse ansteuerte. Manchmal riß er ein Hindernis, so daß die Stangen in alle Richtungen purzelten, aber das schien ihm nicht das geringste auszumachen. Lasse wollte nächstes Wochenende zum erstenmal mit ihm an einem Wettkampf teilnehmen.

„Das wird vielleicht ein spannender Wettkampf", sagte ich zu Kicki. „Ich wünschte wirklich, ich könnte mitkommen und zusehen."

Da wußte ich noch nicht, daß es diesmal zu Hause mindestens genauso spannend wurde, nur auf eine ganz andere Art ...

Der Ausflug, den Kicki und ich am Sonntag veranstalteten, wurde ein voller Erfolg. Wir waren uns alle einig, daß wir so etwas viel öfter machen sollten. Außer Organdie, Lord Peter und dem alten Scheck hatten wir alle Pferde mitgenommen. Hasse und Thomas wollten eine Woche vor dem Wettkampf nichts riskieren. Weil sie außerdem für Essen und Trinken sorgen sollten, fuhren sie mit dem Auto. Sie nahmen Lasse mit, der uns filmte, als wir aus dem Hof ritten.

Kicki führte unsere Gruppe an. Sie wollte aufpassen, daß keines der Pferde durchging. Aber sie hatte mehr als genug damit zu tun, auf ihr eigenes Pferd aufzupassen. Mikenes Hufe waren mehr in der Luft als auf der Erde. Wir fielen in starken Galopp, damit Mikene sich abreagierte. Aber der Galopp wurde bei ihr zu einer Reihe von tollkühnen Bocksprüngen. Es ist mir unbegreiflich, wie Kicki sich im Sattel halten konnte! Agneta, die auf dem Nordschweden Kurre hinter ihr ritt, beschwerte sich lauthals, daß ihr so viel Sand und Lehm in die Augen gespritzt wurde.

Wie merkwürdig, daß Billy sich ruhig verhielt, stellte ich erstaunt fest. Ich ritt als letzte auf Silber und konnte die anderen gut beobachten. Na ja, Billy träumte wahrscheinlich vor sich hin. Das tat er manchmal. Bestimmt wird er früher oder später durchgehen. Aber Billy brach nicht aus. Er verhielt sich so ungewöhnlich ruhig, daß ich mich fragte, ob er vielleicht krank war. Martin hatte sich in den Kopf gesetzt, das Galopprennen zu gewinnen, und trainierte jeden Tag bis zur Erschöpfung mit Billy. Ich sagte ihm immer wieder, wie falsch das ist und daß er sein Pferd überanstrengt. Aber er hörte nicht auf mich.

Ich kümmerte mich um die kleinen Ponys und genoß das Reiten. An Silber gab es nichts auszusetzen. Wenn ich mit ihm sprach, stellte er nur ein Ohr zurück. Das andere richtete er aufmerksam nach vorn, damit ihm nichts entging, was vor ihm passierte. Sessan lebte richtig auf. Als wir die Sandgrube erreichten, sprang sie vor Freude in die Luft, warf Cilla, ihre Reiterin, ab und rutschte vergnügt die weiche, gelbe Mulde hinunter, so daß der Sand hoch aufwirbelte. Cilla, die mit dem Kopf voran im Sand landete, schimpfte und prustete fürchterlich.

Lillebror und Tim und Tom zerstreuten sich in alle

Winde, als Sessan vorbeischwirrte, und im Handumdrehen wälzten sich drei weitere zappelnde Kinder im Sand. Das sah so lustig aus und machte solchen Spaß, daß wir uns alle lachend und kichernd in den Sand fallen ließen. Hinterher brauchten wir allerdings über eine Viertelstunde, um die Ponys wieder zusammenzutrommeln.

Wir trabten über einen ausgefahrenen Waldweg mit breiten Furchen und einem Grasstreifen in der Mitte. Der Weg führte an einer baufälligen Scheune vorbei zu einer hellgrünen Wiese mit bunten Frühlingsblumen. „Galopp!“ rief Kicki und ließ Mikene freien Lauf. Die kleinen Ponys setzten begeistert hinterher. Gleich wird bestimmt die halbe Mannschaft aus dem Sattel geworfen, dachte ich. Aber merkwürdigerweise geschah nichts dergleichen.

Wir erreichten wieder Wald und ließen die Pferde an langen Zügeln im Schritt gehen. Silber war herrlich ausgelassen und absolute Spitze. Ich hätte auf keinem anderen Pferd der Welt sitzen mögen.

Auf einer Lichtung warteten die Jungen auf uns. Das Lagerfeuer knisterte bereits. Lasse filmte uns, wie wir aus dem Wald auf die sonnenbeschienene Lichtung ritten. Dann banden wir die Pferde – sie hatten alle Halfter und Trense – so an, daß sie frische Zweige und saftiges Frühlingsgras naschen konnten. Wir hockten uns um das Lagerfeuer, tranken kühlen Orangensaft aus Pappbechern, stritten uns zum Spaß um die Grillspieße und versuchten, nicht allzu viele braunschwarze, köstlich duftende Würstchen in der Asche zu verlieren. Dabei plapperten wir ununterbrochen und hatten auch noch ein wachsames Auge auf die Pferde, damit sie sich nicht in ihr Halfter verwickelten oder miteinander zu raufen anfingen.

Ich schaute zu den Büschen, wo Silber und Sessan sich

Die Pferde grasten,
und wir machten es uns
am knisternden Lagerfeuer gemütlich

freundlich beschnupperten. Die Flammen züngelten und prasselten und erhitzten unsere Wangen. Wir hatten nur ein Gesprächsthema: Wettkämpfe. Wettkämpfe für große Pferde und Ponywettkämpfe ...

Ein seltsamer Anruf

Auf dem Heimweg waren die Pferde ungewöhnlich fröhlich und ausgelassen. Dieser Ausflug tat den Ponys gut, war eine willkommene Abwechslung in ihrem eingefahrenen Leben als Reitschulpferde. Nicht, daß sie sich dabei überanstrengten ... Aber langweilig und eintönig war es bestimmt manchmal.

Lilleman hatte sich noch nicht richtig angepaßt. Er war der Eifrigste im Unterricht und galt natürlich als Favorit. Jeder wollte ihn reiten.

Ich hatte Anita erlaubt, ein bißchen mit ihm zu springen, obwohl ich sie warnte und ihr sagte, daß Lilleman bestimmt gern über einen Graben oder einen querliegenden Baumstamm sprang, daß er aber diese künstlichen Hindernisse sicher lächerlich und überflüssig fand. Schließlich konnte man ihnen genausogut und mühelos seitwärts ausweichen.

Anita versuchte, mit Lilleman über einige niedrige Hindernisse auf der Sandbahn zu springen. Für den Anfang ging es erstaunlich gut. Überhaupt gewann die ganze Mannschaft allmählich an Format. Jeder wollte sein Bestes geben. Pinglan ließ sich nicht mehr so oft von Tom abwerfen, und Tim stolperte kaum noch über seine langen Beine. Lillebror mit seinem ausgeprägten Sinn für Humor wollte den Ernst der vielen Springübungen nicht recht einsehen, aber auch er machte Fortschritte.

Rauhbein war kein Problem. Er lief fröhlich auf die Hindernisse zu, blieb dann aber kurz stehen und sprang sehr steil hinüber. Die arme Lotta hatte natürlich Schwierigkeiten, im Sattel zu bleiben und bei der Landung weich nachzugeben.

Die größten Sorgen bereiteten mir Billy und Martin. Billy war nicht wiederzuerkennen. Er sprang träge und lustlos. Noch vor wenigen Wochen stürmte er auf jedes Hindernis zu, riß Martin die Zügel aus der Hand und galoppierte wie ein Wilder über den Parcours.

Eines Abends hatte ich den Eindruck, daß Billy lahmte. Seit er bei uns war, war er nicht einen einzigen Tag krank gewesen. Vielleicht bildete ich es mir auch nur ein. Ich hatte gerade mit dem Unterricht für die großen Pferde begonnen, an dem Billy und Rauhbein teilnahmen, obwohl sie ja eigentlich Ponys waren. Aber so ließen sich besser Gruppen zusammenstellen. Anita ritt diesmal auf Billy. Ich forderte sie auf, an langen Zügeln mit ihm zu traben.

Billy gehorchte und schüttelte traurig den Kopf. Irgend etwas mußte mit ihm nicht in Ordnung sein, denn sonst wäre er davongaloppiert, hätte gebockt und alles darangesetzt, seinen Reiter abzuwerfen . . .

Ich untersuchte seine Hufe. Nichts zu sehen. Ich tastete seine Beine ab. War das linke nicht wärmer als das rechte?

In diesem Augenblick kam Hasse und sagte, daß Organdie und Lord Peter zum Stall kommen sollten. Der Tierarzt war da, um zu bescheinigen, daß sie keine anstekkenden Krankheiten hatten. Dieses Attest brauchten sie für den Wettkampf am Wochenende.

„Ob er wohl auch Billy untersuchen könnte?“ fragte ich besorgt. „Ich habe den Eindruck, daß er lahmt.“

„Was sagst du? Ich finde, er läuft völlig normal.“

Sicherheitshalber brachten wir Billy doch zum Stall. Ich hoffte, daß ich mich geirrt hatte und daß der Tierarzt nichts finden würde.

Vor dem Stall mußte ich Billy reiten, während der Tierarzt, Lasses Onkel Jonas, uns beobachtete. Billy hinkte. Der Tierarzt murmelte irgend etwas vor sich hin und untersuchte Billys Vorderbein lange und gründlich.

„Lahmt er heute den ersten Tag?“ fragte er barsch.

„Ja“, antwortete ich und fügte hinzu, daß er bisher noch nie gelahmt hätte.

„Ihr könnt von Glück sagen, daß ihr es so früh entdeckt habt“, sagte der Tierarzt. „Das arme Pferd ist total überanstrengt. Das fühlt man an den Sehnen. Er muß mindestens eine Woche völlige Ruhe haben. Danach könnt ihr anfangen, ihn vorsichtig über den Hof zu führen. Ruft mich an. Ich muß ihn mir unbedingt noch einmal ansehen.“

Daß es so ernst war, hatte ich nicht erwartet. Schuld daran war natürlich Martins unmäßiges Galopptraining. Beinahe hätte er Billy völlig zuschanden geritten. Ich hatte ja beobachtet, wie er das Pferd jagte. Ich hätte doch etwas unternehmen müssen. Mit seinen Eltern sprechen oder so. Aber das hätte wahrscheinlich nichts genützt. Martins Eltern hatten keine Ahnung von Pferden. Sie hätten sicher nur die Achseln gezuckt und gesagt: „Ach, lassen Sie den Jungen nur reiten. So ein großes und kräftiges Pony wird doch wohl mit unserem kleinen Jungen fertig werden . . .“

Nun hatte Billy eine überanstrengte Sehne, und Martin konnte sich das Galopprennen an den Hut stecken.

Während die anderen Ponys in vollem Galopp über die Trabrennbahn jagten, durfte sein Billy höchstens eine halbe Stunde im Hof umhergehen.

Manchmal kam mir alles so schwierig vor. Die Sache mit Billy nahm mich genauso mit, als sei es mein eigenes Pferd. Ich sagte mir immer wieder, daß es nicht mein Fehler war. Ich hatte Martin oft genug gewarnt. War es dann Martins Fehler? Konnte er etwas dafür, daß er uneinsichtig war und keine Ratschläge annahm? Sicher war es zum Teil seine Schuld. Aber ich fand auch, daß Martins Eltern verantwortungslos handelten, weil sie sich nicht darum kümmerten, was es bedeutete, ein Pferd zu halten. Sie überließen die ganze Verantwortung einfach einem kleinen Jungen, der eigentlich von Mopeds träumte und dem es nur darauf ankam, möglichst schnell zu reiten.

Am Freitag abend wurden Organdie, Lord Peter und Cayenne verladen. Mit den Pferden verschwanden nicht nur Hasse, Thomas, Lasse und Kicki, sondern auch die Stallknechte und einige der älteren Reitschüler. Am Samstag war es daher richtig leer auf der Reitschule. Ich war mit einigen kleinen Mädchen ganz allein. Meine Gedanken schweiften immer wieder zu dem Wettkampf. Würden Thomas und Lord Peter wieder gewinnen? Würde es Hasse gelingen, Organdie bei all den fremden Pferden zu beruhigen? Und wie bewältigte Cayenne seinen ersten Wettkampf?

Am Sonntag vormittag war der Stall wie immer voll von kleinen Mädchen, die mir halfen, die Ponys zu striegeln und für die erste Unterrichtsstunde um halb zwölf vorzubereiten. Es war erst halb elf. Wir hatten noch genügend Zeit. Ich saß mit Ann, Inger, Pinglan und einigen anderen Mädchen, die am Ponywettkampf teilnehmen sollten, in der Sattelkammer. Wir diskutierten über das Reglement beim Wettkampf.

Plötzlich klingelte das Telefon.

Ich erschrak richtig, weil ich mich noch nicht daran gewöhnt hatte, daß wir ein Telefon in der Sattelkammer hatten. Es war Lasse. Er rief aus Tuna an. Seine Stimme klang fröhlich. Cayenne hatte sich ausgezeichnet geschlagen und das Eröffnungsspringen mit nur vier Fehlerpunkten gemeistert.

„Hasse und Organdie wurden Sieger . . ."

„Stimmt das?" rief ich aufgeregt. „Du willst mich wohl auf den Arm nehmen?"

Aber Lasse schwor, daß es stimmte.

„Ich erzähle dir alles, wenn ich zu Hause bin", versprach er. „Ich habe keine Münzen mehr für den Telefonautomaten. Und außerdem startet gleich die nächste Klasse."

„Viel Glück!" wünschte ich noch bevor er auflegte. Ich teilte den Mädchen das glänzende Ergebnis mit. Wir freuten uns so sehr, daß wir uns gar nicht mehr richtig auf unseren Ponywettkampf konzentrieren konnten.

Plötzlich klingelte das Telefon wieder. Ich nahm den Hörer ab.

„Macht, daß ihr rauskommt! In zehn Minuten knallt's!"

Was bedeutete das? War es ein schlechter Scherz, oder hatte ich mich verhört? Ich fragte, worum es sich handelt.

Die Stimme war leise und kam von weit her. Sie schien einem erwachsenen Mann zu gehören.

„Macht, daß ihr rauskommt! In zehn Minuten explodiert der Dachboden . . ."

Aufregung in der Reitschule

„Wie bitte? Welcher Dachboden?“ fragte ich verwirrt. „Wir sind doch im Stall ...“

„Der Stall wird wohl ein Obergeschoß haben“, sagte die Telefonstimme drohend.

Ich war so erschrocken, daß es mir schwerfiel, einen klaren Kopf zu bewahren. Ich muß die Polizei alarmieren, war mein erster Gedanke. Und die Kinder und die Ponys müssen so schnell wie möglich aus dem Stall gebracht werden ...

„Wer sind Sie? Von wo rufen Sie an?“ fragte ich zitternd. Die Stimme antwortete nicht. Klick. Einfach aufgelegt. Da stand ich nun. Was sollte ich zuerst tun?

„Hat jemand Kleingeld zum Telefonieren?“ fragte ich die Mädchen. Ich bemühte mich, meine Aufregung vor ihnen zu verbergen. „Ich muß die Polizei anrufen.“

Die Mädchen schauten mich überrascht an. Ich wählte 110, verlangte die Polizei und sagte: „Hier ist die Reitschule in Dalen. Wir haben gerade einen merkwürdigen Telefonanruf bekommen ...“

Ich erzählte alles, und die Polizei versprach, sofort einen Streifenwagen zu schicken.

„Beeilt euch! Und nehmt die Pferde mit!“ befahl ich den Mädchen. Meine Stimme klang schriller als gewöhnlich. „In fünf Minuten muß der Stall geräumt sein.“

Erschrockene Gesichter starrten mich an. Hände hielten

mitten im Striegeln inne.

„Aber warum denn? Was ist passiert?"

„Ein Mann hat angerufen. Er sagte ... er sagte, daß der Stall in zehn Minuten in die Luft fliegt ... unser Stall!"

Es hörte sich verrückt an. Aber die Mädchen brauchten nur in mein kreideweißes Gesicht zu sehen, um zu wissen, daß es Ernst war. Mit schnellen, hektischen Bewegungen brachten sie die Ponys ins Freie.

Zum Glück brach keine Panik aus. Aber unsere Stimmung war gespannt, und einige der kleineren Mädchen schluchzten hysterisch. Ich bat Ann und noch ein anderes Mädchen, Silber und Billy aus dem kleinen Stall neben meiner Wohnung zu holen.

Wir brachten alle Pferde auf die große Weide, die am weitesten vom Stall entfernt lag. Die Ponys wieherten vergnügt und jagten einander. Sie freuten sich über die unerwartet gewonnene Freiheit. Noch jemand freute sich: Stupsie. Er lief am Gatter entlang und bellte übermütig.

In weniger als fünf Minuten war der Stall leer. Unten am Weg tauchte bereits der erste Streifenwagen auf.

Die Polizisten kamen in vier Autos mit heulenden Sirenen. Sie blockierten den Weg, sperrten die Umgebung ab und sorgten dafür, daß sich die Kinder weit weg vom Stall versammelten. Dann warteten sie.

Die Polizisten warteten. Wir warteten. Die zehn Minuten waren längst vorbei. Nichts passierte. Der Stall flog nicht in die Luft. Alles wirkte irgendwie unwirklich, fast lächerlich. Immer mehr Mädchen kamen zum Unterricht und wurden von den Polizisten gestoppt. Wir unterhielten uns leise und schauten ab und zu vorsichtig zum Stall. Die Polizisten stellten mir eine Menge Fragen: Kannte ich jemanden, der einen Grund hatte, den Stall in die Luft zu sprengen? Vielleicht einen ehemaligen Stallknecht, der entlassen wurde und sich rächen wollte? Hatte ich irgend etwas Verdächtiges gehört oder gesehen?

Ich schüttelte nur den Kopf. Ich hatte nicht die geringste Ahnung, wer es war – und warum er es tat.

„In der Stadt hatten wir in letzter Zeit mehrere solcher Bombendrohungen", berichtete einer der Polizisten. „Wir mußten sogar ein ganzes Warenhaus räumen. Es war immer blinder Alarm. Trotzdem nehmen wir die Sache sehr ernst. Wer anderen Menschen Angst einjagt und droht, sie in die Luft zu sprengen, der ist auch dazu imstande, eine Bombe zu legen."

Ich merkte erst jetzt, wo die Kinder und die Ponys in Sicherheit waren, wie sehr mir der Schreck in die Glieder gefahren war. Meine Knie waren weich wie Gummi.

„Billy ist los! Billy ist los!" schrien die Mädchen.

Im gleichen Augenblick galoppierte er auch schon auf den Hof: ein weiß-brauner Wildfang mit zerzauster Mähne und wehendem Schweif. Billys Hufe donnerten über den Kies. Billy, der seine überanstrengten Sehnen schonen sollte ... Das hatte mir gerade noch gefehlt! Nach drei Tagen völliger Ruhe im Stall ging Billys Temperament jetzt mit ihm durch. Zuerst tobte er wie ein Wahnsinniger über die Weide und wirbelte ganze Grasbüschel durch die Luft. Als ihm das nicht mehr genügte, sprang er einfach über das Gatter.

„Hoffentlich explodiert der Stall nicht gerade jetzt", rief eines der Mädchen.

„Wie kannst du nur so etwas sagen", empörten sich die anderen.

Ich wollte versuchen, den Ausreißer einzufangen. Aber ein kleiner, rundlicher Polizist hinderte mich daran.

„Lassen Sie mich das machen", sagte er und marschierte

Der Polizist hing halb in der Luft und strampelte hilflos mit seinen kurzen Beinen

mit energischen Schritten auf Billy zu.

Jemand muß ihn vor Billy warnen, dachte ich.

Billy hatte sich ausgetobt und stand nun ganz ruhig vor der Stalltür und wartete. Der Polizist packte nichts Böses ahnend Billys Halfter – und schon begann der Zirkus! Billy startete so blitzartig, daß er dem armen Polizisten beinahe den Arm ausrenkte. Billys Hufe schmetterten über den Hof. Der Polizist rannte mit, so schnell er konnte. Aber schon bald hing er halb in der Luft und strampelte hilflos mit seinen kurzen Beinen.

Und was tat ich, die Reitlehrerin einer bombenbedrohten Reitschule? Ich lachte. Ich lachte und lachte. Ich schüttelte mich vor Lachen. Ich krümmte mich vor Lachen. Tränen traten mir in die Augen. Aber ich konnte nicht aufhören zu lachen.

Warum läßt dieser Dummkopf das Halfter nicht los, dachte ich. Plötzlich kam Billy frei. Der dicke Polizist machte eine Bauchlandung und grub eine breite Furche in den Kies. Das sah so komisch aus, daß ich beinahe platzte vor Lachen. Gleichzeitig war ich sauer über mich selbst. Ich fand mein Benehmen unmöglich. Billy sauste zu den anderen Pferden zurück und sprang von allein über den Zaun auf die Weide.

„Wie geht es Ihnen?“ fragte ich den Polizisten, als er sich mühsam auf seine Beine stellte.

„Bestimmt habe ich mir sämtliche Rippen gebrochen“, antwortete er und schnitt eine Grimasse. „Und die Schulter ausgerenkt. Au!“

Er war ganz weiß im Gesicht und sah aus, als würde er jeden Augenblick in Ohnmacht fallen.

„Entschuldigen Sie, bitte, daß ich vorhin so gelacht habe“, sagte ich ernst. „Das . . . das war wahrscheinlich eine Art

Reaktion auf die Aufregungen der letzten Stunde. So unmöglich benehme ich mich sonst nicht."

„Ich kann mir schon vorstellen, daß ich eine komische Figur machte", meinte der Polizist versöhnlich und versuchte zu lächeln. „So ein Lausejunge!"

„Wir hätten Sie warnen müssen", entschuldigte ich mich. „Es ist beinahe unmöglich, Billy am Halfter zu packen. Aber es ging alles so schnell ..."

Nach einer Weile untersuchten die Polizisten gründlich den Stall und den Heuboden. Sie fanden keine Bombe. Sie unterrichteten über Funk die Polizeistation. Uns sagten sie, daß es sich eindeutig um falschen Alarm gehandelt hatte. Wir sollten keine Angst haben und beruhigt den Reitunterricht wieder aufnehmen.

Das war leichter gesagt als getan. Als die Polizisten fort waren, fühlten wir uns ziemlich unbehaglich. Die Mädchen wollten zwar reiten, aber sie wollten die Pferde auf keinen Fall im Stall satteln und trensen. Sie rannten ängstlich in den Stall, rafften alles zusammen, was sie brauchten, und stürzten schnell wieder hinaus. In der Tür rempelten sie sich, schauten sich verstohlen an, kicherten nervös und benahmen sich äußerst albern. Ich hatte vollstes Verständnis für ihre Reaktionen!

Nach mehreren Stunden Verspätung begann ich endlich mit dem Unterricht. Beinahe war alles wieder wie vorher. Was für ein Tag!

Am Abend kamen die glorreichen Wettkampfteilnehmer mit ihren Pferden zurück. Ich hatte gar nicht mehr an sie gedacht. Angesichts der Bombendrohung war alles andere unwichtig geworden. Würden sie mir die Geschichte überhaupt glauben? Selbst mir kam jetzt alles wie ein schlechter Scherz vor.

Ein unerwarteter Zufall kam meiner Glaubwürdigkeit zu Hilfe.

„Kannst du dir vorstellen, was wir für einen Schreck bekamen?" sagte Kicki aufgeregt. „Wir brachen gegen sechs Uhr auf. Unterwegs legten wir an einer Raststätte eine Pause ein. Wir sitzen nichtsahnend bei Kaffee und Kuchen und plaudern über den Wettkampf. Vor allem über Organdie, die sich so hervorragend geschlagen hat. Ein Radio in der Ecke bringt Regionalnachrichten – und plötzlich hören wir, daß irgendwo ein Stall in die Luft gejagt werden sollte!"

„Was?" fragte ich mißtrauisch. „Soll das etwa heißen, daß sie diese Meldung im Radio brachten?"

„Ja! Wir hörten nur mit halbem Ohr zu, bis der Sprecher etwas von einer Reitschule sagte. Aber ehe alle aufhörten zu reden, waren die Nachrichten vorbei. Wir wußten nicht, was wir davon halten sollten und ob wir uns nicht vielleicht verhört hatten. Jedenfalls mangelte es uns auf der Heimreise nicht an Gesprächsstoff!"

„Diese ekelhafte, drohende Stimme", sagte ich. Bei dem Gedanken daran lief es mir kalt den Rücken runter. „Ich werde bestimmt jetzt immer Angst haben, wenn das Telefon klingelt!"

„Hast du eine Ahnung, wer es war?" fragte Kicki.

„Eigentlich glaube ich, daß jemand aufs Geratewohl eine Nummer gewählt hat", überlegte ich. „Er sagte, daß der Dachboden explodiert. Wenn er gewußt hätte, daß er einen Reitstall anruft, hätte er Heuboden gesagt. Der Stall wird wohl ein Obergeschoß haben, sagte er. So spricht man doch nicht von einem Heuboden, oder? Ach, ich weiß auch nicht."

„Wir werden wohl nie herausbekommen, wer es war", meinte Kicki.

Während Kicki und ich uns unterhielten, hatten Hasse und Thomas die Pferde ausgeladen und in den Stall gebracht. Lasse sollte mit dem Transporter weiterfahren und Cayenne nach Hause bringen.

„Traust du dich, allein hierzubleiben?“ fragte Lasse besorgt. „Sonst kannst du gern mit mir kommen und bei meiner Tante und meinem Onkel übernachten.“

Aber ich wollte die Pferde nicht ohne Aufsicht lassen – falls etwas passierte.

„Kicki, du kannst doch heute nacht hier schlafen“, schlug Thomas vor. „Damit Britta nicht so allein ist.“

„Seid nicht albern“, protestierte ich, obwohl es sehr nett von ihnen war. „Wir jagen uns ja gegenseitig Angst ein. Außerdem habe ich Stupsie. Der beste Wachhund der Welt: Begrüßt jeden freundlich und schwanzwedelnd.“

„Wenn ich hierbleibe, können wir gleich die Startfolgen für den Ponywettkampf auslosen und das Programm festlegen. Das hätten wir sowieso an einem der nächsten Abende tun müssen. Also können wir es genausogut gleich erledigen“, bestimmte Kicki und rief ihre Mutter an, daß sie nicht nach Hause käme.

„Magst du Maiskolben?“ fragte ich.

„Hm“, sagte Kicki. „Köstlich!“

Wir saßen den ganzen Abend an meinem großen Küchentisch und sortierten die Anmeldungen, verlosten die Startnummern, schrieben alle Namen Klasse für Klasse sauber auf und verwöhnten uns zwischendurch mit herrlichen warmen Maiskolben, die wir in Butter und Salz wendeten. Dazu tranken wir Unmengen Tee mit Zitrone. Stupsie schlief die ganze Zeit fest.

Wir ratschten noch bis tief in die Nacht. Es gab so viel zu erzählen über den Wettkampf in Tuna, über die Bombendrohung, über Billy und den Polizisten und natürlich über den Ponywettkampf, der mit riesigen Schritten näher kam ...

Als wir uns endlich hinlegten, war es halb zwei Uhr nachts. Wir waren so hundemüde, daß wir sofort einschliefen.

Der Tag vor dem Wettkampf

Am nächsten Tag stand alles in der Zeitung: dicke Schlagzeilen auf der ersten Seite, dazu ein Bild von den Polizisten und im Hintergrund die Ponys auf der Weide. *REITSCHULE MUSSTE WEGEN BOMBENDROHUNG GERÄUMT WERDEN* lautete die Überschrift. Eine Woche lang war dies das Gesprächsthema Nummer eins. Die Polizei rief nochmals an und stellte detaillierte Fragen. Alle überlegten, wer hinter der Sache steckte und ob die Reitschule absichtlich ausgesucht worden war oder ob es vielleicht nur ein Zufall oder gar ein Irrtum sei. Aber auf diese Fragen bekamen wir nie eine Antwort.

Zum Glück waren wir vollauf mit den Vorbereitungen für den Ponywettkampf beschäftigt. Wenn man nämlich genau überlegte, was alles hätte passieren *können,* verfiel man leicht in eine ziemlich düstere Stimmung.

Irgendwie waren wir durch diese Geschichte doch aus dem Rhythmus gekommen. Das letzte Springtraining war enttäuschend. Lillebror hatte sich in den Kopf gesetzt, daß die Fässer hochgefährlich waren, und weigerte sich, auch nur in ihre Nähe zu kommen. Er brach immer wieder aus und galoppierte ungehorsam in großem Bogen um die Fässer herum, bis Pia verzweifelt aufgab.

„Es hat keinen Zweck. Er will nicht."

Schließlich mußte ich ihn reiten und mit ihm diese verflixten Fässer bewältigen. Lillebror gehorchte nur widerwillig. Es sah bestimmt nicht gerade elegant aus, aber immerhin sprangen wir dreimal hintereinander über das Hindernis.

„Hör mal, er reagiert kaum auf rechte Schenkelhilfen", stellte ich fest. „Das mußt du ihm unbedingt abgewöhnen."

„Und wie soll ich das machen?" fragte Pia kleinlaut und kletterte wieder in den Sattel. Lillebror drehte den Kopf nach hinten und versuchte sie zu beißen.

„Tja, das läßt sich nicht aus dem Ärmel schütteln", sagte ich. „Du mußt lange und ausdauernd trainieren. Vorderhandwendungen, Schenkelhilfen und vor allem die Hufschlagfiguren, damit dein Pferd die seitwärtstreibende Wirkung des Schenkels begreift. Spring jetzt noch mal über die Fässer."

Diesmal gehorchte Lillebror. Pia lobte ihn überschwenglich und war wieder glücklich.

Bei Tim gab es andere Probleme. Er war von Natur aus ängstlich und regte sich schon auf, wenn er ein Hindernis von weitem sah. Er war sehr von seinem Reiter abhängig, und Inger hatte noch nicht genügend Erfahrung, um ihm zu helfen. Manchmal stimmte alles, und sie brachten einen herrlichen Sprung zustande. Aber oft verließ Tim in letzter Sekunde der Mut. Dann blieb er einfach stehen. Manchmal stimmte auch das Anreiten nicht.

„Du mußt lernen, das Hindernis im richtigen Tempo anzugehen", erklärte ich geduldig. „Wenn du so langsam und zimperlich reitest, traut er sich nicht zu springen, und wenn du zu schnell bist, wirft er sich zwar hinüber, aber du hast keinen Einfluß mehr und weißt nicht wann und wie er springt."

Wenn es um Silber ging, war ich immer Feuer und Flamme. Ich wußte schon jetzt, daß ich Qualen ausstehen mußte, wenn ich Silber beim Wettkampf zusah und nicht eingreifen konnte.

„Ich erhoffe mir nichts", sagte Ann. „Wir werden bestimmt wieder durch Verweigern disqualifiziert. Genau wie in Åsbyn."

„Nein, das ist eine verkehrte Einstellung", protestierte ich. „Du mußt felsenfest davon überzeugt sein, daß ihr es schafft. Deine Einstellung überträgt sich auch auf Silber. Verstanden?"

Anita hatte einen langen Brief an Eva-Lena geschrieben, und ihr berichtet, wie schmuck Lilleman geworden war und wie lieb und freundlich er sich benahm. Eva-Lena erlaubte ihr, mit ihm am Ponywettkampf teilzunehmen. Allerdings mit einer Einschränkung.

„Am Galopprennen darf er nicht teilnehmen", schrieb Eva-Lena. „Lilleman ist so ein zäher Bursche. Er gibt sich nicht gern geschlagen. Aber er wird langsam alt und könnte sich leicht überanstrengen."

Am letzten Trainingstag war Anita nirgends zu sehen. Eines der Mädchen meinte, sie sei vielleicht krank.

„Dann kann ich doch mit Lilleman springen!" riefen alle durcheinander.

Ich lachte und sagte: „Seid ihr ein Sprechchor?"

„Anita ist nicht krank. Wahrscheinlich steckt sie auf dem Rummelplatz", meinte ein anderes Mädchen.

„Ausgerechnet heute?" fragte ich. „Das glaube ich nicht."

Endlich kam Anita. Sie hatte neue Reitstiefel an, und die Zunge hing ihr aus dem Hals.

„Ich mußte neue Reitstiefel kaufen", erklärte sie. „Und meine Mutter wollte unbedingt dabeisein – du weißt ja, wie Mütter sind – und sie hatte dummerweise nur heute Zeit."

„Hübsche Stiefel", stellte ich schmunzelnd fest.

„Ja, das finde ich auch", stimmte Anita lachend zu. „Sie sind genau wie deine."

„Paß nur auf, daß Lilleman nicht auf sie tritt. Vorige Woche trampelte Sessan auf meine Zehen, und da gingen sie kaputt. Die Stiefel natürlich, nicht die Zehen! Jetzt kann ich sie nicht tragen, wenn es regnet."

„Was ziehen wir zum Wettkampf an?" wollte Pinglan wissen. „Brauchen wir einen Reitrock? So etwas hat keiner von uns."

„Nein, das braucht ihr auch nicht", versicherte ich. „Ich habe mit Hasse darüber gesprochen. Es genügt, wenn ihr Reitstiefel und *saubere* Reithosen habt. Dazu ein möglichst enges Polohemd oder einen Pulli. Und natürlich einen Reithelm. Mit Kinnband!"

„Ich will für Tom einen roten Woilach-Überzug nähen", berichtete Pinglan mit leuchtenden Augen. „Nasen- und Stirnriemen beklebe ich mit rotem Samtband und um die Vorderbeine wickle ich rotes Leinen . . ."

„Um Himmels willen", stöhnte ich. „Es fehlt nur noch, daß du die Steigbügel rot anstreichst und in die Mähne und den Schweif rote Seidenbänder flichtst."

Eigentlich war es rührend, wie sie die Ponys umsorgten. Aber allein der Gedanke daran, daß der kleine dicke Tom rote Bandagen um seine stämmigen, kleinen Russenbeine hatte . . .

„Hör mal", sagte ich lachend, „es handelt sich nicht um

einen Karnevalszug. Macht also keine Vogelscheuchen aus euren Pferden. Wenn ihr wollt, daß die Ponys besonders hübsch aussehen, dann bürstet sie, bis ihr Fell ordentlich glänzt, und wascht Mähne und Schweif. Pferde sind wunderschöne Tiere. Sie brauchen keine Ausstaffierung. Ich möchte nicht, daß die Zuschauer beim Wettkampf nur deshalb auf euch aufmerksam werden, weil ihnen bei eurem Anblick lauter rote Punkte vor den Augen herumtanzen! Aber ich habe nichts dagegen, daß ihr auffallt, weil eure Ponys besonders tüchtig und gehorsam sind!"

Die Woche vor dem Wettkampf verging wie im Flug. Es war beinahe Sommer geworden. Die Abende wurden hell und länger, und am Tag schien die Sonne. Wir drückten alle die Daumen, daß es auch so am Wettkampftag war. Ansonsten steckten wir bis über die Ohren in Arbeit. Jeden Tag fiel uns etwas anderes ein, was wir vergessen hatten. Es war ein dauerndes Laufen und Rennen und Telefonieren.

Die Preisrosetten hatten wir zum Glück rechtzeitig bestellt. Aber es gab noch so viel in letzter Minute zu erledigen. Die Programmhefte waren fertig und enthielten nicht allzu viele Druckfehler. Lotta und Marie hatten eine glänzende Idee: Sie kauften meterweise Stricke und fertigten Halfterstricke daraus. So bekamen wir eine Menge billige Preise.

Am Samstagnachmittag herrschte nach dem Unterricht großer Trubel in der Reitschule. Hasse, Thomas und Lasse zimmerten noch an den letzten Hindernissen und schickten einige Mädchen in den Wald, um Reisig für die Hecke zu sammeln. Nur Stupsie und Goldie lagen in der Sonne und faulenzten. Martin hatte sich die ganze Woche nicht blicken lassen. Jetzt führte er Billy spazieren. Er machte einen niedergeschlagenen Eindruck. Verständlich. Billy war ausnahmsweise nicht streitlustig. Er ließ sich von dem frischen, grünen Gras verführen und vergaß alles andere.

Kicki und ich hockten mit den Wettkampfteilnehmern vor dem Stall. Wir rieben Sattel und Trensen ein – und auch unsere Jeans –, polierten Steigbügel und Gebisse und reparierten Stirnriemen. Es duftete nach Pferd und Leder und Seife. Mia hatte Lillebrors Geschirr völlig auseinandergenommen und gestand mir nun, daß sie es nicht mehr zusammensetzen konnte.

„Die Zügel sind ja mindestens sieben Meilen lang", jammerte sie. „Und die Schmierseife reicht auch nicht . . ."

„Mach dir keine falschen Hoffnungen", rief Anita fröhlich. „Ich kann dir genug Schmierseife leihen. Cilla, machst du eigentlich nie Sessans Zügel sauber? Die sehen ja aus, als wären sie tagelang auf dem Boden geschleift."

„Sessan hat gestern Susanne abgeworfen", verteidigte Cilla sich. „Danach lief sie aufgeregt über die Bahn und trampelte natürlich auf den Zügeln herum. Nun will Sussi morgen nicht reiten und überläßt mir das Pony."

„Ich habe schon lange darauf gewartet, daß Susanne einen Rückzieher macht", sagte Lotta und drückte einen schmutzigen Schwamm aus. „Sie kneift doch meistens."

„Ich kann gar nicht glauben, daß der Wettkampf morgen stattfindet", überlegte Ann. „Ich bin noch kein bißchen aufgeregt."

In diesem Augenblick klingelte das Telefon in der Sattelkammer. Wir schauten uns an und waren schlagartig mucksmäuschenstill.

„Ach was", flüsterte Lotta unsicher. „Das ist bestimmt nur irgendeine Mutter, die ihre Tochter nach Hause beordert."

Wir dachten alle an das gleiche. Hasse ging hinein und nahm den Hörer ab. Es würde noch eine Weile dauern, bis ich ohne Angst das Klingeln des Telefons hören konnte.

„Ein Mädchen aus Sjöviken hat angerufen“, berichtete Hasse, als er wieder herauskam. „Sie fragte, ob sie ihr Pony schon heute abend bringen dürfe, weil sie morgen früh keine Transportmöglichkeit hat.“

Wir atmeten alle erleichtert auf. Dieser Anruf machte uns klar, daß jetzt überall in der Gegend auf Reitschulen und in Ställen unzählige Jungen und Mädchen damit beschäftigt waren, sich auf *unseren* Ponywettkampf vorzubereiten!

„Hilfe!“ rief Ann und wurde ganz blaß. „Wenn ich nun den Verlauf des Parcours vergesse, wenn ich ...“

„Ich dachte, du bist überhaupt nicht aufgeregt“, hänselte ich sie und stand auf. „Wer ist in der Lage, dem Preiskomitee, also Kicki und mir, dabei zu helfen, die Preise gerecht auf die einzelnen Klassen zu verteilen? Ich habe alles in meiner Wohnung ausgebreitet. Am besten machen wir uns gleich an die Arbeit.“

Es war uns schließlich doch geglückt, eine stattliche Anzahl von Preisen zusammenzubekommen. Ich hatte große Schachteln für die einzelnen Klassen aufgestellt.

„Mit welcher Klasse fangen wir an?“ fragte ich.

„Wir können nicht klasssenweise vorgehen“, bestimmte Kicki. „Dann bleibt für die letzte Klasse nur noch Ramsch.“

Ich mußte ihr recht geben. Also suchten wir zuerst alle ersten Preise, dann alle zweiten Preise aus und so weiter.

Die Kamera war selbstverständlich ein erster Preis. Und über ein giftgrünes Nylonhalfter würde sich bestimmt irgendein kleines Mädchen wahnsinnig freuen. Mir gefällt gewöhnliches, biederes Leder besser. Aber zum Glück sind die Geschmäcker verschieden.

Anfangs diskutierten wir endlos über jeden Preis. Als wir bei den fünften Preisen angelangt waren, wurde es allmählich

„Ja, du alter Spitzbub, wie gern würde ich dich morgen reiten!"

langweilig, und wir beeilten uns. Einige der Preise waren so verlockend, daß sogar Kicki und ich gern darum gekämpft hätten.

„Diesen grünen Pullover könnte ich gut gebrauchen", seufzte Kicki. Und ich blätterte sehnsüchtig in einem teuren Pferdebuch, das eine Buchhandlung gestiftet hatte.

Als wir mit der Verteilung fertig waren, lud ich alle zu Zimtkuchen und rotem Traubensaft ein. Der Saft stammte von meiner Mutter, und den Kuchen hatte ich gestern abend in einem Anfall von Häuslichkeit selbst gebacken.

Dann war es an der Zeit, Silber für morgen herauszuputzen.

Hasse und die Jungen verluden die Hindernisse, um sie zur Trabrennbahn zu fahren. Die Mädchen gingen allmählich widerwillig nach Hause, um all das zu tun, was man immer bis zuletzt aufschiebt: Stiefel putzen, Mützen bürsten, Hosen bügeln.

Ich stiefelte mit zwei Eimern Wasser und einer Flasche Shampoo zu Silbers Stall. Jetzt sollte mein Pony feingemacht werden! Es war dunkel und still geworden. Ich konnte in aller Ruhe Silbers glatten Schweif und seine lange, seidige Mähne naßmachen und einschäumen. Vielleicht sieht eine kurze Mähne gepflegter aus, dachte ich. Aber Silber hatte immer diese wunderbare lange und seidige Mähne gehabt. Ich brachte es nicht über das Herz, sie abzuschneiden.

Ich war kaum mit Silber fertig, da wälzte er sich schon wieder auf dem Boden. Aber das kannte ich ja. Darum hatte ich vorher frische, trockene Sägespäne in seine Box gestreut. Silber sprang auf, schüttelte sich und sah mich schelmisch an.

„Du alter Spitzbube“, sagte ich und kraulte ihn zärtlich. Silber legte seinen Kopf auf meine Schulter und schnaubte zufrieden. Aus seinen Nüstern strömte warmer Atem über meine Wangen.

Ich seufzte tief und dachte an morgen. Wie gern würde ich Silber selbst reiten . . .

Wettkampf-Fieber

Am nächsten Morgen regnete es. Ein eintöniggrauer Himmel berieselte die Erde mit winzigen Tropfen. Die ganze Woche hatte die Sonne geschienen. Aber das konnte ja nicht immer so bleiben.

Ich schlüpfte aus dem Bett und ließ Stupsie in die ungemütliche, naßkalte Dämmerung hinaus. Ich zog meine ältesten Jeans und einen warmen Pullover an und setzte einen Topf Milch auf den Herd. Einen solchen Morgen mußte man einfach mit einer dampfenden, heißen Kanne Kakao beginnen.

Silber war diese Nacht ausnahmsweise ziemlich brav gewesen. Die wenigen gelbbraunen Flecken auf seinem Bauch wusch ich mit einem weichen Schwamm ab, während mein Pony sich bereits über sein „Frühstück" hermachte. Silber war in diesem Frühjahr noch heller geworden. Er war jetzt fast schneeweiß, und ich hatte oft große Schwierigkeiten, sein helles Fell sauberzuhalten.

Was würde der heutige Tag alles an Aufregungen, an Freude für den einen und Enttäuschung für den anderen bringen? Bald würde ich es wissen . . . Noch war es ruhig und friedlich im Stall. Silber und Billy standen in ihren Boxen und zermalmten den Hafer zwischen ihren Zähnen.

Im großen Stall fütterte Hasse die Pferde.

„Zum Glück regnet es", sagte er zu meiner Verwunderung. „Die Bahn war gestern viel zu hart. Der Regen weicht den Boden ein bißchen auf."

„Und die Zuschauer?" fragte ich besorgt. „Das wird ja ein Trauerspiel, wenn nur so ein paar tapfere Eltern auftauchen."

„Ach was, der Himmel klärt sich auf", prophezeite Hasse optimistisch. „Bis ein Uhr ist noch viel Zeit."

Nach und nach bevölkerten immer mehr Mädchen die Reitschule. Einige trugen bereits neue, helle Reithosen. Andere waren klüger, kamen in alten Jeans und hatten ihre sauberen Turnierhosen in einer Tragetüte. Alle schnatterten aufgeregt durcheinander und waren eifrig damit beschäftigt, die Pferde zu striegeln und Mähne und Schweif Strähne für

Strähne sorgfältig zu bürsten. Die Vormittagsstunden vergingen wie im Flug. Schon war es Zeit, die ersten Ponys zu verladen und zur Trabrennbahn zu bringen.

Silber und Sessan fuhren zusammen in Hasses Transporter. Ann, Cilla, Susanne und ich, wir zwängten uns zwischen Sättel und Trensen auf den Rücksitz. Im letzten Augenblick sprang auch noch ein lehmbeschmierter Stupsie herein. Er legte den Kopf auf die Seite und sah mich vorwurfsvoll an, weil ich ihn immer wieder auf den Boden drückte. Natürlich hatte ich ihn sonst gern auf meinen Knien, aber nicht heute auf meinen saubersten Reithosen. Wie sollte ich ihm das nur begreiflich machen? Susanne erklärte sich freudig bereit, während des Wettkampfs auf den kleinen Strolch aufzupassen.

Wir hielten vor dem roten Stall der Trabrennbahn. Ich hörte, wie Silber ungeduldig mit seinen Vorderhufen gegen die Tür des Transporters klopfte. Er war neugierig und wollte hinaus.

Als ich aus dem Wagen kletterte, wurde ich sofort von der Atmosphäre gepackt, die hier herrschte. Neben uns parkte eine lange Reihe großer und kleiner Transportwagen. Überall wurden gutgestriegelte Ponys in allen Größen und Farben ausgeladen. Wo kamen nur so viele Ponys her? Außerdem wimmelte es von Menschen. Aufgeregt und hektisch liefen sie hin und her.

Über allem hing der unverkennbare Geruch nach Pferden . . .

Cilla und ich krochen durch die kleine Tür in den Transporter und banden Sessan und Silber los. Sessan wirkte wie immer völlig desinteressiert und spitzte kaum die Ohren. Aber Silber war in seinem Element. Er machte Bücklinge, stolzierte mit gespreizten Schritten umher, blähte die

Nüstern und wieherte herausfordernd. Dann blieb er stehen und lauschte.

Ein kugelrundes Fjordpferd mit lieben Augen grüßte freundlich wiehernd zurück, und ein paar angeschirrte Gotlandrussen stimmten in das Duett mit ein. War das ein Wiehern!

„Ist Silber nicht bildschön?“ rief Ann atemlos.

Ich überließ Ann Silber und zerrte die Taschen mit den Rosetten und den Preisen aus dem Kofferraum von Hasses Auto. Dann schleppte ich sie am Sekretariat vorbei, wo Kicki und Mias Mutter saßen, zum Zielrichterturm neben der Bahn. In diesem Augenblick stürzte Mia aufgeregt mit einer Startnummer in der Hand auf mich zu.

„Britta, wo mache ich die Nummer fest?“ fragte sie nervös.

„Lasse kommt gleich“, antwortete ich. „Er wird dir helfen. Ich muß schnell die Preise in Sicherheit bringen, bevor sie allzu naß werden.“

„Es nieselt doch nur ein bißchen“, antwortete Mia und lief zum Stall. Ich überquerte die Trabrennbahn. Aus dem Lautsprecher im Turm schmetterte Musik. Ich stellte meine Taschen ab. Später wollten einige Mädchen mir bei der Preisverteilung helfen.

Die ersten Zuschauer trafen bereits ein. Pia ging um den Platz und verkaufte Programmhefte. Sie führte Scheck am Halfter. Die Leute lachten, klopften Scheck, gaben ihm Zuckerstückchen – und kauften Programmhefte!

„Daß du nicht Mia mit Lillebror hilfst“, sagte ich zu Pia.

„Ach was“, lachte sie. „Sie hat so viele Freundinnen, die ihr helfen. Außerdem halte ich es in ihrer Nähe nicht aus. Sie ist so nervös, daß sie nur noch faucht und keift. Es macht viel mehr Spaß, mit Scheck Programmhefte zu verkaufen.“

„Eva-Lena!“ rief ich überrascht, als das Gesicht meiner

Freundin in der Menge auftauchte. „Komm mit! Du willst doch bestimmt Lilleman begrüßen."

„Ich wußte nicht, ob die Zuschauer in den Stall dürfen", antwortete sie verlegen.

Typisch Eva-Lena. Immer bescheiden. Sich nur niemandem aufdrängen.

„Du bist doch kein Zuschauer, du bist doch Pferdebesitzer!" protestierte ich kopfschüttelnd und zerrte sie quer über die Bahn zu den Ställen.

Inzwischen waren all unsere Ponys eingetroffen. Sie standen in Reih und Glied in dem für uns reservierten Teil des roten Stalles: Silber, Lilleman, Sessan, Rauhbein, Tim und Tom. Lillebror hatte schon das Geschirr an, und Mia und ihre Freundinnen waren eifrig damit beschäftigt, ihn vor den roten Sulky mit den Fahrrad-Rädern zu spannen. Eva-Lena hatte nur Augen für Lilleman. Er sah auch wirklich süß aus. Sein gestriegeltes Fell glänzte, seine Hufe waren neu und richtig beschlagen. Kein Vergleich zu dem armen, zottigen Kerl, der vor kurzem auf unsere Reitschule kam. Seine Augen leuchteten wieder fröhlich und verschmitzt. Er blinzelte Eva-Lena an und schnappte vorsichtig nach den Knöpfen an ihrer Jacke.

Das Trabergespann war fertig. Mia hockte schlaksig mit ihren langen Beinen in dem Sulky hinter Lillebror. Lasse war überall, wo Not am Mann war. Die größte Mühe hatte er damit, die Ponys in der richtigen Reihenfolge für den Start aufzustellen. Ein kleiner grauer Strolch warf seine Versuche immer wieder über den Haufen, weil er sich aufbäumte und ausschlug und dadurch die anderen Ponys in alle Richtungen jagte. Der kleine Graue war kein Gotlandrusse, sondern offenbar irgendeine Kreuzung und wahrscheinlich importiert. Er sah sehr edel aus.

Ich schaute auf die Uhr. Gleich war es soweit. In meinem Magen kribbelte es. Ob Mia und Lillebror wohl eine Chance hatten? Außer dem kleinen Grauen starteten noch ein schwarzbraunes, zotteliges Pony, das nicht sehr vielversprechend aussah, und ein gewöhnliches braunes Pony, das Lillebror ähnelte. Das flotteste Pferd war ein kohlrabenschwarzes Pony mit einer herrlich dichten, langen Mähne.

Der Zeiger näherte sich ein Uhr. Im Lautsprecher knisterte es. Die Musik verstummte. Im Turm saßen die Zielrichter – Eltern und andere Freiwillige – mit Stoppuhren und Startlisten. Kickis Vater bediente den Lautsprecher. Jetzt begrüßte er die Zuschauer zum ersten großen Ponywettkampf des Dalener Reitklubs.

„Wir hoffen, daß dieser Wettkampf zur Tradition wird und daß Ihnen der heutige Tag Spaß macht ..."

Dann rief er die Teilnehmer an den Start. Die Musik setzte wieder ein, und Lasse schickte die Mannschaft auf den Weg. Er konnte nur hoffen, daß der kleine Schimmel jetzt nicht verrückt spielte.

„Britta, du mußt diesen kleinen Grauen bis zum Start festhalten", rief Lasse.

Wir eilten beide zum Start, um das Schlimmste zu verhüten. Alle stellten sich in einer Reihe auf. Ich packte den kleinen Grauen, der die Startnummer eins hatte und gleich neben dem Zaun stand. Die Außenbahn besetzte der prächtige Schwarze.

„Achtung!"

Der Schwarze spitzte die Ohren.

„Fertig!"

Lillebror trat ungeduldig auf der Stelle. Mein kleiner Schimmel legte sich ins Geschirr, um sich vorwärts zu werfen, sobald ich ihn losließ.

„Los!“

Der Start war geglückt. Alle trabten davon. Mit einer Ausnahme: Der Graue lief in gestrecktem Galopp. Ich verfolgte ihn mit meinen Augen. Er galoppierte immer schneller und ließ die anderen Pferde bald weit hinter sich. An der Spitze der gehorsamen Pferde trabte der Schwarze mit langen, schnellen Schritten. Er ging wie ein erfahrener Traber. Die anderen Pferde hatten keine Chance gegen ihn.

„Das ist nicht sein erstes Trabrennen“, sagte Lasse bewundernd.

In der Stallkurve verließ der Graue die Bahn. Der Schwarze bog majestätisch in die Zielgerade ein. Eine großartige Leistung! Weit hinter ihm fand der Kampf um den zweiten Preis statt. Da kam Lillebror, Kopf an Kopf mit dem anderen braunen Pony. Dahinter trabte abgeschlagen das zottige Pony.

„Heja, Lillebror!“ rief Pia aus Leibeskräften.

Lillebror tippelte so schnell ihn seine Russenbeine trugen, aber der Braune gewann langsam Vorsprung. Lillebror schien müde zu werden. Kurz vor dem Ziel ging der Braune, der ihm so ähnelte, an ihm vorbei. Lillebror und Mia kamen auf den dritten Platz.

Das Publikum applaudierte kräftig und lächelte wohlwollend. Sicher fand es, daß die Kleinen in ihren Sulkys niedlich aussahen. Aber noch wollte keine richtige Stimmung aufkommen.

Die Sieger nahmen feierlich ihre Preise entgegen und verließen die Bahn. Der Schwarze warf sich in die Brust und zeigte keine Spur von Müdigkeit. Ich lief zum Stall, um Lasse bei der Aufstellung der nächsten Gruppe zu helfen. Alle Mädchen unserer Reitschule umringten Mia und Lillebror, um ihnen zu ihrem dritten Preis zu gratulieren. Mia strahlte über das ganze Gesicht, hauptsächlich vor Erleichterung, daß alles vorüber war.

Es wimmelte von Shetlandponys. Genaugenommen waren es nur acht, aber sie schwirrten hierhin und dorthin, so daß man den Eindruck hatte, sie seien überall. Die meisten waren scheckig. Es war also eine bunte, farbenfrohe Schar, die Lasse zur Aufstellung trieb. Drei Mädchen ritten ohne Sattel.

„Kommt zurück!" rief Lasse. „Ihr startet auf der anderen Seite!"

Die Bahn für den Galopp der Shetlandponys maß nur sechshundert Meter. Wir fanden, das genügte. Warum sollten sie sich mit ihren kurzen Beinchen überanstrengen? Lasse und ich brachten sie an den Start.

„Achtung! Fertig! Los!" krächzte der Lautsprecher.

Zwei rundliche, schwarzweißgescheckte Ponys übernahmen die Spitze. Ein störrischer, kleiner Fuchs weigerte sich hartnäckig, den anderen zu folgen. Das Mädchen, das ihn ohne Sattel ritt, klopfte ihn und schnalzte mit dem Finger. Aber das Pony blieb stur an der Startlinie stehen.

In der Stallkurve passierte es! Die beiden Schecken an der Spitze brachen plötzlich nach rechts aus und verließen die Bahn, ohne sich um die wilden Proteste ihrer Reiter zu kümmern. Und alle anderen Ponys folgten ihnen! Die Zuschauer erhoben sich von ihren Plätzen, um besser sehen zu können. Die Shetlandponys drehten eine kleine Zusatzrunde um den Stall und setzten dann ihren Galopp auf der Bahn fort, so, als sei nichts geschehen. Ihre Reihenfolge hatte sich nicht verändert. Die Zuschauer jubelten und feuerten die Kleinen an. Die Stimmung wuchs. Die Ponys gingen als dichtes Feld durchs Ziel und stoppten nach der Ziellinie so plötzlich, daß eines der Kinder aus dem Sattel geworfen wurde. Zwei andere Ponys schlugen aus und bearbeiteten sich gegenseitig mit ihren kleinen runden Hufen.

Der Fuchs hatte inzwischen seine Meinung geändert. Offenbar fand er es besser, seinen Kameraden zu folgen. Er stürmte wie ein Besessener über die Bahn. Die Zuschauer klatschten Beifall. Dieses ungewohnte Geräusch erschreckte das Pony. Es stellte sich quer, und das Mädchen rutschte auf die Erde. Wie peinlich, so ganz allein auf der Bahn, und das vor aller Augen! Aber das Mädchen ließ sich nicht aus der Ruhe bringen. Sie hielt die Zügel fest, sprang wieder auf ihr Pony, trieb es an und ritt durchs Ziel.

Die Zuschauer hatten endlich Feuer gefangen. Als Lasse die B-Ponys an den Start führte, reckten die Zuschauer die Hälse, damit ihnen nur ja nichts entging. Lasse, einige Helfer der Trabrennbahn und ich schleppten Sperren herbei, um die Bahn abzuriegeln. Wir wollten nicht riskieren, daß die Pferde noch einmal mitten im Rennen die Bahn verließen!

Zu diesem Lauf starteten beinahe zwanzig Ponys. Die meisten waren Gotlandrussen in den verschiedensten Farben. Tim und Tom verschwanden völlig in der Menge. Inger und Pinglan sahen adrett aus in ihren schwarzen Reitstiefeln, hellen Hosen und engen, weißen Pullovern.

An der Startlinie war ein wildes Gedränge. Hasse mußte eingreifen, um die schlimmsten Heißsporne zu beruhigen, und zwei draufgängerische Russen trennen, die sich mit den Hufen schlagen wollten.

Da! Der Start war erfolgt. Sie galoppierten davon. Was für ein Donnern der schnellen kleinen Hufe! Tim mit der Startnummer fünfzehn lief ziemlich weit rechtsaußen. Er blieb etwas hinter den anderen Pferden zurück. Schließlich war es sein erster Wettkampf, und er wußte nicht recht, was man von ihm erwartete. Aber dann drehte er auf. Ich staunte nur noch. Ich hätte nie geglaubt, daß Tim so schnell sein konnte.

Die Zuschauer beugten sich noch weiter vor. Die Mädchen von unserem Reitklub schrien: „Heja, Tim! Heja, Tim!“ Die Mitglieder anderer Klubs feuerten natürlich ihre Favoriten an. War das ein Trubel!

Tom lag irgendwo im Mittelfeld, während der langbeinige Tim ein Pony nach dem anderen überholte. Ich kniff Lasse vor Aufregung in den Arm, als die Spitzengruppe an uns vorbeidonnerte.

In der Stallkurve wurden die führenden Pferde langsamer und kamen etwas zu weit nach außen. Inger und Tim sahen ihre Chance und gingen innen vorbei.

„Sie führen!“ rief ich begeistert und sprang vor Freude in die Luft. „Lasse, sie führen!“

Jetzt galoppiert Silber

Nur noch eine Kurve und dann die Zielgerade. Tim lag einsam in Führung. Der Sieg schien sicher.

„Schneller, schneller!“ schrie ich und zerrte an Lasses Arm.

Und Inger trieb. Aber Tim schaute sich erstaunt um, wo die anderen Pferde blieben.

„Es sind doch nur noch ein paar Meter“, stöhnte ich. „Beeilt euch!“

Tim lief weiter. Er war unwillig. Ohne den Kampf mit den anderen Pferden machte es ihm keinen Spaß.

„Heja, heja!“ rief ich. Ich war genauso aufgeregt, als ob ich

Tim lag einsam in Führung! Nur noch eine Kurve und dann die Zielgerade . . .

selbst ritt. Ich beobachtete, wie vier schwarzbraune Russen sich aus der Gruppe lösten und die Verfolgung aufnahmen. Das Publikum raste.

„Er schafft es nicht", seufzte ich. Tatsächlich! Die vier Verfolger jagten an Tim vorbei durchs Ziel. Tim kam nur auf den fünften Platz. Lasse lachte mich aus.

„Hältst du den nächsten Durchgang aus?" hänselte er mich. „Jetzt ist Silber an der Reihe . . ."

„Ach, Lasse, das ist ja alles schrecklich aufregend. Erst glaubt man, daß sie überhaupt keine Chance haben, dann sieht man, daß sie vielleicht sogar . . . und dann haben sie doch keine Chance."

Ich lief zum Turm zurück, um die Preise auszuteilen, während Kickis Vater über Lautsprecher die Ergebnisse bekanntgab. Die vier Pferde an der Spitze gehörten alle zu demselben Klub. Mußte der jetzt glücklich sein! Ich dachte an die Ergebnisse, die wir bis jetzt erzielt hatten. Ein dritter und ein fünfter Platz. Na ja, ein paar Chancen hatten wir wohl noch. Vor allem beim Springen. Unsere Ponys waren zwar nicht die schnellsten, aber ich hoffte, daß sie wenigstens gehorsam waren.

Lotta stürzte mit hängender Zunge auf mich zu. Sie und ein paar andere Mädchen hatten die langweilige und undankbare Aufgabe übernommen, am Eingang zu sitzen und Karten zu verkaufen.

„Ich hab kein Wechselgeld mehr", jammerte sie. „Eine lange Menschenschlange will noch hinein, aber fast alle haben nur große Scheine."

„Versuch es im Sekretariat. Dort ist Kicki. Silber und Sessan starten jetzt. Und anschließend Rauhbein. Das solltest du dir auch ansehen."

Lotta rannte weiter. Aus dem Lautsprecher schepperte Marschmusik. Es hatte aufgehört zu regnen. Ich stellte mich neben den Turm, um die Ziellinie genau im Auge zu haben.

Lasse stand neben mir und hatte seine Kamera drehbereit. Ich bemerkte ihn kaum. Ich hatte nur Augen für die Ponys. Schließlich startete Silber gleich. Ungefähr zehn Ponys marschierten auf. Sie waren von ganz anderem Format als die Gotlandrussen aus dem vorigen Lauf.

Silber war das einzige weiße Pony. Er zog alle Blicke auf sich mit seinem edlen Kopf und seinem lebhaften Gang. Ich fand, er war der Schönste von allen, obwohl man selten so viele prachtvolle Ponys auf einmal sah.

Silber besaß die Startnummer eins. Links neben ihm stand nur ein Pferd, ein bildschöner heller Fuchs, der sich dauernd aufbäumte. Rechts von Silber standen zwei Schimmelstuten, ein zierliches, dunkelgraues New-Forest-Pony und ein ziemlich derbes Connemara-Pony. Dann kamen die dickköpfige Sessan, die sich unbedingt querstellen wollte, und ein dunkelbraunes kleines Dickerchen, auch ein New-Forest-Pony, das aber eher wie ein Russe aussah. Ganz rechts standen noch einige Ponys, die sich nicht so ohne weiteres einordnen ließen.

Silber spannte ungeduldig seine Muskeln. Da kam das Startsignal. Die Ponys warfen sich nach vorn und stürmten los. Die Mädchen kauerten in kurzen Steigbügeln dicht über den Pferdehälsen. Der Wind trieb ihnen Tränen in die Augen. Sie legten gleich zu Beginn ein unglaubliches Tempo vor. Der helle Fuchs führte, gefolgt von Silber und den beiden Schimmelstuten. Nach der ersten Kurve lagen diese vier Pferde Kopf an Kopf. Die übrigen Ponys waren bereits deutlich abgeschlagen.

Silber kämpfte sich an die Spitze vor. Ich sah ihn nur wie einen weißen Strich in der Ferne. Er lief phantastisch. Konnte er dieses Tempo die ganze Strecke durchhalten? Ich kaute vor Aufregung an den Zipfeln von meinem Halstuch und traute mich kaum noch auf die Bahn zu schauen. Die Zuschauer gerieten aus dem Häuschen, als die Ponys in die Zielgerade einbogen. Es war ein ohrenbetäubender Lärm von Anfeuerungsrufen.

„Heja! Heja!"

Das Donnern von schnellen Hufen kam näher und näher und wurde immer lauter.

„Silber, Silber!" schrie ich und klammerte mich an Lasses Arm, der beim Filmen einen ruckartigen Schwenk zum Himmel machte. „Heja, Silber!"

Die Connemara-Stute lief großartig. Die drei anderen Ponys gaben ihre ganzen Kräfte. Aber die Connemara-Stute hatte immer noch erstaunliche Reserven und wurde schneller und schneller. Auf den letzten zwanzig Metern wurde ihr Vorsprung so groß, daß sie weit vor den anderen durchs Ziel schoß. Ihre Reiterin sah richtig mitgenommen aus. Sie ließ die Zügel fallen und schlang überglücklich die Arme um ihr siegreiches Pony. Als zweiter ging der helle Fuchs durchs Ziel. Silber und das kleine dunkelgraue Pony kämpften noch um den dritten Platz. Ann gab sich alle Mühe, Silber anzutreiben. Aber er konnte nicht mehr und verlor um eine Nasenlänge.

Puh! Ich fühlte, wie mir die Luft ausging, und lehnte mich mit zitternden Knien an Lasse. Was für eine Niederlage!

„Er hat doch tapfer gekämpft", sagte Lasse tröstend.

„Ich weiß", antwortete ich traurig und zufrieden zugleich. „Die anderen waren schneller. Da gibt es keinen Zweifel."

Nach Silber kam lange Zeit gar nichts. Ich hatte die anderen Ponys übrigens völlig vergessen. Allmählich tauchten sie auf und galoppierten in einem müden Haufen über die Ziellinie. Alle außer Sessan.

„Typisch", sagte ich beunruhigt und bat Lasse nachzusehen, was passiert war. Es stellte sich heraus, daß Sessan an der Stallkurve die Nase voll hatte. Sie brach einfach aus und sprang so ungeschickt über eine der aufgestellten Sperren, daß die arme Cilla aus dem Sattel rutschte. Sessan rannte mit hängenden Zügeln und flatternden Sattelblättern zum Stall. Ich konnte mir den Anblick gut vorstellen!

Ich mußte zur Preisverleihung. Kickis Vater gab die Resultate und die Zeiten bekannt. Die Siegerponys standen in einer Reihe. Natürlich verweilte ich ein bißchen länger bei Silber, als ich ihm die rote Rosette ansteckte. Ann bekam ein kleines, buntes Keramikpferd.

„Er gab sein Bestes", behauptete Ann. Ihre Stimme war voller Dankbarkeit für den wunderbaren und aufregenden Ritt. „Am Schluß hatte er einfach keine Kraft mehr."

„Ihr wart trotzdem großartig", sagte ich und strich mit der Hand über den schweißnassen Pferdehals. „Führe ihn noch ein bißchen auf und ab und bring ihn dann in den Stall."

Verglichen mit den schnellen C-Ponys war das Fjordpferde-Rennen eine ziemlich lahme Geschichte. Rauhbein nahm an diesem Lauf teil, aber nach Silbers spannendem Rennen konnte mich nichts mehr aus der Ruhe bringen. Ich schaute ziemlich uninteressiert auf die startenden Ponys und fand, daß alle Fjordpferde gleich aussahen. Das stimmte objektiv natürlich nicht. Einige waren schlank und lebhaft, andere so überfüttert, daß sie kaum laufen konnten. Eines war so klapperdürr, daß die Knochen nur noch durch das Fell zusammengehalten wurden. Dann gab es noch einen prächtigen Hengst mit einem wunderbaren Hals und eine süße, kleine, pralle Stute mit einer ungewöhnlichen mausgrauen Farbe.

Wie langsam und schwerfällig sie über die Bahn stampften! Das Knochengerippe fiel sofort zurück. Die anderen bildeten lange Zeit ein dichtes Feld. Eine geschmeidige kleine Stute galoppierte schließlich mit knappem Vorsprung als erste ins Ziel. Nummer zwei wurde Rauhbein. Marie war ebenso überrascht wie glücklich. Die übrigen trotteten nach und nach ein.

Der letzte Lauf wurde wieder dramatisch. Hier sollte Billy starten. Aber im nachhinein war ich froh, daß keines unserer Ponys an diesem Rennen teilnahm. Es herrschte ein großes Gedränge. Nervöse, hitzige Vollblutkreuzungen bäumten sich auf und versuchten, einander zu beißen. Beim Start fiel ein Mädchen zwischen die stampfenden Hufe, weil sich ihr Sattelgurt gelöst hatte. Ihr Pferd galoppierte weiter und schlug wild nach hinten aus, weil der Sattel unter seinem Bauch hing. Durch das Publikum lief ein ängstliches Raunen. Das reiterlose Tier jagte hinter den anderen Pferden her. Wir konnten nur hoffen, daß kein Unglück passierte. An der Stallkurve geriet es nach rechts außen, so daß Hasse die Zügel packen und das Pferd in Sicherheit bringen konnte. Ich seufzte erleichtert.

Die Zuschauer hatten auch bei diesem Lauf ihre Favoriten,

die sie mit allen Mitteln anfeuerten. Das war ein Schreien und Rufen, als die beiden Spitzenponys um den Sieg stritten. Ihr Tempo war mir beinahe unheimlich. Ob Billy da wohl eine Chance gehabt hätte? Aber das konnten wir nie erfahren.

„Komm, laß uns einen Kaffee trinken", schlug Lasse vor. „Wenn wir uns beeilen, schaffen wir es gerade noch vor dem Springen."

Britta ist stolz auf Silber

Im Café für die Teilnehmer wimmelte es jetzt in der Pause von Kindern in lehmbespritzten Reitstiefeln. Wir setzten uns an einen Tisch und bestellten Kaffee und belegte Brötchen. Um uns herum saßen aufgeregt schnatternde Kinder. Immer mehr Menschen strömten herein und sprachen darüber, was für ein herrlicher Wettkampf das war. Die Eltern waren genauso begeistert wie die Kinder. Maries Eltern kamen an unseren Tisch und gratulierten uns. Das Gedränge wuchs. Wir wurden immer wieder von hinten angestoßen und verschütteten den Kaffee. Aber was machte das bei dieser Bombenstimmung.

„Ich gehe jetzt und helfe Hasse beim Aufstellen des Parcours", sagte Lasse und stand auf.

„Und ich schau mal nach den Springreitern", erklärte ich. „Vielleicht brauchen sie noch im letzten Augenblick meine Hilfe. Oder meinen Rat. Vergiß nicht, du *mußt* Silber filmen, während er springt!"

„Ich will alle Kinder von unserem Klub filmen", sagte Lasse verschmitzt. „Ich hoffe, du hast sie gut trainiert und blamierst dich nicht . . ."

Ich war nervös. Wie würden die Kinder und die Ponys ihren ersten Springwettbewerb überstehen? Hoffentlich wurde niemand durch Verweigern disqualifiziert. Das war das Schlimmste, was einem bei einem Turnier passieren konnte.

Lillebror und Tim und Tom waren gesattelt. Die kleinen Russen sahen richtig niedlich aus. Pinglan hatte doch ihre Idee aufgegeben, Tim mit roten Bändern und Bandagen auszustaffieren. Statt dessen einigten sich die Mädchen, daß alle drei Ponys dieselbe Farbe haben sollten.

Einige alte Laken wurden geopfert, um weiße Woilachbezüge zu nähen, und die Stirnriemen wurden mit weißen Bändern beklebt. So waren die Ponys einheitlich und sahen viel eleganter aus als manche andere Ponys, die mit ihren grellbunten Farben eher an Zirkuspferde erinnerten.

Ich inspizierte mit den drei Mädchen den Parcours.

„Und ich hatte so gehofft, daß die Fässer nicht aufgestellt werden", jammerte Pia. „Lillebror kann die Fässer nicht ausstehen."

Auch andere Teilnehmer gingen in Gruppen von Hindernis zu Hindernis und diskutierten über die Bahn. Die Hindernisse befanden sich direkt vor dem Zielrichterturm mitten auf der Trabrennbahn. Dadurch war der Parcours ziemlich langgestreckt und schmal. Ich fand, daß Hasse eine problemlose Bahn mit leichten Hindernissen und einfachen Wendungen gebaut hatte. Bestimmt gab es viele Null-Fehler-Ritte. Glaubte ich!

Über den Lautsprecher wurden wir aufgefordert, die Bahn zu räumen und für den Start freizugeben. Pia, Inger und Pinglan hüpften davon. Sie waren froh, daß das lange Warten endlich vorbei war, daß sie an den Start konnten, bevor die Nervosität ihnen zu sehr in die Glieder fuhr.

Die Preisrichter saßen bereits im Turm. Bei den Hindernissen standen Helfer, um abgeworfene Stangen oder eingestürzte Mauern wiederaufzubauen. Jetzt hob jemand die Flagge. Gleich begann das Springen. Die Zuschauer schwiegen erwartungsvoll.

Bei dem Probehindernis tummelten sich eine Menge ungehorsamer Ponys, die verweigerten oder ausbrachen. Es zeigte sich bald, daß manche Teilnehmer sich viel zuwenig auf den Wettkampf vorbereitet hatten. Einige Ponys verweigerten gleich das erste Hindernis, eine niedrige, einladende Hecke mit einer bunten Stange. Andere lehnten es ab, über das letzte Hindernis, die Mauer, zu springen. Das erste Pferd, dem ein fehlerfreier Durchgang gelang, war ein schwarzweißes Shetlandpony, das sofort der Liebling des Publikums wurde. Das Tier galoppierte mit winzigen Schritten bis unmittelbar vor die Hindernisse, stoppte kurz, sprang kerzengerade hoch in die Luft und setzte hinüber. Seine Reiterin, ein zierliches Mädchen, hatte so lange Beine, daß ich befürchtete, daß sie und nicht das Pferd irgendein Hindernis riß.

Pia und Lillebror mußten zuerst für uns die Kastanien aus dem Feuer holen. Ich wagte nicht hinzusehen, als sie die Startmarkierung passierten und auf die Hecke zusteuerten. Inger und Pinglan saßen neben mir auf ihren Ponys und beobachteten aufmerksam ihre Freundin.

„Bis jetzt geht alles gut", sagte Pinglan hoffnungsvoll.

„Und schnell sind sie auch", stellte Inger fest und kaute nervös an ihren Fingernägeln. „Ruhig. Jetzt kommen die Fässer . . ."

Ich konnte es kaum glauben. Lillebror war bis zu den

Fässern, dem vorletzten Hindernis, fehlerfrei! Hoffentlich macht er jetzt keine Dummheiten, dachte ich. Spring!

Aber Lillebror und die Fässer waren ein Kapitel für sich. Unmittelbar vor dem Absprung blieb er plötzlich stehen und stemmte seine Hufe fest in die Bahn. Pia rutschte beinahe aus dem Sattel. Aber sie richtete sich wieder auf und trieb Lillebror energisch vorwärts. Lillebror war so verdutzt über seine aufgebrachte Reiterin, daß er aus dem Stand über die Fässer sprang.

Dafür bekommt er keine Fehlerpunkte, überlegte ich und hielt ihm für die Mauer die Daumen. Keine Probleme. Pia gelangte fehlerfrei ins Ziel.

„Große Klasse!" rief Pinglan. „Ihr wart so schnell, daß ich keine Chance habe, euch zu schlagen. Tom trabt immer so gemächlich zwischen den Hindernissen."

„Bewegt eure Pferde, bis ihr an der Reihe seid", sagte ich und ging zu den anderen oben im Turm. Die Spannung war so groß, daß ich es nicht mehr allein hier unten aushielt.

Die nächste Überraschung waren Pinglan und Tom. Auch sie ritten fehlerfrei. Das war das letzte, was ich erwartet hatte. Ich fiel beinahe aus dem Fenster, als ich mich vorbeugte, um diesen unglaublichen Ritt zu beobachten. Pinglan schlang die Arme um Toms Hals, während sie die Ziellinie passierte. Ihr Gesicht war ein einziges großes, glückliches Lachen.

„Du hast die Kleinen hervorragend trainiert", lobte Hasse.

Ich brachte kein Wort heraus. Ich war viel zu überrascht. Einige von den schnellen Russen kamen auch fehlerfrei über den Parcours. Als Tim an der Reihe war, verglichen wir rasch die Zeiten. Lillebror lag auf dem zweiten, Tom auf dem vierten Platz. Jetzt erwarteten alle, daß Tim seine beiden Vereinskameraden nachahmte. Aber Tim hatte heute seinen schlechten Tag.

Inger ging das erste Hindernis zu vorsichtig an. Tim wurde unsicher, blieb stehen und wollte nicht springen. Vielleicht traute er sich auch nicht. Ihm fehlte heute das kühne Selbstvertrauen, das Lillebror und Tom an den Tag legten. Nach zwei Verweigerungen sprang er endlich. Aber er nahm die Hindernisse nervös und ruckartig und warf auch noch eine Stange ab.

„Das war mein Fehler“, klagte Inger. „Ich habe einfach kein Gefühl für das richtige Tempo.“

„Immerhin bist du über den Parcours gekommen“, tröstete ich sie. „Das schaffen längst nicht alle.“

Wir beobachteten ein störrisches braunes Pony, das partout nicht über das Gatter springen wollte.

„Beim nächsten Wettkampf mache ich es bestimmt besser“, versprach Inger und löste die Sattelgurte. „Tim kann nämlich springen, wenn er will.“

Zeit für die Preisverleihung. Kickis Vater verlas die Resultate. Die Gewinner stellten sich auf. Sieger war ein schwarzbrauner Russe, der auch schon beim Galopprennen einen Preis errungen hatte. Lillebror und Pia belegten den zweiten Platz. Das Shetlandpony lag auf dem dritten und Tom und Pinglan auf dem vierten Rang. Ich gratulierte, verteilte Preise und befestigte Rosetten, während Lasse filmte und das Publikum applaudierte. Die glücklichen Sieger drehten noch eine Ehrenrunde unter dem Jubel der Zuschauer.

„Es tritt jetzt eine kurze Pause ein“, sagte Kickis Vater durch den Lautsprecher. „Wir müssen die Hindernisse für die C-Ponys erhöhen.“

Ich spürte, wie mein Herz hämmerte und mein Magen sich zusammenzog. Mein Mund war ganz trocken. Auf diesen Augenblick hatte ich den ganzen Tag gewartet. Jetzt kam es darauf an! Auf Silber! Ich war nur Zuschauer. Ich konnte nicht eingreifen. Ob er verweigerte oder aus purem Übermut mit einer hilflosen Ann im Sattel durchging, ich konnte nichts tun. Hatte ich Ann auch wirklich genügend vorbereitet? Wenn nicht – jetzt war es zu spät.

Silber und Ann waren schon bei dem Übungshindernis. Ich sah von weitem, wie sie das Hindernis mit einem prächtigen Sprung nahmen. An Silbers Springfreude gab es keinen Zweifel.

„Wie benimmt er sich?" fragte ich unnötigerweise.

„Er ist in glänzender Verfassung", sagte Ann zurückhaltend. Ihre Augen leuchteten, als wollten sie sagen: Phantastisch. Grandios. Absolute Spitze!

Ich wußte, daß sie im Innersten ihres Herzens Angst hatte. Sie hatte Angst davor, wieder enttäuscht zu werden. Wie damals in Åsbyn. Darum unterdrückte sie jetzt ihre Begeisterung.

Silber sah wunderschön aus. Der Wind strich leicht über seine seidige Mähne. Silber spielte mit den Ohren und betrachtete interessiert die anderen Ponys. Ich blätterte im Programmheft.

„Du hast die Startnummer fünf", sagte ich zu Ann. „Vergiß nicht, daß auch die Zeit entscheidet. Nimm die Wendungen so knapp wie möglich. Paß auf, daß du die Hindernisse nicht schräg angehst. Aber vor allem mußt du vermeiden, daß Silber zwischen den Hindernissen zu schnell wird ..."

Ich redete und redete. Hauptsächlich, um mich selbst zu beruhigen. Das alles hatte ich Ann schon hundertmal gesagt.

„In dieser Klasse starten viele erfolgversprechende Ponys", sagte Ann. Wahrscheinlich wollte sie sich im voraus entschuldigen, falls etwas schiefging.

Wir schauten uns gemeinsam die Startnummer eins an. Es

war die Connemara-Stute, die das Rennen gewonnen hatte. Sie konnte auch ausgezeichnet springen. Fehlerfrei in fünfundvierzig Sekunden! Ann wurde unruhig und ließ Silber auf und ab schreiten. Die Startnummer eins hatte einen hohen Maßstab gesetzt. Um diesen Parcours zu gewinnen, mußte man fehlerfrei und ungeheuer schnell reiten. Zwei weitere Ponys gelangten ohne Fehlerpunkte ans Ziel. Dann startete Silber.

Ich trat ungeduldig von einem Bein auf das andere. Mir fielen noch tausend Dinge ein, die ich Ann unbedingt hatte sagen wollen ...

Die Flagge senkte sich. Die Stoppuhr lief. Das Publikum verhielt sich ganz still, als Ann und Silber in die Bahn galoppierten. Ich vergaß alles um mich her. Ich sah nur noch mein leuchtendweißes Pony, seine wogende Mähne, seinen wehenden Schweif und seine dunkelleuchtenden Augen, als er sich der Hecke näherte. Kein Zweifel, das Springen machte ihm Spaß. Er setzte leicht und elegant hinüber. Nach der Landung schielte er zur Seite. Aber Ann hatte ihn gut unter Kontrolle.

Wenn das nur so blieb, hoffte ich und wagte kaum zu atmen. Plötzlich stellte ich geniert fest, daß ich im Takt mit dem Galopp auf und ab wippte. Als ob ich damit Ann helfen konnte!

Ein herrlicher, weiter Sprung über das Birkenrick. Silber flog wie ein Wirbelwind über die Bahn. Er wurde immer schneller. Das mußte doch mit einer Katastrophe enden ... Die Wendung – phantastisch bei der Geschwindigkeit! Er verschenkte keinen Millimeter. Jetzt die hohe Hecke aus Tannenzweigen. Ob er verweigerte?

Nein. Er stutzte nur einen Augenblick und taxierte die Höhe. Ann trieb ihn im richtigen Augenblick vorwärts.

Genau wie ich es ihr gesagt hatte. Es war zum Aus-der-Haut-Fahren, wie endlos lang eine gute halbe Minute sein konnte!

Vor ihnen lag die Trippelbarre mit den grünen Stangen. Hoffentlich sprang Silber mit dem richtigen Bein ab. Ich klammerte mich so fest an das Geländer, daß mir ein Fingernagel abbrach. Es war die reinste Tortur, hier zu stehen und zuzuschauen. Ich versuchte vergebens, keine zu großen

Mit kraftvollen Sprüngen setzte Silber über die Hindernisse – er war großartig!

Hoffnungen zu haben, weil ich Angst vor der Enttäuschung hatte. Aber was sollte denn noch passieren? Natürlich, wenn man Pech hatte, rollten die Stangen schon fast durch die Luftbewegung herunter.

Silber! Was für wunderbare, kraftvolle Sprünge! Welche Energie, welche Springfreude! Wie es auch ausging, dachte ich – Silber bewältigte gerade die Trippelbarre –, so gut ist er noch nie gesprungen. Ich werde mich nicht aufregen, egal welchen Platz er sich erkämpft. Er ist einfach großartig!

Und Ann ließ sich nicht nur tragen, sie ritt aktiv. Sie gab Schenkelhilfen und trieb Silber im richtigen Augenblick an, obwohl sie schon ein gewaltiges Tempo draufhatten. Sie setzte alles auf eine Karte.

Das Gatter – geschafft! Nur noch die hohe, rote Mauer. Nimm ihn höher, sonst streifen die Vorderhufe, und die Schachteln wirbeln euch um die Ohren. Höher! Ich war mehr tot als lebendig. Höher! Aber Silber sprang, ohne sich um meine Anweisungen zu kümmern ...

Er sprang viel zu früh ab. Ich wartete darauf, daß die obersten Mauerteile polternd zu Boden fielen. Aber nichts dergleichen passierte. Ich hörte nur das Trampeln von Silbers Hufen und das erleichterte Aufatmen des Publikums, als Silber mit weit geblähten Nüstern und Schweißperlen auf der Brust ins Ziel galoppierte.

„Null Fehler und die Zeit ..." Der Rest der Ansage ertrank in donnerndem Applaus. Ann glitt aus dem Sattel und lehnte sich zitternd an Silber. Sie war völlig erschöpft.

„Er hat den Parcours geschafft", hauchte Ann, als ob sie es immer noch nicht glauben konnte. „Er hat nicht verweigert."

Aber Ann! Sie steckte doch tatsächlich ihren Kopf in Silbers Mähne und weinte. Dicke Tränen liefen über ihre Wangen.

„Ann! Ist doch alles gutgegangen“, tröstete ich sie. „Du hättest nicht besser reiten können.“

Ich langte in meine Tasche und angelte eine Mohrrübe hervor, die ich extra für Silber aufgehoben hatte. Er atmete inzwischen wieder ruhiger und knabberte zufrieden an der Mohrrübe. Als ich den Sattelgurt lockerte, rieb Silber seinen Kopf an meiner Schulter. Ann brachte es fertig, trotz ihrer Tränen zu lachen.

„Er hat den Parcours geschafft. Er hat nicht ein einziges Mal verweigert. Was für eine Zeit haben wir?“

„Ich konnte es nicht hören. Ich laufe schnell zum Turm.“

„Das lief ja ausgezeichnet“, beglückwünschte mich Hasse.

Ich murmelte irgend etwas und fragte nach Silbers Zeit. Hasse sah mich erstaunt an.

„Hast du das denn nicht gehört? Er führt mit neununddreißig Sekunden.“

„Ach, du machst dich lustig über mich.“ Ein so gutes Ergebnis hatte ich nicht im Traum erwartet.

„Aber nein. Er ist der weitaus Schnellste bis jetzt. Ich glaube kaum, daß ihn noch jemand schlagen kann.“

Ich stürzte die Treppe hinunter und rannte zu Ann.

„Du führst“, keuchte ich. „Neununddreißig Sekunden. Jetzt müssen wir alle weiteren fehlerfreien Reiter genau beobachten und die Zeit vergleichen.“

Die nächsten Augenblicke waren ungeheuer spannend. Es folgten noch viele fehlerfreie Umläufe. Jedesmal fürchteten wir, daß ein Pferd schneller als Silber war. Aber bis jetzt brauchten alle länger als vierzig Sekunden.

Lilleman und Anita rissen gleich zu Beginn ein Hindernis. Dann gelangten sie ohne weitere Fehler bis zur Mauer, an der Lilleman es vorzog, rechts vorbeizulaufen. Insgesamt bekamen sie sieben Fehlerpunkte. Anita freute sich trotzdem und umarmte Lilleman. Die Hauptsache war, daß man nicht aus irgendwelchen Gründen vorzeitig ausscheiden mußte.

Die letzte Teilnehmerin erzielte null Fehler in siebenundvierzig Sekunden. Ann fiel mir jubelnd um den Hals. Die Mädchen von unserem Klub drängten sich um Silber. Alle wollten den Sieger klopfen und streicheln. Ich war genauso froh, als ob ich selbst geritten wäre. Silbers Sieg war auch mein Sieg.

Es war ein großartiger Augenblick für mich, als ich Ann den ersten Preis überreichte und an Silbers Stirnriemen die blau-gelbe Siegerrosette befestigte.

Lasse filmte alles. Anschließend wollte er mit Ann ein Interview machen. Er schickte ein Mädchen mit Tonband und Mikrofon zu ihr, aber Ann war so überglücklich, daß sie im Sattel saß und nur lachte.

„Fandest du, daß der Parcours schwierig war?"

„Nee . . ." Ann schüttelte den Kopf und lachte.

„Glaubtest du, daß du gewinnst?"

„Nee . . ." Ann schüttelte wieder den Kopf und lachte noch mehr.

Es war unmöglich, ein vernünftiges Wort aus ihr herauszubekommen. Lasse gab es auf. Er richtete die Kamera auf mich und wollte statt dessen ein Interview mit der Besitzerin des Siegerpferdes machen. Aber inzwischen hatte Ann sich beruhigt und erzählte munter drauflos.

Für das D-Springen, die letzte Disziplin, konnte ich mich einfach nicht mehr engagieren. Rauhbein fand, daß er für heute genug getan hatte und lief mit sechzehn Fehlern ins Ziel.

Das Publikum hatte bis zum Ende ausgeharrt. Darum gab es jetzt ein großes Gedränge an den Ausgängen.

Wir trafen uns noch zu einer Schlußbesprechung im Café.

Ich war so ausgehungert, daß ich zwei große Scheiben Toast mit Krabben und Ei vertilgte. Alle plapperten wild durcheinander. Nur ich saß ganz still und dachte an Silbers einzigartige Leistung.

Cilla kam aufgeregt an unseren Tisch.

„Britta, draußen steht Susanne mit Stupsie. Du sollst dir unbedingt sofort sein Ohr angucken."

„Warum? Ist etwas passiert? Hat er sich verletzt?" fragte ich und stürzte erschrocken hinaus.

Draußen stand mein süßer kleiner Hund und wedelte vergnügt mit seinem Schwanz.

„Sieh nur!" jubelte Susanne. „Sein Hängeohr! Es hat sich aufgerichtet!"

„Stupsie", rief ich erstaunt und umarmte ihn. „Wie schön du jetzt aussiehst, mein Kleiner."

Was für ein wunderbarer Tag. Erst Silbers Erfolg. Dann Stupsie, der sich endlich zu einem klassischen Schäferhund entwickelte. Jetzt konnte ihn niemand mehr ärgern und ihn „Hängeohr" nennen.

Vor uns lag der ganze lange verheißungsvolle Sommer mit seinen Erlebnissen und Abenteuern.

Feigling oder Faulpelz?

„Nie im Leben!" protestierte ich und schaute entsetzt zu Lasse auf. Er thronte gelassen hoch oben auf seinem mächtigen Halbblut Cayenne. Ich ritt wie immer meinen kleinen Silber, der nur einssiebenunddreißig maß. Aber für mich war er wie geschaffen. Wir ließen unsere Pferde an langen Zügeln im Schritt durch den Wald gehen. Es war ein drückendheißer, schwüler Sommertag. Die Ferien hatten angefangen.

„Dein Hengst ist doch der reinste Elch!“ neckte ich.

Cayennes fuchsfarbenes Fell glänzte in der Sonne. Eigentlich ein schönes Pferd – falls man für solche tüchtigen, zuverlässigen Halbblutpferde schwärmte. Mein Traumpferd war er nicht. Ich liebte kleine, flinke Burschen, lebhafte, intelligente Ponys wie Silber.

„Aber ich möchte, daß du ihn reitest“, sagte Lasse nachdrücklich. „Sonst muß ich ihn den ganzen Sommer auf der Weide lassen. Du kannst dir vorstellen, was er dann für eine Kondition hat für unser Turnier im Herbst.“

Ich schüttelte den Kopf. Ich wollte mich nicht von Lasse überreden lassen.

„Natürlich reite ich ihn ab und zu gern. Aber muß ich deshalb gleich an einem Wettkampf teilnehmen? Und noch dazu an einer *Military?* Du hast nicht alle Tassen im Schrank!“

„Er ist in Hochform“, behauptete Lasse und klopfte anerkennend Cayennes kräftigen Hals. „Übrigens hast du über einen Monat Zeit zum Trainieren. Eine Reitlehrerin muß alle Pferdearten reiten können. Hab ich nicht recht? Du solltest froh sein über so eine Chance. Du darfst nicht stehenbleiben, verstehst du? Du mußt dich ununterbrochen weiterentwickeln!“

Lasse lachte verschmitzt.

„O ja! Ich wüßte nicht, was die Entwicklung einer jungen Reitlehrerin mehr fördern könnte, als Cayenne zu reiten und die Dressur vor aller Augen mit schamrotem Kopf vorzeitig zu beenden!“ spottete ich aufgebracht. „Wahrscheinlich habe ich dann bald keine einzige Schülerin mehr! Du weißt genau, daß ich ihn nicht einmal zum Halten bringen kann, ohne daß er den Kopf hochwirft und sich von den Zügeln befreit. Und dann der versammelte Galopp! Der ist höchstens bis zur Hälfte der ersten Längsseite versammelt! Dann werden die Schritte immer größer und größer, und spätestens in der Ecke ist jede Versammlung verloren! Außerdem", beklagte ich mich, „ist dieses Pferd mindestens sieben Meter zu lang für mich!"

„Ach, Britta, hör endlich auf zu maulen", sagte Lasse ungeduldig. „Es handelt sich doch nur um eine leichte B-Prüfung. Ich würde ihn schrecklich gern selbst reiten, wenn ich nicht diesen Ferienjob in Uppsala bekommen hätte. Die Arbeit wird gut bezahlt, und ich kann es mir nicht leisten, den ganzen Sommer hier zu verbummeln."

„Und ich habe Ferien", antwortete ich trotzig. „Die Reitschule ist geschlossen. Die Pferde tummeln sich auf der Koppel. Ich will endlich einmal mit Stupsie im Wald spazierengehen oder zum Baden fahren und faul in der Sonne liegen . . ."

Lasse sah mich belustigt an.

„Faulpelz oder Feigling?" fragte er augenzwinkernd. „Laß die Ausreden. Du mußt unbedingt mal ein anderes Pferd als Silber reiten." Als ob die Sache damit entschieden sei, nahm er die Zügel und rief: „Komm, die Tiere brauchen Bewegung."

Cayenne trabte mit Siebenmeilen-Schritten über den weichen, federnden Waldweg. Ich ließ Silber so gut er konnte hinterhertippeln. Verglichen mit dem kleinen Silber war Cayenne ein hünenhaftes Pferd. Lasse hatte schon recht, überlegte ich verbissen. Was für eine einmalige Chance! Ich konnte den ganzen Sommer trainieren und dann mit einem so zuverlässigen und sicheren Pferd wie Cayenne an einer Military teilnehmen. Das war ungeheuer nützlich für mich, und ich würde eine Menge lernen. Es war nur – na ja, ich kam mir auf Cayenne immer vor wie ein Floh auf einem Elefanten. Und außerdem hatte ich mir meine Sommerferien ganz anders vorgestellt . . .

Military, dachte ich und schmeckte das Wort geradezu auf der Zunge. Dazu gehörte alles: Dressur, Geländeritt, Springen . . . Military. Schon das Wort ließ mich vor Wohlbehagen schaudern. Military – das war ein vielversprechendes, spannendes Wort. Military bedeutete Unternehmungsgeist, Mut und Entschlossenheit. Der Gedanke, daß Cayenne und ich . . . Es war zum Verrücktwerden. Oder zum Totlachen.

„Lasse!“ rief ich. Ich wollte einen letzten Versuch machen, aus der Sache herauszukommen, ohne auf die Military zu verzichten. „Gibt es nicht auch eine Pony-Klasse bei dieser Military?“

„Aber natürlich“, antwortete Lasse und grinste bis über beide Ohren, weil er mich sofort durchschaut hatte. „Eine leichte C-Klasse. Aber die Altersgrenze ist 18, Pech für dich. Du kannst Silber ja einer deiner Schülerinnen anvertrauen, wenn du willst, daß er an der Military teilnimmt.“

Der Weg wurde breiter und sandiger, Lasse stellte sich in die Steigbügel und ließ Cayenne galoppieren. Silber ließ sich sofort blitzartig mitreißen noch bevor ich auch nur ans Galoppieren gedacht hatte. Für eine Weile vergaß ich mein Problem und genoß den Ritt. Wie weich und herrlich ging mein Silber! Cayenne galoppierte ruhig und bald so langsam, daß ich Silber zurückhalten mußte, um nicht zu nahe an den Fuchs heranzukommen.

Ich wünschte, wir hätten einige „natürliche“ Hindernisse zum Springen auf diesem herrlichen Sandweg errichten können. Aber jedesmal, wenn wir eine Hecke oder einen

Graben anlegten, kamen irgendwelche Mopedbanden und zerstörten alles.

Als wir im Schrittempo zur Reitschule zurückkehrten, seufzte ich aus tiefstem Herzen und sagte todesmutig: „Ich tue es."

„Was?"

„Cayenne für dich in der Military reiten."

„Gut", nickte Lasse. „Das hatte ich auch nicht anders erwartet. Wir können gleich mit dem Training beginnen. Die Wettbewerbsbedingungen sehen wir uns später an. Ich habe das Formular in der Tasche."

„Vergiß nie, wessen Vorschlag das Ganze war", warnte ich. Ich schüttelte den Kopf über mich. Worauf hatte ich mich da nur eingelassen! Oh, wenn es sich um Silber gehandelt hätte . . .

Auf der Reitschule war es wegen der sommerlichen Hitze ungewöhnlich friedlich und leer. Nur vor dem Klubhaus sonnten sich einige Mädchen im Gras, und von der Ponyweide grüßten ein paar Russen leise wiehernd zu uns herüber. Auf der großen Weide verjagten die Vollblutpferde träge mit ihren Schweifen die lästigen Fliegen. Der Nordschwede Kurre stand auf drei Beinen und sah aus, als sei er in einen tiefen Schlaf gefallen, und Rauhbein hatte sich in den Schatten unter einen Baum geflüchtet. Es herrschte eine solche Stille, daß einem alles unwirklich vorkam. Die Luft zitterte vor Hitze, und alle halbwegs vernünftigen Menschen suchten Kühlung in Seen und Flüssen.

„Ich bringe nur Silber schnell auf die Weide", sagte ich zu Lasse und begann, den Sattelgurt zu lösen. Silber hatte dunkle Schweißflecken unter dem Sattel, und auch unter dem Genickstück hinter den Ohren war er feucht. Die Trense scheuerte. Silber stieß mich sanft gegen das Gitter und rieb seinen Kopf an mir – eine ziemlich harte Behandlung, gegen die ich mich lachend zur Wehr setzte.

„Hör auf, alter Knabe. Komm lieber mit auf die Weide. Dann nehme ich dir die Trense ab, und du kannst dich wälzen solange du willst . . .“

Silber machte nur drei kleine Schritte auf der Weide, bevor er in die Knie ging, behaglich seufzte und sich auf der staubigsten Stelle der ganzen Einfriedung hin und her wälzte. Er rieb sich wohlig den Rücken und strampelte mit allen vier Hufen in der Luft. Dann stand er gemächlich auf, schüttelte sich und hüllte mich in eine dichte, braune Staubwolke ein.

„O Silber, du bist unmöglich“, lachte ich. Ich dachte an die Arbeit, die es machen würde, sein Fell wieder weiß und glänzend zu striegeln. Ich schaute Silber zu, wie er seinen Durst stillte und dann zufrieden weidete. Die schwerfällige Sessan verließ den Schatten der Bäume, um ihm Gesellschaft zu leisten und in seiner Nähe zu sein.

Am Übungsplatz warteten Lasse und Cayenne auf mich.

„Beherrschst du das Dressurprogramm?“ fragte Lasse.

„Die leichte B-Klasse? Einigermaßen. Aber wenn du dir einbildest, daß ich in dieser Hitze das ganze Programm absolviere, dann hast du dich gründlich getäuscht! Ich will den Fuchs nur ein bißchen besser kennenlernen.“

„Wir werden ja sehen“, murmelte Lasse.

„Außerdem kann ich nicht in deinem Riesensattel reiten“, meckerte ich. „Da rutsche ich nur hilflos hin und her.“

„Dann nimm Silbers Sattel.“

„Das ist kein Dressursattel.“

„Aber er ist gut genug, um mit Silber die Dressur zu reiten!“

„Das ist doch etwas ganz anderes“, sagte ich verlegen und wurde rot. „Silber . . .“

„Silber, du bist unmöglich, denk an dein schönes Fell", rief Britta lachend

„Steig endlich auf!“

Eigentlich hatte ich allen Grund, mich zu freuen. Cayenne war ein prächtiges Pferd. Er tat, was man von ihm verlangte, und heckte keine Streiche aus. Eigentlich war er auch nicht besonders hoch: 162 Zentimeter sind für ein schwedisches Halbblut eine durchaus normale Höhe. Nur sein Hals war so lang. Und sein Rücken war lang. Ich hatte das Gefühl, die Vorderbeine wußten nicht, was die Hinterbeine vorhatten. Ich fand, er war so steif und schwerfällig – obwohl er nicht so wirkte, wenn *Lasse* ihn ritt –, daß es eine Qual war, mit ihm zu traben.

Das wird mein Tod! dachte ich und biß die Zähne zusammen. Lasse hatte keinerlei Mitleid mit mir.

„Du gibst ja keine Schenkelhilfen!“ donnerte er.

„Tue ich doch!“ knurrte ich verbissen.

„Mehr Tempo!“

Ich hatte gerade herausgefunden, daß ich den versammelten Trab einigermaßen erträglich fand . . .

„Reite jetzt in die Diagonale und nimm Tempo auf!“

Cayenne stakste mit langen Schritten über die Bahn, und ich hatte das Gefühl, daß alle meine Knochen durcheinandergeschüttelt wurden. Dann versuchte ich eine Art halbe Parade und ließ Cayenne galoppieren. Ich hatte die schwache Hoffnung, dadurch meine Lage zu verbessern. Aber Cayenne drückte so schwer auf das Gebiß, daß ich glaubte, mit jedem Zügel mindestens hundert Kilo halten zu müssen.

Silber bereitete mir nie solche Schwierigkeiten. Er war klein, hatte einen leichten Knochenbau und bewegte sich mit einer gewissen natürlichen Balance. Ich war ziemlich niedergeschlagen. Aber ich wollte um keinen Preis aufgeben. Ich *mußte* damit fertig werden. Wenigstens so weit, daß ich die Military durchstehen konnte, auch wenn ich mir einbildete, daß nur ein zwei Meter langer Reiter mit Schenkeln aus Eisen dieses Roß einigermaßen beherrschen konnte.

Und doch erlebte ich einen kurzen Augenblick, in dem ich spürte, wie es sein konnte, wenn Cayenne und ich uns große Mühe gaben: Plötzlich lag Cayenne nicht mehr so schwer auf dem Gebiß und trabte einige wenige Schritte so weich und federnd, daß ich sanft vorwärts schaukelte.

Lasse rief: „*Jetzt* geht er gut, Britta!"

Endlich war Lasse zufrieden und fand, daß ich für heute genug geritten war. Ich ließ das Pferd an langen Zügeln schreiten. Wir mußten beide verschnaufen, Cayenne und ich. Ich strich mit der Hand aufmunternd über seinen langen Hals.

„Es ist aus mit mir. Ich bin fix und fertig. Und hungrig wie ein Wolf", sagte ich zu Lasse und glitt mit schlotternden Knien auf die Erde. „Wenn dir etwas daran liegt, daß ich den heutigen Tag überlebe, mußt du mitkommen und mir etwas zu essen machen."

„Einverstanden. Dann können wir gleich die Wettbewerbsbedingungen durchgehen", schlug Lasse vor. „Ich muß nur erst Cayenne versorgen."

Zum Wettkampf in der Military

„Hab ich sehr unmöglich ausgesehen?" fragte ich kleinlaut und schaute Lasse zu, wie er Cayenne in einer der leeren Boxen ganz hinten im Stall trockenrieb. Cayenne war nervös, hob den Kopf hoch über die Boxkante und wieherte. Er wußte ja, daß die anderen Pferde draußen auf der Weide gingen, und er war nicht gern ohne Gesellschaft. Aber als Lasse ihm frisches Wasser und einen Armvoll Heu brachte, beruhigte er sich.

„So furchtbar war es auch wieder nicht“, antwortete Lasse und grinste. „Wahrscheinlich empfandest du es schlimmer als es aussah. Du mußt eben fleißig reiten und bis zum Wettkampf jeden Tag mindestens zwei Stunden trainieren: Dressur, Klettern im Gelände, immer wieder ausgedehnt durch Wälder galoppieren, mehrmals in der Woche springen ...“

Konnte ich das alles bewältigen? Angstschweiß trat auf meine Stirn, und ich versuchte, mich im voraus für mein Versagen zu entschuldigen.

„Ich weiß, daß man ein großes, schweres Halbblut ganz anders reiten muß, als so ein munteres, übereifriges Pony wie Silber. Es bewegt sich auch ganz anders. Ich brauche Zeit, mich daran zu gewöhnen ... Du darfst nicht zu viel erwarten.“

„Ich rechne ja auch nicht damit, daß du die Military gewinnst“, sagte Lasse tröstend. „Aber ich erwarte, daß du dich so gut vorbereitest, daß du sie durchstehst. Das ist eine gute Übung, sowohl für dich als für das Pferd. Und Cayenne ist ein prächtiges Pferd, vergiß das nicht. Er führt dich nie aufs Glatteis.“

„Wenn wir also einbrechen, ist es einzig und allein mein Fehler“, vollendete ich den Satz. „Du kannst einem wirklich Mut machen!“

Ich stand da und dachte nur, daß ich es niemals schaffen würde. Vielleicht sollte ich besser das Reiten aufgeben und in einem Büro arbeiten oder irgendeine andere langweilige und stupide Arbeit ausführen. Ich schaute Cayenne an. Er stand ruhig und friedlich und zermalmte genüßlich das Heu. Er hatte liebe Augen. Richtig liebe Augen. Ein braves, zuverlässiges Pferd. Ein Pferd ohne Fehler. Ich ärgerte mich, und ich wußte nicht einmal warum. Die Fehler lagen nur bei mir.

Plötzlich wurde ich aus meinen trübsinnigen Gedanken gerissen: Die Stalltür wurde aufgestoßen und Ann und Stupsie stürzten und purzelten wild durcheinander herein. Stupsie hechelte und zeigte seine lange, rote Zunge, und Ann versuchte sich lachend von der Leine zu befreien, mit der Stupsie sie umwickelt hatte.

„Ach so, hier seid ihr also? Ich wunderte mich schon, warum Stupsie mich zum Stall zerrte. Ich dachte, der Stall wäre leer."

Stupsie sprang wie wild an mir hoch und bellte vor Freude. Ich bückte mich und umarmte ihn. Er war ein herrlicher Hund, immer fröhlich und guter Laune.

„Stupsie, Stupsie!" rief ich zärtlich und kraulte ihn hinter den Ohren. Stupsie jaulte so fürchterlich, daß man glauben konnte, er sei krank und habe Schmerzen – aber so drückte er immer seine Freude aus. Ich hockte mich auf den Stallboden, und Stupsie legte seine gelbbraunen Bärentatzen auf meine Knie. Während ich meinen Hund liebkoste, fühlte ich, wie Ärger und Unmut immer weniger wurden. Daß das Reiten nicht auf Anhieb klappte, solange Cayenne und ich uns noch nicht einig waren – war das ein Grund, so niedergeschlagen und mutlos zu werden? Wir mußten nur trainieren. Es würde mir bestimmt bald viel Spaß machen, mich auf die verschiedenen Wettkämpfe vorzubereiten. Ich hatte noch nie in meinem Leben an einer Military teilgenommen.

„Richtig ulkig im Sommer hier drin im Stall, wenn die Pferde weg sind", stellte Ann fest und rümpfte die Nase. „Es riecht nicht einmal mehr nach Pferd. Nur nach staubigem

Sägemehl. Und die Ecken hängen voller Spinnengewebe."

„Es ist so ruhig hier, daß man zu träumen glaubt", stimmte ich zu. „Keine schreienden Kinder. Eine Reitschule außer Betrieb ist wirklich ein trauriger Ort."

„Die Pferde freuen sich bestimmt, daß sie mal ausruhen können", glaubte Ann.

Ich kämpfte zum Spaß mit Stupsie und sagte: „Ich hatte gedacht, daß ich mich auch mal ausruhen könnte. Aber Lasse besteht darauf, daß ich Cayenne für die Military trainiere." Bevor Ann diese Neuigkeit verdaut hatte, fügte ich hinzu: „Es gibt auch eine Pony-Klasse. Ich meine, falls du Lust hast, dich mit Silber aufstellen zu lassen . . ."

Ann lachte schallend.

„Ich soll eine Military reiten? Bist du total übergeschnappt?"

„Kommt, meine beiden stolzen Military-Amazonen." Lasse schmunzelte und legte je einen Arm um Ann und mich. „Wir machen uns jetzt etwas zu essen. Dabei sehen wir uns die Bedingungen genau an", bestimmte Lasse und schob uns aus dem Stall.

Ich stolperte über Stupsie, der wieder einmal genau vor meinen Füßen tollte, und riß die anderen mit. Wir purzelten übereinander und mußten fürchterlich lachen. Die Welt war für mich wieder in Ordnung.

Kurze Zeit später saßen wir um meinen Küchentisch und stopften Kartoffelsalat mit Würstchen in uns hinein. Dazu gab es Tomaten und Gurken. Ich hatte mein feinstes Geschirr aufgedeckt: Die blaubemalten Teller und die schweren, dunklen Gläser. Ich hatte wohl irgendwie das Gefühl, heute sei ein besonderer Tag.

„Was für enorme Geldpreise die haben!" staunte Ann, die ihre Nase in die Wettbewerbsbedingungen vergrub und vor

Überraschung zu essen vergaß. „Vierhundert Kronen sind der erste Preis bei den großen Pferden und zweihundertfünfzig bei den Ponys. Dressur und Geländeritt finden am Samstag statt, das Springen am Sonntag."

„Wann läuft die Anmeldefrist ab?" wollte ich wissen, schnitt mir ein Stückchen Gurke ab und streute Salz und Kräuter darüber.

„Mal sehen. Hier. In zwei Wochen. Die Anmeldung kostet zwanzig Kronen für große Pferde und zehn Kronen für Ponys. Und die Startgebühren betragen genausoviel."

Ich beugte mich über die Bedingungen und las weiter: „Außerdem braucht man noch ein Attest vom Tierarzt und einen Transporter zum Wettkampfplatz – das wird ganz schön teuer!" seufzte ich.

„Das überlaß nur mir", antwortete Lasse ruhig. „Schließlich habe ich einen gutbezahlten Job in den Sommerferien."

„Aber ich reite. Dann muß ich auch bezahlen", entgegnete ich entschieden.

„Darüber brauchst du dir jetzt wirklich nicht den Kopf zu zerbrechen", meinte Lasse. „Ich besorge die Formulare und melde euch beide an."

Ann schnappte nach Luft.

„Glaubt ihr, ich bringe so viel Mut auf? Dann mußt du mir aber bei der Dressur helfen, Britta. Hier steht, daß die Pony-Dressur sich an das leichte C-Programm von SLRC hält. Ich habe keine Ahnung, was das bedeutet."

Lasse kramte in den Taschen seiner Jeans.

„Hier", sagte er. „Sie haben das gesamte Dressurprogramm mitgeschickt."

Nach dem Essen sattelte Lasse sein Pferd.

„Wann fängst du mit deinem Job an?" wollte ich noch wissen, bevor Lasse nach Hause ritt.

„Nächste Woche“, antwortete Lasse und schnallte den Sattelgurt enger. „Ich kann dir also vorher noch ein paar Tips für die Dressur geben.“

„Vielen Dank, das kann ich brauchen“, seufzte ich und ging in meine kleine Wohnung zurück. Ich hatte eine Menge, worüber ich nachdenken mußte. Silber *und* Cayenne mußten trainiert werden . . .

Gegen Abend wurde es endlich ein wenig kühler, und ich machte mit Stupsie noch einen kleinen Spaziergang. Wir blieben in der Nähe der Reitschule, und ich beobachtete, daß immer mehr Leute ankamen, um zu reiten. Kicki und Thomas holten Mikene und Lord Peter von der Weide und ritten gemeinsam in den Wald. Ich spielte mit Stupsie neben der Ponyweide. Ab und zu sprang er übermütig zu den Ponys hinein und kläffte so lange, bis eines der Pferde die Ohren zurücklegte und drohend auf ihn zugaloppierte. Dann ergriff Stupsie lieber die Flucht und bellte aus sicherer Entfernung auf der anderen Seite des Gatters weiter.

Plötzlich bog ein Auto mit einem Transportanhänger auf den Hof. Drei fröhlich lachende Kinder, gefolgt von ihren Eltern, kletterten aus dem Wagen. Das war die Familie, der Lillebror und Scheck gehörten.

„Hej! Wir fahren aufs Land!“ schrie das Jüngste aufgeregt von weitem und schwenkte Schecks Halfter. Der Vater öffnete den Transporter, und die beiden älteren Mädchen gingen in den Stall, um die Trensen und Lillebrors Sattel zu holen – Scheck ritten sie immer ohne Sattel.

Zwei kleine Mädchen in verwaschenen Jeans und gelben T-Shirts, auf denen in großen, roten Buchstaben „I love horses“ stand, tauchten von irgendwoher auf, ließen ihre Fahrräder ins Gras fallen und schauten mit großen, traurigen Augen zu, wie Lillebror und Scheck von der Weide in den

Transporter gebracht wurden.

„Mußt du glücklich sein, Lillan!“ seufzten sie und beobachteten sehnsüchtig, wie das kleine braunweiße Pony grazil in den Transporter trippelte. „Den ganzen langen Sommer hast du Scheck für dich allein . . .“

Lillebror, der schelmische braune Russe, hatte keine Lust verladen zu werden und sträubte sich. Erst als Lillan ihn mit einem Eimer Hafer lockte, folgte er Scheck in den Transporter.

„Britta, wann fängt der Reitunterricht wieder an?“ fragten die beiden kleinen Mädchen und schauten niedergeschlagen dem davonfahrenden Wagen nach. „Du kannst dir nicht vorstellen, wie langweilig es ist, wenn man nicht reiten darf. Wir haben keine Ahnung, was wir den ganzen Tag tun sollen.“

„Ich weiß sehr gut, wie euch zumute ist“, antwortete ich und dachte an die Zeit, als ich noch kein eigenes Pony hatte. „Bevor ich Silber bekam, besuchte ich eine Reitschule in der Stadt, wo ich damals wohnte. In den Sommerferien wurden alle Pferde auf die Weide gebracht. Ich langweilte mich schrecklich. Ich ging stundenlang spazieren und hatte nur den einen Wunsch, daß nach der nächsten Wegbiegung irgend etwas Spannendes passierte.“

„Und? Passierte etwas?“ fragten die Mädchen neugierig. Sie sahen auf einmal gar nicht mehr so unglücklich aus.

„Ja“, sagte ich. „Einmal passierte tatsächlich etwas. Das war, als ich Lilleman kennenlernte.“

„Lilleman? Meinst du etwa unseren Lilleman?“

„Ja, genau den meine ich“, antwortete ich und schaute zu dem kräftigen, schwarzen Russen mit der zottigen Mähne und dem langen, bis auf den Boden reichenden Schweif hinüber. „Heute gehört er meiner Freundin Eva-Lena, aber damals war ein Junge sein Besitzer. Ich durfte Lilleman einen ganzen Sommer lang pflegen und versorgen. Im Herbst wurde er dann verkauft. Ich bekam seine neue Adresse heraus und fuhr hin, um ihn zu besuchen – und in dem Stall stand auch Silber! Er war ein Jahr alt und ein ziemlich dunkler Grauschimmel. Er bäumte sich auf und wieherte wild, wenn man ihn auf die Weide brachte. Für mich war er das schönste Pony, das ich je gesehen hatte: Er hatte den Kopf eines Arabers mit großen, dunklen Augen ... und im nächsten Sommer, als er zwei Jahre alt war, durfte ich ihn mir kaufen."

„Oh ...", staunten die Mädchen, und ihre Augen leuchteten. „Dann hast du Silber ja schon von klein auf

Mit traurigen Augen schauten die Mädchen zu, wie die schönen Pferde verladen wurden

gekannt? So etwas passiert uns nie. Wenn wir mal ein fremdes Pferd sehen, dann ist es bestimmt ein uralter Nordschwede mit einem mürrischen Bauern, der uns nicht einmal erlaubt, das Pferd anzufassen."

Ich schaute zum Übungsplatz, wo eine schlanke Vollblutstute mit einem langbeinigen Reiter trabte.

„Komm", forderte ich die Mädchen auf, um sie ein wenig aufzuheitern. „Hasse reitet Organdie. Wir gehen hin und schauen zu."

Ich nahm Stupsie sicherheitshalber an die Leine, damit er nicht wieder irgendwelche Dummheiten ausheckte.

Organdie war eine nervöse und überaus empfindliche Stute. Ich wollte nicht, daß sie sich auch noch zusätzlich aufregte.

Als Hasse mich sah, unterbrach er sofort seinen Ritt und rief: „Prima, daß du da bist, Britta. Ich habe etwas Wichtiges mit dir zu besprechen. So vom Schicksal verwöhnt wie du möchte ich auch mal werden . . ."

Hasse macht einen Vorschlag

Organdie, die ungewöhnlich dunkle Fuchsstute, war immer wieder ein Problemkind. Eigentlich verstand nur Hasse mit seinem Einfühlungsvermögen und seiner langjährigen Erfahrung, was in ihrem schmalen Vollblutkopf vorging. Er war auf dem besten Weg, ein großartiges Springpferd aus ihr zu machen und verteidigte Organdie gegen jeden, der etwa herablassend sagte: „Ach, Vollblutpferde, die sind doch alle mehr oder weniger übergeschnappt . . ."

Hasse stieg vom Pferd.

„Was hältst du davon, ein paar Wochen in einem Reitlager zu verbringen?" fragte er mich und zündete sich lässig eine Zigarette an.

Ich stolperte fast vor Überraschung. Erst kam Lasse und verlangte, daß ich Cayenne in einer Military reiten sollte, und nun fragte Hasse, ob ich zu einem Reitlager fahren wollte! Das war ein bißchen viel an einem Tag!

„Reitlager?" stotterte ich. Ich begriff überhaupt nichts. „Wo denn?"

„Ich kenne jemanden, der in den Bergen ein Hotel aufgemacht hat. Er ist übrigens ehemaliger Kavallerist, genau wie ich.“

Ich beugte mich hinunter, um Stupsie die Leine abzunehmen, bevor er sich völlig darin verhedderte. Dann wartete ich gespannt, daß Hasse mit seinen Erklärungen fortfuhr, obwohl ich nicht recht begriff, was das alles mit mir zu tun haben sollte.

„In diesem Sommer veranstalten sie Reitlager“, berichtete Hasse weiter. „Das wurde auf Anhieb ein großer Erfolg. Stell dir vor: Reitausflüge in die Berge; die frischeste Luft, die man sich denken kann; auf den höchsten Gipfeln ewiger Schnee und badewarmes Wasser im tiefblauen See unterhalb des Hotels! Es haben sich so viele Kinder angemeldet, daß die Ponys, die mein Freund bei einer Reitschule ausgeliehen hat, kaum ausreichen ... Schon im Frühjahr habe ich vage zugesagt, ihm auszuhelfen, falls es nötig sein sollte. Jetzt will er, daß ich nächste Woche komme und für die etwas älteren Kinder auf großen Pferden einen Springkurs abhalte. Gleichzeitig findet für die Kleinen ein Ponylager statt.“

„Und was soll *ich* dort?“ wunderte ich mich und versuchte, all das zu verdauen, was Hasse mir eben erzählt hatte.

Am Gatter standen die beiden kleinen Mädchen und hingen neugierig und mit großen Augen an unseren Lippen. Es ging um Pferde, ihre Lieblingstiere. Es wurde Abend, und sie zitterten ein wenig in ihren dünnen Blusen, aber sie wollten sich kein Wort entgehen lassen.

„Sie haben nicht genug Ponys“, antwortete Hasse und schaute zum Wald hinüber. Kicki und Thomas kamen von ihrem Ritt zurück. Ihre beiden englischen Vollblutpferde paßten gut zusammen: Mikenes Fell glänzte wie Kupfer in den Strahlen der untergehenden Sonne und stand in märchenhaftem Kontrast zu dem schwarzen, muskulösen Lord Peter.

„Reitlehrer haben sie schon für das Ponylager. Aber die Connemara- und Shetlandponys reichen nicht aus, Darum habe ich versprochen, einige von unseren Ponys mitzubringen." Hasse blinzelte in die Abendsonne. „Ich dachte mir, du könntest mitkommen und als Stallbursche jobben und dich um die Ponys kümmern."

Ein Reitlager! Wenn es etwas gab, von dem ich mein Leben lang geträumt hatte, dann war es, an einem Reitlager teilzunehmen! Natürlich um zu reiten, nicht unbedingt, um Stallbursche zu spielen. Aber bestimmt würde mir auch das Spaß machen. Es klang jedenfalls verlockend . . .

Hasse brachte mich noch mehr in Versuchung, als er sagte: „Es ist kein Job im eigentlichen Sinn, denn die Kinder sollen die meiste Arbeit selbst machen. Aber jemand muß Aufsicht und Verantwortung übernehmen. Selbstverständlich wirst du dafür bezahlt."

Zwei Minuten dachte ich fieberhaft nach. Dann sagte ich traurig: „Es geht nicht. Ich kann nicht."

Hasse sah mich verständnislos an.

„Und ich glaubte, du würdest mich vor Freude umarmen. Die einmalige Chance, in einer herrlichen Umgebung zusätzlich ein wenig Geld zu verdienen, statt einsam auf der Reitschule zurückzubleiben und dich zu langweilen! Du würdest andere gleichgesinnte Pferdenarren treffen und natürlich auch selbst reiten. Das Essen ist übrigens einmalig. Ich war schon dort, ich kann es also beurteilen."

Ich sagte kein Wort und dachte an das Versprechen, das ich Lasse gegeben hatte.

„Falls du dir Sorgen um Silber machst – das ist kein Problem. Du nimmst ihn selbstverständlich mit! Ich will

Organdie auch mitnehmen. Es ist enorm wichtig, daß ich sie jeden Tag reite, damit sie in ihrer Ausbildung nicht zurückgeworfen wird."

„Es handelt sich nicht nur um Silber", stammelte ich leise. „Ich müßte außerdem noch Ann und Cayenne mitnehmen ..."

Hasse wunderte sich immer mehr über mich. Er kannte meine Vorliebe für Ponys und hatte sicherlich erwartet, daß Cayenne das letzte Pferd war, das ich mit auf ein Reitlager nehmen wollte.

„Das läßt sich bestimmt regeln", meinte er nachdenklich, als ich ihm erzählt hatte, daß Ann und ich mit den Pferden für eine Military trainieren wollten. Schließlich war Hasse selbst ein eifriger und leidenschaftlicher Wettkampfteilnehmer. Er fand, daß unser Vorhaben unterstützt werden mußte.

„Paß mal auf", sagte er. „Wir bekommen freien Transport zum Lager und nach Hause zurück in einem großen Bus, der neun Pferde faßt. Es kommt also nicht auf ein Pferd mehr oder weniger an. Laß mal sehen. Folgende Ponys fahren mit: Rauhbein, Billy, Lilleman und Tim und Tom. Das sind fünf. Dann Organdie. Wenn du Cayenne und Silber mitnimmst, sind es erst acht Pferde. Für Cayennes Verpflegung wird man dir wahrscheinlich etwas vom Lohn abziehen. Ann kann ohne weiteres mit Silber am Ponylager teilnehmen – natürlich vorausgesetzt, daß ihre Eltern es erlauben. Ich weiß, daß noch ein anderes Mädchen mit eigenem Pony anreist."

Sollte es vielleicht doch möglich sein? Ich wehrte mich gegen die aufkommende Hoffnung, um nicht enttäuscht zu werden. Es erschien mir alles so unwirklich. Es klang viel zu schön, um wahr zu sein. Bestimmt war irgendein Haken dabei. Aber welcher? Und Ann – was würde sie sagen? Würden ihre Eltern so mir nichts, dir nichts ein paar hundert Kronen auf den Tisch legen, damit ihre Tochter zu einem Reitlager fahren konnte?

„Ich muß Ann fragen“, erklärte ich schließlich. „Wenn sie darf, dann . . . Sonst weiß ich nicht. Ich kann sie doch nicht mit Silber hier allein trainieren lassen.“

Hasse händigte mir einen Prospekt über das Reitlager aus. Den sollte ich Ann geben. Er bat mich, ihm so schnell wie möglich Bescheid zu geben, denn wenn ich den Job nicht annahm, mußte er jemand anderen finden. Und bis zur Abreise war nur noch eine Woche Zeit.

Der Prospekt war verlockend und voller herrlicher Aufnahmen von einer wildromantischen Bergwelt. „Reitferien in den Bergen“ stand in großen, blauen Buchstaben auf der ersten Seite. Ich blätterte weiter und las:

Ferien bei uns in den Bergen – das bedeutet Aufstehen mit der Sonne, Satteln und Losreiten und das fröhliche, morgenfrische Schnauben der Pferde und die großartige, unberührte Schönheit der Berge zu genießen. Es bedeutet aber auch, mit einer großen Anzahl springfreudiger Pferde zum Parcours zu schreiten oder köstliche Brote in einem Rucksack zu verstauen und eine Tagestour zu einer alten, abgelegenen Sennhütte zu machen. Es kann auch ein Ritt ohne Sattel zum See an einem warmen, sternenklaren Abend sein . . .

All das und noch viel mehr kannst du in diesem Sommer erleben – auf dem Reitlager in unserem Hotel in den Bergen.

Gab es etwas Verlockenderes? Konnte man sich einen schöneren Ort vorstellen, um mit Silber und Cayenne zu trainieren? Ich stürzte in die Sattelkammer. Stupsie folgte mir ebenso aufgeregt. Ich wählte Anns Nummer und erzählte ihr alles. Arme Ann! Ich hatte sie offenbar völlig überrumpelt, denn sie sagte die ganze Zeit nichts anderes als „oh“. Das klang nicht gerade besonders hoffnungsvoll. Auf jeden Fall versprach sie mir, ihre Eltern nach Kräften zu bearbeiten und mir morgen das Ergebnis mitzuteilen.

In dieser Nacht fiel es mir schwer einzuschlafen. Ich zog es immer vor, alle Dinge rechtzeitig und in Ruhe zu planen und vorzubereiten. Und plötzlich verplanten andere Menschen meine Sommerferien: Hier eine Military und dort ein Reitlager. Ich überlegte hin und her. Die Bilder jagten einander. Mein Kopf glühte.

Und Stupsie, mein süßer, kleiner Schäferhund? Ihn hatte ich in der allgemeinen Aufregung beinahe vergessen. Er mußte auch mit. Natürlich. Ob es dort Hundefutter zu kaufen gab? Ich sollte sicherheitshalber seine Lieblingsmarke mitnehmen.

Plötzlich stellte ich fest, daß ich an das Reitlager dachte, als sei alles bereits entschieden. Ich schüttelte den Kopf und verlor wieder den Mut. Es konnte noch so viel geschehen. Vielleicht hatte Lasse etwas dagegen, daß ich mit seinem Pferd so weit fortfuhr? Ich mußte ihn unbedingt so schnell wie möglich fragen – morgen . . .

Ferien im Reitlager

Es war unglaublich, wie schnell sich die Nachricht verbreitete, daß unsere Ponys zu einem Reitlager fahren würden. Am nächsten Tag, als Ann in voller Fahrt auf den Hof radelte und atemlos meinen Namen rief, standen eine Menge Mädchen am Gatter und hatten nur ein Thema: Das Ponyreitlager. Alle hatten davon gehört. Natürlich hatten sich sofort alle „Stallburschen“ eingefunden, um über diese Neuigkeit zu diskutieren.

Cilla, die für das Wohl der schwerfälligen Sessan verantwortlich war, sagte lachend: „Ich wette, Sessan bleibt als einzige zurück! Susanne hat bestimmt vor, sie den ganzen Sommer auf ihre Weide zu stellen, damit das arme Tier noch fetter wird!“

Anita sah ein wenig traurig aus. Sie strich ihre rotblonden Haare aus der Stirn, rümpfte ihre kleine, sommersprossenübersähte Stupsnase und sagte: „Ich hoffe nur, daß Lilleman auf dem Reitlager nicht zu hart an die Kandare genommen wird. Ob ihm der Klimawechsel bekommt? Er ist nicht mehr der Jüngste.“

„Aber der Streitsüchtigste“, protestierte Pinglan. „Hast du nicht gesehen, wie er neulich alle anderen Pferde auf der Weide getriezt hat? Er jagt sie und zwickt sie ins Hinterteil, wenn sie nicht das tun, was er will.“

„Ich wünschte, ich könnte mitkommen und auf ihn aufpassen“, seufzte Anita.

„Man bekommt Geld, wenn man sein Pferd an dem Reitlager teilnehmen läßt“, warf Martin ein. „Ich spare für ein Moped. Hoffentlich wirft Billy nicht zu viele Kinder ab, so daß sie ihn nach Hause schicken ...“

Ann warf ihr Fahrrad einfach auf die Erde mitten vor die Stalltür – das war strikt verboten, weil die Pferde sich leicht verletzen konnten, wenn sie ausrissen – und rannte so schnell sie nur konnte zu mir. Sie brachte kein Wort heraus, aber sie strahlte über das ganze Gesicht. Ich wußte warum.

„Geh erst und bring dein Fahrrad weg“, sagte ich lächelnd.

„O ja, natürlich!“ Ann sprang zurück und lehnte ihr Fahrrad ordentlich an die Stallwand.

„Ich darf“, flüsterte sie. Sie war so außer sich vor Freude, daß sie ihre Stimme nicht in der Gewalt hatte. „Stell dir vor, ich darf! Zum Glück habe ich seit Anfang der Ferien Zeitungen ausgetragen. So konnte ich ein bißchen Geld sparen. Sonst wäre es aussichtslos gewesen. Meine Mutter will nur noch wissen, wie das mit der Verpflegung und so ist. Und ob es dort warmes Wasser gibt, damit ich mich auch ordentlich waschen kann.“ Ann grinste und ahmte übertrieben die Stimme ihrer besorgten Mutter nach. „Und ob es Toiletten gibt . . .“

„Himmel! Wir sind doch in einem richtigen Hotel untergebracht!“ stöhnte ich. „Oder hast du etwa deiner Mutter erzählt, daß du im Freien schlafen mußt, deine Füße in einem eiskalten reißenden Gebirgsbach waschen und Essen über offenem Lagerfeuer kochen mußt? Am besten zeigst du ihr diesen Prospekt. Da steht auch eine Telefonnummer. Deine Mutter kann das Hotel anrufen und alles fragen, was sie wissen will. Hasse hat übrigens gesagt, daß das Essen phantastisch ist.“

„Oh, dürfen wir auch mal sehen?“ riefen Martin und die Mädchen und drängten sich um Ann, die mit leuchtenden Augen in dem Prospekt blätterte. „Darfst *du* dahin fahren? Mit Silber? Bist du ein Glückspilz!“

„Kinder“, rief ich, „es gibt noch viel zu tun, bevor die Ponys fahren. Ihr könnt mir helfen. Wir müssen Sattel und Zaumzeug reinigen und vor allem überprüfen, ob irgend etwas kaputt ist, z. B. ob die Nähte an den Steigbügelriemen aufplatzen. So etwas muß gründlich ausgebessert werden. Dann muß das Leder gesäubert und eingeschmiert werden. Die Woilache müssen ausgebürstet und aufgehängt, Steigbügel und Gebiß geputzt werden, bis sie mit euren Augen um die Wette glänzen.“

„Ich überprüfe Sessans Sachen auch“, strahlte Cilla. „Kommt, wir fangen sofort an. Es macht Spaß, alles auf Hochglanz zu bringen.“

„Ich muß jetzt leider nach Hause“, brummte Martin und sah schnell auf seine Uhr. „Meine Mutter hat gesagt, ich dürfe heute nicht so lange fortbleiben. Wir verreisen nämlich morgen.“

„Haha, wer das glaubt!“ spottete Anita. „Aber wir kümmern uns gern auch um Billys Sachen, falls du das sagen wolltest . . .“

„Wie reizend von euch!“ Martin grinste über das ganze Gesicht, schwang sich auf sein Fahrrad und verschwand blitzschnell um die Ecke.

„Ihr verjagt diesen Jungen ja geradezu“, kritisierte ich. „Er macht keinen einzigen Handgriff selber. Nur, weil ihr seine Faulheit unterstützt. So wird er sich nie ändern. Wenn ihr wollt, tragt alles in die Sonne heraus. Wir setzen uns hier ins Gras.“

Bald legte sich der unverkennbare Geruch nach Sattelseife und Leder über die Reitschule. Man konnte also förmlich riechen, wie wir schufteten! Jedes Mädchen kümmerte sich um die Ausrüstung „seines“ Ponys. Ich reparierte Silbers Sachen, und Ann putzte Billys Sattel und Trense. Sessan, Lilleman und Tim und Tom besaßen einfache, flache Ponysättel, die gut auf ihre runden Rücken paßten. Billy hingegen, der ja ein richtiges großes D-Pony war, hatte einen wunderschönen, teuren Sattel, der sich auch hervorragend zum Springen eignete. Ich ritt Billy oft bei den Ausritten mit den Kleinen und fand den Sattel einmalig. Dennoch gefiel mir Silbers leichter Passiersattel besser. Er war ganz aus Wildleder mit einer Sitzfläche aus grauem Leder. Er war schon ziemlich alt. Ich hatte ihn auf eine Annonce in einer Pferdezeitschrift gebraucht gekauft, als Silber erst drei Jahre alt war. Aber ich fand, mein Sattel wurde jedes Jahr schöner. Nie würde ich einen Sattel finden, der besser zu Silber und mir paßte.

Wir nahmen alle Trensen auseinander, rieben jedes Teil einzeln ein und setzten sie wieder zusammen. Ich holte dicken Schusterzwirn und zwei spezielle Ledernadeln und besserte alle Nähte bei Zügeln, Steigbügelriemen und Sattelgurten aus. Das war eine anstrengende und zeitraubende Arbeit, aber sie machte Spaß – Leder anzufassen und zu nähen ist ein herrliches Gefühl für mich. Außerdem war die Arbeit notwendig, damit auf dem Reitlager kein Unglück passierte, weil irgendein Sattelgurt plötzlich riß oder ein Zügel sich löste.

Später kam Lasse mit Cayenne. Ich sollte reiten. Das Ergebnis war nicht gerade aufmunternd. Es war furchtbar anstrengend und ich fand, daß nichts klappte. Alles war so schrecklich schwierig: Es war schwierig, beim Traben im Sattel zu bleiben, wenn Cayenne seine riesigen, raumgreifenden Schritte machte; es war schwierig, ihn vor dem Angaloppieren ruhig durchzuparieren, so daß er nicht wie ein Wilder losstürmte, und es war schwierig, ihn weich und elegant zum Stehen zu bringen. Das Schlimmste war, daß ich immer sofort müde wurde. Lasse erklärte mir geduldig, wie ich es richtig machen sollte. Aber ich *konnte* es einfach nicht.

Als Hasse in seiner Mittagspause auf die Reitschule kam, schaute er mir eine Weile zu. Jetzt wurde alles noch schlimmer. Ich verkrampfte mich völlig. Hasses Kommentar war niederschmetternd.

„Das Pferd ist wohl ein paar Nummern zu groß für dich“, sagte er lachend. „Ja, es ist zu gewaltig für so ein kleines Mädchen wie dich.“

Am liebsten hätte ich sofort aufgehört und mich heulend unter meine Bettdecke verkrochen. Aber ich sagte mir, daß ich nicht länger so wankelmütig sein durfte. Ich mußte mich jetzt und hier entscheiden. Entweder mußte ich mich ins Zeug legen und jeden Tag bis zum Umfallen trainieren – oder ich mußte mich geschlagen geben und meine Unfähigkeit eingestehen. Also biß ich die Zähne zusammen und ritt weiter ohne ein Wort zu erwidern.

Hasse erzählte Lasse von dem Reitlager in den Bergen und meinte, es sei für Cayenne außerordentlich gut, durch ausgedehnte Klettertouren seine Muskeln zu trainieren. Ich könnte ja in Hasses Kurs am Springen teilnehmen, wenn ich wollte. Lasse war begeistert und meinte, es sei überhaupt keine Frage, daß ich fahren und Cayenne mitnehmen sollte.

Was sollte *ich* da noch sagen?

In der Woche vor dem Reitlager trainierten Ann und ich ausgiebig mit Silber. Diese Stunden waren der einzige Lichtblick für mich. Das Dressurprogramm, das Ann beherrschen mußte, war nicht besonders schwierig. Für Silber enthielt es nichts Neues. Natürlich mußte man die Wege möglichst exakt reiten, die Aufgaben an der richtigen Stelle bewältigen und korrekt sitzen. Ann hatte noch nie an einer Dressurprüfung teilgenommen.

„Wenn ich mir vorstelle, daß ich volle sieben Minuten lang ganz allein in der Bahn bin und daß alle Menschen nur auf mich starren und jeden möglichen Fehler mit Adleraugen beobachten, läuft es mir eiskalt über den Rücken“, seufzte sie. „Wahrscheinlich vergesse ich vor Aufregung das Programm!“

An einem Tag mitten in der Woche kam der Hufschmied. Er war ein Arbeitskollege von Hasse und in seiner Freizeit fuhr er umher und beschlug Pferde. Hasse sagte, ich solle ihm

Kaffee anbieten, wenn er fertig wäre, denn Hufschmied sei ein aussterbender Beruf, und man müsse sich gut mit ihm stellen.

Die Mädchen rannten zur Weide und holten die Pferde, die beschlagen werden sollten. Silber kam immer sofort, wenn man ihn rief, aber die anderen galoppierten in die entferntesten Ecken. Erst, nachdem sie zehn Minuten lang ihre Unabhängigkeit demonstriert hatten, ermüdeten sie endlich und ließen sich willig zum Stall bringen.

Tim und Tom, die beiden kleinen Gotlandrussen, waren noch nie beschlagen worden, und benötigten auch jetzt keine „Schuhe". Sie hatten so harte Hufe, und der Hufschmied glich nur die Unebenheiten aus. Silber bekam vier neue „Schuhe". Das war ziemlich teuer, aber der Hufschmied behauptete, es sei unverantwortlich, draußen in der Wildnis ein Pferd mit halbverbrauchten Schuhen zu reiten. Das hörte sich an, als machten wir eine zweijährige Expedition in unerforschtes Urwaldgebiet, anstatt zwei Wochen in einem Hotel in Schweden zu leben. Aber das sagte ich ihm natürlich nicht. Ich dachte an das, was Hasse mir gesagt hatte, und bot ihm freundlich eine Tasse Kaffee an.

Außerdem bekamen Rauhbein, Billy, Lilleman und Organdie neue Schuhe. Organdie beäugte den Schmied mißtrauisch, ließ aber doch die Prozedur willig über sich ergehen. Zum Schluß kam Lasse mit Cayenne.

Wir waren alle voller Bewunderung für den Hufschmied, der Stunde um Stunde ein Pferd nach dem anderen beschlug. Ich fand es ungeheuer interessant zuzuschauen, wie er die Hufe bearbeitete und gleichmäßige Stückchen, hauchdünn wie Käsescheiben, schnitt. Ich bat ihn, ob ich das auch mal versuchen dürfte. Der schweißgebadete Hufschmied richtete seinen gebeugten Rücken auf und machte eine Pause.

Der Hufschmied lachte amüsiert über Brittas vergebliche Versuche, Hufe zu bearbeiten

„Bitte sehr, mein Fräulein", sagte er lachend und zeigte mir, wie ich das Messer und den Holzhammer halten sollte. Aber glaubt nur nicht, daß es mir auch nur annähernd gelang, „Käsescheiben" zu schneiden! Ich brachte nur irgendwelche kantigen Unebenheiten weg. Das Messer glitt immer wieder ab. Und der Huf war steinhart. Der Hufschmied lachte gutmütig über das ganze, vollbärtige Gesicht und übernahm wieder die Arbeit.

Am Ende der Woche rief Lasses Onkel, der Tierarzt, an und sagte, daß er käme, um die Pferde zu untersuchen. Hasse hatte ihm gesagt, daß die Tiere für das Reitlager ein Gesundheitsattest benötigten. Es waren ja schon Pferde aus anderen Ställen dort, und wenn ein Pferd eine ansteckende Krankheit hatte, konnte sie sich leicht wie eine Epidemie über das ganze Land verbreiten. Der Tierarzt war in großer Eile, als er kam, und bat mich, bei Organdie und den Ponys die Temperatur zu messen und das Ergebnis genau aufzuschreiben, damit er nicht soviel Zeit verlieren würde; er mußte gleich zu einem dringenden Fall weiter.

Also jagten die Mädchen und ich mit dem Fieberthermometer von einem Pferd zum anderen. Jedesmal war die Aufregung groß, ob eines der Ponys vielleicht plötzlich und ohne erkennbaren Grund hohes Fieber bekommen hatte und damit dem Abenteuer ein unerwartetes Ende setzte. Aber zum Glück hatten alle Pferde völlig normale Temperaturen – von 37,9 (Silber) bis 38,2 (Organdie). Als der Tierarzt sich die Pferde angeschaut hatte, stellte er jedem Tier ein Attest aus. Danach brachten wir die Pferde nicht mehr auf die Weide. Statt dessen striegelten wir sie gründlich auf dem Hof und bürsteten ihre Mähnen und Schweife, bis sie in der Sonne glänzten. Anschließend brachten wir sie in den Stall, wo sie auf den großen Transportwagen warteten, der sie am nächsten Morgen holen sollte. Damit waren alle Vorbereitungen abgeschlossen.

„Jetzt müssen wir nur noch packen", stellte Ann zufrieden fest.

Ich nickte. Aber was sollte man mitnehmen?

„Im Prospekt steht etwas von einem Trainingsanzug", sagte Ann kichernd.

Kommt überhaupt nicht in Frage", protestierte ich. „Wenigstens, was meine Person betrifft. Wenn ich im Stall jobben und außerdem diesen riesigen, anstrengenden Cayenne reiten soll, dann denke ich nicht daran, in der knappen Freizeit im Trainingsanzug über Felder zu robben. Ich werde froh sein, wenn ich nach einem zweistündigen Ritt auf Cayenne noch vom Stall zum Hotel wanken kann."

„Für solche wie dich gibt es besondere Trimm-dich-Pfade", sagte Ann unbarmherzig. *„Für die Zeit, in der nicht geritten wird, stehen ‚speziell geschulte Lehrkräfte', die die Gäste ‚aktivieren' sollen, zur Verfügung.* So steht es im Prospekt."

„Das hört sich grauenvoll an", lachte ich. „Was steht da noch?"

„Man soll Badeanzug und Regenkleidung mitbringen. Und eine Thermosflasche für Ausflüge . . ."

„Ich werde nachsehen, ob ich eine habe. Lauf jetzt nach Hause und pack deinen Koffer. Wir sehen uns dann morgen früh um sieben", sagte ich. „Und verschlaf nicht!"

Lasse brachte Cayenne schon am Abend, damit das Pferd früh am nächsten Morgen mit den anderen Tieren verladen werden konnte. Wir trafen Kicki und Thomas im Stall und hockten noch bis spät abends bei Tee und überbackenen Toastbroten bei mir und ratschten. Das war herrlich, aber mehr als töricht, denn am nächsten Morgen war ich hundemüde, als der Wecker klingelte. Ich quälte mich aus dem

Bett, um die Pferde zu füttern, bevor der Transporter kam.

Ich war mit Stupsie allein im Stall, als der große Bus auf den Hof ratterte. Ich wurde nervös, denn ich hatte keine Ahnung, wie man Organdie ohne Komplikationen in den Transporter brachte und ob Hasse alles, was er mitnehmen wollte, bereitgelegt hatte. Ich hätte mir keine Sorgen machen brauchen, denn kurz nach dem Transporter traf auch Hasse ein. Er brachte Ann in seinem Wagen mit.

„Mit wem fangen wir an?" fragte ich und versuchte, nicht nach Luft zu schnappen. Natürlich war alles schrecklich aufregend – außerdem war ich noch nicht richtig wach. Hasse sagte, wir sollten mit einem möglichst ruhigen und gehorsamen Pferd anfangen. Darum holte ich Cayenne aus dem Stall. Er stapfte auch so brav wie nur möglich in das unbekannte, dunkle Innere des Transporters. Aber bevor wir das nächste Pferd, nämlich Organdie, verladen hatten, wieherte und randalierte er mächtig. Die anderen Pferde stiegen ohne Schwierigkeiten und in rascher Reihenfolge in den Transportbus: Der Busfahrer gab Anweisungen, wo die Tiere stehen sollten, Ann und ich holten die Ponys und Hasse führte Silber, Billy, Lilleman, Tim und Tom und Rauhbein in den Transporter.

Jetzt mußten wir nur noch Sattel und Zaumzeug und Hasses und meine Kiste mit Striegeln, Bürsten, Kardätschen, Desinfektionsmitteln, Wundsalben und so weiter verstauen. Die Pferde stampften ungeduldig und schnappten nacheinander. Aber sie würden sich bestimmt bald beruhigen, während der Bus gemächlich Kilometer um Kilometer in nordwestliche Richtung rollte. Wir warfen noch einen letzten Blick auf unsere Lieblinge und schlossen die Tür hinter ihnen zu. Der Busfahrer verabschiedete sich von uns und ließ den Motor an. Die Reise der Pferde begann.

Wenig später starteten wir auch. Ann und ich machten es uns auf dem Rücksitz von Hasses großem Wagen bequem. Unser Gepäck war im Kofferraum verstaut, und Stupsie lag auf seiner Decke neben mir. Das heißt, es war beabsichtigt, daß er auf der Decke lag. Aber Stupsie war viel zu aufgeregt und neugierig. Er winselte und versuchte, im Auto überall hinzuklettern. Er war unermüdlich. Ich hoffte nur, daß Hasses Nerven das aushielten.

Ann schlief sofort ein, und ich ertappte mich auch dabei, daß mir hin und wieder die Augen zufielen. Nur Stupsie war munter und aufgekratzt. Hasse hatte das Autoradio eingeschaltet, und die erste Zeit sagte niemand von uns ein Wort. Nur, als wir den Bus überholten, wurden wir kurz munter und winkten so viel wir nur konnten. Es war ein aufregendes Gefühl, zu wissen, daß all unsere Pferde in diesem großen Wagen standen und zu demselben Platz geschaukelt wurden wie wir. Wie es wohl Silber ging?

„Das ist ja die reinste Wildnis!" rief Ann plötzlich aus. „Es kommt mir vor, als hätten wir schon unzählige Kilometer durch diesen dichten Tannenwald zurückgelegt."

Sie hatte recht. Ein richtiger Urwald umgab uns auf beiden Seiten. Nur ab und zu öffneten sich kleine Lichtungen mit roten Häuschen und grauen, verwitterten Scheunen auf Äckern und Wiesen, die dem Wald mühsam abgetrotzt waren. In der Ferne sahen wir hohe Berge. Wir näherten uns der Bergwelt, drangen unaufhaltsam in sie ein. Die holprigen Straßen, auf denen wir fuhren, schlängelten sich immer weiter aufwärts. Wir begegneten kaum noch anderen Fahrzeugen. Wenn man es am allerwenigsten erwartete, glitzerten plötzlich märchenhaft schöne Bergseen durch die grünen Tannenzweige. Unsere Spannung wuchs mit jedem Kilometer, den wir zurücklegten.

Jetzt bog Hasse in einen kleinen Weg ein, der an einem langgestreckten See entlangführte. Es war windig. Die Wellen trugen weiße Schaumkronen. An einem Berghang lagen neugebaute Wochenendhäuschen und etwas weiter oben entdeckten wir einen unbenutzten Slalomhang mit einem Skilift. Und plötzlich waren wir mitten in einer kleinen, freundlichen Stadt. Wir sahen einen Lebensmittelladen, eine Bäckerei und eine alte Schule, die zu einem Hotel umgebaut worden war: Unser Ferienlager. Hasse parkte sein Auto vor dem rustikalen, braunen Gebäude. Wir waren da.

Das Abenteuer mit Pferden, mit Wiesen und Wäldern, mit Bergen und Seen konnte beginnen. Was würde es uns alles bringen? . . .

Lustiges und Wissenswertes über Pferde

Pferde sind fast schon Wundertiere

Ich schwindele euch hier nichts vor, es war tatsächlich so: Als Gaby (12) hörte, daß ihre Eltern die Ferien in unserer Gegend verbringen wollten, rief sie mich heimlich an. Sie fragte nicht, wie das Wetter bei uns ist oder ob man schon im See baden kann. Sie fragte: „Habt ihr da wenigstens einen Reitstall, in dem man sich ein Pferd mieten kann?" Ich konnte sie beruhigen. Es gibt eine Menge Reitschulen und Ponyhöfe in unserer Umgebung. Da atmete Gaby auf. „Dann wird's wenigstens nicht solch öder Urlaub wie im vergangenen Sommer in Spanien. Abgesehen vom Schwimmen lagen wir da den ganzen Tag bloß blöd am Strand . . ."

Dann kam Gaby. Ihre Willkommens-Limonade konnte ich gleich in den Kühlschrank zurückstellen. „Wo ist die Reitschule?" Mehr wollte sie nicht wissen. Sie ging los. Eine halbe Stunde später war sie wieder da. „Ich hab mir eine Monatskarte gekauft. Morgen früh um zehn Uhr geht's los. Es war gerade noch ein Pferd frei."

Ihr Bruder Carsten grinste. „Die ist pferdeverrückt . . ."

Pferdeverrückt – gibt es so etwas?

Klar, werden manche von euch sagen, Pferdenarren hat es immer gegeben. Die Hunnen sind angeblich noch nicht einmal vom Pferderücken gestiegen, wenn sie geschlafen haben. Wenn es stimmt, hatte das einen praktischen Sinn: auf diese Weise waren sie immer startbereit. Wenn Gaby auf ihrem Pferd einschliefe, würde sie wahrscheinlich herunterfallen, auf jeden Fall aber Reitstundengeld vergeuden.
Und wenn jetzt einer sagt: „Aber dieser englische König Richard II. muß ein toller Pferdenarr gewesen sein, er hat doch sogar ausgerufen: ‚Ein Königreich für ein Pferd!'" Dagegen erhebe ich Einspruch. Dies geschah nicht aus Tierliebe. Sondern das war so: Er hatte eine Schlacht verloren und dazu noch sein Schlachtroß. Sein Heer flüchtete. Sollte er ihm etwa zu Fuß nachrennen? Dann hätte er es nie eingeholt. Gefangenwerden wollte er auch nicht. Also rief er nach einem Pferd, egal was es kostete.
Wenn Gaby heute sagt: „Mein Taschengeld für ein Pferd!" schlägt sie den alten Richard hoch nach Punkten. Bei ihr geschieht es aus reiner Liebe zum Pferd. Mit ihrem Taschengeld könnte sie ja auch Dauergast in einer Eiskonditorei werden.
Merkt ihr, worauf ich hinauswill? Darauf: die richtigen Pferdenarren leben heute! Warum das so ist, wollen wir zusammen untersuchen.

23 7985-24

Ich gestehe...

... ich war schon immer ein Pferdenarr. Nur gab es – als ich so alt war wie ihr – nicht so viele Reitschulen, kaum Ponyhöfe, und mein Taschengeld hätte ohnehin nicht dazu ausgereicht, mir ein Pferd zu mieten. Dafür gab es ein paar Straßen weiter einen Kohlenhändler, der seine Ware noch mit einem Pferdefuhrwerk ausfuhr. Wenn ich neben dem Mann auf dem Bock sitzen und sogar noch die Pferde lenken durfte, fühlte ich mich wie ein König. Dabei gab's gar nichts zu lenken. Die Pferde fanden von selber den Weg in den Stall.
Wenn bei uns ein Vorstadtzirkus seine Zelte aufschlug, war ich da! Ich schleppte Eimer mit Wasser für die Zirkuspferde. Als das meine Mutter sah, schüttelte sie den Kopf. „Zu Hause bringt er noch nicht einmal einen Mülleimer herunter!" Ja, das war auch ein Unterschied! Hier konnte ich mit den Rössern „reden". Wer jetzt sagt: „Das hat mit Wundertieren nichts zu tun!", irrt. Es gibt Rekorde, die man nicht mit Stoppuhr oder Zentimeter-

maß messen kann. Dies ist ein solcher Pferderekord: Diese Zirkuspferde machten aus einem faulen einen fleißigen Jungen (wenigstens für eine gewisse Zeit).

Woran liegt es, daß es so viele Pferdenarren gibt?

Ich will mich nicht um die Antwort drücken. Aber ich finde, ihr solltet mit euren Freunden diese Frage selber prüfen. Vielleicht seid auch ihr Pferdenarren – gleichgültig, ob ihr reitet oder „nur“ zuschaut, wenn andere reiten. Schreibt bitte in den Kasten, weshalb euch Pferde begeistern. Verdeckt die Antwort und gebt das Buch schnell mal weiter an den Nächsten, der soll nun seine Eintragung im zweiten Kasten machen. Ich glaube, ihr werdet eine Menge verschiedener Antworten erhalten! Meine Antwort findet ihr, wenn ihr dieses Buch bis zu Ende gelesen habt.

Ich bin verrückt nach Pferden, weil...

_ _ _ _ _ _ _ _ _ _ _ _ _	_ _ _ _ _ _ _ _ _ _ _ _ _
_ _ _ _ _ _ _ _ _ _ _ _ _	_ _ _ _ _ _ _ _ _ _ _ _ _
_ _ _ _ _ _ _ _ _ _ _ _ _	_ _ _ _ _ _ _ _ _ _ _ _ _

Gibt es ein Pferdewunder?

Es ist noch gar nicht lange her, da sagte ein kluger Mann: „Noch ein paar Jahre, dann weiß die Großstadt-Jugend nicht mehr, wie ein Pferd aussieht. Und die Jugend auf dem Lande wird es auch bald vergessen haben." Seine Zuhörer nickten bedeutungsschwer.

Der Mann schien recht zu haben. Wo gab es denn noch Pferde? Im Zoo, im Zirkus, auf Abbildungen in Büchern, in Wildwestfilmen. Auch auf Turnierplätzen und Rennbahnen – aber das waren die Stars, die Beckenbauer unter den Rössern, oft geschunden, stets gepflegt. Du und ich konnten ihnen keinen liebevollen Klaps geben oder mit ihnen schmusen.

Die anderen Pferde waren abgetreten. Die Wirtschaft blühte, und sie waren arbeitslos. Welcher Bauer ackert denn noch mit Pferden? Traktoren sind wirtschaftlicher! Wer setzt sich noch in eine Pferdekutsche? Autos sind schneller. Unvorstellbar, aber wahr: Pferde standen auf der Aussterbeliste.

Und dann geschah das Wunder. So gegen 1960 entdeckte man sie wieder. Die Bauern schafften sich wieder Pferde an – nicht zum Ackern, sondern zum Reiten. Ponyhöfe schossen aus dem Boden. Das große Pferdewunder war eingetreten. Wie es dazu kam? Überlegt erst mal selber, bevor ich euch meine Antwort gebe.

Mein Tip:

Natürlich hat die Freude am Reiten kräftig mitgeholfen beim großen Pferdewunder. Aber weshalb ist Reiten so schön? Ich gebe euch hier ein paar Antworten, aber nicht alle stimmen, macht eure Kreuzchen in die Kästen, die ihr für richtig haltet. Und wenn ihr selber große Lust zum Reiten habt, eure Eltern aber nicht so recht mitziehen wollen, zeigt ihnen eure Kreuzchen und meine Erklärungen dazu. Ihr findet sie auf Seite 359. Vielleicht hilft euch das weiter!

Reiten ist schön, weil...

1. ☐ ... man angeben kann,
2. ☐ ... man an Ansehen gewinnt, wenn man oben im Sattel sitzt,
3. ☐ ... man sich frei fühlen kann,
4. ☐ ... Pferde ein prima Spielzeug sind,
5. ☐ ... Pferde prima Sportkameraden sind,
6. ☐ ... Pferde so niedlich sind,
7. ☐ ... man mit ihnen schmusen kann,
8. ☐ ... man für Pferde sorgen muß,
9. ☐ ... Pferde so nett zu Kindern sind.

Bitte nicht schummeln, erst ankreuzen, dann meine Antworten lesen!

Wie habt ihr getippt?

Meine Antworten sehen so aus:

1. Angeben sollte ein Reiter eigentlich nicht.
2. Stimmt. Das haben Jugendpsychologen festgestellt. Ansehen zu gewinnen ist keine schlechte Sache!
3. Stimmt. Jugendpsychologen haben festgestellt: „Gerade Pferde vermitteln den Eindruck von Naturverbundenheit.“ Also: eine gute Sache.
4. Falsch. Pferde sind kein Spielzeug. Kein Tier ist eines. Wenn man Pferde falsch behandelt, keilen sie mit Recht aus und beißen.
5. Stimmt. Sie sind robust und machen alles mit. Auf ihrem Rücken kann man jeden Schulärger hinter sich lassen. Und das ist etwas wert!
6. Falsch. Es gibt Ponyrassen, die nicht kleiner sind als ein Araberpferd.
7. Stimmt. Die Antwort der Psychologen solltet ihr auf jeden Fall euren Eltern zeigen: „Die Liebesbezeugungen, die ein Kind sonst nicht loswird, bringt es dem Pferd entgegen, bei dem es Wärme und Dankbarkeit sucht. Und finden kann!“
8. Stimmt. Pflege macht Spaß. Auch das solltet ihr euren Eltern erzählen: Die „Pferdenärrin“ Ursula Bruns hat Kinder beobachtet, die beileibe keine Wunderkinder waren, und sie stellte fest: „Sie waren zu den Tieren zartfühlender als zu den geplagten Eltern.“
9. Stimmt. Wenn Kinder Pferde liebhaben, haben Pferde auch Kinder lieb. Müßt ihr euch merken: da hatte die dreizehnjährige Jassie ein fünfzehnjähriges Pony. Rivo hieß es. Die beiden waren fast unzertrennlich, jagten über Stock und Stein. Nur wenn Jassies Vater – ein trainierter Reiter – Rivo reiten wollte, sträubte sich das Pony und – warf den geübten Reiter ab. Warum? Der Herr Papa versuchte, sich bei Rivo nur streng durchzusetzen. Jassie dagegen streichelte ihren Rivo und sprach mit ihm wie mit einem Freund.

Wer trabte voran beim großen Pferdewunder?

Ihr könnt es euch schon denken, da so viel von Ponys die Rede war. Tatsächlich, es waren die Ponys. Und das ist eine rührende Geschichte.
Da gab es auf Island zu viele Ponys. Die Züchter konnten sie nicht verkaufen. So marschierten die Pferdeschlächter an. Das war scheußlich (wobei wir allerdings nicht vergessen wollen, daß auch Kälbchen nette Tiere sind, und wir trotzdem Wiener Schnitzel essen). Es kam zu Protesten. Aber sie hätten nichts genutzt, wenn nicht die deutsche Pferdekennerin Ursula Bruns die Idee gehabt hätte, in Deutschland eine Islandpony-Rettungs-Aktion zu starten. Sie suchte deutsche „Adoptiveltern" für die gefährdeten Ponys. Und sie hatte Erfolg.
Zunächst war es Mitleid, daß es zur Pony-Versand-Aktion Island – Bundesrepublik Deutschland kam. Aber kaum waren sie da, erwachte eine leidenschaftliche Liebe für diese Ponys. Inzwischen züchtet man sie bei uns.

Wer löste das große Pferdewunder unserer Zeit aus?

Ehre, wem Ehre gebührt, meine Gratulation noch dazu: Es ist euer Verdienst, daß die Pferde nicht aus unserer Landschaft verschwunden sind. Ihr, die Kinder und die Teenager, besonders die Mädchen, habt das große Pferdewunder vollbracht. Da-

durch, daß ihr so begeistert von den Ponys ward. Und ihr habt die Erwachsenen mitgerissen.
Wer gerade eine Mathematikarbeit geschrieben hat und von Zahlen nichts wissen will, kann diesen Absatz überschlagen. Ich möchte dieses Pferdewunder mit Zahlen belegen: 1954 gab es in der Bundesrepublik Deutschland 1399 Zuchtponys. 1969 waren es 11 486. 1974 stieg die Zuchtponyzahl auf 20 000. Und das sind noch immer zuwenig, sagt man. Die Zahl der reitlustigen Kinder ist viel, viel größer. Über 70 Ponyhöfe wurden in der Bundesrepublik Deutschland gegründet. Da kann man für etwa 40 Mark am Tag wohnen, essen und reiten. Es gibt ganze Schulklassen, die auf solchen Ponyhöfen Ferien machen. Falls ihr Lust dazu habt: meldet euch frühzeitig an.* Die meisten Ponyhöfe sind lange vor der Ferienzeit ausgebucht. Nicht jeder hat so viel Glück wie Gaby, die ankam, sich eine Reitkarte kaufte und am nächsten Morgen schon ausritt.
Schluß mit den Zahlen. Jetzt geht's hinein ins volle Pferdeleben.

* Anschriften von Ponyhöfen teilt der deutsche Fremdenverkehrsverband, 6 Frankfurt 1, Untermainanlage 6, mit. Telefon: (06 11) 23 63 51

Pferde sind ganz anders...

... als die meisten Menschen annehmen. Und es gibt sogar Pferdenarren, die plappern all die falschen Redensarten nach: vom mutigen Schlachtroß, vom ritterlichen Turnierpferd, vom siegesbewußten Rennpferd, vom wilden Mustang der Indianer. Wollen wir doch einmal zusammen untersuchen, was Dichtung und was Wahrheit ist. Ich habe ein gutes Beispiel dafür. Mich hat es einmal zu Tränen gerührt – heute muß ich darüber lächeln. Beginnen wir mit diesem Test:

Wer hat dies geschrieben?

„Da kam er, Rih, der Rappe, in langsamem Trabe, wankend und strauchelnd; die Liebe zu mir hatte ihn noch einmal auf- und mir nachgetrieben. Es war ein Anblick zum Herzbrechen. Wir sprangen ihm entgegen; aus seiner Brust floß ein fingerdicker Blutstrahl. Ich war der erste bei ihm und schlang ihm beide Arme um den Hals. Er schnaubte mich freudig an und leckte mir die Wange und den Hals; dann brach er erst hinten und dann vorn zusammen ... Des Rappen Maul lag in meiner Hand; er leckte sie fort und fort, immer leiser und langsamer, bis er die Zunge nicht mehr bewegen konnte; dann noch ein letztes, sich verhauchendes Schnauben, ein krampfhaftes Zucken – Rih war tot!“

Na, habt ihr es herausbekommen? Richtig, das hat geschrieben Kara Ben Nemsi, Rihs Reiter, also: Karl May. Aber offenbar hat er dabei weniger an einen Araberhengst gedacht als an ein Schoßhündchen. Damit habe ich euch eine Hilfestellung zur Beantwortung der nächsten Frage gegeben:

Warum war Karl May ein schlechter Reporter?

Ganz einfach: er hat gelogen. Fast nie hat es ein Pferd gegeben, das seinem Herrn die Hand oder die Wange mit der Zunge geleckt hat. Es wird solch ein Pferd wohl auch in Zukunft nicht geben.

Wer jetzt sagt: „Karl May war nicht nur in diesem Fall ein schlechter Reporter!“ hat wiederum recht. Wenn sich Old Shatterhand einen wilden Mustang einfangen wollte, hätte er das Lasso gar nicht zu zücken brauchen. Wilde Indianerpferde gab es zu dieser Zeit nicht. Die Mustangs waren ausgebrochene Hauspferde. Aber darüber unterhalten wir uns später.

Sind Pferde klug?

Das ist eine dumme Frage. Warum? Weil jede Tierart so klug ist wie sie sein muß, um das Leben zu meistern. Da sich aber die Erwachsenen jahrzehntelang den Kopf darüber zerbrachen, wie klug Pferde sein können, wollen auch wir uns damit beschäftigen.

„Mein Pferd kann rechnen!“ sagte um die Jahrhundertwende Herr Wilhelm v. Osten in Berlin. Die Rechenkunststücke

hatte er dem „Klugen Hans", einem Rapphengst, mühsam beigebracht. Und zwar auf diese Weise: Er hob einen Vorderhuf des Hengstes hoch und sagte: „Eins." Dann hob er ihn zum zweitenmal hoch und sagte: „Zwei." So ging es lustig weiter durch die Zahlen. Nach etwa sieben Jahren Training hatte der „Kluge Hans" scheinbar die Zählerei begriffen. Herr v. Osten konnte seinen Hengst als Rechengenie vorführen. Das tat er nicht im Zirkus und nicht im Varieté, nein, Herr v. Osten wollte mit seinem Pferd kein Geld verdienen. (Das hatte er auch nicht nötig, er besaß so viel Geld, daß er sich als 28jähriger Lehrer schon pensionieren ließ.) Herr v. Osten wollte sein Pferd wissenschaftlich überprüfen lassen. Ehrlichen Gewissens glaubte er nämlich, daß sein „Kluger Hans" tatsächlich ein Genie ist.
Er schrieb auf eine Tafel: 22 + 33 = ? Prompt begann der „Kluge Hans" das Ergebnis mit den Vorderhufen auf den Boden zu klopfen. Mit dem rechten die einstelligen Zahlen, mit dem linken die Zehner. In unserem Beispiel scharrte er mit jedem Vorderhuf fünfmal: 55. Prima, was? Sollen wir ihm die Zensur geben: 1 = Sehr gut?
Die Sache hatte einen Haken – aber darum kümmern wir uns erst später. Es gab nämlich noch andere kluge Pferde in Deutschland. Das waren die Araberhengste „Mohammed" und „Zarif" von Herrn Karl Krall aus Elberfeld. Die brauchten nur fünf Monate, dann schien es, als könnten sie jedem in Mathe schwachen Schüler Nachhilfeunterricht geben. Sie lösten Aufgaben, vor denen ich lieber davonlaufe, zum Beispiel:

$$\frac{(3 \times 4) + \sqrt{36}}{3} = ?$$

Habt ihr es herausbekommen? „Mohammed“ klopfte sechsmal mit dem Vorderhuf. Das ist die richtige Lösung. Toll, nicht wahr? Aber „Mohammed“ und „Zarif“ waren nicht nur Rechenkünstler, sie verstanden auch Englisch, Französisch, Griechisch. Sie klopften die verlangten Worte auf den Boden, jeder Buchstabe hatte eine gewisse Zahl von Vorderhufscharren, an dem man ihn erkennen konnte. Nur mit der Orthographie haperte es etwas bei ihnen. Sie klopften alles, so wie man es spricht. Statt „Pferd“ klopften sie „Fert“. Trotzdem, großartig – ein Pferd müßte man in der Schulmappe haben. Und wo liegt der Haken?

Haben Pferde Spickzettel?

Ja, das könnte man sagen. Es sind allerdings Spickzettel besonderer Art. Diese klugen Pferde lösten ihre Aufgaben nur, wenn ihr Herr dabei war. Dieser wußte die Lösung, sagte sie allerdings nicht. Nein, Vorsagen gab es weder bei Herrn v. Osten noch bei Herrn Krall. Es geschah etwas anderes.
Der „Kluge Hans“ spürte Herrn v. Ostens Aufregung und Spannung. Er begann – wie gewohnt – zu scharren. Wenn Herr v. Osten zufrieden mit dem Ergebnis war, fiel die Spannung von ihm ab. Sofort hörte der „Kluge Hans“ mit dem Scharren auf. Möglich ist es auch, daß der Rapphengst spürte: „Mein Herr ist zufrieden, gleich gibt es eine Belohnung – ich brauche nicht mehr zu scharren!“ Und noch etwas kommt hinzu: Ganz unbewußt, ohne betrügen zu wollen, zählte Herr v. Osten die Scharrlaute seines Hengstes mit. Machte dabei kaum merkliche Kopfbewegungen. Hörte er auf damit, hörte auch das Tier auf mit dem Scharren. Für diese Möglichkeit spricht, daß der „Kluge Hans“ nie auf seine Schultafel sah, und daß er im Dunkeln nicht richtig rechnen konnte.

Herr v. Osten war also der Spickzettel des „Klugen Hans", Herr Krall war der Spickzettel für „Mohammed" und „Zarif". Man hat das untersucht. Und der amerikanische Professor Thorndike, der sich viele andere „rechnende" Zirkuspferde vornahm, stellte fest: „Alle Zähltricks der Pferde beruhen auf der Tatsache, daß ein Pferd einen Huf hebt, wenn es eine bestimmte Anregung empfängt." Drücken wir es einfacher aus: „Pferde scharren mit den Vorderhufen, wenn sie etwas haben wollen. Merken sie, daß sie es bekommen, hören sie damit auf."

Also: Ein Pferd in der Schulmappe hilft uns auch nicht weiter bei der nächsten Mathe-Arbeit.

Herr v. Osten war traurig, als man ihm erklärte, sein „Kluger Hans" sei kein Rechengenie. Warum eigentlich war er traurig? Er hätte doch glücklich sein können, daß sein „Kluger Hans" ihn so gut verstand, daß er den kleinsten Wink, ja die geheimsten Regungen von ihm ablesen konnte. Es ist doch überhaupt die Frage:

Müssen Pferde rechnen können?

Die Frage klingt albern, aber wartet ab! Da gab es in der Nähe von Berlin ein Pferd, das gehörte einem Kohlenhändler. Es fuhr täglich Briketts aus. Wenn der Wagen beladen wurde, paßte es genau auf, wie viele Kisten oder Körbe hinaufgepackt wurden. Bis 20 Kisten oder Körbe blieb es ruhig. Bei Kiste Nummer 21 war es bei ihm aus. Es zog den Wagen nicht. Da half kein gutes Zureden, kein Zucker, keine Möhre, keine Peitsche. Das Pferd streikte. Stur blieb es stehen. Konnte dieses Pferd bis 20 zählen?

Da wollen wir gleich den klugen Professor Grzimek fragen. Über dessen Antwort werdet ihr staunen! „Nach den Ver-

suchen, welche die Tierpsychologen bisher gemacht haben, wäre das nicht unmöglich."
Diese Erklärung wollen wir lieber ein bißchen abmildern. Natürlich zählte das Pferd nicht von 1 bis 20. Eher war es so: Es kannte die Gewohnheiten seines Besitzers, und wenn der mit etwas schlechtem Gewissen dachte: „Ach was, heute nehmen wir mal 25 Körbe mit!" roch das Pferd Lunte und trat in Streik. Pferde können hartnäckig sein. Wer von euch reitet, weiß das.

Wie hartnäckig können Pferde sein?

Da habe ich einmal erlebt, wie bei der Generalprobe im Circus Krone ein vierbeiniger Manegenstar zurück in den Stall geführt wurde. Unterwegs traf dieses Pferd seinen Trainer. Glaubt ihr etwa, daß es fröhlich wiehernd an ihm vorbeiging? Nein, es blieb stur stehen. Warum?
Es wußte: Wenn man eine Arbeit verrichtet hat, bekommt man ein Stück Zucker. Und zwar vom Trainer. Daß es von einem anderen Zirkusangestellten schon beim Hinausgehen aus der Manege diesen Zucker bekommen hatte, galt nicht. Der Trainer mußte den Zucker liefern.
Nun hatte der keinen bei sich. Er gab dem Pferd einen Klaps und sagte: „Du bekommst deinen Zucker später." Damit kam er nicht an. Das Pferd ließ ihn nicht vorbeigehen. Der Trainer mußte einen Stalljungen schicken, um Zucker zu holen. Nun stehen in den Stallungen des Circus Krone überall Kästen mit Belohnungs-Leckerbissen (es muß und soll nicht immer Zukker sein!). Der Junge brachte drei Stück Zucker. Der Trainer hielt sie dem Pferd hin. Es fraß die Würfel. Trotzdem blieb es stur stehen. Warum?

Es war gewohnt, eine Handvoll Belohnungs-Leckerbissen zu erhalten. Also mußte der Stalljunge noch einmal lostraben. Diesmal brachte er eine Handvoll Leckerbissen mit. Damit war das Pferd zufrieden. Der Trainer durfte weitergehen.

Ich wette mit euch, daß dieses Pferd nicht die Zuckerstücke gezählt hat. Es wußte aus Erfahrung: Das ist zuwenig. Sonst gibt's mehr.

Pferde sind keine Rechengenies, sondern Gewohnheitstiere. Deshalb liegt die Frage nahe:

Haben Pferde ein gutes Gedächtnis?

Pferdenarren werden jetzt laut ausrufen: „Ja!" Und noch einmal „Ja!" Aber so ganz ohne Einschränkung nehme ich diese beiden Ja nicht hin. Da gibt es Prüfungen, die offenbar gegen das gute Pferdegedächtnis sprechen. Sehen wir uns einmal einen Pferdetest von Professor Grzimek an.

Der Professor stellte seinen Pferden vier Futterkästen hin. In einen davon schüttete er Hafer. Die Pferde sahen dabei zu. Hunger hatten sie, also gingen sie, als sie losgelassen wurden, zu dem Kasten hin und schlugen sich den Bauch voll. Danach kehrten sie nicht etwa zufrieden zurück. Nein, sie öffneten auch die Deckel der drei anderen Kästen, in die nichts geschüttet worden war. Sie sahen nach, ob es nicht doch noch etwas zu fressen gab.

Professor Grzimek wiederholte diesen Test über längere Zeit. Glaubt ihr, daß seine Pferde lernten, in welchem Kasten Futter war? Glaubt ihr, daß sie immer diesen aufsuchten? Wer daran glaubt, hat „aufs falsche Pferd gesetzt". Sie untersuchten stets alle vier Kästen. Muß man daraus nicht folgern, daß sie ihrem eigenen Gedächtnis nicht ganz trauten?

Mein Tip:

Macht in eines dieser Kästchen ein Kreuz. Am besten mit Bleistift, dann könnt ihr es ausradieren, falls ihr falsch getippt habt.

1. ☐ Professor Grzimeks Testpferde trauten ihrem Gedächtnis nicht.
2. ☐ Professor Grzimeks Testpferde waren neugierig.
3. ☐ Professor Grzimeks Testpferde benahmen sich so, wie es sich für Pferde gehört und wie es für Pferde praktisch ist.

Meine Antwort findet ihr auf Seite 370

Richtig getippt?

(Auflösung der Tip-Fragen von Seite 369)

Wer sein Kreuz in Kasten 3 gemacht hat, ist Sieger. Warum? Wenn ihr den Text auf Seite 368 gelesen habt, muß euch das klar sein.

Die allerneuesten Forschungen ergeben allerdings ein anderes Bild über die Lernfähigkeit der Pferde. Der Zoologie-Professor Bernhard Rensch aus Münster (Westfalen) machte folgenden Versuch: einer dreijährigen Stute stellte er zur Fütterung zwei verdeckte Eimer hin. Einer von ihnen war leer. Die Deckel, die auf den Eimern lagen, waren verschieden gekennzeichnet. Auf den vollen Eimer hatte der Professor ein schwarzes Kreuz aufgezeichnet, auf den leeren einen Punkt. Schon nach drei Tagen wußte das Pferd, unter welchem Deckel das Futter zu finden war. Als neue Muster dazukamen, begriff das Pferd noch schneller.

Nach einem Jahr machte man mit dieser Stute die gleichen Versuche. Und das Verblüffende war: sie hatte sich die Bedeutung der Zeichnungen gemerkt.

Ob wir jetzt generell davon sprechen können, daß Pferde doch schnell auffassen, müssen noch weitere Versuche zeigen.

Sind Schweine klüger als Pferde?

Kehren wir doch noch einmal zu dem Test von Professor Grzimek zurück. Mit diesen Futterkästen hat er nicht nur Pferde getestet, sondern auch Hunde, Wölfe, sogar Raben. Diese merkten sich sehr schnell, wohin er das Futter geschüttet hatte und bewegten sich dann auf den betreffenden Kasten zu,

ohne die anderen zu beachten. Absolute Spitze waren die Wölfe. Sie merkten es sich tagelang. Die Hunde vergaßen es nach einigen Stunden. Ebenso die Raben. Die Pferde dachten überhaupt nicht daran, es im Kopf zu behalten. Müssen wir nun sagen: „Pferde sind doof?"
Der amerikanische Professor Frank Beach hat es gesagt, wenn er es auch etwas umschrieb: „Das Pferd macht eine miserable Figur bei Intelligenztests, die jedes Schwein, das etwas auf sich hält, mit Leichtigkeit besteht."
Als ich meiner Nichte Gaby diese Stelle vorlas, murmelte sie: „Selber doof!" Aber so wollen wir die Sache nicht laufenlassen. Klappt jetzt also bitte nicht empört das Buch zu. Besser ist es, die Frage zu untersuchen:

Sind Pferde dumm?

Professor Grzimeks „Futterkasten-Pferde" schienen es zu sein. Eine Glanzleistung in Sachen Gedächtnis vollbrachten sie gewiß nicht. Das muß einen Grund haben, daß sie stets alle vier Futterkästen öffneten, obwohl nur in einem (immer demselben) Futter war. Wie kann der Grund heißen?
Verfressenheit. Sie kann durchaus mitspielen. Pferde haben keinen Sinn für schlanke Linie. Sie schlagen sich den Bauch voll bis zum Platzen. Aber das ist nicht das Wesentliche, was uns Aufschluß über das Ergebnis dieses Tests gibt. Wir müssen uns näher an die Wölfe und die Pferde heranpirschen, wir müssen Detektiv spielen (Verhaltensforscher sind ja wie Detektive, sie sichern Spuren, sie kombinieren; sie haben es sogar noch schwerer als Detektive: sie können ihre „Verdächtigen" nicht in ein Verhör nehmen, es nützte auch nichts, wenn sie mit einem Lügendetektor arbeiteten).
Fangen wir mit Professor Grzimeks Wölfen an, die an der

Spitze der Gedächtniskünstler standen. Warum konnten sie sich so gut merken, wo das Futter immer lag? Die Antwort ist einfach: Ein gutes Gedächtnis ist für sie lebensnotwendig. Weshalb? Wölfe sind gezwungen, ihre Beute aufzuspüren. Sie müssen von vornherein feststellen: Wo finde ich etwas zu fressen? Diese Stelle merken sie sich selbstverständlich. Und nun kommt noch etwas hinzu: Manchmal finden sie keine Beute. Aber für solche Tage haben sie vorgesorgt. Sie teilen sich ihre Beutestücke ein und vergraben sie. Denn – ebenso wie Hunde – fressen sie gern angefaultes Fleisch.

Was schließt ein Detektiv daraus? Es wäre sinnlos, wenn sie Beutestücke vergraben und sie nicht wiederfinden. Sie sind also von Natur aus so eingerichtet, sich zu merken, wo ihr Futter ist.

Pferde haben das nicht nötig. Sie sind Weidetiere. Mal nehmen sie hier ein paar Büschel Gras zu sich, mal dort. Merkt ihr etwas? Weil Pferde langsam über die Weide wandern, dabei fressen, wanderten sie auch von einem Grzimek-Futterkasten zum anderen. Sie benahmen sich also nicht dumm, sondern genauso, wie es sich für Pferde gehört. Wie es für Pferde am besten ist.

Als ich Gaby das vorlas, murmelte sie nicht mehr: „Selber doof". Sie war zufrieden mit mir. Ihr Bruder Carsten allerdings meinte: „Und sie sind doch doof!" Carsten mag keine Pferde. Vielleicht ist er eifersüchtig, daß seine Schwester so gut reiten kann und er Angst vor großen Tieren hat. Immerhin brachte er einen guten Einwand in unser Gespräch. Er sagte: „Hast du nie etwas davon gehört, was geschieht, wenn ein Pferdestall brennt? Da bringen die Leute die Pferde schnell hinaus, in Sicherheit. Und was tun die Pferde? Kaum werden sie draußen losgelassen, schon rennen sie zurück in den brennenden Stall. Ist das etwa nicht doof?" Daraufhin könnten wir zurückfragen:

Lieben Pferde etwa Feuer?

So dumm die Frage klingt – sie bringt uns auf eine richtige Spur, wenn wir die Pferdeseele erforschen wollen. Selbstverständlich liebt kein Tier brennende Stallungen, weder ein Elefant noch ein Floh. Warum aber rennen dann eben gerettete Pferde in den brennenden Stall zurück und sterben vielleicht einen Flammentod?

Um das zu begreifen, müssen wir wieder Detektivarbeit leisten. Fangen wir so an: Pferde sind nicht nur Weidetiere, sie sind auch Herdentiere. Das bedeutet: allein fühlt sich ein Pferd nicht wohl. Es will seine Pferde- oder auch Menschengenossen um sich haben. Darüber hinaus sind Pferde auch anderen Tieren gegenüber sehr gesellig. In der Steppe leben sie auf engstem Raum mit Vogel Strauß, mit Gazellen und Antilopen zusammen. Und damit kommen wir schon zu Punkt zwei:

Wie hat man es überhaupt fertiggebracht, daß sich solch freies Steppenpferd an einen Stall gewöhnt? Und ihn dazu noch liebt und als sein Zuhause betrachtet? Im Grunde genommen ist solch ein Stall doch eine dunkle Höhle, vor der man als Steppentier Angst haben muß.

Wenn ihr mal einen Zoobummel macht, fragt den Tierpfleger von Steppenantilopen, ob es schwer sei, diese Tiere in den Stall zu locken. Seine Antwort wird wahrscheinlich lauten: „Es war unheimlich schwer, sie an den Stall zu gewöhnen. Für sie war er eine gespenstische dunkle Höhle, die ihnen schreckliche Angst einjagte.“ Und die Pferde?

Man nimmt an, daß sie im Wald gelebt haben, bevor sie auf die Steppen hinausgezogen sind. Und daß diese „Urerinnerung“ noch heute in den Gehirnen unserer Pferde umherspukt. Deshalb ist der Stall für sie nicht unheimlich. Dazu kommt natürlich, daß die Futterkrippe lockt.

Jetzt kommt Punkt drei: für unsere Hauspferde ist der Stall Inbegriff der Herde. Wenn sie sprechen könnten, würden sie wahrscheinlich nicht sagen: „Ich geh jetzt in den Stall!“, sondern: „Ich geh zu meiner Herde.“ Da ist man unter sich. Allein lebt man als Pferd gefährlich. Also muß man zur Herde (zum Stall) halten, egal ob er brennt oder nicht.
Na bitte, jetzt haben wir eine Erklärung dafür, daß Pferde in panischer Angst selbst in einen brennenden Stall zurückkehren. Nicht weil sie Feuer lieben, sondern aus Herdentreue. Aber diese Erklärung reicht noch nicht ganz.
Pferde sind Gewohnheitstiere. Unsere Hauspferde wissen genau: Wenn man aus dem Stall geführt wird, muß man angeschirrt werden. Geschieht das nicht, stimmt irgend etwas nicht. Bei Pferden muß aber alles stimmen. Also: geht man zurück in den Stall.
Kluge Menschen sind deshalb auf die Idee gekommen, ihre Pferde schnell anzuschirren und erst dann aus dem brennenden Stall zu führen. Und was erlebten sie? Kein Pferd brach aus und rannte in den Stall zurück. Also: Doof sind die Pferde nicht, selbst Carsten mußte das einsehen.

Sollen wir den Pferden das Denken überlassen?

Wer jetzt grinst und sagt: „Klar, sie haben ja ’n größeren Kopf!“ muß eine Lesepause einlegen. Mal kurz nachdenken und erst dann darf er dies lesen:
Amerikanische Forscher wollten es genau wissen. Wie bekommt man so etwas heraus? Am besten durch einen Test. Aber sie testeten nicht nur Pferde, sondern auch Menschen, Affen, Hunde, Katzen und Beutelratten. Alle mußten das gleiche tun. Nacheinander selbstverständlich. Jetzt müßt ihr euch diesen Test vorstellen:

Ihr steht vor einem Haus mit vier Türen. Drei davon sind verschlossen. Welche ist offen? Das könnt ihr nur raten und probieren. Wenn ihr Glück habt – und das wollen wir annehmen – habt ihr die richtige geraten. Ihr könnt das Haus betreten.

Nun folgt die nächste Runde. Gleiche Stelle, gleiches Bild. Auf welche Tür steuert ihr hin, um das Haus zu betreten? Natürlich auf die Tür, die in Runde eins offen war. Und ihr stellt fest: Jetzt ist sie verschlossen. Ihr müßt die offene wieder raten. Und das macht ihr nun Runde um Runde – bis ihr merkt: Aha, die Tür, durch die ich eben noch eintreten konnte, ist beim nächsten Versuch garantiert verschlossen. Zweimal hintereinander komme ich durch keine Tür.

Um das festzustellen, muß man kombinieren und sich die Tür merken, die man beim letztenmal benutzt hat. Das ist der ganze Test – er klingt schwieriger, als er ist, und er hat auch einen wundervollen Namen: „Mehrfach-Wahl-Test". Was glaubt ihr, wie Menschen, Affen, Hunde, Katzen, Pferde und Beutelratten bei diesem Experiment abgeschnitten haben?

Das Ergebnis lautete so: nach 100 Versuchen hatten alle Menschen und alle Affen herausbekommen, daß man an der eben noch unverschlossenen Tür nicht zu rütteln brauchte, um ins Haus zu kommen. Sie war bestimmt verschlossen.

Nach 100 Versuchen hatten das auch vierzehn Prozent der Hunde und neun Prozent der Katzen begriffen.

Nur die Pferde und die Beutelratten gingen stur auf immer die gleiche Tür zu. Sie kamen nicht ins Haus.

Die Forscher meinten daraufhin: Man soll das Denken den Pferden doch nicht überlassen, auch wenn ihr Kopf größer ist als unserer.

Auf den ersten Blick hin stimmt dieses Ergebnis Pferdenarren traurig. Mit der Beutelratte auf eine Intelligenzstufe gestellt zu werden, völlig zu versagen, ist nicht gerade erhebend für ein edles Roß. Aber ich kann Trost spenden:

Die Pferde haben es gar nicht nötig, sich den Kopf zu zerbrechen, durch welche Tür sie gehen müssen. Ihre Stalltür kennen sie. Durch sie gehen sie. Fertig, aus. Niemand tut mehr als er muß.

Mein Tip:

Bevor ihr das Folgende lest, muß ich euch fragen: Wißt ihr, was Assoziationen sind? Nein? Nicht schlimm. Das Wort kommt aus dem Lateinischen, und man kann es übersetzen mit: Verknüpfungen. Machen wir schnell eine Probe darauf: Ich nenne euch einen Begriff, und ihr schreibt hierhin, woran ihr dabei denkt:

1. Wenn ich das Wort Eisenbahn höre, denke ich an

....

2. Wenn ich das Wort Pferd höre, denke ich an

....

3. Wenn ich das Wort Kuh höre, denke ich an

....

Ich gebe euch eine Hilfestellung: Ich denke
bei Nr. 1: an Schienen, Fahrplan, Bahnhof,
bei Nr. 2: an Reiten, Zirkus, Urlaub auf dem Bauernhof,
bei Nr. 3: an Milch, Wiesen.
So einfach ist das. Dies sind Assoziationen. Und solche Assoziationen testete man in Amerika bei Pferden.

Kennt ihr den Kampf Pferd gegen Kuh?

Es hat ihn gegeben, in Amerika. Es war keine neue Art von Stierkampf. Es war mehr eine Art Schul-Test. Er trug den schönen Namen „Assoziationstest". Die Forscher wollten feststellen: Wer denkt besser: Kuh oder Pferd?
Um das herauszubekommen, stellten sie beiden jeweils drei Futterkrippen hin. Eine davon war mit Futter gefüllt. Neben dieser stand ein Eimer. Dieser war das Erkennungszeichen. Dadurch konnte jedes Tier die Erfahrung machen: Wo ein Eimer ist, ist auch Futter. Was glaubt ihr, wie dieser seltsame Wettkampf zwischen Kühen und Pferden ausging?
Pferdenarren muß ich enttäuschen. Die Pferde machten nicht das Rennen. Nach hundert Versuchen hatten sie noch immer nicht verstanden, richtig zu kombinieren. 23mal liefen sie in die falsche Richtung. Die Kühe waren etwas schlauer. Sie liefen nur 15mal falsch. Also: Kuh schlägt Pferd.
Na ja, wir Pferdenarren nehmen es gelassen auf. Wozu muß denn ein Pferd überlegen: „Wo ein Eimer ist, da ist auch Futter in der Nähe."? Hauptsache, es findet in den Stall zurück, wo es bestimmt sein Futter bekommt.

Findet jedes Pferd in seinen Stall?

Nun wird es schlimm. Denn jetzt muß ich sagen: „Nein!". Glücklicherweise habe ich Zeugen, die mir das bestätigen. Gaby gehört nicht dazu. Und meine Ehefrau erklärte mir sehr bestimmt: „Wenn ich gegen Ende meines Ausreitens müde werde, lasse ich einfach die Zügel locker. Mein Pferd findet immer seinen Stall." Stimmt es?
Nicht ganz. Die Fuchsstute „Lotte" von meiner Frau stakste zwar stets nach einer knappen Stunde Ausritt stur auf ihren Stall zu. Und auch Gabys Wallach „Kuno" zog's in den heimatlichen Stall, wenn die Reitstunde vorüber war. Manchmal sogar ein bißchen früher – wenn er keine Lust mehr hatte. Aber die „Lotte" und der „Kuno" liefen immer auf den gleichen Wegen. Sie kannten sie. Und es gab auf diesen Wegen stets nur einen Stall, der dort stand. Es war ihr Stall. Wie aber ist es, wenn man Pferde an einen fremden Ort bringt und sie dann einfach laufen läßt. Finden sie da auch ihren Stall?
Verlassen wir uns auf Professor Grzimek! Er hat edlen Araberpferden die Augen verbunden und sie dann mit Lastwagen in eine fremde Gegend verfrachtet – jedes Pferd einzeln. Nun waren sie ausgesetzt. Was erlebte der Professor? Manchmal erhoben sie witternd ihre Köpfe, als versuchten sie ihre Heimat zu riechen. Manchmal schlugen sie die richtige Richtung ein, aber dann war da ein vereister Bach, oder Wald, den sie umgehen wollten. Angezogen fühlten sie sich von Menschendörfern oder Pferdespuren. Es gab eine Stute, die versuchte in eine Kirche einzudringen. Andere ließen sich einfangen und schienen erfreut zu sein, in einen Stall gebracht zu werden. Obwohl es ein fremder war. Manche freuten sich, daß sie auf einer Wiese waren und fraßen sich satt. Andere standen hilflos auf schneebedecktem Feld und froren leise vor sich hin.

Professor Grzimek stellte daraufhin fest: „Das Verhalten meiner Versuchstiere gibt keinen Anhaltspunkt dafür, daß ihnen ein Richtungsgefühl für ihre Heimat innewohnt." Sie benehmen sich also ganz anders als Hunde, die ja aus ihnen unbekannten Gegenden über Hunderte von Kilometern hinweg wieder heimfinden.
Ja, nun hatte ich es beinahe mit meiner Frau und Gaby verdorben. Aber es gibt einen Trost. Professor Grzimek sagte auch: „Ich bin davon überzeugt, daß Pferde, die in dieser Gegend (wo die anderen ausgesetzt wurden) vor dem Wagen oder unter dem Sattel die Straßen häufig belaufen hatten, ohne Schwierigkeiten nach Hause gefunden hätten." Na bitte, sie haben ein gutes Gedächtnis, und das hilft ihnen. Was nun wieder den Heimweg stören kann, ist: 1. Sie freuen sich, wenn sie ein anderes Pferd treffen und gehen gern mit ihm mit. 2. Sie sind so entsetzlich schreckhaft.

Der Sammelband umfaßt die ungekürzten Einzelbände:
Britta rettet ein Pferd
Brittas Herz gehört den Pferden
Britta reitet in den Sommer

Titel der schwedischen Originalausgaben:
BRITTA OCH SILVER PÅ VINTERRITT
BRITTA OCH SILVER PÅ RIDSKOLAN
EN SEGER FÖR BRITTA OCH SILVER

erschienen bei Rabén & Sjögren, Stockholm
Übersetzung: Kirsten Inke Pedersen
Titelbild: Kajo Bierl
Illustration: Kajo Bierl, Werner Heymann
Bestellnummer: 7985

ISBN 3 505 07985 5